KB246351

지리산권 문화와 인물

국학자료원

2007년 정부(교육과학기술부)의 재원으로 한국연구재단의 지원을
받아 수행한 연구 결과물임(KRF-2007-361-AM0015)

서문

　순천대학교 지리산권문화연구원과 경상대학교 경남문화연구원은 2007년부터 지리산권문화연구단을 구성하여 한국연구재단에서 주관하는 인문한국(HK) 지원 사업을 수행하고 있다. 우리 연구단은 지금까지 지리산이라는 구체적인 공간을 통하여 형성된 지리산권 문화에 대한 체계적이고도 종합적인 연구를 진행하고 있다. 처음 1단계 3년 동안에 우리 연구단은 각 분야의 자료를 발굴하고 수집·정리하여 자료집을 펴내는 일에 힘을 쏟았다. 이어서 2단계 3년 동안에는 본격적인 연구에 진입하여 지리산권 문화의 특성을 탐구한 여러 편의 연구 논문을 발표하였고 더불어 연구서를 출간하였다.

　이 책은 지리산권 문화 속의 인물에 관하여 연구를 진행하여 산출한 성과물이다. 우리 연구단에서는 지리산권의 종교문화와 지식인의 삶을 문학, 역사, 철학 등 여러 관점에서 조명하였다. 특히 2012년 3월에 '지리산권 문화와 역사인물'이라는 주제 아래 소규모 학술대회를 개최하여 지리산권의 선승, 지리산권의 유학자, 항일 의병 등에 관한 연구를 발표하였다. 이 학술대회의 성과를 기반으로 지리산권을 무대로 활동한 여러 역사인물의 사상과 활동 및 지리산권 출신 작가의 작품 등에 관한 연구를 아울러 진행하였다. 지리산권 문화 속의 다양한 인물의 사상과 활동에 관한 연구 성과물을 하나로 묶어 이번에 '지리산권 문화와 인물'이라는 책으로 출간하게 되었다.

이 책은 크게 두 부분으로 구성하였다. 제1부에서는 지리산에서 수행한 선종승려와 유학자의 사상적 경향을 살펴 본 글을 실었다. 고려시대 지리산 단속사에 주석한 대감국사 탄연, 조선시대 지리산 벽송사·쌍계사에서 수행한 휴정, 지리산에 초암을 짓고 은둔하여 수행한 지엄, 조선 중기의 유학자 안처순, 노진, 변사정과 19세기 강우학자 등 지리산권 인물의 고뇌와 사상에 관하여 검토한 글을 차례로 수록하였다. 제2부에서는 지리산에 은거한 역사적 인물의 삶과 항일 의병의 활동, 지리산권에서 활동한 인물을 소재로 한 역사소설 및 지리산권 출신 작가의 문학작품 등을 검토한 글을 수록하였다. 고려시대 지리산 은자 한유한, 한말 항일 의병장 고광순, 일제강점기 강우 유림들이 추구한 삶과 활동에 관한 연구 성과를 수록하였다. 또한 역사소설에 나타난 매천 황현에 관한 문학적 재현과 지리산권 하동 출신의 작가 이병주의 문학작품을 분석한 글을 실었다.

이 책에서는 지리산권을 무대로 활동한 여러 인물의 생애와 사상, 나아가 그에 대한 기억과 재현 양상 등을 다양한 스펙트럼에서 조망함으로써 지리산권 문화의 구체성과 다양성을 확인하였다. 고중세부터 현대까지 지리산과 그 권역을 대표하는 승려, 유학자, 은둔자, 항일의병, 작가 등 다양한 인물의 삶을 통하여 지리산권 문화에 대한 인식과 이해를 풍부하게 할 수 있을 것이다. 독자는 이 책을 통하여 지리산권 문화의 다양성과 살아있는 역사인물을 만나는 즐거움을 누릴 것이다. 끝으로 이 책에 글을 실어주신 여러 필자에게 감사드리며, 책의 발간과 관련하여 어려운 부분을 전담하고 지원해 준 국학자료원 여러분께도 깊은 감사의 뜻을 전한다.

2013년 5월 20일
지리산권문화연구단 단장 최현주

차례

서문

1부 지리산권 승려와 유학자의 사상

1부

지리산권 승려와 유학자의 사상

고려 중기의 대감국사 탄연과 지리산 단속사

김아네스*

Ⅰ. 머리말

지리산 단속사斷俗寺는 경상남도 산청군 단성면 운리에 있었던 절이다. 신라 경덕왕 때 세워졌으며 이때부터 고려시대에 이르기까지 지리산 일대를 대표하는 사찰로 이름이 높았다. 신라시대에는 북종선北宗禪을 수용한 신행선사神行禪師가 이 절에 주석하였으며 고려 중기에는 대감국사大鑑國師 탄연坦然, 1069~1158이 주지를 지내었다. 무신집권기에 이르면 최이崔怡의 아들 만종萬宗과 수선사修禪社의 진각국사眞覺國師 혜심慧諶, 자오국사慈悟國師 천영天英, 진명국사眞明國師 혼원混元 등이 단속사의 주지가 되었다. 고려 무신집권기 단속사의 위상은 개경이나 강도江都에 위치한 선원에 견줄 만큼 높은 것이었다.

무신집권기 단속사의 부상은 앞선 시기에 이루어진 탄연의 하산과

---

* 순천대학교 지리산권문화연구원 HK교수.

관련이 깊었다. 탄연은 인종 때 선종을 대표하는 승려로 왕사에 봉해졌다. 의종 때에 지리산 단속사를 하산소로 삼아서 이 절에 주석하다가 입적하였다. 이 때문에 단속사에는 조선 전기까지 탄연과 연관이 있는 여러 유물과 유적이 남아 있었다. 첫째 대감국사의 비라고 불리는「고려국 조계종 굴산하 단속사 대감국사지비高麗國曹溪宗崛山下斷俗寺大鑑國師之碑」가 절 남쪽에 있었다.[1] 둘째 인종과 의종이 탄연에게 보낸 편지를 소장하고 있었다.[2] 셋째 단속사에는 탄연의 초당을 모신 영당影堂이 있었다.[3] 탄연은 단속사의 역사에서 가장 중요한 위치를 차지한 역사적 인물로 볼 수 있다.

이러한 중요성에도 불구하고 단속사와 고려 중기 탄연의 활동에 관한 본격적인 연구는 크게 부족하다. 탄연에 관하여는 고려 중기 선종계의 부흥을 살피면서 부분적으로 언급하였다.[4] 혜조국사慧照國師 담진曇眞, 원응국사圓應國師 학일學一과 함께 탄연을 고려 중기의 대표

---

1) 조선 세조대와 성종 때 지리산 단속사를 찾았던 이륙과 남효온의 글을 보면 단속사에는 세 개의 승려 비가 있었다(이륙, 「遊智異山錄」, 『靑坡集』, 斷俗寺; 남효온, 「智異山日課」, 『秋江集』, 조선 성종 18년 9월 27일). 이에 따르면 절의 남쪽에 대감국사 탄연의 비가 있었다.

2) 김일손, 「頭流紀行錄」, 『濯纓集』, 조선 성종 20년 4월 18일. 절에 소장한 고문서 중에 한지 세 폭을 연결한 문건이 있었는데 '국왕 王楷'(인종)와 '고려국왕 王睍'(의종)이라는 서명이 있는 것으로 왕이 탄연에게 보낸 문안편지라고 하였다.

3) 『신증동국여지승람』 30, 경상도 진주목 불우 단속사.

4) 고려 중기 불교계의 변화와 선종의 부흥에 관하여는 다음의 연구가 대표적이다. 허흥식, 「고려중기 선종의 부흥과 간화선의 전개」, 『규장각』 6, 1982 : 『고려불교사연구』, 일조각, 1986; 최병헌, 「고려중기 이자현의 선과 거사불교의 성격」, 『김철준박사 화갑기념사학논총』, 1983; 김상영, 「고려 예종대 선종의 부흥과 불교계의 변화」, 『청계사학』 5, 1988; 김상영, 「고려중기의 선승 혜조국사와 수선사」, 『불교와 역사 : 이기영박사고희기념논총』, 한국불교연구원, 1991; 정수아, 「혜조국사 담진과 '정인수(淨因髓)'─북송 선풍의 수용과 고려중기 선종의 부흥을 중심으로」, 『이기백선생고희기념 한국사학논총』 상, 1994; 조명제, 「고려중기 거사선의 사상적 경향과 간화선 수용의 기반」, 『역사와 경계』 44, 2002; 한기문, 「예천 "중수용문사기" 비문으로 본 고려중기 선종계의 동향─음기의 소개를 중심으로」, 『문화사학』 24, 2005.

적 선승으로 소개하였다. 또한 단속사에 관하여는 신라시대 절의 창건과 고려 최씨무신정권의 단속사 경영에 관한 연구가 주로 이루었다.[5] 고려 중엽 단속사의 위상과 탄연의 역할에 관한 관심은 그다지 높지 않았다.

이 글에서는 고려 중기 대감국사 탄연의 활동이 단속사의 부흥과 어떠한 관련이 있는지를 알아보고자 한다. 먼저 탄연이 고려 중기 불교계에서 어떠한 위치를 차지하였는지를 대략적으로 살피고자 한다. 왕사와 국사의 성격을 통하여 선종의 부흥과 탄연의 위상을 알아볼 것이다. 이어서 탄연의 활동과 그 사상적 경향에 관하여 알아보고자 한다. 탄연의 생애와 왕사로의 책봉을 정치 사회적 차원에서 조명하고 사승과 교유 관계를 통하여 그의 사상에 관하여 살피고자 한다. 마지막으로 탄연이 단속사에 하산한 뒤의 활동과 비 건립에 관하여 검토하고자 한다. 이를 통하여 단속사의 위상과 탄연의 하산이 가지는 의미를 알 수 있을 것이다. 이러한 탄연과 단속사에 관한 검토가 지리산권 불교 문화사의 한 단면을 이해하는 데 도움이 되기를 바란다.

Ⅱ. 선종의 부흥과 탄연

탄연은 19세에 출가한 뒤 숙종 9년1104에 승과 대선大選에 합격하

---

5) 단속사에 관한 대표적인 연구를 보면 먼저 신라시대 단속사의 창건과 신행선사에 관한 것이 있다(이기백, 「경덕왕과 단속사·원가」, 『한국사상』 5, 1962 : 『신라정치사회사연구』, 일조각, 1974; 정선여, 「신라 중대말 하대초 북종선의 수용」, 『한국고대사연구』 12, 1997; 곽승훈, 「신라시대 지리산권의 불사활동과 신행선사의 비」, 『신라문화』 34, 2008). 또한 고려 무신정권의 단속사 경영에 관하여는 김광식의 연구가 있다(김광식, 「고려 최씨무인정권과 단속사」, 『건대사학』 8, 1989). 단속사의 연혁 전반을 개관한 것으로는 다음이 있다. 송희준, 「斷俗寺의 창건 이후 역사와 폐사과정」, 『남명학연구』 9, 1999; 박용국, 『지리산단속사, 그 끊지 못한 천년의 이야기』, 보고사, 2010.

였다. 예종대에는 대사大師, 중대사重大師, 삼중대사三重大師를 거쳐서
선사禪師의 법계를 제수 받았다. 인종대에는 대선사大禪師가 되었으며
인종 23년1146에 왕사王師로 봉해졌다. 의종 12년1158 입적한 뒤에는
국사國師로 추증되었다. 이 장에서는 이러한 탄연이 고려 중기 불교계
에서 어떠한 위치를 차지하는가를 대략적으로 살펴보고자 한다. 불
교계의 대세를 파악하려면 고려 중기에 왕사와 국사를 역임한 인물
이 누구이며 그 소속 종파가 어디이었는지에 관하여 알아 볼 필요가
있다. 국사와 왕사는 당대를 대표하는 승려로 제수되었다.6) 따라서
이들의 성격을 검토함으로써 불교계의 대체적인 흐름을 알아볼 수
있을 것이다.

탄연이 주로 활동한 숙종 때부터 의종 때까지 왕사와 국사에 올랐
던 인물은 아래의 <표 1>과 같다.

〈표 1〉 고려 중기 왕사(王師)와 국사(國師)

시기	지위	이름	종파	관련 사찰	전거*
숙종 원년(1096)	왕사(추증)	慧德王師 韶顯 (1038~1096)	유가종		비
숙종 6년(1101)	국사(추증)	大覺國師 義天 (1055~1101)	천태종	홍원사, 홍왕사, 국청사	사90, 비
예종 즉위년(1105)	왕사	德昌 (?~?)	유가종	현화사	사12
예종 2년~9년 (1107~1114)	왕사	慧照國師 曇眞 (?~?)	선종	광명사, 보제사, 정혜사	사12
예종 9년~(1114~)	국사	혜조국사 담진	선종		사13,

6) 왕사·국사제도와 그 기능에 관하여는 다음을 참조할 수 있다. 허홍식, 「고려시대
의 국사·왕사제도와 그 기능」, 『역사학보』 67 : 『고려불교사연구』 1986; 박윤진,
「고려전기 왕사·국사의 임명과 그 기능」, 『한국학보』 116, 2004 : 『고려시대 왕사·
국사 연구』, 경인문화사, 2006.

시기	직위	승려	종파	주지사원	대감국사비
예종 9년~12년 이전 (1114~1117 이전)	왕사	元景王師 樂眞 (1045~1114)	화엄종	귀법사, 법수사	사13, 비
예종 12년~인종 즉위 (1117~1122)	왕사	德緣(德淵) (?~?)	유가종		사14, 金德謙묘
예종대	왕사(추증)	正慧王師 曇休	유가종		金義光묘
인종 즉위년~(1122~)	국사	德緣 (?~?)	유가종		사15
인종 즉위년~22년 (1122~1144)	왕사	圓應國師 學一 (1052~1144)	선종	법주사, 안화사, 운문사	사14, 비
(인종 19년 이후) (1141 이후)	국사(추증)	圓明國師 澄儼 (1090~1141)	화엄종	홍왕사	비
(인종 23년) (1145)	국사(추증)	圓應國師 學一	선종	운문사	비
인종 23년~의종 12년 (1145~1158)	왕사	大鑑國師 坦然 (1069~1158)	선종	천화사, 보제사, 단속사	비
(의종 12년) (1158)	국사(추증)	대감국사 탄연	선종	단속사	비

*전거에 보이는 '사'는 『고려사』를 뜻하며, '묘'는 묘지명을 가리키고, '비'는 승려 본인의 비를 뜻하는데 구체적인 비의 명칭은 본문과 주석에서 밝히고자 한다.

숙종 때에는 입적한 고승을 왕사 또는 국사로 추봉하였다. 소현詔顯이 죽자 그를 추증하여 혜덕왕사慧德王師라고 하였다.7) 소현은 이자연의 아들로 유가종의 승려이었다. 숙종은 그를 생전에 왕사로 봉하려 하였지만 이루어지지 않았다. 화엄종과 유가종의 대립으로 생존한 승려를 왕사나 국사로 책봉하는 일이 어려웠던 것으로 보인다.8)

---

7) 李頵, 「高麗國全州大瑜伽業金山寺普利了眞精進饒益融慧廣祐護世能化中觀贈諡慧德王師眞應之塔碑銘」(이지관 편, 『교감역주 역대고승비문』 고려편 3, 가산문고, 1996, 20~69쪽).
8) 박윤진, 「고려전기 왕사·국사의 임명과 그 기능」, 『한국학보』116, 2004 : 『고려시대 왕사·국사 연구』, 경인문화사, 2006, 51~52쪽.

숙종 6년1101에는 의천義天이 입적하자 그를 대각국사로 추봉하였다.9)

왕사는 국왕이 즉위하면서 새로이 임명하는 경우가 많았다. 예종은 즉위년1105 12월에 현화사玄化寺의 승려 덕창德昌을 왕사로 삼았다.10) 예종 2년1107 1월에는 담진曇眞이 왕사가 되었다.11) 담진은 예종 9년1114에는 국사에 봉해졌고, 낙진樂眞이 새로이 왕사가 되었다.12) 담진은 선종 승려로서 혜조국사慧照國師 또는 혜소국사慧炤國師로 알려져 있다.13) 그는 송나라에 유학한 뒤 귀국하여 광명사廣明寺, 화악사華岳寺, 정혜사定慧寺 등에 머물렀다. 원경왕사元景王師 낙진樂眞은 화엄종의 승려로 귀법사, 법수사의 주지를 역임하였다.14) 뒤이어 예종 12년1117에는 덕연德緣, 德淵을 왕사로 삼았다.15) 왕사 덕연이 자신의 계승자로 현화사 주지 덕겸德謙을 지목한 것으로 볼 때 그는 유가종의 승려로 볼 수 있다.16) 또한 예종대 유가종 소속의 담휴曇休를 정혜왕사正慧王師로 추증한 것으로 보인다.17)

---

9)『고려사』90, 문종의 왕자 大覺國師煦 傳; 金富軾,「高麗國五冠山靈通寺贈諡大覺國師碑銘」(이지관 편, 앞의 책, 1996, 116~177쪽); 林存,「南嵩山僊鳳寺海東天台始祖大覺國師之碑銘」(이지관 편, 같은 책, 180~214쪽).

10)『고려사』12 세가 예종 즉위년 12월 신묘.

11)『고려사』12 세가 예종 2년 1월 을묘.

12)『고려사』13 세가 예종 9년 3월 계사.

13) 혜조국사 담진에 관하여는 김상영,「고려중기 선승 혜조국사와 수선사」,『불교와 역사 : 이기영박사고희기념논총』, 1991; 정수아,「혜조국사 담진과 '정인수'」,『이기백선생고희기념 한국사학논총』상, 1994 참조.

14) 金富佾,「高麗國大華嚴業第四代王師歸法法水兩寺住持悟空通慧僧統詔諡元景大和尙碑銘幷序」(이지관 편,『교감역주 역대고승비문』고려편 3, 가산문고, 1996, 72~103쪽).

15)『고려사』14 세가 예종 12년 정월 임자.

16) 黃文通,「高麗國瑜伽業玄化寺住持解空見性寂炤玄覽通炤圓證僧統墓誌」(이지관 편, 위의 책, 1996, 300~316쪽).

17) 담휴는 義光의 출가 스승이었다(황문통,「卒瑜伽業弘圓崇敎寺住持通炤正覺首座墓銘」, 이지관 편, 같은 책, 326~328쪽). 그는 사망 이후 왕사로 추봉된 것으로 추정되고 있다(박윤진, 앞의 논문, 2004 : 앞의 책, 2006, 59쪽).

인종은 즉위한 해1122에 왕사 덕연을 국사로 삼고, 학일學—을 왕사에 봉하였다.18) 학일은 선종 승려로 법주사法住寺, 가지사迦智寺, 귀산사龜山寺, 내제석원內帝釋院, 안화사安和寺 등에 주지하였다. 인종 7년1129에 운문사雲門寺로 물러가 있다가 인종 22년1144에 입적하자 왕이 학일을 원응국사圓應國師로 추증하였다.19) 그 사이 인종 19년에 숙종의 넷째 아들로 화엄승이었던 징엄澄儼이 입적하자 원명국사圓明國師로 추증하였다.20) 학일에 뒤이어 인종 23년1145에 탄연坦然이 왕사가 되었다. 탄연은 의종 원년1147에 단속사로 내려갔다. 그가 의종 12년1158에 입적하자 국사로 추증하고 대감大鑑이라는 시호를 내렸다. 탄연이 죽은 뒤 의종 때 왕사, 국사를 지낸 인물에 관하여는 잘 알 수 없다.

<표 1>에 나타난 왕사와 국사를 종파별로 나누어 볼 때 예종 2년1107을 기점으로 커다란 변화가 있었던 것을 알 수 있다. 선종 계통의 담진이 왕사와 국사의 자리에 올랐다. 고려 태조대부터 문종대까지 국사, 왕사의 소속종파를 분석한 연구에 따르면 고려 초에는 선종 계통의 승려들이 국사와 왕사의 자리에 올랐다. 그러다가 현종 11년1020 이후부터 교종 계통의 승려들이 왕사와 국사의 자리를 독점하여서 교종에서 불교계의 주도권을 차지하였다.21) 이러한 경향은 예종대 초반까지 이어졌다. 예종 2년에 담진이 왕사로 봉해진 일은 고려 중기 불교계의 변화가 적지 않았던 점을 반영한다.

예종대 이후 선종계가 부흥의 시기를 맞았다.22) 숙종 2년1097 5월

---

18)『고려사』15 세가 인종 즉위년 6월 기해.
19) 尹彦頤,「高麗國雲門寺圓應國師之碑」(이지관 편,『校勘譯註 歷代高僧碑文』고려편 3, 가산문고, 1996, 260~297쪽).
20) 權適,「故圓明國師墓誌」(이지관 편, 위의 책, 1996, 226~234쪽).
21) 김용선,「고려전기의 법안종과 지종」,『고려금석문연구』, 일조각, 2004, 290~292쪽.
22) 고려 중기 선종의 부흥에 관한 기왕의 연구는 앞의 주 4)의 연구.

에 국청사가 완공되자 의천은 천태종을 열었다. 이때 선종 승려로 천태종의 개립에 참여한 인물이 있었다. 다른 한편으로는 담진과 같이 선종 중심의 불교 통합에 관심을 가진 부류가 있었다. 예종이 즉위하면서 그 원년에 담진이 장녕전長寧殿에서 선禪을 설하여 비를 비었고, 이듬해 왕사에 봉해졌다. 예종이 담진을 왕사로 봉하려 할 때 조정의 반발이 적지 않았다.23) 하지만 예종은 담진을 지지하여서 그를 왕사와 국사에 책봉하였으며, 왕자 지인之印, 1102~1158을 그에게 출가시켰다. 예종은 경원이씨를 비롯한 문벌과 연계한 교종을 대신하여 신진세력과 관련이 깊은 선종을 후원하였다.24) 예종의 후원 아래 담진은 선종계를 주도하면서 교세를 확장할 기회를 얻었다.

인종대에는 선종계의 학일, 탄연이 왕사의 자리에 올랐다. 예종과 마찬가지로 인종은 선종을 후원하였다. 학일은 선종의 가지산문迦智山門 출신이었으며 탄연은 사굴산문闍崛山門 출신이었다. 이들이 왕사가 됨으로써 선종이 부흥할 수 있는 정치적 환경이 마련되었다. 왕사는 국왕을 대신하여 승려를 장악하고 불교계를 통합하는 역할을 하였다.25) 무신집권기의 기록이기는 하지만 원진국사圓眞國師 승형承逈을 추증한 교서를 보면 "대체로 왕사는 다만 한 임금이 본받는 스승이요, 국사는 한 나라가 의지하는 스승이다"라고 하였다.26) 왕사는

---

23) 『고려사절요』 7 예종 2년 정월.

24) 예종대 신진정치세력이 선종과 밀접한 관계를 맺었으며, 예종이 경원이씨의 발호를 억제하고자 하면서 선종을 지지하였던 점에 관하여는 E. J. Shultz, 「한안인파의 등장과 그 역할－12세기 고려 정치사의 전개에 나타나는 몇 가지 특징」, 『역사학보』 99・100, 163~165쪽; 김상영, 「고려 예종대 선종의 부흥과 불교계의 변화」, 『청계사학』 5, 1988, 60~61쪽 참조.

25) 왕사의 기능에 관하여 박윤진, 「고려전기 왕사와 국사의 임명과 그 기능」, 2004 : 『고려시대 왕사・국사 연구』, 2006, 78~86쪽.

26) 李奎報, 「故寶鏡寺住持大禪師贈諡圓眞國師敎書」, 『동국이상국전집』 34.

국왕과 긴밀한 관계를 맺고 있었다. 예종대와 인종대를 거치면서 선종은 점차 교세를 회복하면서 불교계의 주류로 떠올랐다.

<표 1>에서 보이듯이 대감국사 탄연은 무신집권기 이전에 선종 승려로 왕사가 되었고, 뒤에 국사로 추증되었다. 선종은 고려 초 광종의 치세 전반까지 전성기를 이루었다. 그 뒤 화엄종과 유가종이 부상하면서 선종은 침체기를 맞았다. 그러다가 무신집권기에 이르러 집정무신이 수선사를 후원하면서 선종은 그 위상을 회복하였다. 이러한 변화가 갑자기 이루어진 것은 아니었다. 예종대부터 의종 때까지 선종 출신 승려가 왕사와 국사에 봉해지면서 불교계의 흐름을 주도해 나가고 있었다. 고려 중기 선종의 부흥을 이끈 승려 가운데 탄연이 있었다. 그는 예종 때 선종계의 부흥을 선도한 담진의 법맥을 계승하고 있었다. 담진과 탄연이 사승과 법제자로 연결되었던 점이 주목된다. 탄연과 그의 사상은 고려 중기 선종계의 주류를 형성하였다. 선종의 부흥기를 맞아서 탄연은 인종과 의종의 왕사가 되어서 불교계에서 중요한 역사적 위치를 차지하였다.

Ⅲ. 탄연의 활동과 사상적 경향

탄연의 생애와 주요 활동에 관하여는 그가 입적한 뒤 명종 2년1172에 세워진 「대감국사비」의 내용을 통하여 알 수 있다.[27] 이 비문을

---

[27] 탄연의 비문은 劉燕庭 편, 『海東金石苑』 상(영인본, 아세아문화사, 1976), 477~488쪽; 조선총독부 편, 『朝鮮金石總覽』 상(영인본, 아세아문화사, 1976), 562~565쪽; 허홍식 편, 『한국금석전문』 중세하(아세아문화사, 1984), 820~824쪽; 이지관 편, 『교감역주 역대고승비문』 고려편 3(가산문고, 1996), 386~404쪽 등에 실려 있다. 대체로 이지관 편의 책에 실린 교감역주를 참조하였으며, 이하 간략히 「대감국사비」라고 쓰겠다.

중심으로 그의 연보를 정리하면 다음의 <표 2>와 같다. 탄연의 생애
는 크게 세 시기로 나누어 살필 수 있다. 첫째 출가하기 이전까지의
시기이다. 둘째 출가한 이후 여러 사찰을 거쳐 선 수행을 하고 왕사에
봉해진 시기이다. 셋째 지리산 단속사로 하산하여 입적할 때까지의
시기이다. 이 장에서는 탄연이 출가하여 단속사로 하산하기 이전까
지의 시기를 중심으로 탄연과 국왕의 관계, 그의 사승과 교유 관계 및
사상적 경향에 관하여 알아보고자 한다.

<표 2> 탄연의 연보[28]

시기	나이(세)	내용	비고
문종 23년(1069)	1	출생, □양인 손숙과 안씨의 아들	
	8~9	문장 엮으며 시를 지음	
문종 35년(1081)	13	6경 요체 통달	
선종 원년(1083)	15	明經生 합격	
선종 4년(1087)	19	성거산 안적사에 출가	
		광명사 혜조국사에서 불법배움	
숙종 9년(1104)갑신	36	大選僧科 급제	
		中原 義林寺에 감	
예종 원년(1106)	38	大師 제수	
예종 2년(1107)정해	39	開頓寺로 이거	담진 왕사
예종 3년(1108)무자	40	重大師 법계 더함	
예종 9년(1114)갑오	46	三重大師 법계 제수	담진 국사
		선암사로 옮김	
예종 15년(1120)경자	52	禪師의 법계를 더함	
인종 즉위년(1122)	54	添繡袈裟를 하사받음	학일 왕사
인종 4년(1126)병오	58	天和寺 주석	
인종 5년(1127)정미	59	菩提淵寺 이거	
인종 9년(1131)신해	63	大禪師 법계 제가	
인종 13년(1135)을묘	67	普濟寺 帝釋院 주석, 瑩原寺 주지	

28) 「대감국사비」의 비문에 나타난 연대는 卽位年稱元法을 따르고 있어서 『고려사』에
    보이는 왕력과 1년의 차이를 보인다. 편의상 해의 간지를 기준으로 『고려사』에서
    적용한 踰年稱元法으로 교정하여 연보를 작성하였다.

인종 15년(1137)신해	69	京闕에 나아감	
인종 17년(1139)기미	71	廣明寺 이거	
인종 23년(1145)을축	77	王師 책봉	학일 입적
의종 원년(1147)정묘	79	지리산 斷俗寺로 하산	
의종 12년(1158)	90	입적	

이 연보에서 보듯이 탄연은 문종 23년1069에 태어났다. 그의 속성은 손씨孫氏이며 선조는 □양현□陽縣 출신이었다.[29] 그 아버지는 손숙孫肅으로 군공을 세워서 교위校尉가 되었다. 교위는 정9품의 무관직으로 오伍라는 단위부대의 지휘관이었다. 이로 미루어 볼 때 탄연은 문벌 집안 출신이 아니었다. 그는 선종 원년1083에 명경과에 합격하여 명경생이 되었다. 일찍이 경학을 공부하여 관계에 진출하고자 하였던 것으로 보인다. 아직 왕위에 오르지 않은 숙종이 그의 명성을 듣고 계림궁으로 초청하여 그 아들뒤의 예종의 곁에서 글과 행동을 가르치도록 하였다. 출가하기 이전부터 탄연은 왕실과 특별한 인연을 맺었던 것이다.

선종 4년1087 19세의 나이로 탄연은 개경 북산에 위치한 안적사安寂寺의 주지를 은사로 삼아서 머리를 깎았다.[30] 그 뒤 광명사廣明寺로 나아가 혜소국사慧炤國師에게 불법을 배웠다. 그의 사승師僧인 혜소국

---

29) ‘□陽縣'을 대체로 밀양현으로 보아서 탄연을 밀양손씨로 추정하고 있다. 그런데 밀양은 신라 경덕왕 때부터 고려 초에 이르기까지 密城郡이라 불리었다. 성종 14년에 密州라 칭하다가 다시 밀성군이 되었다. 고려 말 공양왕대에 이르러 밀양이라 일컬었다(『고려사』 57 지리지2 경상도 밀성군). 고려 전기 ‘□陽縣'으로는 양광도 지역의 載陽縣, 興陽縣, 麗陽縣, 慶陽縣이 있으며 경상도 지역의 河陽縣, 巘陽縣, 岳陽縣, 含陽縣, 山陽縣과 전라도 지역의 礪陽縣, 兆陽縣, 南陽縣, 光陽縣, 海陽縣 등이 있었다. 『세종실록지리지』의 해당 현을 살펴보면 재양현과 악양현의 토성으로 孫氏가 있었고, 청양현의 촌성에 손씨가 있었다. 탄연의 선조는 재양현, 악양현, 청양현 가운데 한 곳 출신이었을 가능성이 높다.

30) 안적사는 성거산에 있었다(『신증동국여지승람』 42 황해도 우봉현 불우 安寂寺).

사는 곧 혜조국사慧照國師 담진曇眞이었다. 숙종 9년1104 36세가 된 탄연은 대선 승과에 급제하였고 예종 때 이후 법계가 더해졌다. 예종 원년1106에 대사에 제수되었고 예종 3년에 중대사가 되었으며 9년에 삼중대사를 거쳐서 예종 15년에 선사가 되었다. 출가하기 전부터 탄연은 예종을 곁에서 가르쳐서 밀접한 관계를 가졌다. 사승 담진이 예종 2년과 9년에 왕사, 국사에 봉해지고 자신의 법계가 높아지면서 탄연의 지위도 높아졌다.

탄연은 예종에 이어서 인종과도 긴밀한 관계를 유지하였다. 인종이 왕위에 오르자 탄연에게 수를 놓아 붙인 가사를 특사하였다. 이어서 그는 천화사天和寺, 보리연사菩提淵寺 등에서 주지하였다. 또한 인종이 □화사□和寺에31) 행차하여 도道를 묻고 금강자로 만든 염주를 바치자 탄연은 게송偈頌 1수를 지어서 감사를 나타냈다. 인종 9년1131에는 대선사大禪師의 법계를 받았다. 인종 13년1135에는 보제사普濟寺 제석원帝釋院과 영원사瑩原寺 등에 주지하였다. 15년1137에는 왕이 조칙을 내려서 궁궐로 나아갔으며 17년에 광명사로 옮기었다. 탄연은 안화사, 보제사, 광명사와 같은 개경의 대표적인 선종 사찰에 두루 주석하였다. 이후로 탄연의 덕행과 도예道譽를 세상에서 추앙하였다. 인종도 나라에 큰 일이 생기면 탄연에게 친필 편지를 보내어 자문을 구하였다.

인종은 대선사에 오른 탄연을 존숭하였다. 인종 22년1144에 왕사

---

31) 비문의 전후맥락을 살피면 인종이 □화사에 행차한 시기는 인종 6년부터 9년 사이의 일이다. 이 절은 安和寺이었던 것으로 보인다. 「眞樂公文殊院記」의 말미를 보면 "경술년(인종8, 1130) 11월에 (진락공의) 문인이고 靖國安和寺 주지로서 법을 전해 받은 사문 坦然이 쓰다"라고 하였다(조선총독부 편, 『조선금석총람』 상, 1919 : 영인본, 아세아문화사, 1976, 324쪽과 327쪽). 탄연은 인종 8년에 안화사의 주지를 지내었다.

학일이 입적하자 뒤이어 이듬해1145 5월에 왕은 탄연을 왕사로 봉하
였다. 인종이 탄연을 왕사에 책봉하였던 이유와 그 배경은 무엇이었
을까. 왕사 책봉을 전하는 기록을 보면 다음과 같다.

> A. 24년 을축(인종23, 1145)에는 임금께서 스님의 도덕을 존숭하여 4월 7일
> 右副承宣 李輔予로 하여금 편지로 王師로 모시려는 뜻을 전달하였으나, 받아들
> 이지 아니하였다. (결락) 다시 知奏事인 金永寬을 보내 계속하여 왕의 뜻을 전하
> 였으나, 스님은 역시 굳게 사양하였다. 세 번째까지 사양하였으나, 왕의 간청도
> 그치지 아니하였다. 마침 이와 때를 같이하여 彗星이 나타난 지 이미 20일이 지
> 났고, 또 날이 가물어서 朝野가 크게 근심하였다. 5월 6일 비로소 간청하여 왕사
> 로 봉하는 조서를 내렸더니, 스님은 하는 수 없이 받아들였는데, (결락) 이 날에
> 큰 비가 내렸다. 임금은 크게 기꺼워하면서 덕이 높은 스님을 왕사로 책봉했기
> 때문이라 하여 더욱 신봉하였다. 그 다음날 임금께서 金明殿에 나아가서 북쪽을
> 향하여 摳衣의 예를 행하였다. 9월 7일 스님은 普濟寺로 돌아갔는데, 11월 5일 왕
> 이 이 절에 행차하여 拜謁하고, 赤黃色 비단 바탕에 수를 붙인 가사를 올리고 敬
> 仰하는 마음이 지중하여 더없이 그치질 아니하였다. 지금의 임금께서도 先王의
> 뜻을 이어 禮待함이 더욱 돈후하여 특히 內臣을 보내어 금란가사를 올려 스님의
> 도덕을 표창하였다(「대감국사비」).

　A에 있듯이 인종이 탄연을 왕사로 봉하는 조서를 내리자 큰 비가
내려서 가뭄으로 근심하던 일이 사라졌다. 이는 그가 뛰어난 법력을
가진 고승이라는 점을 말한다. 다음날 왕이 금명전金明殿에서 탄연을
맞아서 제자의 예를 행하였다. 왕사를 책봉하는 의례를 거행하였던
것이다. 9월에 탄연은 보제사로 돌아갔고 11월에 왕이 이 절에 행차
하여 배알하였다. 탄연은 보제사에 머물면서 왕사로서 국왕을 보필
하였다.32)

---

32) 이듬해(인종24, 1145) 인종이 발병하자 백관이 보제사에 나아가 기도하였고 2000
　　명에게 飯僧하였다(『고려사』17 세가 인종 24년 정월 임진). 왕의 쾌유를 비는 기
　　도와 반승을 보제사에서 연 것은 탄연이 왕사로서 이 절에 머물렀기 때문으로 여
　　겨진다.

탄연이 왕사에 봉해진 정치적 배경은 인종이 왕권의 안정을 이루고자 선종을 우대하는 정책을 취하였고 선종 중심의 불교계 통합에 관심을 가졌기 때문으로 보인다. 인종은 예종과 마찬가지로 선종에 커다란 관심을 보였다. 『고려사』 세가를 보면 인종은 안화사, 보제사, 봉은사, 외제석원, 왕륜사, 홍왕사 등 사찰에 자주 행차하였다. 특히 예종의 진전 사원이었던 안화사와 보제사에 행차하는 일이 많았다. 두 절은 선종 사찰이었다. 왕은 해마다 부왕과 문경왕후의 기일에 안화사를 찾았다. 보제사에는 거의 매년 한두 차례씩 행차하였다.[33] 이자겸으로 대표되는 당대의 최고 문벌귀족 경원이씨는 유가종과 밀착 관계에 있었다. 이른바 이자겸의 난이 일어났을 때 그의 아들 의장義莊이 현화사玄化寺의 승려들을 동원하였다. 인종은 왕권의 안정을 바라고 왕실의 권위를 회복하려는 뜻에서 문벌 귀족과 연계되지 않은 선종계에 호의적이었다. 이에 따라 선종 사찰인 보제사에 자주 행차하였던 것으로 여겨진다. 이러한 인종의 선종에 대한 우대책이 선승 탄연을 왕사에 책봉한 정치적 배경이었다.

인종 말 탄연은 대선사로 선종계를 대표하는 위치에 있었다. 그는 유력한 문벌귀족과 연계되지 않았으며 예종, 인종과 친밀한 관계를 유지하였다. 탄연이 왕사가 된 것은 그가 혜조국사 담진의 법맥을 계승하면서 선종계를 이끌고 있었기 때문으로 생각한다. 담진은 문종 때에 송나라에 유학하여 임제승 정인도진淨因道臻, 1014~1093에게 수

학하였다.34) 문종 34년1080에 귀국한 담진은 왕실이나 일부 관료와 긴밀한 관계를 맺었다. 그는 선종을 중심으로 한 불교통합에 관심을 가졌으며 예종 때에는 왕사, 국사로 선종 부흥의 전기를 마련하였다. 담진의 법맥을 이은 선승으로는 탄연 이외에도 광지대선사廣智大禪師 지인之印, 1102~1158, 영보英甫, 관승貫乘 등이 있었다.35) 이들은 예종대 부터 의종대 무렵까지 승려로 활동하였다. 이 가운데 탄연은 대선사로 담진의 법맥을 이어서 선종계를 대표하고 있었다. 이 때문에 인종은 탄연을 왕사로 봉하였다.

그러면 탄연의 사상적 경향은 어떠하였을까. 그의 사상을 알 수 있는 직접적인 기록이 없으므로 그의 사승과 교유관계를 통하여 이를 살펴보고자 한다. 탄연은 그의 비문 제목에 있듯이 조계종 굴산문 소속이었다. 신라 말에 형성된 초기 사굴산문의 선종은 화엄사상과 교섭을 통하여 교선의 조화를 이루려는 경향을 보였다.36) 이러한 전통은 중기의 담진과 그 제자에게도 찾을 수 있다. 담진은 선승으로 대장경과 전적을 중시하였다. 예종의 명으로 송에 가서 요본遼本 대장경大藏經 3부를 구하여 왔고37) 송에 가서 좌선할 때의 의궤儀軌와 발우를

---

34) 정인도진은 송 神宗代의 대표적 선승으로 신종의 불교정책에 동참하였다. 혜조국사와 정인도진의 관계에 관하여는 정수아, 「혜조국사 담진과 '정인수'」, 『이기백 선생 고희기념 한국사학논총』 상, 1994 참조.

35) 혜조국사의 법손 관계에 관하여는 최병헌, 「고려중기 이자현의 선과 거사불교의 성격」, 『김철준박사화갑기념사학논총』, 1983, 952~953쪽과 김상영, 「고려 예종대 선종의 부흥과 불교계의 변화」, 『청계사학』 5, 1988, 65~67쪽 및 67쪽의 표 2 참조.

36) 초기 사굴산문의 대표적 승려로는 통효대사 梵日(810~889)과 그 제자 낭원대사 開淸(835~930), 낭공대사 行寂(832~916) 등이 있었다. 사굴산문의 형성과 사상에 관하여는 김두진, 「신라하대 굴산문의 형성과 그 사상『성곡논총』 17, 1986 : 『신라하대 선종사상사연구』 일조각, 2007, 288~292쪽 참조.

37) 『삼국유사』 3 탑상4 前後所藏舍利. 요본 대장경 3부 가운데 한 부는 정혜사에 있으며, 해인사에 다른 한 부가 있었고 나머지는 許參政의 宅에 있었다.

놓는 법 등에 관한 전적을 가져왔다.38) 그는 말년에 정혜사定慧寺를 창건하였는데39) 그 명칭에 나타나듯이 정定과 혜慧를 표방하여 선과 교의 융합을 추구하였던 것으로 보인다. 탄연의 법형제 지인도 선학 과 더불어 교관에 조예가 깊었다.40) 이러한 교선 융합의 사상은 탄연 에게도 나타났을 것이다.41) 출가 이전 탄연은 경학을 공부한 명경생 이었다. 그는 경전이나 어록 등을 탐구하여 선리를 깨닫는 교선 일치 의 수행법에 관심을 기울였을 것으로 추측된다. 이러한 교선 융합적 경향은 불교계를 대표하여 탄연이 왕사가 되었던 사상적 배경으로 여겨진다.

또한 탄연은 『능엄경楞嚴經』을 중시하고42) 임제종에 바탕을 둔 선 법을 추구하였을 것으로 생각한다. 능엄경을 중시한 경향은 탄연이 청평거사 이자현李資玄, 1061~1125의 문하에서 사숙한 것과 연관이 있 었다.43) 이자현과 탄연의 관계에 관하여는 다음의 기록이 있다.

> B-1. (李資玄은) 27세에 벼슬이 大樂署令에 있었다. 갑자기 부인이 죽자 멀리 淸平山에 들어가 文殊院을 수리하고 거기서 살았다. 그는 더욱 禪悅을 즐겨하고 학자가 오면 곧 그와 더불어 깊은 방에 들어가 날이 다 가도록 단정히 앉아서 사 색에 잠기었다가 때때로 더불어 古德의 종지를 깊이 의논하였다. 이에 心法이 우

---

38) 李知命,「龍門寺重修記」(조선총독부 편,『조선금석총람』상, 410쪽).
39) 冲止,「定慧入院祝法壽疏」(진성규 역,『圓鑑國師集』아세아문화사, 1988, 178~179쪽).
40) 林宗庇,「智勒寺廣智大禪師墓誌」(이지관 편,『교감역주 역대고승비문』고려편 3, 1996, 348~357쪽).
41) 예종대 선종의 교선 융합적 경향에 관하여는 김상영, 앞의 논문, 1988, 70~74쪽.
42) 고려 중기 능엄경 수용에 관하여는 조명제,「고려중기 거사선의 사상적 경향과 간 화선 수용의 기반」,『역사와 경계』44, 2002, 106~107쪽.
43) 이자현의 생애와 사상에 관하여는 최병헌,「고려중기 이자현의 선과 거사불교의 성격」, 1983 참조. 이자현은 경원이씨 출신이었지만 유가종과 손잡은 문벌 귀족 과는 다른 길을 걸었다. 그는 관직을 버리고 淸平山에 들어가 禪 수행에 전념하였 다. 그가 교유한 인물을 보면 담진, 탄연과 같은 선승이나 도교에 관심을 보인 곽 여 등이 있었다.

리나라에 널리 퍼지니 慧照와 大鑑 두 국사가 그 문하에서 놀았다(『파한집』중,
眞樂公 李資玄).
　　B-2. 대송 建炎 4년 경술년(인종8, 1130) 11월에 (진락공의) 門人이고 靖國安
和寺 주지로서 법을 전해받은 사문 坦然이 쓰다(「眞樂公重修淸平山文殊院記」).44)

　　B-1에서는 대감국사 즉 탄연이 혜조국사와 함께 이자현의 문하
에서 놀았다고 표현하였다. 「청평산문수원기」에서는 담진이 백운산
화악사에 머물 때 이자현이 왕래하면서 선리를 자문하였다고 하여서
그 영향을 받았던 것으로 볼 수 있다. 혜조국사는 이자현과 탄연의 선
수행에 영향을 미쳤으며, 탄연은 혜조국사와 이자현에게 사숙하였던
것으로 볼 수 있다. 「청평사문수원기」와 「청평산거사진락공 제문」은
모두 탄연이 글씨를 써서 비석을 새긴 것이었다. B-2에 보이듯이 탄
연은 자신을 이자현의 문인이라 표현하였다. 이자현은 여러 불경 가
운데 능엄경을 중요하게 여겼다. 문인들에게 능엄경을 공부할 것을
권장하였다. 예종 16년1121에는 왕명으로 능엄강회를 개최하기도 하
였다. 이자현의 문인이었던 탄연도 이러한 영향을 크게 받았던 것으
로 보인다.
　　『능엄경』은 북송 불교계에서 중시되었는데 이러한 경향이 유학승
을 통하여 고려에 수용되었던 것이 아닐까 한다. 탄연이『능엄경』을
중시한 직접적인 기록은 찾을 수 없지만 그를 계승한 효돈孝頓이 9산
문의 학도 500인이 모인 담선회에서『능엄경』과『인악집』등을 강하
였던 일이 주목된다.45) 송에서는 여러 권의 능엄경 주석서가 나왔는
데 그 문제를 바로잡고 요점을 간략히 정리한 것이 계환戒環의『수능

---

44) 金富轍,「眞樂公重修淸平山文殊院記」(조선총독부 편,『조선금석총람』상, 324쪽과 327쪽).
45) 명종 15년(1185)에 세운 「重修龍門寺記」를 보면 효돈이 담선회에서 강의하였다(한
　　기문,「예천 "중수용문사기" 비문으로 본 고려중기 선종계의 동향」, 2005, 81쪽).

엄경요해』10권이었다. 계환의 요해는 고려에도 전해졌다.46) 계환이 능엄경을 해석하면서 이용한 서적에 인악仁岳의 집해集解가 들어 있다. 뒤에서 보듯이 탄연은 계환의 스승인 육왕개심育王介諶의 인가를 받았고 계환과도 서신을 통하여 교유하였다(C). 이러한 점을 볼 때 탄연은 능엄경을 중시하였던 것으로 볼 수 있다.

이와 함께 탄연의 사상적 경향을 살피는 데 북송 임제종의 수용도 역시 중요하다. 탄연은 송나라 임제 선승과 서신을 통하여 교유하였다.

> C. 일찍이 지었던 四威儀頌과 아울러 上堂 語句를 무역상의 배편으로 大宋의 四明 阿育王山 廣利寺에 있는 介諶禪師에게 보내어 印可를 청하였다. 개심선사가 極口歎美한 400여 言이나 되는 印可書를 보내 왔으나, 글이 너무 많아 비문에는 싣지 않는다. 또 道膺, 膺壽, 行密, 戒環, 慈仰 등이 있었으니, 이들은 모두 당시의 大禪伯들이었다. 이 스님들과도 편지로 통하여 친한 道友가 되었으니, 스스로 도덕이 높지 않으면 어찌 능히 사람들로 하여금 흠모함이 이와 같을 수 있겠는가! (「대감국사비」)

탄연은 「사위의송四威儀頌」과 「상당 어구上堂語句」를 송나라 광리사廣利寺에 있는 개심선사介諶禪師, 1080~1148에게 보내었다. 이에 개심이 인가서를 보내었다.47) 그리고 탄연은 개심의 제자인 도응道膺, 응수膺

---

46) 고종대부터 충렬왕대 무렵 활동한 普幻이 계환의 요해 가운데 잘못된 곳을 고쳐서 산보한 『首楞嚴經環解刪補記』를 만들었다. 고려 후기 능엄경의 유통에 관하여는 조명제, 「고려후기 계환해 능엄경의 성행과 사상사적 의의 –고려말 성리학의 수용 기반과 관련하여」, 『부대사학』 12, 1988 참조.

47) 탄연이 四威儀頌을 지어 송나라 介諶禪師에게 보냈던 점은 『보한집』 하, 대감국사 탄연 조에서도 언급하였다. 그리고 탄연이 개심에게 인가를 받는 과정은 『五燈會元』에서 확인할 수 있다. 海商 方景仁이 四明에 있는 무시선사 즉 개심의 법어를 기록하여 고려에 가져 왔으며, 탄연이 이를 본 뒤 깨달음을 얻었다. 탄연은 「語要」와 「사위의게」를 지어 방경인을 통해 개심에게 보내어 인가를 받았다(『오등회원』 18, 臨濟宗 靑原下十六世 育王 : 장동익 편, 『송대려사자료집록』, 서울대학교 출판부, 2000, 415~416쪽).

壽, 행밀行密, 계환戒環, 자앙慈仰 등과도 서신을 통하여 교유하였다. 개심과 계환 등은 송의 임제종臨濟宗 황룡파黃龍派를 대표하는 고승이었다. 탄연과 송나라 임제 선승의 교류는 담진의 영향에 따른 것으로 볼 수 있다. 담진은 일찍이 송에 유학하여 임제종을 익혔다. 이러한 인연으로 탄연이 임제승과 서신 교류를 할 수 있었을 것이다. 이러한 활동을 통하여 그는 임제종 승려로 알려진 것이 아니었을까 한다. 그의 비문에서는 "국사의 소속 宗派를 상고해 보건대, 스님은 臨濟의 9대 법손이다"라고 하였다. 임제의현臨濟義玄으로부터 시작한 임제종의 제7대손이 정인도진淨因道臻이었다. 그에 뒤이어 8대 법손이 담진이며 9대손은 탄연이라고 보았던 것이 아닐까 한다.48)

임제종의 임제의현은 공안선公案禪을 주장하였다. 이는 공안을 통하여 본래 지닌 불성을 자각하여 지혜에 의한 깨달음을 얻고자 하는 선이었다. 공안公案을 공부하고 이를 화두로 삼는 선법은 문자화된 경전, 어록을 중시함으로써 교선 융합적 특징을 가졌다. 이처럼 탄연은 혜조국사 담진과 이자현의 선풍을 계승하면서 능엄경과 송 임제종의 선법을 수용하였다. 『능엄경』의 탐구와 임제종의 수용을 통하여 경전이나 어록에서 선지禪旨를 터득하는 선 수행을 강조하지 않았을까 한다.

요컨대 탄연은 선종 때 출가하여 숙종대 승과에 합격한 뒤 예종대와 인종대에 걸쳐서 선종계를 대표하는 승려로 활동하였다. 인종은 예종에 뒤이어 선종계를 후원하였다. 이에 따라 선종계를 대표하는 위치에 있었던 대선사 탄연이 왕사의 자리에 올랐다. 탄연의 사상과 활동에 크게 영향을 미친 인물로는 혜조국사 담진과 청평거사 이자

---

48) 정수아, 「혜조국사 담진과 '정인수'」, 1994, 637쪽과 주 43.

현이 있었다. 탄연은 담진을 사승으로 삼아서 선법을 익히고 송나라 임제승과 교류할 수 있는 계기를 얻었다. 탄연은 담진의 법맥을 잇는 지인, 영보, 관승과 함께 사굴산문을 이끌었다. 이자현, 담진의 선 수 행과 사굴산문의 전통을 생각할 때 탄연은 능엄경을 중시하면서 경 전이나 어록을 탐구하여 선리를 터득하고자 하는 교선 융합적 사상 을 가졌을 것이다.

Ⅳ. 탄연의 하산과 지리산 단속사

의종 원년1147에 이르러 탄연은 늙음을 이유로 진주 단속사斷俗寺로 돌아갈 수 있도록 청하였다. 이때 탄연의 나이 79세이었다.

> D. 2년 丁卯(의종 원년, 1147)에 이르러 늙음을 이유로 晋州 斷俗寺로 돌아갈 수 있도록 빌었으나, 왕은 개경에 더 머물도록 만류하다가 스님의 뜻이 견고하여 왕이 마지못해 잠시 돌아가 쉬도록 허락하였다. 그리하여 스님은 이미 허락을 받고는 3월 5일에 출발하여 天和寺에 머물렀다. 왕이 또 뵙고자 하여 廣明寺로 맞이 하려 하였는데 스님은 호연한 뜻을 가졌지만 왕의 청을 받아들이지 않을 수 없었다. 7월 13일에 이르러 몰래 빠져나와 (결락)에 이르렀다. 왕이 더 이상 만류할 수 없음을 알고, 中貴人 金存中과 右街僧錄 翰周를 보내어 陪行하도록 하여 9월 3일에 단속사에 도착하였다(「대감국사비」).

비문의 D에 보이듯이 의종은 탄연이 하산하려는 것을 붙들고 말리 었다. 왕사가 거듭하여 귀산歸山을 요청하자 국왕이 만류하다가 마침 내 청을 허락하였다. 왕은 내신과 우가승록을 보내어 탄연을 모시고 따라가도록 하였다. 탄연은 왕사의 하산 의례에 따라서 9월 3일에 지 리산 단속사에 도착하였다.49)

개경을 떠난 탄연은 왕사의 자리에서 물러난 것일까. 비문을 보면 그가 입적한 뒤 문인들이 왕에게 올리는 탄연의 유상遺狀과 함께 왕사의 인보印寶를 받들어 개경으로 갔다. 단속사에 머무는 동안 그는 왕사의 인보를 가지고 있었던 것이다. 이를 통하여 볼 때 탄연은 입적할 때까지 왕사의 지위를 유지하였다. 탄연은 왕사로서 단속사 주지를 맡았다.[50] 그러면 그는 왜 단속사로 하산하였을까. 탄연이 단속사로 내려간 것이 가지는 의미는 무엇이었을까. 이는 단속사에 머물면서 탄연이 어떠한 활동을 하였는지를 통하여 알 수 있을 것이다.

> E-1. 스님은 비록 산중에 물러나 있으나, 祝聖하는 정성은 날로 더욱 돈독하였다. 따라서 임금의 돌아보는 성의도 또한 조금도 적어지지 아니하여, 자주 王人을 보내 지극한 예를 닦았다. … -2. 스님은 그 天性이 善行을 좋아하여 學人을 가르치기를 게을리 하지 아니하므로, 玄學하는 무리들이 구름처럼 모여들고 물과 같이 찾아와서 항상 會下의 대중이 수백 명이나 되었다. 그들이 升堂하여 入室하고 心印을 전해 받으며 骨髓를 얻어 당시 大宗匠이 된 스님이 또한 상당수에 이르렀다. 드디어 宗風을 크게 떨치며 祖道를 光揚하여 東國의 선종을 중흥하였으니, 실로 스님의 법력에 의한 것이다. 이와 같은 스님의 업적이 사람들의 입을 통하여 四方으로 流傳하였다(「대감국사비」).

단속사에서 탄연은 크게 두 가지 활동에 전념하였다. 첫째는 산중에 물러나 있으면서 탄연은 축성祝聖하는 정성을 돈독히 하였다(E-1). 여기에서 축성은 국왕의 장수와 안녕을 기원하는 일로 여겨진다.

---

49) 탄연이 개경을 떠나서 단속사로 내려가는 과정은 앞서 왕사를 지낸 학일이 운문사로 내려가는 과정과 비슷하다. 윤언이가 쓴 「高麗國雲門寺圓應國師之碑」를 보면 인종이 내신을 보내어 친서를 전달하고, 左右街僧錄에게 명하여 국사께서 지나가는 州郡에 지시하여 慧照國師께서 下山할 때의 例에 준하여 영송하도록 하였다(이지관 편, 『교감역주 역대고승비문』 고려편 3, 1996, 283쪽). 개경에서 하산소로 내려갈 때까지 거치는 주군에서 일정한 의례를 거행한 것으로 보인다.
50) 「高麗國雲門寺圓應國師之碑」를 보면 비의 글씨를 쓴 사람이 "王師 斷俗寺住持 □□□□ □□□"이라 하였다. 그는 곧 釋 坦然으로 추정되고 있다(이지관 편, 위의 책, 1996, 267쪽).

왕의 수명을 연장하는 일은 왕사의 임무로 인식되기도 하였다.[51] 의종은 기양과 장수를 기원하는 법회를 자주 개최하였다. 수명을 연장하기 위한 축성법회를 경외에서 열도록 하였다.[52] 이와 관련하여 단속사에 오백나한당五百羅漢堂이 조성되었던 점이 주목된다. 무신집권기 혜심慧諶, 1178~1234이 단속사에 주지하면서 「사유오백나한당寺有五百羅漢堂」이라는 시를 지은 것을 보면 그 이전부터 단속사에 나한당이 있었던 것을 알 수 있다.[53] 탄연이 단속사에서 오백나한재를 베풀고 왕의 장수와 왕실의 안녕을 빌었던 것이 아닐까. 지리산에 내려오기 이전까지 탄연은 보제사菩濟寺에 머물렀다. 보제사에는 나한보전羅漢寶殿이 있어서 오백나한재를 베풀던 대표적 선찰이었다.[54] 이러한 축성 의례를 단속사에서도 계속하였던 것으로 보인다.

둘째로 탄연은 단속사에서 학인學人을 가르치는 일에 힘썼다(E-2). 그는 단속사에서 사굴산문의 법맥을 이어갈 후계를 양성하였다. 탄연에게 심인을 전해 받아서 대종장이 된 선승이 상당수에 이르렀

---

51) 강종 2년에 왕사가 下山을 청하는 글을 이규보가 대신 쓴 것이 있다. 이를 보면 "… 이와 같이 임금의 존엄을 낮추신 것은 대개 수명을 연장하고자 하는 것이었습니다. 이 늙은 중의 공적이 없어 仙路의 기한을 재촉하게 하였으니 열배나 염치가 없습니다"라고 하였다(『동국이상국전집』 30 「王師乞下山狀」). 이 글과 E-1을 통하여 볼 때 왕사가 국왕의 장수를 위한 기도를 하였을 것이라는 점은 박윤진, 「고려 전기 왕사·국사의 임명과 그 기능」, 2004 : 『고려시대 왕사·국사 연구』, 2006, 83~85쪽 참조.

52) 『고려사』 123 榮儀 傳; 『고려사절요』 11 의종 11년 정월.

53) 단속사에 나한당을 설치한 정확한 시기는 알 수 없다. 하지만 늦어도 무신집권기 이전에 단속사에 오백나한당이 있었던 것으로 보인다. 혜심이 단속사에 주지할 때 「寺有五百羅漢堂」이라는 시를 지어서 "금당이 지어진 게 언제인가, 尊像 단엄하여 古今에 드무네…"라고 하였다(유영봉 역, 『(國譯) 無衣子詩集』, 을유문화사, 1997, 24쪽). 금당이 조성된 시기를 물으면서 시작되는 시를 볼 때 나한당은 혜심이 주지하기 훨씬 전부터 있었던 것으로 볼 수 있다. 조선 초 단속사 오백나한상에 관하여는 송희준, 「단속사지의 문화유산」, 『모산학보』 12, 2000, 21~22쪽 참조.

54) 『고려도경』 17 사우 廣通普濟寺.

다고 한다. 탄연의 문인으로는 명종 초 단속사 주지를 지낸 삼중대사 연담淵潭이 있었다. 그는 탄연이 세상을 떠난 뒤 비碑를 세우는 일에 앞장섰다. 또 다른 탄연의 후계로 효돈孝惇이 있었다. 그는 윤언이의 아들로 인종 21년에 승과 대선에 합격하였으며 의종 4년에는 중대사 의 법계를 가졌다.[55] 명종 때에는 단속사에 머물렀다. 명종 9년1179에 담진의 법손자 조응祖應이 용문사龍門寺를 중수하여 9산문의 학도 5백 인을 모아 50일간 담선회談禪會를 열었는데, 이 때 단속사의 효돈 선 사를 초청하여『전등록傳燈錄』,『능엄경楞嚴經』,『인악집仁岳集』,『설 두염송雪竇拈頌』 등을 강의하는 것으로 낙성하였다.[56] 효돈은 능엄경 과 같은 경전이나 염송 등에 조예가 깊었을 것이다. 탄연은 단속사에 주지를 지내면서 연담, 효돈 등을 훈도하였다.

이처럼 탄연은 왕사로서 축성의 예를 다하였고 단속사의 주지로서 사굴산문의 도제를 길렀다. 왕사 탄연이 주지한 단속사에는 나라와 왕실의 경제적 지원이 이루어졌던 것으로 보인다. 대체로 왕은 왕사 가 하산할 때 가사와 발우 등을 특사하였고 하산소로 정해진 사찰에 토지와 노비를 제공하였다.[57] 인종 때 학일이 운문사로 하산하였는 데 왕은 운문사에 토지 200결과 노비 500구를 내렸다.[58] 왕사가 하산 한 사찰을 운용할 수 있는 경제적 기반을 마련해 주었던 것이다. 의종

---

55) 金子儀,「中書侍郎平章事文康公墓誌」(김용선 편,『고려묘지명집성』5판, 한림대아시 아문화연구소, 2012, 110~116쪽).

56) 한기문,「예천 "중수용문사기" 비문으로 본 고려중기 선종계의 동향」,『문화사학』24, 2005, 81쪽.

57) 왕사와 국사의 하산소에 대해 국왕이 경제적 혜택을 주었던 점은 박윤진,「고려시 대 왕사·국사에 대한 대우」,『역사학보』190, 1975 :『고려시대 왕사·국사 연구』, 경인문화사, 2006, 179~185쪽 참조.

58)『慶尙道淸道郡東虎踞山雲門寺事蹟』(『雲門寺誌』, 아세아문화사, 1977, 17~18쪽). 학일 이 머무르던 시기 운문사의 경제력에 관하여는 배상현,「고려시대 운문사의 사원 전 경영」,『한국중세사연구』4, 1997, 79~80쪽 참조.

도 역시 탄연의 하산소인 단속사에 토지와 노비 등을 내려서 사찰을 운영하는 데 필요한 경제력을 갖추도록 하였을 것이다. 이러한 경제력을 바탕으로 탄연은 문도를 모아서 훈도하며, 단속사를 법손에게 물려줄 수 있었다.

탄연이 단속사로 하산한 것은 의종의 정치적 배려로 볼 수 있다. 국왕은 왕사에게 하산소를 정하여 줌으로써 왕사가 사찰을 옮기지 않고 문도를 양성하여 종세를 넓힐 수 있도록 하였다.[59] 단속사는 신라시대부터 선종계를 대표하는 역사적 전통을 가졌다. 경덕왕 때 세워진 이 절에는 북종선을 수용한 신행선사神行禪師가 주지하였고 헌덕왕 때 '신행선사비'가 절 서쪽에 세워졌다.[60] 이는 선종이 신라사회에 널리 퍼지는 출발점이 되었다. 유서 깊은 선종 사찰을 근거로 삼아서 탄연은 조계종의 중흥을 꾀하였다. 단속사에는 광종 25년974에 한림학사 김은주가 찬술한 선사의 비가 절 북쪽에 세워졌다.[61] 이후 탄연이 하산하기 전까지 단속사의 동향을 알려주는 기록을 찾을 수 없다. 왕사 탄연이 주지를 맡으면서 단속사는 왕실의 지원으로 경제적 기반을 갖추었다. 탄연의 문인들은 단속사를 근거지로 삼아서 종풍을 떨치게 되었다. 탄연의 하산을 계기로 단속사가 선종을 대표하며 사굴산문의 중심 사찰로 부상할 수 있었던 점에서 그 역사적 의미를 찾

---

59) 왕사와 국사의 하산소에 관한 연구로는 한기문, 「고려 역대 국사·왕사의 하산소의 존재양상과 그 기능」, 『역사교육논집』 16, 1991이 있다.

60) 신라시대 신행선사의 북종선 수용과 단속사에 신행선사비를 건립한 일의 의미에 관하여는 정선여, 「신라 중대말 하대초 북종선의 수용」, 『한국고대사연구』 12, 1997; 곽승훈, 「신라시대 지리산권의 불사활동과 신행선사의 비」, 『신라문화』 34, 2008 참조.

61) 비의 주인공에 관하여 남효온은 鑑玄禪師 通照의 비라고 하였고(남효온, 「지리산일과」, 『추강집』, 조선 성종 18년 9월 27일), 『신증동국여지승람』에서는 眞定大師의 것이라 하였다(『신증동국여지승람』 30 경상도 진주목 불우 단속사). 동일인에 대한 서로 다른 호칭으로 법휘, 자, 호, 시호 등을 가리키는 것이 아닐까 한다.

을 수 있다.

의종 12년1158에 탄연이 단속사에서 입적하였다. 의종은 그에게 '대감大鑑'이라는 시호를 내리고 국사로 추중하였다. 시호의 사여는 왕사나 국사에게 주어지는 중요한 정치적 대우의 하나였다.[62] 탄연의 시호 '대감'은 당나라 육조 혜능의 시호와 같은 것이었다. 그가 조계종에서 차지하는 위치를 혜능과 같은 것으로 평가하였던 것이 아닐까 한다. 진주의 소남역少男驛 북쪽 산에서 다비하였으며 그 유골을 단속사 북쪽의 독립산정에 봉안하였다.

탄연의 비는 명종 2년1172에 단속사에 세워졌다. 그가 입적한 지 14년이 지난 뒤의 일이었다. 그의 문인들이 국사의 비를 세울 수 있도록 왕에게 주청하였다. 명종은 이지무李之茂[63]에게 명하여 비명을 짓도록 하였다. 비를 건립한 명종 초는 무신정권이 성립한 때였다. 명종 원년에 천태종 승려 덕소德素가 왕사로 봉해졌다.[64] 덕소를 왕사로 책봉할 때 명종이 스스로 결정하지 못하여 선교禪敎의 고승 이름을 써서 봉하여 불전 앞에 두고 기도한 뒤 선택하였다.[65] 이는 왕사를 명종의 뜻대로 정하지 못하고 집권무신의 이해를 반영하였던 상황을 알려준다. 교종의 승려들은 무신의 집권에 크게 반발하였다.[66] 무신은 문벌 귀족과 손잡은 교종세력보다 천태종과 선종계를 후원하고자 하

---

62) 고려에서 시호는 원칙적으로 재신 이상의 고위관료에게 주어졌다. 왕사, 국사가 보유한 승계인 僧統, 大禪師를 제수할 때 재신의 경우와 같이 大官誥를 사용한 것을 볼 때 시호의 수여도 정치적 우대로 볼 수 있다(박윤진, 앞의 책, 190쪽).
63) 이지무는 인종대와 의종대 관료이었다. 의종 16년(1162)에 判尙書吏部事를 거쳐서 의종 18년(1164) 中書侍郎平章事가 되었다. 이듬해 門下侍郎同中書門下平章事에 올랐다. 이후 벼슬에서 물러났다.
64) 『고려사』 19 세가, 명종 원년(1171) 9월 계미.
65) 「□□□□台宗贈諡圓覺國師碑銘」(이지관, 앞의 책, 1996, 464쪽).
66) 민현구, 「월남사지 진각국사비의 음기에 대한 일고찰」, 『진단학보』 36, 1973, 28~31쪽.

였던 것으로 보인다. 대감국사비의 건립은 선종을 우대하려는 무신 집권자의 정치적 의도에 따른 것이 아니었을까 한다.

대감국사의 비는 탄연의 기념비이었다. 선종승은 직수直授되는 인맥을 강조하였다. 선종의 고승은 그 문도들에 의하여 절대적 추앙을 받았다. 문인들은 고승의 생애를 서책으로 남기는 대신에 비를 건립하여 비문을 남겼다. 탄연의 기념비가 지리산 단속사에 세워졌다.

비명의 마지막 부분에서 비의 건립에 참여한 인물에 관하여 살필 수 있다. 아래의 F에 있듯이 탄연의 문인으로 단속사 주지였던 삼중대사 연담이 비의 건립을 주도하였다.

> F. 大金 大定 12년 임진(명종2, 1172) 정월에 門人 住持 虛淨 三重大師 臣 淵湛이 왕명을 받들어 비석을 세우고, 門人 大師 懷亮과 參學 處端등은 글자를 새기다(「대감국사비」).

연담에 관하여는 명종 27년1197 최충헌이 집권한 뒤의 기록에서 찾을 수 있다. 최충헌이 명종을 폐위하고 신종을 옹립할 때 여러 관료와 승려, 소군 등을 유배 보내었다. 이 때 대선사 연담 등 10여 명의 승려들이 영남으로 유배되었다.67) 연담은 선종의 첫째 법계인 대선사의 지위에 있었다. 단속사 주지를 지낸 연담은 사굴산문을 대표하는 고승이라 할 수 있다. 최충헌이 연담을 유배 보낸 뒤 무신정권은 단속사를 장악하였던 것으로 보인다. 최충헌에 뒤이은 최이가 자신의 아들 만종萬宗을 단속사의 주지로 삼았던 것을 볼 때 그러하다. 최씨무신정권은 단속사를 장악하여 무신집정의 정치적 영향력 아래 놓이게 하였던 것이다.

---

67)『고려사』129 崔忠獻 傳.

무신집정 최이는 그 아들 만종을 수선사 혜심1178~1245에게 출가
시킨 뒤 단속사에 주지하게 하였다. 만종은 무뢰배인 악한 승려들을
모아서 문도를 삼았고, 관곡을 내어 고리대업을 하여 부를 축적하였
다.[68] 단속사를 근거로 한 만종의 활동은 최씨무신정권이 불교세력
을 재편하고 그 경제력을 확보하기 위한 것이었다.[69] 최씨무신정권
이 단속사를 불교계 재편의 중심으로 삼았던 것은 탄연의 하산 이후
이 절이 선종의 대표적 사찰이었기 때문으로 보인다. 아울러 탄연의
하산소로서 단속사가 많은 토지와 노비를 가지고 있었기 때문에 이
를 기반으로 경제력을 확충하려 한 것이 아닐까 한다.

또한 최씨무신정권은 수선사 계통의 승려를 후원하면서 이들이 단
속사의 주지가 되기를 바랐다. 고종 7년1219에 조서를 내려서 수선사
제2세 혜심을 단속사에 머물도록 하였다.[70] 이후 고종 35년1248에 제
5세 자오국사 천영1215~1286이 단속사의 주지로 임명되었다.[71] 뒤이
어 진명국사 혼원1191~1271이 단속사의 주지가 되었다.[72] 최씨무신
정권은 단속사를 거점으로 수선사와 유대를 강화하고자 하였던 것이
다. 이에 따라 단속사는 개경의 광명사와 봉은사, 강도에 세워진 선원

---

68)『고려사』129 최충헌 전 부 崔怡 傳.

69) 최씨무신정권의 단속사 경영과 그 사회경제적 수탈에 관하여는 살핀 연구로는 다
   음을 참조할 수 있다. 김광식,「고려 최씨무인정권과 단속사」,『건대사학』8, 1989;
   유영숙,「최씨무신정권과 조계종」,『백산학보』33, 1986, 186~187쪽.

70) 李奎報,「曹溪山第二世故斷俗寺住持修禪社主贈諡眞覺國師碑銘」,『동국이상국전집』35.

71) 李益培,「曹溪山第五世贈諡慈眞圓悟國師碑銘」(이지관 편,『교감역주 역대고승비문』고
   려편 4, 가산문고, 1997, 164~187쪽).

72) 金坵,「臥龍山慈雲寺王師贈諡眞明國師碑銘」,『동문선』117. 그의 비명을 보면 "炤・鑑・
   覺이 서로 계승하여 크게 천명하였다"라는 구절이 있다. 여기에서 언급한 세 명은
   혜조국사, 대감국사, 진각국사로 보인다. 수선사의 혜심이 담진과 탄연을 계승한
   것으로 인식하는 경향이 있었던 것이다. 탄연과 혜심의 비 수제를 보면 단속사주
   지라는 점을 밝혔다. 단속사를 매개로 탄연과 수선사의 승려들을 연계하여 이해
   할 수 있다.

사와 비견될 만한 주요 선종 사찰로 부상하였다. 이러한 단속사의 위상은 탄연의 하산 이후 이 절이 선종계를 대표하던 상황에서 수선사와 밀착하려는 최씨무신정권의 정치적 의도가 더해진 결과였다.

요컨대 탄연은 의종 원년에 개경을 떠나서 지리산 단속사로 하산하였다. 단속사에서 탄연은 왕사로서 국왕의 장수와 안녕을 비는 정성을 돈독히 하였다. 이와 함께 탄연은 단속사에서 학인을 가르치는 일에 힘써서 심인을 전해 받은 여러 선승을 배출하였다. 왕사의 하산소였던 단속사에 임금은 경제적 지원을 하였다. 이러한 경제력을 바탕으로 단속사는 탄연과 그 문인들의 근거지가 되었다. 나아가 탄연의 하산을 계기로 단속사는 조계종 굴산문을 대표하는 중심 사찰로 부상하였다. 탄연은 의종 12년에 단속사에서 입적하였고 대감국사로 추증되었다. 이후 최씨무신정권은 최우의 아들 만종을 단속사의 주지로 임명하고 수선사의 사주가 된 혜심, 천영, 혼원 등을 주지하도록 하였다. 최씨무신정권은 단속사를 거점으로 불교계를 장악하고 그 경제력을 토대로 정권의 경제적 기반을 확충하여 나갔다.

V. 맺음말

이 글에서는 고려 중기 탄연의 활동과 사상적 경향을 파악하고 지리산 단속사로의 하산에 관하여 살펴보았다. 지금까지 살핀 내용을 요약하면 다음과 같다.

대감국사 탄연은 인종과 의종의 왕사로 선종계를 대표하는 위치에 있었다. 선종은 고려 초 광종의 치세 전반까지 전성기를 이루었다. 그 뒤 화엄종과 유가종이 부상하면서 선종은 침체기를 맞았다. 그러다가 예종대부터 선종 출신 승려가 왕사와 국사에 봉해지면서 불교계의 흐름을 주도해 나갔다. 고려 중기 선종의 부흥을 이끈 승려 가운데 탄연이 있었다. 그는 예종 때 선종계의 부흥을 선도한 담진의 법맥을 계승하고 있었다. 담진과 탄연은 왕실과 밀접한 관계를 맺으면서 왕사, 국사에 책봉되어서 고려 중기 사굴산문을 중흥시키고 선종계를 이끌어 나갔다.

탄연은 선종 때 출가하여 숙종대 승과에 합격한 뒤 예종대와 인종대에 걸쳐서 선종계를 대표하는 승려로 활동하였다. 인종은 예종에 뒤이어 선종을 후원하였다. 문벌귀족과 손잡은 교종을 대신하여 왕권의 안정을 기대할 수 있는 선종 중심의 불교통합에 관심을 가졌다. 이에 따라 선종 출신의 탄연이 왕사의 자리에 올랐다. 탄연의 사상과 활동에 크게 영향을 미친 인물은 혜조국사 담진과 청평거사 이자현이었다. 탄연은 담진을 사승으로 삼아서 선법을 익히고 송나라 임제승과 교류할 수 있었다. 탄연은 담진의 법맥을 잇는 지인, 영보, 관승과 함께 사굴산문을 이끌었다. 이자현, 담진의 선 수행과 사굴산문의 전통을 생각할 때 탄연은 능엄경을 중시하면서 경전이나 어록을 탐구하여 선리를 터득하고자 하는 교선 융합적인 사상을 가졌던 것으로 보인다.

의종 원년에 탄연은 개경을 떠나서 지리산 단속사로 하산하였다. 단속사에서 탄연은 왕사로서 국왕의 장수와 안녕을 비는 의례를 베풀었다. 이와 함께 탄연은 단속사에서 학인을 가르치는 일에 힘써서 심인을 전해 받은 수많은 선승을 배출하였다. 왕사의 하산소였던 단속사에 국왕은 토지와 노비 등을 하사하여서 경제적으로 지원하였다. 이러한 경제력을 바탕으로 단속사는 탄연과 그 문인들의 근거지가 되었다. 나아가 탄연의 하산을 계기로 단속사는 조계종 사굴산문

을 대표하는 중심사찰의 위상을 가지게 되었다. 탄연은 의종 13년에
단속사에서 입적한 뒤 대감국사로 추증되었다. 명종 2년에는 단속사
에 대감국사의 비가 세워졌다. 이후 최씨무신정권은 단속사를 장악
하여 이를 근거로 불교계를 재편하고 경제력을 확충하여 나갔다.

지리산 단속사는 탄연과 그 이후 조계종 승려들을 연결하는 매개
의 역할을 하였다. 수선사의 사주였던 혜심, 혼원, 천영 등이 단속사
에 주지하면서 조계종의 전통이 계승되었다. 지리산 단속사를 연결
고리로 삼아서 고려 중기 선종계의 전통이 후기 조계종으로 이어졌
던 것이다. 단속사는 조계종 사굴산문의 사찰로 탄연과 이후 조계종
승려의 계승 의식을 매개하는 뜻 깊은 장소가 되었다. 탄연의 단속사
주석과 단속사의 대감국사 비 건립은 조계종의 계승을 가능하게 하
였던 점에서 역사적 의미를 찾을 수 있다.

▶ 이 글은『남도문화연구』제23집(순천대학교 남도문화연구소, 2012년
12월)에 실렸던 「고려 중기의 大鑑國師 坦然과 지리산 斷俗寺」를 재수록한
글임을 밝힌다.

'깨달음의 세계 ; 본래적인 실존의 세계'

- 지리산 선사 벽송 지엄과 마르틴 하이데거의 만남

문동규*

Ⅰ. 시작하는 말

　모든 인간의 삶은 일상적인 세계를 벗어날 수 없다. 그런데도 인간은 언제나 일상적인 세계에서의 삶을 벗어나고파 한다. 그것은 아마 자신이 살아가는 현실이 그에게 만족스럽지 못하기 때문일 것이다. 그래서 모든 사람들이 동경하는 이상적이고 자유로운 삶에 대한 다양한 이야기들이 신화세계에서부터 현재까지 전개되어 왔음은 잘 알려져 있다. 그러나 그 삶 또한 이루기 어렵다는 것을 우리는 매우 잘 안다. 모든 것들과의 관계 속에서 세론에 따라 살아가야 하는 우리들에겐 그러한 삶이란 단지 바람과 같아 우리들에게서 바람처럼 사라

---

* 순천대학교 지리산권문화연구원 HK연구교수.

지기 때문이다. 그렇다고 우리는 그것을 내던져버릴 수는 없다.

어찌하면 좋을까? 그것은 우리가 살아가는 일상적인 세계 속에서 '일상성에 매몰된 사고'가 아닌 새로운 '숙고적인 사유'를 통해서만이 해결될 수 있을 것으로 보인다. 우리의 일상에 진지하게 '응대 Entsprechung' 하면서 일상적인 생각을 벗어던지고, 일상적인 세계에서 '자성自性이 삼라만상의 본래면목이라는 깨달음'과 '자신의 고유하고 본래적인 존재가능성으로의 결단'을 통해 '깨달음의 세계' 내지는 '본래적인 실존의 세계'를 이루면 된다는 말이다.

그러나 그것이 도대체 어떻게 이루어질 수 있단 말인가? 불교의 이야기에 따르면 일체 중생들에게는 붓다의 지혜가 모두 갖추어져 있어 깨달음의 가능성이 열려 있다고 한다. 그래서 선불교에서는 각자가 선 수행을 통해 불성을 단번에 깨달아頓悟 부처와 똑 같은 지혜를 갖추도록 주장하고, 각자의 본래면목인 불성을 깨달아 반야般若의 지혜로 '지금 여기에서' 창조적이고 자유롭게 살아갈 것을 말한다.1) 그리고 하이데거의 존재사유에 따르면 일상 속에서 세론에 따라 살아가는 인간에게 '자신의 고유하고 본래적인 존재가능성'인 '본래적인 실존방식'으로 살아가라고 부르는 '양심의 소리'를 인수하면서 일상적인 우리의 삶인 '비본래적인 실존방식'을 '지금 여기에서', '변양 Modifikation'하여 주체적이고 자유롭게 살아가라고 말한다.

따라서 필자는 이 글에서 조선 전기의 선승이자 지리산권의 대표적인 승려였던 벽송지엄碧松智嚴2)의 '깨달음의 세계'와 20세기 서양

---

1) 성본, 「선의 실천사상과 깨달음(自覺)의 문제」, 『보조사상』 제29집, 보조사상연구원, 2008, 372쪽 참조.
2) 사실 한국 불교의 법맥에 대해서는 이견이 있는 것은 사실이다. 그러나 한국 불교의 법맥을 태고보우(太古普愚)에서 시작하는 것으로 받아들인다면, 벽송지엄은 태고보우의 제5세로서 제4세인 벽계정심(碧溪正心)의 법을 이은 자이자, 제6세인 부

사상계의 거장들 중 한사람인 하이데거가 그리는 '본래적인 실존의 세계'를 우리가 벗어나고파 하는 일상적인 삶을 대신할 세계, 아니 일상성을 넘어서서 본래적인 자기로 살아갈 수 있는 세계, 사실 우리가 진정 바라는 자유로운 삶의 세계임을 보여주고자 한다. 물론 이때 필자는 소위 선불교에서 말하는 '깨달음'이라는 바탕 위에서 지어진 지엄의 가송인 『벽송당야로송碧松堂埜老頌』[3) 속에 실린 게송偈頌을 통해 '깨달음의 세계'를 보여줄 것이고, '본래적인 실존의 세계'에 대해서는 '비본래적인 실존방식'에서 '본래적인 실존방식'으로 나아갈 수 있는 '길Weg'을 그리고 있는 하이데거의 『존재와 시간Sein und Zeit』[4)을 통해 보여줄 것이다.

그런데 여기에서 우리는 '깨달음의 세계'와 '본래적인 실존의 세계' 란 모든 인간이 바라면서 살아가는 그 바람과 같은 것이 일상 속에서의 우리의 '미혹' 내지는 '존재방식'을 벗어던지면서 그 일상을 '변양'

용영관(芙蓉靈觀)에게 법을 물려준 자이다. 이러한 정황에 따르면 벽송지엄은 당시뿐만 아니라 한국 불교의 법맥 속에서 중요한 승려 중 한명임은 분명하다. 그리고 그의 생애를 살펴볼 때 그는 한국의 명산 중 하나인 지리산과 긴밀한 연관관계에 있는데, 그것은 그가 1520년(중종15) 지리산에서 초암(草庵)을 짓고 수도하였고, 이 초암이 후에 지리산 벽송사(碧松寺)가 되었으며, 그래서 그가 지리산 벽송사의 종사 (宗師)이기 때문이다(문동규, 「깨달음과 이상적인 삶-벽송지엄의 『벽송당야로송 (碧松堂埜老頌)을 중심으로-」, 『철학논총』 제57집, 새한철학회, 2009, 459~460쪽 참조) 이러한 벽송지엄과 관련된 자료와 그에 대한 연구에 대해서는 다음을 참고하기 바란다. 문동규, 앞의 글, 459쪽, 각주 5).
3) 이 『벽송당야로송』에 대해서는 다음을 참고하기 바란다. 황갑연 외 편저, 『지리산권 불교문헌해제』, 심미안, 2009, 10~16쪽; 지관 편저, 『가산불교대사림』 권9, 가산불교문화원, 2007, 609~610쪽; 『한국불교전서』 제7책, 동국대학교, 1984, 384~385쪽. 그리고 지엄이 지은 『벽송당야로송』 속의 게송들은 동국대학교에서 출판한 『한국불교전서』(제7책, 동국대학교, 1984)에서 인용할 것이며, 이하에서 이 책은 『한국불교전서』 제7책으로 표기하도록 할 것이다.
4) M. Heidegger, *Sein und Zeit*, Vittorio Klostermann, Frankfurt a. M., 1977 이하에서는 SZ으로 표기함.

할 때 이루어질 수 있음을 확인하게 될 것이다. 그리고 지엄이 그리는 '깨달음의 세계'와 하이데거가 보여주는 '본래적인 실존의 세계'가 완전히 다른 세계가 아닌 비슷한 세계이며, 하이데거의 사유와 지엄 내지는 불교적인 사유가 완전히 같지는 않지만 근친관계에 있음을 확인할 수 있을 것이다.[5] 이것과 더불어 우리는 깨달음의 세계와 본래적인 실존의 세계에서 사는 삶이란 이 세상을 떠난 저 세상의 삶이 아니라, 그럼에도 불구하고 세론과 세속의 정에 얽매이지 않고 모든 것과 올바른 관계맺음 속에서 자유롭게 살아가는 삶임을 확인할 수 있을 것이다. 그래서 이러한 삶이란 바로 '지금 여기에서' 이루어져야

---

5) 하이데거 사상이 특히 불교사상과 매우 가깝다는 것은 매우 잘 알려져 있다. 일설에 의하면 하이데거는 선불교에 대해 지대한 관심을 가지고 있었을 뿐만 아니라 선불교에 대한 스스키 다이세츠의 소개서를 읽고 "자신이 말하려고 하는 것은 이미 이 책에 다 있다"고 고백했다고 한다(박찬국,『원효와 하이데거의 비교연구』, 서강대학교출판부, 2010, 15쪽 참조). 사실 하이데거 사상과 선불교 사이의 대화는 흥미 있는 주제로 여겨져서 그 동안 자주 시도되어 왔는데, 이것에 대해서는 다음을 참고하기 바란다. 권순홍,『유식불교의 거울로 본 하이데거』, 길, 2008, 18쪽, 각주 10); 박순영,「'존재와 무'를 달리 이해해 보기—하이데거와 선불교의 비교론에 대한 하나의 생각—」,『철학논집』제23집, 서강대학교 철학연구소, 2010. 그리고 하이데거 사유에 동아시아 사상이 영향을 끼쳤다는 것에 대해 권순홍은 마이(R. May)와 파크스(G. Parkes) 그리고 하이데거 자신 등등의 말들을 통해 보여주면서 하이데거와 동아시아 사상과의 적극적인 대화가, 그러나 조심스럽게 필요하다고 말하고 있다(권순홍, 위의 책, 13~17쪽 참조). 그러면서 권순홍은『유식불교의 거울로 본 하이데거』에서 특히 하이데거가 접한 적이 없는 유식불교(唯識佛敎), 그것도 대승불교 중에서 가장 이로정연하고 체계적으로 마음의 작용을 분석하고 있는 유식불교를 하이데거의 사유와 대화를 하고자 할 때에는『하이데거와 마음의 철학』(김형효 지음, 청계, 2001)의 경우와는 달리 아주 조심스럽게 접근해야 한다면서 자신의 작품을 전개하고 있다. 아울러 그는『유식불교의 거울로 본 하이데거』에서 불교의 관심과 하이데거의 관심은 다르다는 것에 유의 하면서 그 대화가 이루어져야 한다고 하면서 곳곳에서『하이데거와 마음의 철학』과 대결을 벌이고 있다. 그리고 그는 불교와 하이데거의 공통점이 있지만, 그럼에도 불구하고 커다란 차이점이 있음을 말한다. "중생이 걷는 열반의 길에는 말 그대로 열반이라는 최종 목적지가 있지만, 현존재가 걷는 본래적인 실존의 길에는 처음부터 어떠한 목적지도 없다." (권순홍, 위의 책, 415쪽).

하고, 그것은 각 개인의 몫이 될 것이다.

Ⅱ. 인간의 실존

하이데거에 따르면 인간은 '실존Existenz'하는 자이다. 이때 실존은
'관념적 존재'나 '이념적 존재' 또는 '본질적 존재'에 대비되는 낱말이
아니라 인간의 존재방식을 뜻하기 위해 사용되는 것으로서 인간이
자신의 존재를 스스로 이루어 갈 수 있는 '존재가능Seinskönnen, 존재할
수 있음'을 의미하는 용어다.6) 그런데 이러한 실존은 인간 현존재Dasein
가 자신의 존재가능성을 문제 삼으면서 자신의 존재를 선택할 가능
성에 따라 두 가지로 나누어진다. 첫째, 자신의 존재가능성을 '세인das
Man7)들이 사는 삶'에 의해 선택할 가능성, 둘째, 자신의 존재가능성
을 '고유하고 본래적인 자기 자신'에 의해 선택할 가능성 말이다. 그
러나 하이데거에 따르면, 대부분의 인간들은 첫째의 가능성에 따라
살며, 이것이 바로 일상적인 삶이자, 그 삶이 일상적인 세계를 이룬
다. 이때 이 일상적인 삶은 세인들이 추구하는 가치에 푹 빠진 삶이
자, '비본래적인 실존방식'의 삶이다.

---

6) 이기상·구연상, 『『존재와 시간』용어해설』, 까치, 1998, 163~164쪽 참조.
7) 하이데거의 사유에서 '세인'은 '불특정 다수', '아무도 아닌 사람'인 '익명의 사람들'
을 가리키는 낱말이다. 그래서 하이데거는 '세인'에 대해 다음과 같이 말하고 있다.
"일상적인 서로 함께 있음(Miteinandersein)에 우선 대개 ≫거기에 있는(da sind)
≪……그 누구(Wer)는 이 사람도 저 사람도 아니고, 사람들 자신도 아니며, 몇몇 사
람들도 아니고, 모든 사람의 총계도 아니다. 그 ≫ 누구 ≪는 중성자(das Neutrum,
불특정 다수)로서 세인이다"(SZ, 168~169쪽). '불특정한 사람'을 뜻하는 독일어
'man'이라는 이 낱말은 '세상 사람들은 흔히들—이라고 말한다(man sagt daß—)',
'세상 사람은 그렇게 해야 한다(man muß es tun)', '세상 사람은 바로 그렇게 해야
하는 법이다(man macht das eben so)' 등과 같은 표현들에서 사용된다(마크 A. 래톨
지음, 권순홍 옮김, 『How to Read 하이데거』, 웅진 지식하우스, 2008, 97쪽 참조).

그러나 인간은 왜 첫째의 가능성에 따라 살까? 인간은 태어나자마자 세인들이 만들어 놓은 일상적인 세계에 내던져진다. 이때 인간은 일상 세계에서 주어지는 온갖 세론에 의해 자신을 잠식당하면서 그 세론에 의해 키워진다. 그래서 세론은 인간을 편안하게 한다. 그런데 세론은 일상적인 세계에서 '공공성Öffentlichkeit'이다. 그렇다면 일상적인 세계에 살고 있는 인간이 그 공공성을 벗어나고자 할 때 그 인간은 세론의 눈을 무서워하면서 세론을 회피하지 못할 것이다. 따라서 일상적인 세계에서 제공되는 세론의 덫에 사로잡혀 있는 인간은 첫째의 가능성에 따라 살아가는 것이다.8)

물론 인간은 언제나 자신의 궁극목적Umwillen을 중심으로 살아간다. 그 궁극목적이 사랑, 자유, 부유함 등등 무엇이든지간에 말이다. 그래서 인간의 삶 전체, 즉 인간 자신의 모습과 그의 세계 전체는 이 궁극목적에 대한 자신의 마음씀Sorge, 염려을 중심으로 드러난다. 이것을 하이데거는 인간 현존재의 실존수행인 이해Verstehen, 심정성Befindlichkeit, 처해있음, 말Rede이라는 세 가지 형식을 통해서 구성되는 개시성Erschlossenheit, 열어 밝혀져 있음이라고 부르고, 우리가 살아가면서 행하는 구체적인 모든 것들과 우리가 관계하는 모든 존재자들의 성격은 이 개시성에 의해서 규정된다고 말한다.9) 인간 현존재는 존재자 전체의 한 가운데에 어떤 기분Stimmung과 함께 처해 있으면서Befindlichkeit, 자신의 존재가능성 속으로 자신을 기투Verstehen하여 자신이 사는 세계를 구성하며, 이렇게 구성된 세계는 언어Rede로 표명되기 때문이다.

---

8) 여기에서 구체적으로 다루어지고 있지 않은 인간의 비본래적인 실존방식인 일상적인 존재성격에 대해서는 다음을 참고하기 바란다. 문동규, 「일상에서 이상으로 : '이상적인 삶을 위한 이정표'」, 『철학논총』 제60집, 새한철학회, 2010, 181~186쪽; 박찬국, 앞의 책, 91~105쪽.
9) SZ, 239쪽 참조.

그러나 일상적인 세계에서 살아가는 대부분의 인간의 마음씀은 어디에 쏠려 있을까?[10] 물론 사람마다 다를 수 있겠지만, 대체로 쾌락, 사랑, 아름다움, 부, 지위, 재능, 건강, 평판, 특정한 종교적·정치적 교조를 신봉하는 것 등의 세론이 제시하는 세간적인 가치를 얻기 위한 욕망에 쏠려 있는 것으로 보인다. 그래서 일상적인 세계에서 인간은 그러한 가치를 삶의 궁극목적으로 삼아 자신의 존재가능성을 거기에로 '기투'하면서 자신이 만나는 존재자들이 그 궁극목적에 부응하면 즐거워하고 그렇지 않으면 싫어하는 '기분' 속에서 살아간다. 그리고 '말'은 근본적으로 실상을 왜곡하는 성격을 갖게 된다. 왜냐하면 일상세계에서 살아가는 인간들은 자신의 욕망을 완전히 채워주지 못하는 유한한 세간적인 가치들을 최대한 많이 소유함으로써 자신의 무한성과 영원성을 구현할 수 있다고 생각하는데, 이것 때문에 존재하는 모든 것들은 자신에게 유용한 존재자들과 그렇지 않은 것으로 구별되고 차별되기 때문이다. 따라서 일상적인 세계에서 말은 모든 존재자들을 세간적인 가치들을 추구하는 인간의 욕망에 따라 분별하고 차별하는 '말'이 된다.

그렇다면 일상적인 세계에서 비본래적인 실존방식으로 살아가고 있는 인간들의 삶은 어떤 삶일까? 앞의 이야기에 따르면 그것은 그들이 소유하고자 추구하는 가치들이 유한한 것인데, 이것을 무한하고 영원한 것으로 착각하고 있다는 점에서 근본적인 '무명'에 사로잡혀 있는 삶이자 '미혹Irre'의 삶이다. 그리고 이 삶은 세인들의 여론인 세론이자 공공성에 푹 빠져 있다는 의미에서 '퇴락Verfallen, 빠져있음'의 삶이다. 그런데 인간의 삶 전체가 인간이 추구하는 궁극목적에 대한

자신의 마음씀염려을 중심으로 드러나는 것을 개시성이라고 한다면, 일상적인 세계에서의 개시성은 인간 현존재의 또 다른 존재가능성인 둘째의 선택가능성, 즉 '고유하고 본래적인 실존 가능성'을 닫아버린다는 점에서 개시성의 결여태Privation인 폐쇄성Verschlossenheit, 닫혀있음일 것이다.11)

Ⅲ. 깨달음의 세계

대부분의 인간은 일상적인 세계에서 세론이 제시하는 세간적인 가치들을 얻기 위한 욕망 속에서 허우적대다 죽음으로 달려가 생을 마감한다. 그러나 우리 인간에겐 또 다른 욕망이 있다. 일상적인 삶에서 모든 사람들이 추구하는 것에 환멸을 느껴 그러한 것으로부터 완전히 벗어나고자 하는 욕망 말이다. 물론 이 욕망은 일상적인 세계에서 사람들이 추구하는 욕망이 '변양'된 욕망이다. 그런데 이러한 욕망에 의해서는 어떤 세계가 나타날까? '깨달음의 세계'다.

도대체 깨달음의 세계가 무엇이기에 그럴까? 선불교에서 '깨달음'이란 진실로 자신의 존재와 참된 모습을 올바르게 아는 지혜이며, 모든 법法의 진상, 즉 근본실상을 바르게 보는 지혜의 안목이 열리는 것

---

11) SZ, 245쪽 참조. 이에 반해서 인간 현존재가 세간적인 삶을 근본적으로 문제 삼으면서 자신의 가장 고유한 가능성을 진정으로 구현하려고 할 때, 이러한 실존방식이 바로 '본래적인 실존방식'이며, 이때 세계는 다른 인간들의 가장 고유한 가능성과 다른 존재자들의 고유한 존재가 드러나는 '열린 장(das Offene)'이 된다. 이 경우에 인간 현존재는 자신의 가장 고유한 가능성에 합당한 방식으로 자신의 삶의 궁극목표를 이해하고 있으며(Verstehen), 자신이 마주치는 존재자들의 상태에 관계없이 평온하면서도 충만한 기분이 유지되며(Befindlichkeit), 언어도 세계의 실상을 드러내게 된다(Rede)(박찬국, 앞의 책 68쪽 참조).

을 말한다.12) 그러니까 자신의 참된 모습이 사실은 삼라만상의 참된 모습임을 아는 것을 말한다. 그래서 이것은 세간적인 가치들을 얻기 위한 욕망으로 가득 찬 일상적인 세계인 '형상의 세계'13)에서 그 욕망을 변양하여 '깨달음'을 통해 '형상'의 본래 모습인 '실상'을 알고 그것을 받아들이는 것, 세간적인 가치를 얻기 위한 욕망에 따라 어떤 것을 좋아하고 그렇지 않은 분별심과 차별심을 떠나 모든 것이 여여如如하게 드러나고 있는 그 '실상'을 통찰하여 받아들임을 말한다. 그런데 선불교에 따르면 이때 깨달은 자는 자유로워질 수 있다고 한다. 일상적인 세계에서 세간적인 가치를 얻기 위해 존재자들에게 쏟았던 집착의 감정이 말끔히 사라져 자유로워진다는 것이다. 어떤 것에 얽매이지 않고 자신을 초연히 내맡기면서 자유롭게 행위 할 수 있음 말이다. 따라서 깨달음이란 삼라만상의 본래면목이 자성의 본래면목이므로 그 세계는 자신의 욕망을 채우기 위해 어떤 것에 얽매여 그 어떤 것을 자유롭게 놔두지 않는 상태로부터 벗어나 자신의 자유로움뿐만 아니라 모든 것을 자유롭게 행위 할 수 있도록 놔두는 세계이자, 그래서 인간과 인간이외의 모든 존재자들이 서로서로 상생적으로 자유롭게 놀 수 있는 세계다.

---

12) 성본, 앞의 글, 371쪽 참조. 여기에서 법은 만물의 법칙을 말한다. 그런데 그 만물의 법칙은 곧 연기(緣起)를 가리키고, 연기라는 다르마(법)를 대표하는 징표가 바로 무상(無常)과 무아(無我)다. 그리고 이 다르마를 직관하는 것이 바로 지혜나 통찰을 뜻하는 반야(般若)다(김종욱, 「하이데거의 무(無)와 불교의 공(空) 사상」, 『하이데거 철학과 동양사상』(한국하이데거학회 편), 철학과현실사, 2001, 39~40쪽 참조).

13) 이 '형상의 세계'는 불교에서 말하는 중생이 감각을 통해 보는 세계를 말한다. 그러니까 우리 일상인이 보통 살아가는 세계를 말한다. 그래서 '형상'은 모든 사물의 감각적 양상인 '상'을 말하는 것으로서 '본성'인 '근본실상'이 아니다(문동규, 「깨달음과 이상적인 삶—벽송지엄의 『벽송당야로송(碧松堂埜老頌)을 중심으로—」, 『철학논총』 제57집, 새한철학회, 2009, 462쪽 참조).

그런데 조선 전기의 선승이자 지리산권의 대표적인 승려인 지엄의 『벽송당야로송』 속의 게송들엔 이러한 깨달음의 세계가 드러나 있다. 지엄은 선불교적인 입장에서 그의 선시禪詩인 게송들을 통해 자성의 본래면목이 삼라만상의 본래면목임을 드러내면서, 깨달음의 경지에서 한가롭게 자유스러움을 누리는 깨달은 자의 실상을 보여주고 있기 때문이다.

「일선선화자에게(贈一禪禪和子)」

(그것은) 이미 하나이다. 참과 거짓을 떠나고 이름과 모습을 (완전히) 잃어버림이다.
굳세고 깨끗하며 시원하고 뚜렷하니, 무엇을 선(禪)이라 할까.
삼라만상이 그대로 여래의 실상이라면, 보고 듣고 깨달아서 아는 것이 반야의 신령스런 광명이니,
(……)
이것이 바로 일미선(一味禪)이지.
불자(拂子)를 들어 한 번 내리치고 시자(侍者)에게 차 한 잔을 올리라고 한 뒤에,
조금 있다가 말하기를,

푸른 대나무는 바람결에 곧게 서 있고,
붉은 꽃은 이슬을 머금고 향기롭다.14)

이 게송은 한마디로 깨달음의 경지, 깨달음의 세계를 보여주고 있다. 그것은 마지막 문구인 “푸른 대나무는 바람결에 곧게 서 있고, 붉은 꽃은 이슬을 머금고 향기롭다”라는 것이다. 물론 이 문구는 일상적인 세계에서 살아가는 우리들에겐 우리가 일상에서 대하는 ‘대나

---

14) “旣是一也 離眞妄絶名相 乾乾淨淨 洒洒落落 喚什麼作禪 若言萬象森羅 悉是如來實相 見聞覺知 無非般若靈光 . . . 怎生是一味禪 拈拂子搣一搣 喚侍者點茶來 良久云 翠竹和風直 紅花帶露香”(『한국불교전서』 제7책, 384쪽).

무'와 '꽃'을 감각적으로 묘사한 표현으로 보인다. 그러나 이 문구는 그러한 것이 아니라 대나무와 꽃의 스스로 그러함인 본래면목을 그대로 보여주고 있다.15) 그런데 선불교에 따르면 자성이 어떤 것인지를 깨우친 자의 경지에선 삼라만상의 본래면목은 자성의 본래면목 아닌가! 이것을 우리가 수용할 수 있다면, 이 문구를 우리는 단순한 감각적인 묘사로만 받아들일 수는 없고, 깨달음의 세계를 표현한 것으로 간주할 수밖에 없을 것이다. 그렇다면 이 문구는 아직은 일상 속에 푹 빠져 자성을 보지 못한 자가 추구해야 할 경지, 이 게송에 나오는 "참과 거짓을 떠나고 이름과 모습을 (완전히) 잃어버린", 아니 '그러한 것들을 철저하게 떠난' 경지16)인 "일미선"의 경지, 말하자면 "여래의 실상"인 삼라만상의 본래면목인 근본실상을 보여주고 있는 것이리라.17)

앞에서 보았듯이 선불교에서의 '깨달음'이란 자성을 올바르게 아는 지혜이며, 근본실상을 바르게 보는 지혜의 안목이 열리는 것을 말한다. 그런데 이 깨달음이란 쉽게 얻어지지 않을 것이다. 일상인들이 살아가는 삶의 세계에서는 세간적인 가치들을 추구하기 위한 형상들만이 난무하기 때문이다. 그래서 그러한 욕망으로부터 벗어나는 것이 중요하다. 그러나 그 욕망으로부터 어떻게 벗어날 수 있단 말인

---

15) 그래서 문동규는 다음과 같이 말한다. "우리가 알듯이 '푸른 대나무'는 아무리 세찬 바람이 불어도 끄떡 없이 그 자리에 우뚝 서 있다. 물론 대나무는 바람결에 따라 이리 저리 흔들거리지만, 그래도 그 대나무는 다시 곧게 선다. 그리고 꽃은 언제나 자신의 향기를 내뿜으면서 자신의 모습을 찬연히 보여준다. 그런데 '이슬을 머금'은 꽃이란 어떨까? 그것은 말할 것도 없이 더욱더 아름다운 자태를 보여줄 것이다. 여기에 더해 그 꽃이 붉은 빛을 보여준다면? 그야말로 그 꽃은 자신의 모습을 '있는 그대로' 보여주고 있는 것이리라"(문동규, 앞의 글, 466쪽).
16) 주호찬, 「벽송 지엄의 「벽송당야로송」」, 『한국선학』, 한국선학회, 2006, 171쪽 참조.
17) 문동규, 앞의 글, 466쪽 참조.

가? 그것은 자성을 볼 때 이루어진다. 자신의 욕망이 허망함이라는 것이 '성을 본見性' 깨달음의 경지에서 나타난다는 것이다. 그런데 그 견성見性은 '갑자기' 이루어진다. 말하자면 세간적인 가치에 매몰되어 존재자들을 차별심과 분별심을 통해 보는 것으로부터 떠나는 그 '순간'에 이루어진다. 그렇다고 그러한 깨달음은 타인의 깨달음은 아니다. 나의 깨달음이다. 깨달음은 그 스스로의 깨달음, 자각自覺이기 때문이다. 그리고 그 깨달음을 타인에게 전달할 수도 없다. 대부분의 인간은 자기중심적인 생각을 통해 모든 것을 재단하기 때문이다.

그러나 깨달음에 이른 깨달은 자의 삶은 어떤 것일까?[18]

「심인선자에게 줌(贈心印禪子)」

우뚝 솟은 산 맑은 물소리,
솔솔 부는 바람 가만히 피어 있는 꽃.
도인의 살림살이는 이 같을 뿐이니,
어찌 구구하게 세속의 정을 따르랴.[19]

일단 이 게송의 1행과 2행엔 "우뚝 솟은 산", "맑은 물소리", "솔솔 부는 바람", "가만히 피어 있는 꽃"이라는 표현이 보인다. 이 표현 또한 앞의 게송에서와 마찬가지로 단지 감각을 통해 어떤 대상을 묘사하고 있는 것으로 보인다. 그러나 그것이 아니다. 지엄은 3행에서 그러한 것을 "도인의 살림살이"라고 말하기 때문이다. 그는 도대체 왜 이렇게 말할까? 이 게송에서 "이 같을 뿐"인 것은 각각 '산, 물소리, 바

---

18) 이 부분은 문동규, 앞의 글, 472~474쪽을 부분적으로 수정하고 요약한 것이며, 지엄이 보여주는 깨달은 자의 삶에 대한 더 구체적이고 나은 이야기는 문동규, 앞의 글, 471~477쪽을 참고하기 바란다.
19) "＜其一＞ 山矗矗水泠泠 風習習花冥冥 道人活計只如此 何用區區順世情"(『한국불교전서』 제7책, 385쪽).

람, 꽃'으로 드러나 있다. 그런데 여기에서 산은 자신의 모습을 그대로 보여주는 "우뚝 솟은 산", 물은 물다움으로서의 깨끗함인 "맑은 물소리", 바람은 폭풍도 아니고 뜨거운 바람도 아닌 바람 그 자체인 "솔솔 부는 바람", 꽃은 출싹대지 않으면서 자신의 모습을 그대로 보여주기 위해 "가만히 피어 있는 꽃"이다. 그래서 이 게송에서 표현된 것들은 '자연自然'을 보여주고 있다. 그런데 '자연'이란 무엇인가? 그것들 각각의 스스로 그러함인 어떤 것의 본래적임을 말한다. 그것들 각각의 본래면목 말이다. 그러나 "이 같을 뿐"인 것, 즉 "우뚝 솟은 산", "맑은 물소리", "솔솔 부는 바람", "가만히 피어 있는 꽃" 등등이 왜 "도인의 살림살이"일까? 그것은 바로 깨달은 자인 도인의 본래면목이 그것들 각각의 본래면목이기 때문이다.

그런데 이 게송에 따르면 이러한 도인에겐 "세속의 정" 따위는 문제가 되지 않는다. 왜 그럴까? 사실 깨달은 자란 이미 일상에서 어떤 것을 바라보는 무지, 망상으로부터 떠난 자이다. 그래서 무명의 그림자가 깨끗이 사라진 그에게는 진여자성의 본래면목인 '여래의 실상'이 현현하고, 차별심과 분별심이라는 마음을 통해 나타난 삼라만상형상은 존재하지 않게 된다. 이때 그 자리엔 도대체 무엇이 드러날까? 아마 삼라만상의 본래면목, 즉 삼라만상이 곧 진여자성이고, 진여자성이 곧 삼라만상이라는 것이 드러날 것이다. 따라서 이 게송에서의 "우뚝 솟은 산", "맑은 물소리", "솔솔 부는 바람", "가만히 피어 있는 꽃" 등등은 도인의 살림살이이자 진여자성 그 자체인 것이다.[20] 그렇

---

20) 이종찬에 따르면 이 게송은 다음과 같은 것을 말하는 것이다. "삼라만상 있는 그대로가 바로 도인의 삶이다. 자신의 정을 만들어 놓고 그 정에 매달리는 것이 속인의 삶이 아닌가. 지금도 산은 머물러 있고 물은 흐른다. 내 마음은 어디에 머무르고 어디에서 흐르는가. 그 방향은 누가 설정하는 것인가"(이종찬, 『한국불가시문학사론』, 불광출판부, 1993, 265쪽).

다면 이미 깨달음의 경지에 이른 도인은 구차하게 "세속의 정" 따위
에 얽매이면서 생활할 필요가 없을 것이다.

그런데 '그것은 그것, 저것은 저것' 그대로의 그러함인 '자연'이 바
로 진여자성 그 자체이자 자신의 살림살이인 도인의 살림살이를 지
엄은 「어리석은 사람自嘲」21)이라는 게송에선 '자유로움을 누리는 것'
으로 표현한다. 물론 이때 자유로움이란 모든 차별심과 분별심을 버
린 다음에야 얻어지는 어떤 것에 걸림 없는 자유로움, 즉 궁극적인 자
유이다.22) 그러나 우리가 보기에 자유로움을 누리는 것 또한 하나의
행위이지 않는가? 그렇지만 이때의 자유는 우리가 보통 일상생활에
서 어떤 것에 얽매어 행위 하는 그러한 자유로움이 아니라 이미 어떤
것과 하나가 되어 그것을 돌보는 행위, 그것과 조화롭게 어울리는 것
을 말한다. 말하자면 일상적인 세계에서 세간적인 가치에 매몰되어
존재자를 이용하고 사용하기 위해 몸부림치면서 무언가를 짜내어 행
위 하는 그런 것이 아니라, 세계라는 '열린 장'에서 어떤 것과 자유롭
게 만나면서 말 건네며 상생적으로 노는 행위를 말한다. 그래서 이 행
위에선 어떤 것을 눈앞에 세워 '요리하고 조리하는 방법'이란 필요 없
고, 단지 그 어떤 것들과 정담을 나누는 일만이 필요하다. 즉 조화로
움과 자신에게서 말미암은 자유로움 말이다.

---

21) 이 게송은 다음과 같다. "벽송당 안의 어리석은 사람/애달프다 용렬하여 어느 것
    도 하지 못하니/바위 아랫길이나 다니면서/눈을 들어 구만리장천을 날아가는 대
    붕을 본다(碧松堂裏之愚者 咄咄踈慵百不能 只得行行巖下路 擡眸雲外搏天鵬"(『한국불교
    전서』 제7책, 385쪽)).
22) 주호찬, 앞의 글, 188쪽 참조. 안옥선에 따르면, 불교에서 말하는 궁극적 자유의
    삶은 삶의 외적인 측면에서 볼 때 자신 이외의 모든 인간, 모든 생명, 더 나아가서
    는 모든 존재와 '조화롭게' 사는 것이지만, 삶의 내적인 측면에서 볼 때 궁극적 자
    유의 삶은 탐·진·치, 갈애, 혹은 집착의 속박으로부터 완전히 벗어난 상태의 삶
    을 말한다(안옥선, 「불교에서의 선악으로부터의 자유」, 『범한철학』 제47집, 범한
    철학회, 2007, 54~55쪽 참조).

Ⅳ. 본래적인 실존의 세계

앞의 이야기에 따르면 '깨달음의 세계'에서 사는 삶이란 자신이 처한 어떤 곳에서도 차별심과 분별심을 통해 어떤 것과 관계하지 않으면서 그러한 것으로부터 떠나 어떤 것에도 얽매이지 않은 자유로움으로 드러난다. 그런데 그러한 자유로움을 누릴 수 있는 '깨달음의 세계'는 하이데거가 말하는 '본래적인 실존의 세계'와 상통하는 것으로 보인다. 도대체 '본래적인 실존의 세계'가 무엇이기에 그럴까?

일단 대부분의 인간은 '비본래적인 실존방식'으로 살아간다. 말하자면 실존하는 인간은 자신의 존재가능성을 자기 자신이 아닌 다른 것에서부터 선택할 수도 있고 본래적이고 고유한 자기 자신에서부터 선택할 수도 있는데, 인간은 대개 후자가 아니라 전자로부터 자신의 존재가능성을 선택해서 살아간다. 그러나 인간이 자신의 존재를 '고유하고 본래적인 자기'로부터 선택한다면, 그때 인간은 '본래적인 실존방식'으로 살아갈 수 있을 것이다. 그런데 뒤에서 보겠지만 본래적인 실존방식으로 살아가는 '본래적인 실존의 세계'에서 인간은 타인과 사물들에 대한 진정한 관계를 회복하면서 그 어떤 것으로도 대체될 수 없는 자신의 고유한 존재와 모든 존재자들의 진정한 존재를 발견하고 그것을 존중하는 삶, 그래서 자유로운 삶을 살게 된다. 왜냐하면 고유한 인간이 된 그는 자기 자신만을 이해하고 행위 하는 것이 아니라 타인과 사물들을 배려하고 고려하면서 상생적으로 살아가기 때문이다. 그러나 이러한 본래적인 실존의 세계로의 진입은 어떻게 가능할까?

하이데거는 『존재와 시간』에서 인간이란 '죽음으로 향해 있다Sein zum Tode'고 하면서 죽음의 존재론적 의미를 일상적인 사건이 아닌 실존하고 있는 나의 고유한 존재가능, 즉 본래적인 실존가능성이 문제가 되고 있음을 현상학적으로 드러내고 있다.[23) 이때 그는 우리가 죽음으로 앞서 달려가 볼 때 근본기분인 '불안Angst'[24)에서 '무'가 드러나며, 존재자 전체가 의미를 잃어버리는 사건이 일어나고 있음을 우리에게 보여준다. 말하자면 불안을 통해 우리가 여태까지 일상적인 삶의 세계에서 세간적인 가치들에 의해 친숙하게 여기면서 추구했던 모든 것이 의문스럽고 낯선 사태라는 것을 우리는 맞이한다는 것이다. 그러면서 그는 이 불안을 통해 인간에게는 일상적인 삶의 세계에서 자신에게 은폐되어 있던 본래적인 실존가능성이 드러난다고 말한다.[25) 왜냐하면 불안은 인간에게 자신의 본래적인 실존가능성을 소리 없이 알려주는 '말Rede'인 '양심의 부름der Ruf des Gewissens'과 함께 우리를 엄습掩襲하는데, 이때 양심의 부름은 일상적인 삶에 매몰되어 살아가는 인간을 '고유하고 본래적인 자기'로 존재하라고 불러 세우는 것으로서 일상 세계에서 공공성에만 집착하는 세인인 현존재를 무의미 속으로 밀어버리는 것이기 때문이다.[26)

---

23) SZ, 314쪽 이하. 물론 이 죽음 분석은 인간 현존재의 전체성을 확보하기 위한 것이지만, 결국에는 인간 현존재의 근원성을 드러내 보여주기 위한 것이다. 그럼에도 불구하고 이 죽음 분석이 실존의 본래성과 연결되지 않은 것은 아니다. 왜냐하면 인간 현존재는 전체적으로 실존할 때 본래적으로 실존할 수 있기 때문이다.

24) 하이데거의 사유에서 '불안'개념에 대해서는 박찬국, 앞의 책, 162~181쪽을 참고하기 바란다. 박찬국은 이 책에서 하이데거의 불안 개념을 자세히 보여주면서 김형효가 『하이데거와 마음의 철학』에서 이 불안을 불교에서 말하는 무상감이나 허무감과 동일시하는 것에 대해 문제가 있음을 지적하고 있다. 왜냐하면 하이데거의 『존재와 시간』에서의 불안은 무상감과 허무감을 넘어서는 측면이 있는데, 그것은 불안이 우리를 세인의 세계로부터 해방시켜 단독자화 하면서 우리에게 그동안 은폐되어 있던 본래적인 실존가능성을 개시하면서도 우리의 본래적인 실존까지도 규정하는 기분으로 간주되고 있기 때문이다(박찬국, 앞의 책, 176쪽 참조). 그러면서 박찬국은 불안 개념이 다차원적인 성격을 띠고 있다고 말하고 있다.

25) 문동규, 「일상에서 이상으로 : '이상적인 삶을 위한 이정표'」, 『철학논총』, 새한철학회, 제60집, 2010, 187쪽.

그러나 불안과 함께 우리를 엄습하는 양심의 부름을 통해 무엇이 개시될까?[27) 하이데거에 따르면 '탓이 있음Schuldigsein, 책임 있음'과 '양심을 가지기를 원함Gewissen-haben-wollen'이 드러난다. 일단 인간은 일상적인 삶에서 세론에 휘둘리는 삶을 살고 있으므로 '본래적인 자기 자신'에 의한 선택의 삶을 살고 있지 않다. 그래서 인간은 그 자체로 죄가 있게 된다. 그런데 이때 이 '죄가 있다'는 것은 '탓이 있다'는 것이며, '탓이 있다'는 것은 자신의 고유하고 본래적인 존재가능성을 회피하는 것이 아니라 그것을 반드시 자신이 책임져야 함을 말한다. 사실 불안이라는 근본기분을 통해 '섬뜩함' 속에 처한 인간은 세인의 여론인 세론 속에 빠져 있는 자신을 자신의 가장 고유하고 본래적인 존재가능성으로 가라고 부르는 양심의 부름소리를 듣는다. 그래서 이 양심이 부르는 소리는 인간이 세인 속에 잃어버린 '자기 자신'을 되찾아 와야 한다는 것, 즉 '본래적으로 있지 않음'의 '탓이 있음'을 인간 자신에게 일깨워 주는 것이다. 말하자면 양심의 부름은 인간에게 자신을 세인 속에 상실해 있음으로부터 본래적인 자기 자신에게로 되

---

26) 잘 알려져 있듯이 하이데거가 말하는 양심은 '영혼의 능력', '인격적인 행위', 인간의 지성·의지·감정 등의 혼합물, 도덕적인 판단력 등이 아니다. 왜냐하면 하이데거는 『존재와 시간』에서 본래적인 실존의 현상적 증거로 '양심'을 제시하고 있기 때문이다. 그래서 양심의 부름은 "가장 고유한 자기존재가능에로 불러 세우는 것으로서 현존재를 그의 가장 고유한 가능성에로 나오라고 앞으로－("앞" 쪽으로)불러냄(Vor-Rufen)"(SZ, 363쪽)이다. 여기에서 '가장 고유한 자기의 존재가능'은 '본래적인 실존의 가능성'을 말하는 것이다. 물론 이러한 양심의 부름은 우리 자신에 의한 의도적인 어떤 것도 아니고, 어떤 타인에게서 또는 초월자에게서 오는 것도 아니며(SZ, 365쪽 참조), 또한 맥쿼리가 지적하고 있듯이 "우리가 속해 있는 사회에서 들려오는 목소리"(존 맥쿼리 지음, 강학순 옮김, 『하이데거와 기독교』, 한들출판사, 2006, 93쪽)도 아니다. 그리고 하이데거는 이 양심이 통속적이고 윤리적인 양심의 기초가 된다고 말하고 있는데, 이것에 대해서는 문동규, 「하이데거의 양심해석」, 『범한철학』, 범한철학회, 2002를 참고하기 바란다.
27) 이 부분은 문동규, 앞의 글, 189~190쪽을 부분적으로 수정한 것이다.

찾아 와야 한다는 것을, 즉 '탓이 있다'는 것을 '이해'하게 해준다.[28] 따라서 이러한 양심이 부르는 소리를 들은 인간은 자신의 가장 고유하고 본래적인 존재가능성으로 자신을 기투한다. 그렇다면 양심의 부름은 인간이 자신을 자신의 가장 고유하고 본래적인 존재가능성으로 기투할 수 있게 해주는 것이자, 고유하고 본래적인 자기 자신, 즉 '본래성'을 선택할 수 있게 해주는 것일 것이다. 물론 이때 '선택한다'는 것은 양심의 부름을 듣고 '이해한다'는 것을 말한다.[29] 그러나 양심은 우리들에 의해 선택될 수 없다. 그렇다면 우리가 선택하는 것은 무엇일까? 그것은 단지 '양심을 가지기를 원함'이다.[30] 이때 양심을 가지기를 원한다는 것은 양심의 부름에 응답할 준비가 되어 있음, 즉 자신의 가장 고유하고 본래적인 존재가능성을 자신의 '탓'으로 돌릴 마음의 준비가 되어 있음을 말한다. 따라서 양심의 부름은 인간에게 자신의 존재에 대한 '탓이 있음', 다시 말해 본래적인 자기 자신으로 존재해야 할 '책임이 있음'을 일깨워주는 소리이며, 이러한 소리에 응대하는 것이 바로 '양심을 가지기를 원함'이다.

그러나 이러한 양심의 부름에 의해 개시되는 '양심을 가지기를 원함'을 가능하게 하는 것은 무엇일까? 말하자면 인간이 세론에 푹 빠져 세인의 말을 뒤따라 말하거나 퍼뜨려 말하는 대신에 양심의 소리 없는 부름에 응대하고, 인간이 세론이 제공하는 편안함에 빠져 희희낙락하는 대신에 불안 속에서 피어나는 섬뜩함에 마주할 준비를 갖추며, 인간으로 하여금 자신을 세인에 따른 존재가능성으로 기투하는 대신에 자기 자신의 가장 고유하고 본래적인 존재가능성인 탓이

---

28) SZ, 381쪽 참조.
29) SZ, 382쪽 참조.
30) SZ, 358쪽 참조.

있음으로 기투하게 하는 것은 무엇일까? 그것이 바로 '결단성Entschlo ssenheit'이다. 왜냐하면 하이데거는 "양심을 가지기를 원함에 놓여 있는 현존재의 열어 밝혀져 있음개시성은 불안의 처해있음에 의해서, 가장 고유한 탓이 있음에로 자기 자신을 기획투사함인 이해에 의해서 그리고 침묵하고 있음으로서의 말에 의해서 구성되고 있다. 이러한 현존재 자신 안에서 그의 양심에 의해 증거 되고 있는 탁월한 본래적인 열어 밝혀져 있음을, 즉 침묵하고 있으면서 불안의 태세 속에 가장 고유한 탓이 있음에로 자기 자신을 기투함을 우리는 결단성이라고 이름한다"31)라고 말하기 때문이다.

그런데 이 결단성은 단순히 일상적인 세계에서 제시되는 도덕법칙에 따르거나 본래적인 실존방식으로 살겠다는 '의지적 노력의 활동이나 그와 유사한 행위'가 아니라,32) 세인으로서의 한 인간이 완전한 변화를 통해서만 본래적인 실존방식으로 살아가는 본래적인 실존의 세계로 나아갈 수 있음을 보여주는 것으로서 세인인 한 인간이 '새로운 인간'으로 재탄생하는 사건을 가리키는 것이다.33) 말하자면 이 결단성은 인간 현존재의 본래적인 '개시성'을 가져오는 것으로서34) 인

---

31) SZ, 393쪽.

32) 귄터 피갈 지음, 김재철 옮김, 『하이데거』, 인간사랑, 2008, 103쪽 참조.

33) 박찬국, 앞의 책, 171~172쪽 참조. 아마 하이데거가 결단성을 말할 때 그것은 어떤 특정한 가치를 향해서 결단하라는 것이 아니라 자신의 비본래적 존재방식을 본래적인 존재방식으로 완전히 바꿀 것을 요청하고 있는 것이리라(박찬국, 같은 책, 172쪽 참조).

34) 왜냐하면 이 결단성은 인간 현존재의 실존수행인 심정성(Befindlichkeit, 처해있음), 이해(Verstehen), 말(Rede)이라는 세 가지 형식으로 구성되어 있기 때문이다. 말하자면 결단성은 "불안을 준비하면서 침묵한 채 가장 고유한 탓이 있음(책임 있음)으로 자신을 기투하는 것"(SZ, 404쪽)이기 때문이다. 그런데 이 결단성은 일상적인 세계에서 살아가는 인간의 삶의 방식인 비본래적인 실존방식에서의 개시성과는 다르다. 그래서 피갈은 이 결단성이라는 용어가 퇴락의 폐쇄성에 대한 부정으로 이해될 수 있으며, 반복(Wiederholung), 즉 개시성을 다시 가져오는 것이라

간의 '비본래적인 실존의 세계'를 '본래적인 실존의 세계'로 '변양'시키는 하나의 사건이다. 그래서 본래적인 실존의 세계가 따로 있어서 인간이 의식적인 결심을 통해 그 세계에 진입하는 것이 아니라 근본 기분인 불안과 함께 우리를 엄습하는 소리 없는 양심의 부름에 귀를 기울이면서 인간이 자기 자신의 고유하고 본래적인 존재가능성을 선택하고자 결단할 때, 본래적인 실존방식으로 살아갈 수 있는 본래적인 실존의 세계가 나타나는 것이다.

그러나 이러한 본래적인 실존의 세계가 왜 깨달음의 세계와 비슷할까?

첫째, 본래적인 실존의 세계는 일상적인 인간이 미혹의 삶에서 벗어나 본래적인 실존방식으로 살아가는 인간의 세계이다. 그래서 이 세계는 무명 속에 갇힌 인간이 그것으로부터 벗어나 자신의 본성을 보고 살아가는 깨달음의 세계와 비슷하다.

둘째, 본래적인 실존의 세계는 근본기분인 불안과 함께 엄습하는 양심의 부름에 우리가 귀를 기울임으로써 고유하고 본래적인 자기를 선택하고자 결단할 때 나타나는 세계이다. 이때 인간은 세계로부터 고립되어 존재하는 인간 자신에게로 은둔하는 것이 아니라 오히려 '변양'을 통해 진정한 인간으로 다시 태어난다는 것을 의미한다. 그런

고 말한다(피갈, 앞의 책, 103쪽 참조). 그리고 하이데거는 이 결단성을 "현존재의 개시성(열어 밝혀져 있음)의 탁월한 한 양상"(SZ, 393쪽)이라고 말한다. 그런데 현존재의 개시성 자체를 실존론적으로 근원적인 진리라고 여긴다면, 이 결단성에 의한 근원적이고 본래적인 개시성이 바로 실존의 진리일 것이다(조형국, 『하이데거의 삶의 해석학』, 채륜, 2009, 235쪽 참조). 그리고 하이데거가 말한 양심을 가지기를 원함과 결단성을 통한 개시성 속에 염려(마음씀)의 부름을 듣기를 원하며 '자기 자신'의 존재가능의 세계를 추구하는 고독하지만 자유로운 삶의 정황을 보여주는 조병화 시인의 「인간세계」라는 시 세계의 모습에 대해서는, 조형국, 같은 책, 238쪽을 참조하기 바란다.

데 깨달음의 세계에서도 인간은 어떤 피안 또는 인간의 내면으로 도피하는 것이 아니라 진정한 인간으로 다시 태어나는 것을 의미한다. 왜냐하면 이때의 인간은 삼라만상의 근본실상을 제대로 보지 못한 자가 깨달음을 통해 자성의 본래면목이 삼라만상의 본래면목임을 아는 자가 되기 때문이다.

셋째, 양심이 부르는 소리에 귀를 기울임으로써 인간이 자신의 고유하고 본래적인 존재가능성을 선택하고 '고유하고 본래적인 자기'를 발견하는 본래적인 실존의 세계에서는 타인들과 사물들에 대한 진정한 관계를 가능하게 한다. 사실 인간은 본래적인 자기에 도달하는 것을 통해서만 타인들과 사물들을 세간적인 가치에 따라서 비교하거나 평가하지 않고 그 자체로서 존중할 수 있으며, 그리고 자신의 본래적인 실존방식으로 살아가는 사람만이 타인의 고유하고 본래적인 존재가능성을 타인 스스로가 회복하는 것을 도울 수 있기 때문이다. 깨달음의 세계에서는 세간적인 가치란 필요 없다. 왜냐하면 깨달음의 세계란 그러한 가치를 이미 넘어선 세계이기 때문이다. 그래서 이 세계에서는 존재하는 모든 것들의 상생적인 관계만이 있을 뿐이다.

넷째, 본래적인 실존의 세계에서 인간은 모든 것과의 조화로움 속에서 자유롭게 행위 할 수 있다. 왜냐하면 그때의 인간은 세인의 여론인 세론에 휘둘릴 필요가 없기 때문이다. 마찬가지로 깨달음의 세계에서도 인간은 모든 것과의 조화로움 속에서 자유롭게 행위 할 수 있다. 깨달은 자는 이미 '세속적인 정'을 떠난 자이기 때문이다.

다섯째, 본래적인 실존의 세계는 일상적인 세계, 즉 비본래적인 실존의 세계가 변양된 세계다. 그래서 이 세계는 어떤 피안의 세계가 아니다. 마찬가지로 깨달음의 세계 또한 저 세상이 아니다. 그 세계는 일상적인 세계의 근본 실상이 드러나는 세계이기 때문이다.

결국 인간이 본래적인 세계에서 산다는 것, 즉 세인들의 독재에 휘둘리는 비본래적인 실존방식으로부터 벗어나 본래적인 실존방식으로 살아갈 수 있는 사건은 온갖 미망으로부터 벗어나 나의 참된 모습이 삼라만상의 참된 모습이라는 것을 받아들이면서 살아가는 깨달음의 세계에서 사는 사건과 비슷하다.

V. 맺는 말

'산은 산이요 물은 물이다. 산은 산이 아니고 물은 물이 아니다. 산은 산이고 물은 물이다.'[35] 고형곤에 따르면 이것은 삼단계의 층계를 보여주고 있는 말로서, 우선 '산은 산이고 물은 물이다'라는 말은 깨달음이 없는 일상적인 세계에서의 견해요, 다음의 '산은 산이 아니고 물은 물이 아니다'라는 말은 깨달음의 문턱에 들어선 견해요, 그 다음의 '산은 산이고 물은 물이다'라는 말은 깨달음의 궁극적인 경지에서의 견해다.[36]

그러나 '산은 산이요 물은 물이다'라는 첫 번째 말이 어떻게 해서 '산은 산이 아니고 물은 물이 아니다'로 드러날까? 물론 다양한 해석

---

35) 매우 잘 알려진 이 말들은 원래 중국의 청원유신(靑原惟信) 선사의 다음의 상당설법(上堂說法)에서 유래한다. "노승 삼십년 전 참선하기 이전에는 산은 산이요 물은 물이었다. 그러던 것이 그 뒤 어진 스님을 만나 깨침에 들고 보니, 산은 산이 아니요 물도 물이 아니더니, 마침내 진실로 깨치고 보니 이제는 산이 의연코 그 산이요 물도 의연코 그 물이더라. 그대들이여, 이 세 가지 견해가 서로 같은 것이냐, 서로 다른 것이냐? 만일 이것을 터득한 사람이 있다면 그는 이 노승과 같은 경지에 있음을 내 허용하리라"(고형곤, 『선의 세계』, 운주사, 1995, 23쪽).

36) 고형곤, 앞의 책, 23쪽 참조. 화두를 참구하면 돈오 견성할 수 있다는 것에 대해서는 다음을 참고하기 바란다. 박태원, 「화두를 참구하면 왜 돈오 견성하는가?」, 『철학논총』 제58집, 2009, 63~94쪽.

이 가능하겠지만, 앞에서 보았던 우리의 이야기에 따르면 그것은 비본래적인 실존의 세계에서 우리의 욕망을 채우기 위한 대상들이 바로 불안이라는 근본기분을 통해 '무'로서 드러나는 것을 경험할 때, 즉 우리가 세간적인 가치에 따른 이해관심에 따라 분별하고 차별하던 일상적인 존재자들이 불안이라는 기분에서 의미를 상실하게 되는 경험을 할 때이다. 그런데 이러한 경험을 할 때 우리는 불안과 함께 우리를 엄습하는 양심이 부르는 소리를 듣는다. 말하자면 '고유하고 본래적인 자기'로 존재하라는 부름 소리를 듣는다. 그리고 그 소리를 듣고 결단을 통해 우리는 본래적인 실존의 세계로 진입하여 그곳에서 산다. 그러나 그때 우리에게 나타나는 것은 무엇일까? 그것이 바로 '산은 산이고 물은 물이다'라는 삼라만상의 근본실상이다. 그래서 '산은 산이고 물은 물이다'라는 이 마지막 말은 선불교에서 말하는 '깨달음의 세계'에서 진여자성을 '본' 것이자, 하이데거의 사유에 따르면 '본래적인 실존의 세계'에서 존재하는 모든 것들의 실상을 '경험'하는 것을 말한다.

　물론 인간은 비본래적인 실존의 방식으로 살아갈 수도 있고, 본래적인 실존의 방식으로 살아갈 수도 있다. 인간은 '이중적인' 존재자이다. 그러나 인간은 대개 비본래적인 실존방식으로 살아간다. 그렇다고 비본래적인 실존방식과 본래적인 실존방식의 차이를 우리는 단순히 비도덕적인 삶과 도덕적인 삶 사이의 차이로 여겨서는 안 된다. 왜냐하면 그것은 단지 인간을 포함한 존재자 전체에 대한 이해와 태도의 차이이기 때문이다. 그럼에도 불구하고 우리가 항상 고려하고 있어야 하는 것은 본래적인 실존방식이 비본래적인 실존방식의 근저에서 언제나 꿈틀대고 있다는 사실이다. 말하자면 인간은 본래적인 실존의 세계로 진입할 가능성을 언제나 지니고 있다는 것이다. 그런데 그러한 것은 언제 나타나는가? 앞에서 보았듯이 우리가 집착하는 모든 세간적인 가치들이 의미가 없다는 것을 드러내는 불안이라는 근본기분이 우리를 엄습하면서 우리 자신의 고유한 삶의 가능성을 회복할 것을 촉구하는 양심의 부름을 듣고 본래적인 실존방식으로 살아가고자 결단할 때이다. 그렇다고 우리는 우리가 살고 있는 이 세계를 떠날 수는 없다. 그리고 우리의 삶과 완전히 분리된 어떤 내면세계로 들어갈 수도 없다. 왜냐하면 하이데거의 사유에서 본래적인 실존방식으로 살아간다는 것은 일상적인 세계에서 세론이 제시하는 세간적인 가치에 매몰되어 살아가는 비본래적인 실존방식의 실존적인 변양이기 때문이다.

잘 알려져 있듯이 선불교는 모든 인간이 본래 불성을 지니고 있다고 믿으며 수행을 통해 불성을 발견하여 열반에 이르기 위해 정진하는 것을 가장 큰 목적으로 한다. 이것이 견성성불見性成佛이다. 그래서 불교에서는 불성을 알지 못하고 살아가는 중생의 삶을 고통 속에서 허우적대고 있는 삶이라고 본다. 따라서 불교에서도 인간은 대개 하이데거와 마찬가지로 비본래적인 실존방식으로 살고 있다고 보고 '깨달음'을 통해 이를 극복하고자 한다.37) 말하자면 일상적인 세계에서 살아가는 인간의 분별심과 차별심이 정화된 상태인 깨달음을 통해 무명 속에서 살아가는 삶을 극복하고자 한다. 그러나 그 극복이 이 세계를 떠나는 것은 아니다. 왜냐하면 그 극복을 통해 나타나는 인간의 삶은 이 세상에서 존재하는 모든 것들과 진정한 관계맺음을 통해

---

37) 이 글의 주제와는 약간 다르지만, 박찬국에 따르면 원효의 사유도 하이데거의 사유와 비슷하다. 박찬국, 『원효와 하이데거의 비교연구』, 서강대학교출판부, 2010, 36~37쪽 참조. 그리고 원효의 불성이론에 대해서는 다음을 참고하기 바란다. 조수동, 「원효의 불성이론과 화쟁」, 『철학논총』 제58집, 새한철학회, 2009, 151~162쪽.

살아가는 것을 의미하기 때문이다.

그렇다면 하이데거의 '본래적인 실존의 세계'와 지엄의 '깨달음의 세계', 그 속에서 사는 삶은 어떤 삶일까? 그것은 우리의 일상적인 삶과 분리된 내면의 세계에 몰입해서 사는 삶이 아니라, 일상적인 세계에서 존재하는 모든 것과 올바른 관계를 맺고 그것들을 돌보면서 자유롭게 살아가는 것을 의미한다. 다시 말해 상생적인 삶 말이다. 그래서 우리의 바람인 이상적이고 자유로운 삶은 말할 것도 없이 '지금 여기'에서 이루어진다. 그러나 그것은 각자 개인의 몫이다. 인간의 존재 방식인 실존은 '각자성Jemeinigkeit'이며, 깨달음 또한 자신의 깨달음이기 때문이다.

▶ 이 글은 『철학논총』 제64집(새한철학회, 2011년 4월)에 실렸던 「깨달음의 세계 ; 본래적인 실존의 세계―벽송 지엄과 하이데거의 만남」를 재수록한 글임을 밝힌다.

「유가귀감」을 통해서 본 휴정의 성리학 이해

김기주*

Ⅰ. 들어가는 말

「유가귀감儒家龜鑑」은 청허清虛 휴정休靜, 1520~1604이 지은 「도가귀감道家龜鑑」, 「선가귀감禪家龜鑑」과 함께 『삼가귀감三家龜鑑』을 구성하고 있는 한 편의 짧은 글이다. 이 「유가귀감」을 포함하고 있는 『삼가귀감』은 휴정이 1558년부터 거처하던 지리산 쌍계사에서 집필한 후, 그의 나이 43세1562를 전후한 시기 쌍계사 부속암자인 능인암能仁庵에서 처음 간행한 것으로 전한다.

일반적으로 『삼가귀감』은 성리학을 이념으로 한 조선이 건국된 1392년을 전후한 시기 불교계에 등장한 호불론적 시각을 계승하여, 유儒·불佛·도道 삼교가 서로 동질성을 공유하며, 함께 공존할 수 있

* 순천대학교 지리산권문화연구원 HK교수.

음을 주장하는 저술이라고 이해되어 왔다. 그리고 또 다른 연구자는 한국 불교가 고구려의 승랑僧朗, ?~?, 신라의 원측圓測, 613~696 원효元曉, 617~686로부터 고려의 의천義天, 1055~1101과 지눌知訥, 1158~1210을 거쳐 조선의 함허涵虛 기화己和, 1376~1433와 휴정으로 이어진 흐름이 화해와 회통의 정신으로 일관되어 왔음에 주목하여『삼가귀감』역시 그러한 한국불교의 전통을 계승한 저술이라고 주장한다. 즉 삼국시대의 불교는 교종敎宗 안에서 서로 상이한 이론들을 통일해 왔고, 고려시대의 불교는 선禪과 교敎를 융합하기 위해 노력하였으며, 조선에 이르러서는 마침내 불가와 유가, 도가를 회통하는 데 이르렀다는 것이다.1)

이러한 주장이 정당한 것인지의 여부와 무관하게, 즉 성리학을 이념으로 하는 조선이 건국된 이후 불교의 절박한 필요성에 의해서든, 아니면 한국불교의 근본적인 특성에 기인한 것이든 상관없이, 이와 같은 회통적 시각을 따라가다 보면 자연히 휴정이 제시하고 있는 유·불·도 공존의 근거가 중시될 수밖에 없을 것이다. 즉 어떤 근거와 토대 위에서 불교와 유교뿐만 아니라, 도교까지도 공존 혹은 상호 보완할 수 있는 관계에 있는 것인지, 그리고 겉으로 드러나는 부분에서 상이하게 보이지만 실제로는 이들 삼교가 근원적으로 다른 것을 지향하는 것이 아니라는 점을 어떻게 주장할 수 있는지가 관심의 대상이 될 수밖에 없는 것이다.

그런데 휴정이 제시하고 있는 유불도의 공존 논리는 단순히 그의 불교와 관련된 시각 속에서만 확인되는 것은 아니다. 즉 승려인 휴정이 유가 혹은 도가를 어떻게 이해하였는지 확인함으로써 그의 유불

---

1) 은정희, 「서산 휴정의 삼가귀감 정신」,『동양철학』제3집, 한국동양철학회, 1992, 219쪽 참조.

도 공존의 논리를 이해할 수도 있는 것이다. 그것은 휴정의 유가 혹은 도가에 대한 이해 방식 혹은 내용 자체가 유·불·도 공존의 논리를 정당화하는 주요한 근거이자 토대로 작용하기 때문이다. 이러한 측면에서 보자면 휴정이 이해한 유학이 어떤 것인지를 확인하는 것은 그의 유·불·도 공존의 논리 전체를 이해하기 위한 출발점이 될 수 있다. 아울러 『삼가귀감』이 완성된 16세기 중반은 고려 말 성리학이 수입된 이래 성리학에 관한 이해에 있어서 질적 도약이 일어난 시기이기도 하다. 그렇다면 당시 성리학자가 아닌 승려의 시각 속에 이러한 성리학의 질적 도약이 어떻게 이해되었는지를 정리하는 것도 전체 조선 성리학의 전개과정을 이해하는 데 도움을 줄 것이라 생각된다.

이와 같은 문제의식을 토대로 이 글은 『삼가귀감』 가운데 「유가귀감」을 주요 분석 대상으로 하여, 휴정의 유학에 대한 이해에서 나타나는 특징을 확인하고자 한다. 따라서 우리의 논의는 기본적으로 다음과 같은 3가지 문제를 제기하고 그 답을 찾아가는 과정으로 구성되는데, 그 문제들은 다음과 같다. 첫째, 휴정은 왜 「유가귀감」을 지었는가? 둘째 「유가귀감」의 주요내용은 무엇인가? 셋째, 「유가귀감」의 주요 내용에서 나타나는 휴정의 성리학에 대한 이해는 어떤 특징을 가졌는가? 그리고 결론에서는 휴정이 이해한 성리학에 대한 평가와 함께 그러한 이해 위에서 유학이 어떻게 불교와 회통할 수 있는지를 확인해 보자.

Ⅱ. 왜 「유가귀감」을 지었는가?

먼저 첫 번째 물음에서 우리의 논의를 시작해 보자. 그런데 무엇보다 먼저 반불교적 성격을 가진 성리학을 이념으로 하는 조선이 건국된 후, 조선의 승려들은 어떤 형태로든 불교가 나름의 가치를 가지고 있다는 사실을 적극적이든 소극적이든 혹은 이론적이든 실천적이든 보여주어야 할 운명에 처하게 되었다고 전제해 보자. 이렇게 전제해 놓고 보면, 『삼가귀감』이 유·불·도 삼교가 이질적인 가르침이 아니라, 그 근원에서 회통될 수 있는 동질성을 가진 것임을 보여줌으로써, 불교의 명맥을 지켜내기 위한 목적으로 저술되었다는 것은 재론의 여지가 없는 것처럼 보인다.

사실상 조선이 건국된 후 국가적인 차원에서 불교에 대한 억압이 시작되고, 이론적인 측면에서도 몇몇 불교비판서가 등장하자, 여기에 대응하여 불교의 가치를 옹호하는 호불론護佛論적 저술이 등장한 것은 주지의 사실이다.2) 조선 초기 호불론의 입장을 잘 보여주고 있는 저술에는 기화의 『현정론顯正論』과 저자를 알 수 없는 『유석질의론儒釋質疑論』이 대표적이다. 그 뒤를 이은 휴정의 『삼가귀감』과 백곡白谷 처능處能, 1617~1680의 「간폐석교소諫廢釋教疏」 등이 각각 시대적 상황의 변화에 따라 조금씩 색깔을 달리하는 내용으로 저술된 것이다.

이렇듯 「유가귀감」이 보여주고 있는 성격과 내용, 그리고 당시의 시대적 상황에서 보자면, 휴정이 왜 「유가귀감」을 지었는지는 너무나 명확해서 물음을 던지는 것 자체가 무의미한 것처럼 보인다. 그럼에도 불구하고 『삼가귀감』이 저술된 시기, 그리고 동일한 유불회통 혹은 호불론을 주장하더라도 그 내용이나 전달하는 방식에 있어서, 앞선 시기와 뒤 시대에 등장하는 다른 저술과 구별되는 작은 차이에 주목해 본다면, 이러한 물음 자체가 완전히 무의미한 것은 아니라고

---

2) 대표적인 인물이 바로 정도전이며, 그는 『심문천답』, 『심기리편』, 『불씨잡변』 등을 지어 불교배척의 이론적 토대를 제공하였다.

판단된다.

　그렇다면『삼가귀감』으로부터 다른 시기에 등장했던 호불론적 저술과 구별되는 어떤 특징을 확인할 수 있는가? 그것은 다름 아닌 바로 저술의 명칭에 '귀감'이라는 용어를 사용하고, 실질적으로 유·불·도 삼가의 귀감이 되는 핵심적인 내용을 싣고 있다는 점이다. '귀감'이란 '사물의 본보기'라는 뜻이다. 명칭에서 이미 유불도 삼교에서 본보기로 삼고 배울만한 것이 있음을 인정하는 여유로움이 느껴진다. 이러한 휴정의 태도는 성리학자의 비판에 조목조목 반박하는 기화의 모습과 다르다. 또한 조선 초기 호불론을 표방하며 등장한 저술처럼, 한편으로 세간법으로서 유학의 가치를 인정하면서 또 다른 한편으로 그 세간법을 보완하는 측면에서 불교의 존재 가치를 긍정하는 모습도 아니다. 즉 소극적으로 성리학자들의 비판에 대응하면서 불교의 가치를 내세워 유불조화론을 주장하고 있는 것이 아니라, 근본적이고 근원적인 측면에서 유·불·도는 귀감이 될 만한 것을 자신들 안에 갖추고 있음을 이야기하고 있는 것이다.

　이러한 특징은 특히 다른 시기의 호불론이 갖지 못한 여유로움으로 비춰지기도 하는데, 그것은『현정론』이나「간폐석교소」의 내용과 구성을 살펴볼 때 더욱 뚜렷하게 드러난다. 기화의『현정론』이 보여주고 있는 내용 대부분은 유학자들이 제시한 배불론에 대해서 하나하나 반론한 것으로 구성되어 있고, 일부 유·불·도 삼교의 상통성에 대해서 논하고 있지만 주된 목적은 대승적 입장에서 불교에 대해 무지한 점을 일깨워주고 삼교가 지닌 독자성을 서로 인정하자는 조화론적인 입장을 보여 불교에 대한 시각을 바르게 드러내도록 만드는데 있었다.3) 이러한 저술의 목적은『현정론』이라는 제목에서도 이미 분명하게 드러나고 있다. 또한 휴정 뒤에 등장하는 처능의「간

폐석교소」역시 현종재위 1659~1674의 강력한 척불정책 아래 불교를
보존하기 위해 유불이 융화될 수 있음을 강하게 주장하고 있는 장문
의 상소이다.

그러나 「유가귀감」은 기화의 『현정론』이나 처능의 「간폐석교소」
와 달리 내용 어디에서도 호불론적인 목적이 직접적이거나 명시적으
로 드러나지 않는다. 그런데 바로 이러한 직접적이거나 명시적으로
그 목적이 드러나지 않는다는 것, 그러면서도 유·불·도의 가르침
가운데 귀감이 되는 내용을 함께 엮어서 편집하였다는 사실 자체가
『삼가귀감』 혹은 「유가귀감」의 특징이 되고 있는 것이다. 즉 『현정
론』만큼 성리학자들의 비판에 대해 급급하게 반박하지도 않고, 「간
폐석교소」처럼 유불이 둘이 아니라는 점을 절박하게 호소하지 않으
면서 궁극적으로 유불이 동질적인 요소를 통해 연결될 수 있음을 이
야기하는 것이다.

그렇다면 「유가귀감」이 보여주고 있는 이러한 특징은 도대체 어디
에서 연유한 것일까? 우리는 그것을 『삼가귀감』이 저술된 시기의 역
사적 상황과 연결하여 이해할 수 있다고 생각한다. 즉 「유가귀감」이
완성된 1562년 전후, 곧 16세기 중반은 일시적이나마 불교를 후원했
던 문정왕후文定王后, 1501~1565의 활동기였다. 『삼가귀감』이 1562년
명종17을 전후한 시기에 완성된 것이라면, 이 시기는 1545년 명종재위
1545~1567이 즉위한 이후 수렴청정하며 1504년연산군10 이래 폐지되
었던 승과를 부활시키고, 전국 300여 개의 절을 공인하는 등 불교중
흥을 도모한 문정왕후가 영향력을 발휘하던 시기이고, 허응당虛應堂
보우普雨, 1509~1565가 적극적으로 활동하던 시기이다. 이러한 분위기

---

3) 송일기, 『삼가귀감의 서지학적 연구』, 중앙대학교대학원 도서관학과박사학위논문,
   1991, 17~34쪽 참조.

는 1565년 문정왕후와 보우가 연이어 사망할 때까지 지속되다가 15
67년 선조재위 1567~1608의 즉위와 더불어 사림파가 정치적 주도세력
으로 자리를 잡으면서 종언을 고하였다.4)

이렇듯 『삼가귀감』은 명종시기 문정왕후에 의해 배척받던 불교가
잠시 재조명을 받던 짧은 시기에 성립된 저술이다. 따라서 이 책에는
앞선 시대 기화의 호불론적 저술이나 그 뒤에 등장하는 처능의 「간폐
석교소」 등과 구별되는 불교 내부의 자신감이 그 논조에서 은연중 배
어나올 수 있었던 것이다. 그리고 휴정이 왜 『삼가귀감』을 지었는지
에 대해 답한다면, 기본적으로 『삼가귀감』 역시 조선 초기 이래 호불
론적 저작들과 동일한 저술목적을 가지긴 하였지만, 그와 동시에 명
종시기 문정왕후 등에 의해 불교에 대한 우호적인 정책이 일시적으
로나마 실시되었을 때, 일정부분 불교 중흥에 대한 자신감이 표현되
면서, 불교가 유교를 보조하는 소극적인 가치를 가지는 것에서 그치
는 것이 아니라, 보다 적극적인 가치를 가지고 있으며, 유가와 도가와
함께 어깨를 나란히 하는 것임을 주장하였다고 이해할 수 있을 것이다.

Ⅲ. 「유가귀감」의 주요 내용은 무엇인가?

이제 휴정이 왜 「유가귀감」을 저술했는지에 이어, 「유가귀감」이
어떤 내용으로 구성되어 있는지 살펴보자. 「유가귀감」은 1064자로

---

4) 휴정의 출가과정에서 보우의 역할은 찾아보기 어렵다. 휴정은 지리산에서 숭인 장
　로를 양육사로, 경성일선을 수계사로, 부용영관을 전법사로 하여 출가하였는데, 당
　시에는 전법의 스승이 사승관계에서 가장 중요한 것으로 인정되었다. 하지만 휴정
　이 승과에 급제하여 선교양종판사로 활약하는 시기가 문정왕후의 비호아래 보우
　가 활약하던 시기라는 측면에서 보자면 보우와의 관계가 그리 단순하지 않다는 것
　역시 짐작된다.

구성된 짧은 글이지만, 형식적인 측면에서 그 내용을 나누어보면 크게 세 부분으로 구분할 수 있다. 천天과 심心의 관계로부터 시작하여 심에 대해 논하고 있는 첫 번째 부분, 그리고 계구와 신독 등 심의 공부에 관해 논하고 있는 두 번째 부분, 그리고 성현의 즐거움[樂]에 대해 논하고 있는 마지막 부분이 바로 그것이다. 다시 말해서 「유가귀감」에서 휴정은 천과 심의 관계로부터 심의 보편성과 객관성을 확보하고 있는 본체론本體論, 그리고 계구戒懼와 신독愼獨 등 실천의 방법을 제시하고 있는 공부론工夫論을 주 내용으로 하고, 옛 성현이 무엇을 즐거워하고 무엇을 추구하였는지를 지적하는 것으로 글을 마무리하고 있는 것이다. 구체적으로 내용을 살펴보면 다음과 같다.

먼저 본체론을 논한 부분에서 휴정은 동중서董仲舒, BC 179?~BC104?, 염계濂溪 주돈이周敦頤, 1017~1073, 구봉九峰 채침蔡沈, 1167~1230 등의 말과 『서경書經』, 『중용中庸』, 『주역周易』, 『대학大學』 등의 구절을 인용하며, 천天과 심성心性의 관계를 설명하고 있다. 즉 "도의 큰 근원은 천"5)이라는 동중서의 말과 "천이란 심이 나온 곳"6)이라는 채침의 말을 인용하여, 천이도의 근원임과 동시에 심이 나온 곳이 되면서, 천과 도 그리고 심은 같은 뿌리를 공유한, 동질성을 가진 것으로 묶을 수 있게 된다. 성리학에서 이렇듯 천과 심성을 서로 연결하는 것, 다시 말해서 천을 심성의 근원으로 설정하는 것은 곧 천의 보편성과 객관성을 통해 심성의 보편성과 객관성을 확보하려는 노력이고, 이것은 결국 도덕 혹은 도덕실천의 보편성과 객관성을 확보하는 방식이기도 하다.

그리고 휴정은 "『주역』에서는 먼저 도를 말하고 뒤에 성을 논했는

---

5) 休靜, 『三家龜鑑』 「儒家龜鑑」, "道之大原出於天."
6) 休靜, 『三家龜鑑』 「儒家龜鑑」, "天者嚴其心之所自出."

데, 이때의 도는 만물을 통섭한 하나의 태극이고, 『중용』에서 자사는 먼저 성을 말하고 뒤에 도를 말하였는데, 이때의 도는 각 사물이 갖춘 하나의 태극이다"[7]라고 말한다. 이것은 성리학의 본체론에서 전제하고 있는 '천도와 성명이 서로 관통되어 있다[天道性命相貫通]'는 명제 혹은 '성즉리性卽理'의 또 다른 표현으로 이해된다. 그리고 결국 "여기에서 논한 '도'자는 다른 것이 아니라 본성을 따르는 것을 말한 것이다"[8]라고 정리하는데, 본성을 따르는 것이란 결국 천도와 연결된, 혹은 천도와 일치하는 인간의 본성을 실현하는 것이 유학 혹은 성리학이 궁극적으로 추구하는 것이라 선언하고 있다.

그런데 일반적으로 본체론이 세계의 근원, 제1존재, 제1원리 등의 문제와 관련되어 있다면, 유가의 본체론은 세계나 존재의 해명과 관련된 것만이 아니라 도덕과 더욱 밀접하게 관련되어 있다. 성리학의 본체론에서 다루고 있는 주요한 문제가 도덕실천이 가능할 수 있는 선험적이고 초월적이며 혹은 객관적인 근거에 관한 것이기 때문이다. 이와 같은 본체론을 토대로 성립된 유가의 형이상학을 도덕형이상학이라 부르는 까닭도 바로 여기에 있다. '도덕형이상학'은 '도덕의 형이상학'과 구분되는데, 후자가 도덕의 선험적 특징을 설명하기 위한 목적을 가진다면, 전자는 도덕을 통해서 형이상학에 접근하고, 도덕을 통해서 형이상학이 완성된다.[9] 이렇듯 도덕형이상학이 단순히 도덕의 선험적 특징을 설명하기 위한 것이 아니라, 형이상학에 중점을 둠으로써 모든 존재자, 곧 우주만물의 생성과 변화와 관련된다는

---

7) 休靜, 『三家龜鑑』, 「儒家龜鑑」, "周易先言道而後言性, 此道字是統體一太極. 子思先言性而後言道, 此道字各具一太極."

8) 休靜, 『三家龜鑑』, 「儒家龜鑑」, "世之言道者, 高則入於荒唐, 卑則滯於形氣, 今言道字非他, 循性之謂也."

9) 牟宗三, 『心體與性體』 第1冊, 臺北, 正中書局, 1990, 8~9쪽 참조.

점에서 그것은 본체론인 동시에 우주론이기도 하다. 하지만 이러한 본체론적인 혹은 형이상학적 사유는 그것이 존재의 해명과 관련된 것이든 도덕실천의 초월적인 근거와 관련된 것이든 한편으로 상당한 추상성을 요구하는 까닭에 긴 시간을 두고 확장되어 온 것이 사실이다.

특히 유가의 초기 인물인 공자孔子, BC 551?~BC 479?와 맹자孟子, BC 372?~BC 289?, 순자荀子, BC 298?~BC 238? 등의 본체론적 사유는 그 뒤에 등장하는 『중용』, 『역전』 등과 비교해 볼 때, 여전히 맹아의 단계라고 볼 수 있다. 초기 유학의 중심문제는 결코 본체론이 아니었고, 주요 관심은 현실의 삶에서 질서성의 토대가 될 수 있는 구체적인 인간 본성의 문제였다. 즉 공자·맹자·순자에게 있어서 본체론적 사유가 전혀 진행되지 않은 것은 아니지만, 여전히 다른 요소들과 뒤섞여 있거나, 충분히 발휘될 필요를 느끼지 못하고 있었던 것이다.10) 하지만 전국戰國시대 말기로 내려가면서 제자백가와의 사상 경쟁과 상호 비판을 통해 『중용』이나 『역전易傳』 등의 서적이 성립하였고, 도덕을 실천하는 주체인 인간 개인의 심성이 보편적이고 절대적인 토대를 가져야 한다는 생각으로 확장됨으로써 점차 분명한 유가 본체론을 형성하게 되었다. 그리고 후대로 내려오면서 도가와 불가의 영향 아래 그 이론적 토대를 더욱 강화한 것이 바로 성리학적 본체론인 것이다.

이렇듯 성리학은 선진 유가에 비해 본체론적인 측면이 강화되어 등장한 이론체계이다. 그렇지만 성리학이 처음 한반도에 전래되었을

---

10) 『중용』의 '천이 명한 것을 본성이라 한다'라는 말은 내재하는 도덕성으로서의 성을 천도와 천명에 연결하여 논하고 있는데, 이렇게 함으로써 인간의 '본성'은 도덕적일 뿐만 아니라, 본체우주론적 의미를 가지게 되었다. 물론 맹자가 『孟子』, 「盡心上」에서 "盡其心者, 知其性也, 知其性則知天矣"라고 말할 때 그 안에 이미 이러한 의미가 함축되어져 있으며, 동일한 의미에서 맹자는 다시 『孟子』, 「盡心上」에서 "萬物皆備於我矣, 反身而誠, 樂莫大焉."고도 말한 것이다.

때 이러한 성리학의 본체론은 사실상 그다지 주목받지 못하였다. 그러다가 200여 년의 온축蘊蓄 과정을 거친 16세기 중반에 이르러서야 비로소 성리학의 중심문제로 떠오르게 되었다. 즉 16세기 중반이전 성리학은 주로 실천적인 측면에서 정치적 이념 혹은 윤리규범학으로 이해되었다. 이렇게 된 까닭은 무엇보다 고려 말에 수입된 성리학이 원나라의 성리학이었고, 이 원대의 성리학 자체가 본체론적인 혹은 형이상학적인 논의보다는 실천적인 성격을 강하게 가지고 있었기 때문이다.

원대의 성리학이 실천적인 성격을 강하게 가질 수밖에 없었던 것 역시 당시의 지배계층이 학문적인 토대가 미약했던 북방의 몽골 유목민이었고, 이들이 추상적이고 형이상학적인 사유를 필요로 하는 본체론에 쉽게 흥미를 느낄 수 없었기 때문일 것이다. 그리고 동일한 측면에서 여말선초의 성리학이 여전히 실천적인 측면에 치중해 있었던 까닭을 이해할 수도 있다. 아무튼 16세기 중엽에 이르러서야 본체론에 대한 관심과 논의가 본격적으로 시작되었고, 이러한 흐름을 우리는 「유가귀감」을 통해서도 충분히 확인할 수 있는 셈이다.

본체론을 논한 부분을 이어서 두 번째 영역에서 휴정은 인간의 본성이자 곧 도를 실현하는 방법인 공부工夫에 대해 논하고 있다. 도덕실천이 가능할 수 있는 선험적 근거에 대한 논의가 본체론과 관련된 것이라면, 도덕실천의 방법과 관련된 논의가 바로 공부론이다. 성리학의 내용 전체가 바로 이 두 가지 문제에 초점을 맞추고 있다. 그런데 휴정은 성리학의 공부론을 '존천리存天理, 거인욕去人欲'으로 규정하면서, 천리를 보존하는 구체적인 방법으로 '계구戒懼'를, 인욕을 제거하는 방법으로는 '신독愼獨'을 제시하고, 이 두 가지 공부가 모두 '경敬'으로 통일된다고 말한다.[11] 또한 함양涵養과 성찰省察을 각각 미발

未發과 이발已發의 공부로 구분하며, 함양은 주체를 온전히 확립하는 공부이고, 성찰은 정념情念이 발하는 것을 살펴 제대로 다스리는 공부라고 주장하고 있다.[12]

사실상 송명시대 전체 성리학은 계열에 상관없이 '존천리, 거인욕'을 공부의 궁극적인 목표로 설정하였다고 해도 지나친 말은 아니다. 하지만 그렇다고 성리학 내부의 모든 계열이 '존천리, 거인욕' 명제를 동일한 방식과 내용으로 이해했던 것은 아니다. 만약에 이 명제를 모두 동일한 내용으로 이해하거나 해석했다면 북송이래 성리학의 전개과정은 우리가 파악하는 것처럼 그렇게 다채롭지 않았을 것이다.

예를 들어 '존천리, 거인욕'에 대한 이해에 있어서는 크게 두 방향, 곧 '존천리'에 강조점을 두는 것과 '거인욕'에 강조점을 두는 두 가지 길이 있다. '존천리'에 강조점을 두는 경우, 이 명제는 '천리를 보존하면 자연스레 인욕은 제거된다'라는 뜻으로 해석할 수 있다. 반면에 '거인욕'에 강조점을 두는 경우에는 '천리의 보존은 인욕을 제거하는 것에서 부터'라고 해석할 수 있다. 전자가 이상주의적인 모습을 보인다면, 후자는 좀 더 현실주의적인 태도를 보여준다.

이들이 이렇게 차별성을 보이며 두 가지 상이한 지향을 보이는 것은, 천리와 선악 등의 개념에 있어서 서로 다르게 이해하기 때문이지만, 더욱 근원적으로는 그들이 구성한 본체론적 토대가 다른 모습이기 때문이다. 이러한 측면에서 보자면, 비록 모든 성리학자가 천리를 보존하고 또 그것을 실현하고자 하는 궁극적인 목표에 있어서는 동

---

11) 休靜, 『三家龜鑑』 「儒家龜鑑」, "戒懼是保守天理, 幾未動之敬也. 愼獨是撿防人欲, 幾已動之敬也. 故君子之心, 常存敬畏, 謹獨一念已發時工夫, 戒懼一念未發前工夫."
12) 休靜, 『三家龜鑑』 「儒家龜鑑」, "涵養靜工夫, 一箇主宰嚴肅也. 省察動工夫, 情念纔發覺治也. 故曰精以察之, 一以守之."

일한 지향을 보여주고 있다고 하더라도, 그 방법에 있어서는 각각의 성리학자 또는 성리학의 각 계파 간에 상이한 길이 제시되었던 것이다.

그리고 상이한 본체론적 토대는 곧 구체적인 공부의 방법에서 다른 형태를 구성하도록 만들었다. 보다 자세하게 살펴보면 '계구'와 '신독' 그리고 이 두 가지 공부를 통합하는 '경敬'의 공부가 어떤 계열에서는 '내적인 도덕적 긴장'의 형태로 이해되는 반면, 또 다른 계열에서는 '외적인 행위의 정제엄숙'으로 이해된다. '함양'과 '성찰'의 경우도 다르지 않다. 함양과 성찰은 '도덕성의 직접적인 확장 혹은 도덕 주체의 확립과 내적 자각'을 의미할 수도 있지만, 도덕성 곧 리적 영역의 직접적인 확장이 아닌 '기적인 측면의 청결 혹은 순수성을 지킴'으로써 간접적으로 도덕성을 키워내는 것을 가리키거나 또는 현실 속에 실현되고 드러나는 각각의 행위가 도덕적인지 여부를 살피는 공부를 뜻하기도 한다.

그런데 휴정에게서 이러한 계구와 신독, 그리고 그것을 통일하는 경, 여기에 더하여 함양과 성찰 등의 공부가 과연 구체적으로 어떤 의미를 가지는지, 혹은 성리학의 어떤 계열과 가깝게 해석될 수 있는지는 명확하지 않다. 짧은 몇몇 공부에 관한 문장으로 공부론에 관한 그의 시각이 어디로 향하고 있는지를 확인하는 것은 쉽지 않기 때문이다. 다만 행간에서 읽혀지는 흐름에서 볼 때, 조심스럽지만 그의 공부론은 '존천리'에 무게 중심을 둔 모습이라고 판단된다. 이 부분은 아래에서 더 논의할 기회가 있을 것이다.

마지막으로 휴정은 성인의 즐거움은 고기맛과 좋은 집에 있지 않았는데,[13] 그 즐거움은 어디에 있는가라고 의문을 던지지만, 지금의

---

13) 休靜, 『三家龜鑑』 「儒家龜鑑」, "於戲三月忘味 終日如愚 此聖賢忘內之樂也 不貴黃屋 不賤陋 巷 此聖賢忘外之樂也."

학자들이 마음을 온전히 실현하지 않을 수 있겠는가[14]라고 말함으로써 진정한 즐거움은 마음을 온전히 실현하는 데 있다고 말한다. 『이정유서』에는 "옛날에 주무숙주돈이에게 수학할 때 주무숙은 매번 안자와 중니께서 즐거워한 일이 무엇인지, 어떤 일에서 즐거워했는지 찾게 하였다"[15]는 정호의 말이 기록되어 있다. 성인이 무엇으로 즐거워했는지를 알고 그것을 닮아가는 것이 다름 아닌 공부이다. 그리고 그것의 구체적인 내용은 마음을 온전히 실현한다는 것에도 이미 전제되어 있듯, 천과 연결되어 있는 도를 실현하는 것이기도 하다.

특히 이 마지막 부분에서 덧붙여 살펴볼 만한 구절이 있다. "석달을 고기 맛을 잃고 날이 새도록 어리석은 사람같이 행동한 것은 성현들의 안을 잊어버린 낙이고, 황금으로 만든 집을 귀하게 여기지 않고, 누추한 골목거리를 천하게 여기지 않으니 이것은 성현들의 밖을 잊어버린 낙이다. 이렇듯 성현의 낙은 안과 밖에 있지 않다"[16]라고 말하는 구절이다. 휴정이 말하고자 하는 것은 유가의 성현들이 궁극적으로 추구한 것은 '도'이지 일신의 평안함이나 부귀영화가 아니었다는 것이다. 그런데 그것을 설명하는 과정에서 특별히 고기맛을 잃는다는 표현이라든가, 성현의 즐거움이 안과 밖에 있지 않다는 말에서 불교적인 요소와 결합하려는 휴정의 생각을 읽을 수 있는 듯하다.[17]

전체적으로 「유가귀감」의 구성에서 볼 때, 휴정이 이해하고 있는

---

14) 休靜, 『三家龜鑑』 「儒家龜鑑」, "然則聖賢之樂 不在內外 當在何處 古之詩人 觀鳶魚而知道之費隱 聖人觀川流而知道之不息 今之學者 其可不盡心乎."

15) 『二程遺書』 卷2 上·二先生語 二上. 元豊己未, 「呂與淑東見二先生語」, "昔受學於周茂叔, 每令尋顔子仲尼樂處, 所樂何事."

16) 休靜, 『三家龜鑑』 「儒家龜鑑」, "於戲三月忘味 終日如愚 此聖賢忘內之樂也 不貴黃屋 不賤陋巷 此聖賢忘外之樂也 然則聖賢之樂 不在內外."

17) 물론 석달이나 고기맛을 잃었다는 구절과 관련해서 『論語』 「述而」에 다음과 같은 구절이 기록되어 있다. "子在齊聞韶, 三月不知肉味."

성리학은 천과 심의 관계를 중심으로 한 본체론, 그리고 '존천리, 거
인욕'의 수양 방법을 중심으로 한 공부론을 핵심 골간으로 하고 있음
이 드러나고 있다. 그리고 「유가귀감」의 구성과 내용에서 나타나는
특징은 성리학이 본체론과 공부론의 두 가지 측면으로 구성되어 있
음을 휴정이 분명하게 이해하고 있다는 점을 확인할 수 있다. 이것은
휴정 당시 곧 16세기 조선성리학자의 성리학에 대한 이해와 상당부
분 맥을 같이 하면서도 몇 가지 점에서 중요한 차이점을 보여준다. 이
문제에 대해 아래의 장에서 구체적으로 접근해 보자.

IV. 휴정의 성리학 이해에서 나타나는 특징은 무엇인가?

앞에서 우리는 「유가귀감」의 저술배경 및 이 글의 구성과 주요 내
용을 살펴보았다. 이제 한 걸음 더 깊이 들어가 휴정의 유학 이해에서
나타나는 특징에는 어떤 것이 있는지를 살펴보자. 우선 본격적인 논
의에 앞서 앞의 논의를 토대로 휴정의 유학에 대한 이해에서 나타나
는 특징을 정리해 본다면 최소한 다음과 같은 두 가지로 요약할 수 있
을 것이다. 첫째는 휴정이 주자학을 포함한 성리학의 핵심적인 구도
가 본체론과 공부론으로 구성되어 있다는 점을 분명하게 이해하고
있다는 점이고, 둘째는 그의 유학에 대한 이해가 결코 주자학 중심이
아니라는 점이다. 이 두 가지 측면만으로도 휴정의 유학에 대한 이해
는 이전시대의 사림파 인물들뿐만 아니라, 동시대의 성리학자들과
충분히 구별되는 모습을 보여준다.
먼저 첫 번째 특징을 살펴보면, 앞 절의 논의에서 이미 분명하게 드
러나듯, 휴정은 본체론과 공부론을 성리학의 주요한 뼈대로 이해하

고 있다. 이것은 휴정의 유학 이해에서 나타나는 주요한 특징이면서, 동시에 16세기 중반 이언적, 이황, 이이 등에 의해 주도되었던 성리학의 성숙한 이해와 맥을 같이 하고 있다는 점에서 큰 의미를 가진다. 즉 그는 한편으로 16세기 중반에 진행된 성리학의 질적 전환을 충분히 수용하고 있었던 셈이다.

송대에서 명대에 이르는 시기, 성리학자들은 무엇보다 도덕 실천이 가능할 수 있는 선험적 근거와 그 근거로부터 도덕을 실천할 수 있는 방법을 제시해야 한다고 생각하였다. 그리고 도덕의 선험적인 근거는 주로 리기론과 심성론의 이론적 틀을 통해 제시되었고, 여기에서 다시 한 걸음 더 나아가 실천의 방법을 논한 것이 바로 공부론工夫論이다. 전자가 인간의 도덕실천이 가능할 수 있는 객관적이자 내재적인 근거와 관련되어 있다면, 후자는 도덕실천이 가능할 수 있는 주관적 근거이기도 하다.

송명 시대의 성리학은 어떤 계열을 막론하고 이 두 가지 측면에 대해 자신의 입장을 이론적으로 체계화하였는데, 이들의 표현을 빌린다면 전자가 본체의 문제이고 후자는 공부의 문제이다. 즉 성리학은 기본적으로 도덕의 보편적이고 객관적인 근원을 문제삼는 본체론과 현실 속에 도덕을 실현하는 방법으로서의 공부론을 핵심적인 이론체계로 구성하고 있는 것이다. 따라서 성리학에 대해 본체론과 공부론으로 구분하여 서술하고 있는 휴정은 이미 성리학의 본질적인 틀을 온전히 이해하고 있다고 여겨진다.

특히 여기에서 드러나듯, 휴정의 유학에 대한 이해는 그 앞선 시대, 특히 사림파 인물들을 넘어서고 있다. 고려 무신정권의 붕괴이후 대원제국으로부터 성리학을 도입한 이래, 그것이 비록 새로운 나라를 세우는 이념으로 작용하였지만, 성리학에 대한 진정한 이해는 도입

이후 200여 년이 지난 이때에 이르러서야 비로소 충분한 깊이에 도달할 수 있었다. 고려 말에 수입한 성리학은 사림파가 활동하던 시대에 이르기까지 그 주된 내용과 성격은 도덕의 본체론적 탐구보다는 윤리규범학적 성격을 강하게 지니고 있었던 것이다.

그것은 당시의 성리학자들이 어떤 서적에 관심을 기울였는지를 확인하는 과정에서도 확인된다. 즉 초기 사림파의 학자들이 주목했던 서적은 본체론적 논의를 담고 있는 『중용』이나 『역전』 등의 경전이 아니었고, 더군다나 주자학에 대한 이해의 출발점이라고 할 수 있는 다양한 주희의 저술도 아니었다. 이들이 가장 관심을 기울이고, 또 가장 널리 읽혀졌던 서적은 일상적인 행위와 직접적으로 관련된 규범서인 『소학』이었다. 『소학』이 성리학의 입문서라는 사실에서 당시 성리학의 깊이를 단적으로 확인할 수 있는 것이다.

이러한 흐름이 변화하기 시작한 것이 바로 16세기 초반이고, 그 변화를 주도했던 인물들이 바로 성종이래 중앙정계에 진출했지만 좌절을 맛봐야 했던 사림파의 인물들이다. 수십 년 동안 진행된 사화의 시대를 거치며, 중앙 정계에 진출했던 사림파가 맛보았던 정치적 좌절과 그것에 대한 반성은 성리학에 대한 이해를 한 단계 끌어올리는 계기가 되었으리라 짐작된다. 아울러 그 과정에서 회재晦齋 이언적李彦迪, 1491~1553과 남명南冥 조식曺植, 1501~1572, 퇴계退溪 이황李滉, 1501~1570, 율곡栗谷 이이李珥, 1536~1584와 같은 걸출한 성리학자들이 연이어 등장하였고, 1517년 초보적이긴 하지만 손숙돈孫叔暾과 조한보曺漢輔 사이에 '무극태극논쟁無極太極論爭'이 전개된 뒤 이언적에 의해 그 내용이 정리된 것이나,[18] 이황과 고봉高峯 기대승奇大升, 1527~1572 사이에

___

18) 한국철학사상연구회가 펴낸 『논쟁으로 보는 한국철학』(예문서원, 1996, 127~132쪽)에 따르면 1517년 조한보와 손숙돈 사이에 전개된 '무극태극논쟁'은 이언적에

본격적인 학술논쟁인 '사단칠정논쟁四端七情論爭'이 시작된 것은 이러한 변화의 충분한 촉매재가 되었을 것이다.

특히 이 과정에서 나타나고 있는 이언적이나 이황의 본체론에 대한 관심은 사화기를 거치면서, 근거를 제시하지 않는 일방적인 당위의 강조 즉 객관적인 도덕의 토대를 제시하지 않으면서 윤리규범만을 강조할 때 사람들을 설득할 수 없다는 자각과 반성에서 비롯되었다고 판단된다. 휴정의 「유가귀감」은 바로 이와 같은 성리학에 대한 이해의 깊이가 혁명적으로 깊어가는 시기의 변화상을 반영해 보여주고 있는 것이다.

반면에 휴정의 유학 이해에서 나타나고 있는 두 번째 특징인 주자학 중심이 아니라는 사실은 그를 다시 당시의 성리학자들과 구분시켜 준다. 그는 유학의 본체론과 공부론을 논하고 있으면서, 그리고 공자로부터 주돈이에 이르기까지 유학자들의 이름을 거론하면서 주희의 이름을 언급하지 않고 있을 뿐만 아니라, 주희에 의해 체계화된 주자학에 대해서도 적극적으로 논하지 않고 있다. 더군다나 주희의 제자인 채침의 말은 인용하면서, 정작 주희의 어떤 말도 인용하지 않았다는 점은 더욱 두드러진다. 이것은 당시의 학문적 분위기와도 구분된다. 다시 말해서 16세기 중엽 조선에 있어서 성리학에 대한 진일보한 이해는 주로 주자학을 중심에 두었고, 주자학적인 이론틀을 그 논의의 핵심으로 삼고 있었다. 무극태극논쟁을 필두로 뒤를 이어 진행된 사단칠정논쟁, 인심도심논쟁人心道心論爭, 인물성동이논쟁人物性同異論爭 등의 학술적인 논쟁뿐만 아니라, 관련 저술은 모두 주자학적인 틀에서 크게 벗어나지 않는다. 그런데 이러한 시대적인 상황과 흐름

의해 정리되었는데, 그 내용을 살펴보면 성리학의 본체론에 대해 온전한 이해에 도달하지 못하였음을 확인할 수 있다.

속에서도 휴정의 유학에 대한 이해는 주자학적이지 않다. 그의 유학에 대한 이해가 주자학적이지 않다는 것은 앞에서 논한 본체론과 공부론의 두 가지 측면에서도 확인된다.

먼저 본체론의 측면에서 본다면 리와 기는 주자학의 본체론을 구성하는 핵심적인 개념이며, 주희는 이 두 개의 개념을 통해 도덕의 보편성과 객관성을 설명할 뿐만 아니라, 우주의 생성과 변화를 설명한다. 이렇듯 리기론은 전체 주자학의 기초이자 출발점이다. 그럼에도 불구하고 휴정의 「유가귀감」에는 리기론에 대한 언급이 없을 뿐만 아니라 리기론적인 구도를 통해 본체론을 해명하지 않는다.

여기에 더하여 공부론의 측면에서도 주자학적 구도에서 특히 강조되는 『대학』과 격물치지格物致知의 공부에 대해 휴정은 언급하지 않고 있다. 리기론과 심성론을 중첩시킴으로써 전체 이론체계를 구성한 주희에게 있어서 그 철학의 궁극적 과제는 바로 리理로서의 성性을 정情으로 표현해내는 데 있는데, 그것은 천리의 실현과 다르지 않다. 그리고 그 성과 정을 매개하여 양자를 실천적으로 연결시키고 있는 것이 바로 심心이고, 양자를 매개하는 방법이 바로 '격물치지'의 인식론적이고 주지적인 공부방법이다.

또한 『예기』로부터 『대학』을 독립시켜 『논어』, 『맹자』, 『중용』과 함께 유학자의 필독서가 되도록 그 가치를 적극 홍보한 사람이 바로 주희라는 점을 상기한다면, 『대학』과 주자학이 얼마나 밀접하게 서로 관련되어 있는지를 충분히 짐작하게 된다. 그런데 휴정은 『대학』이 제시하고 있는 공부의 첫출발점인 격물치지에 대해서도 전혀 언급하지 않고 있는 것이다. 이러한 측면에서 휴정이 이해한 성리학은 주자학적 특징을 그리 강하게 보여주지 않는다고 이해할 수 있다. 이것은 주지적인 격물치지의 주자학적 공부론이 휴정이 취하고 있었던 선禪 중심의 공부론과 병립하기 어려웠기 때문일 것으로 짐작된다. 그리고 이것은 성리학의 다양한 측면 가운데 가능한 불교 특히 선학과 유사성을 확인할 수 있는 부분만을 강조한 결과이기도 할 것이다.

Ⅴ. 맺는말

앞에서 우리는 휴정이 왜 「유가귀감」을 지었는지, 「유가귀감」의 주요내용은 무엇인지, 그리고 「유가귀감」의 주요 내용에서 나타나는 휴정의 성리학에 대한 이해는 어떠한 특징을 가졌는지 그 대강을 확인하였다. 이제 앞의 내용을 통해서 휴정이 이해한 성리학에 대한 평가와 더불어 그렇게 이해한 유학이 어떻게 불교와 회통할 수 있는지, 혹은 불교와 어떤 공통점을 가지는지 확인해 보자.

먼저 『삼가귀감』의 내용을 통해서 확인되는 휴정이 제시한 유·불·도 삼교의 회통 가능성은 대체로 다음과 같이 이해된다. 즉 휴정은 「도가귀감道家龜鑑」에서 "나는 삼교의 무리들이 각기 다른 견해를 고집하여 기꺼이 모여서 함께하려 하지 않음을 많이 보았다. 그래서 지금 세 가르침의 문호를 열어 통하게 할 따름이다. 아! 삼교에서는 모두 도를 말하는데, 도란 무엇인가"[19]라고 자문한 뒤, "○의 의미를 철저히 깨달으면 유가니 도가니 불가니 하는 것이 모두 헛된 이름일 뿐임을 알 것이다"[20]라고 말한다. 원(○)은 선가에서 마음을 설명하는 방편으로 이용되는 것이다. 마음이 어떤 구체적인 형상으로 규정될 수는 없지만, 그것이 평등하고 보편적이며 완전한 것임을 보여주

---

19) 休靜, 『三家龜鑑』 「道家龜鑑」, "余多見三敎之徒, 各執異見, 莫肯會同故, 今略開三門戶而通之爾, 噫三敎通稱曰道, 道是何物."
20) 休靜, 『三家龜鑑』 「道家龜鑑」, "○ 若究得徹去, 方悟, 儒也釋也道也, 皆虛名耳."

기 위해 고안 된 것이다. 「유가귀감」에서도 "중용의 성性·도道·교
敎 세 구절 또한 이름만 다를 뿐 사실은 같은 것이다"21)라는 말에서
도라는 것은 결국 '성', 곧 인간의 본성이라는 점이 드러난다. 결국 유·
불·도 삼가에서 추구하는 도는 인간의 본성이고 이것을 실현하기
위해 노력한다는 점에서 삼교는 동일하다는 뜻으로 이해된다.

그리고 인간 본성의 실현이 곧 내재적 초월을 의미하는 것이라면,
이것은 삼가의 근본적인 동질성을 또 다른 측면에서 잘 표현하였다
고 판단된다. 유·불·도 삼가 혹은 삼교는 한편으로는 학술체계인
동시에 다른 한편으로는 초월을 논한 종교이기도 하다. 그리고 그 초
월은 다름 아닌 내재적 초월이다. 즉 유·불·도 삼교는 외적인 어떤
것에 의존하지 않고, 인간이 자신이 지닌 심성을 밝히고 배양하여 궁
극의 경지, 유가는 성인, 도가는 진인眞人, 불가는 부처에 이르려고 공
부한다는 점에서 동일한 구조를 가진다.

「유가귀감」에서 나타나는 휴정의 유학에 대한 이해에서 확인되는
불교와의 회통 가능성 역시 다른 곳에 있지 않다. 본체론을 통한 인간
의 초월 가능성, 그리고 공부론을 통한 초월의 구체적인 방법이 제시
되는 점은 유교성리학과 불교가 다를 수 없는 것이다. 불교 안에 교종
과 선종, 돈오와 점수의 구별이 있다면, 정주 리학과 육왕 심학의 구
분조차도 그에게는 불교와의 유사성으로 읽혀질 수도 있을 것이다.
하지만 이한 공통점에도 불구하고 유가와 불가는 분명히 구분되는
차별성을 휴정은 간과하고 있는데, 그것은 바로 유가와 불가가 전제
하고 있는 세계 자체이다. 이것은 불교가 '연기성공緣起性空'의 대전제
를 폐기하지 않는 한 감내할 수밖에 없는 차별성이기도 하다.

---

21) 休靜, 『三家龜鑑』 「儒家龜鑑」, "中庸性道敎三句, 亦名異而實同."

▶ 이 글은 『철학연구』 122집(대한철학회, 2012년 5월)에 실렸던 「「유가귀감」을 통해서 본 휴정의 성리학 이해」를 재수록한 글임을 밝힌다.

안처순, 노진, 변사정의 유학사상

- 16세기 지리산권 유학자를 중심으로

김봉곤*

Ⅰ. 머리말

조선은 15세기 후반부터 지방에서 사림세력이 크게 성장하여 훈구세력과 대립하였다. 이들은 여러 차례 사화를 거치면서도 16세기 중반부터는 조선의 정치와 사회를 주도해 나가기에 이르렀다. 지리산권에도 15세기 후반에 김종직金宗直, 정여창鄭汝昌 등의 활약에 이어 16세기경에는 함양과 남원, 산청 일대에 사림들이 크게 성장하여 이 지역 일대의 학풍을 주도하였다. 이 중에서도 산청의 남명南冥 조식曺植 함양의 옥계玉溪 노진盧禛은 특별한 위치를 차지한다.[1] 조식은 평

* 순천대학교 지리산권문화연구원 HK연구교수.

생 처사로 지냈지만 경敬과 의義를 중시하는 실천적 학풍으로 많은 門人들을 양성하였던 유학자였으며, 노진은 명종 때에 경연을 담당하였고 선조 때 이조판서의 직위까지 올랐던 지리산권의 대표적 학자적 관리였다.

조식은 당대에 퇴계退溪 이황李滉과 비교되는 학자로서 그의 삶이나 정치, 사상, 문학 등에 여러 가지 측면에서 많은 연구가 진행되었다.[2] 이황의 사변적인 성리학과는 대조적으로 조식은 실천을 중시하였으며, 그의 문인들이 북인정권의 핵심을 이루었고, 왜란 때 의병활동에 적극적으로 나섰다는 측면이 밝혀지기도 하였다.[3] 반면에 옥계 노진1518~1578이나 사제당思齊堂 안처순安處順, 1492~1534 등은 그리 주목을 받지 못하였다. 정재훈이 노진은 기묘사림이었던 장인인 안처순 등의 영향으로『대학』,『논어』,『근사록』등의 책을 중시하였다는 것을 지적하기도 하였지만,[4] 노진과 안처순의 유학사상에 대해서

---

1) 산청의 조식이 이황과 함께 영남을 대표하는 유학자였음을 두 말할 것도 없지만, 노진 역시 당대 함양을 대표하는 유학자였다. 15세기 후반 이후 함양에는 정여창이나, 양관, 박맹지, 강한, 표연말, 강익, 이후백 등 쟁쟁한 학자들이 적지 않았지만, 노진은 이 중에서도 정치나 사회적 활동면에서 가장 특별한 위치를 차지한다(정재훈,「玉溪 盧禛의 정치사회적 활동 - 명조, 선조 연간을 중심으로 - 」,『韓國思想과 文化』45, 2008, 164쪽).
2) 남명 조식에 관한 그간의 연구 성과는 강동욱, 尹浩鎭, 김낙진, 강정화, 송준식, 심홍수 등에 의해 조식의 생애, 철학, 문학, 교육, 정치 등이 정리되었다. 자세한 내용은『南冥學硏究』35집(南冥學硏究所, 2012)을 참조바람.
3) 신병주,「조선중기 남명학파의 형성과 활동과 그 역사적 의미」,『남명학파 연구의 신지평』, 남명학연구원, 2008, 85쪽.
4) 옥계 노진에 관한 연구로는 노진의 생애와 학문, 시세계를 다룬 李永淑의 선구적인 연구에 이어 신태영과 이종묵 등이 노진의 문학작품을 연구하였으며, 정재훈은 노진의 정치사회적 활동을 연구하였다(李永淑,「玉溪盧禛硏究」, 慶尙大學校碩士學位論文, 1995; 이종묵,「尋眞洞長水寺와 玉溪盧禛」,『南冥學硏究』26, 2008; 신태영,「玉溪 盧禛 詩의 미의식」,『慶南文化硏究』30, 2009; 정재훈,「玉溪 盧禛의 정치사회적 활동 - 명조,선조 연간을 중심으로 - 」,『韓國思想과 文化』45, 2008).

체계적으로 밝히지는 않았다. 이는 노진의 문인으로서 서인을 표방하고, 왜란 때 남원지역에 의병을 일으켜서 크게 활약한 도탄桃灘 변사정邊士貞, 1529~1596 역시 마찬가지이다. 변사정에 관해서는 논문이 1편에 불과하며, 주로 생애와 문학작품을 다루었다.5)

이에 본고에서는 안처순과 노진, 변사정의 교유관계와 사상을 바탕으로 16세기 지리산권 유학사상을 밝혀보고자 한다. 이들이 남긴 문집과 『조선왕조실록』 등의 자료를 중심으로, 이들이 어떠한 사상적 기반위에 어떻게 사상을 전개해갔으며, 후인들이 어떻게 이들의 사상을 계승해가려고 하였는가를 분석해보고자 하는 것이다. 이들은 기호지역 인물들과 깊이 교유하였고 이들의 문인이나 후손들 역시 대부분 서인을 표방하였기 때문에 인조반정 이후 몰락한 조식의 문인들과는 달리 조선후기에 정치, 사회, 사상적으로 끼친 영향이 적지 않았던 것이다. 따라서 이들에 관한 연구는 조식이나 그의 문인들과는 구별되는 지리산 유학사상의 또 다른 중요한 측면을 드러낸다는 점에서 큰 의의가 있을 것이다.

Ⅱ. 남원, 함양지역 유학자간의 교유

15세기 후반 이후 영, 호남 사족들은 지리산을 넘나들며 교류를 하였다. 대표적인 인물로는 남원 중방면 출신의 윤효손尹孝孫, 1431~1503 과 영남의 김종직과 그의 문인인 정여창, 김일손金馹孫 등을 들 수 있다. 윤효손은 1477년성종8에 경상도관찰사가 되어 김종직, 김일손으로 하여금 『효경孝經』과 『주례周禮』를 발간하게 하였으며,6) 1498년연

산군4 무오사화 때는 윤효손이 성종실록편수관으로서 김일손의 사초를 보고도 계啓를 올리지 않았다는 죄목으로 파직되기도 하였다.7) 또한 함양의 정여창은 악양에 전장田庄이 있었기 때문에 남원과 구례를 거쳐 하동에 자주 왕래하였다. 정여창은 1482년성종13 화개에서 남원 중방리의 윤효손을 찾아가 주희朱熹의 글을 함께 강학하기도 하였다.8) 이처럼 15세기 후반부터 지리산을 넘나들었던 영,호남 사족들은 16세기에 들어서서는 남원과 함양지역 사족간 혼인관계를 통해 보다 밀접한 관계가 형성되었다.

먼저 함양의 풍천노씨가문인 노우명盧友明과 그의 아들 노진盧禛이 남원의 순흥안씨 안처순 가문과 연이어 혼인을 하였다. 그리고 함양의 정여창 가문에서 정여창의 아들 희직希稷이 남원의 남양방씨南陽房氏 귀화貴和의 딸과 혼인한 이후, 정여창의 현손 홍서弘緖가 남원양씨南原楊氏 사형士亨의 딸과, 정홍서의 누이가 남원의 방원진房元震과 각각 결혼하였다.9) 이처럼 두 지역 간에는 혼인관계를 통해 보다 밀접한 관계가 형성되기 시작한 것이다.

안처순 가문은 고려의 명유 안향의 직계후손으로서 부친 안기安璣, 1451~1497가 남원에 이거하기 전까지는 서울의 명문가문이었다. 안기는 전주부윤 지귀知歸 형조참판 이창以昌의 딸 사이에서 태어났다. 문과에 급제하여 공조참판을 지낸 호瑚와 공조판서를 지낸 침琛, 제용감부정濟用監副正을 지낸 선璿, 임실현감을 지낸 종琮이 그의 형이며,10)

---

6) 尹孝孫, 『楸溪先生遺集』卷3, 附錄, 「年譜」.
7) 『燕山君實錄』卷30, 연산군 4년 7월 21일.
8) 정여창은 1482년(성종13) 화개에서 남원의 중방리의 윤효손을 찾아가 함께 『朱書』를 강론하였다(鄭汝昌, 『一蠹遺集』卷2, 附錄, 「事實大略」).
9) 『河東鄭氏族譜』(1794, 國立中央圖書館所藏).
10) 『順興安氏參贊公派族譜』卷1(2001, 順興安氏參贊公派族譜編纂委員會).

안기 역시 연산군 1년1495에 문과에 급제하여[11] 성균관전적과 남학교수南學敎授를 역임하였다. 안기는 남원출신으로서 능성현령綾城縣令을 지낸 임옥산林玉山, 1432~1502[12]의 딸과 혼인한 뒤 처향을 따라 남원으로 이거하였는데, 당시 일반적인 관행처럼 그는 처가에서 상당한 재산을 물려받았을 것으로 보인다.

안기의 아들 안처순은 부친이 타계한 이후 남원에 내려가지 않고 서울에서 중부인 판서 침에 의해서 양육되었다.[13] 이 때문에 성종 이후 크게 성장하였던 많은 사림파 인물들과 서울에서 교유하였을 것으로 보인다. 그는 1513년중종8에 사마시에 합격하고, 이듬해 별시문과에 병과로 급제하였으며, 승문원과 예문관, 춘추관기사관을 거쳐, 1518년 홍문관박사가 되었는데,[14] 경연에서 조광조, 김정金淨, 표빙表憑, 기준奇遵, 정응鄭䕡 등 사림출신의 인물들과 함께 뜻을 같이 하였던 것이다. 그러나 그는 남원에 계신 어머니 조양임씨가 늙고 병이 잦자 어머니를 봉양하기 위하여 구례현감을 자청하였으며, 2월 29일 구례현감에 제수되었다.[15] 중종은 구례현감을 제수받고 떠나는 안처순에게 학교를 일으키라고 교시하였으며, 안처순은 주군州郡에 효제충신

---

11) 안기는 燕山君 1년(1495) 增廣試에서 丙科 6위로 급제하였다(『한국역대종합인물정보시스템』(한국학중앙연구원)).

12) 임옥산은 본관은 兆陽. 자는 仁甫, 호는 菊軒이다. 부친은 곡성훈도 士綱이며, 모친은 開城高氏로 이조참판을 지낸 淳의 딸이다. 임옥산은 효행에 뛰어나 성종 때에 크게 발탁된 인물이다. 그는 南原 사람으로 進士로서 武科에 합격하여 軍器直長에 제수되었는데, 부모의 喪事를 당하자 『家禮』에 의해 극진히 상례를 치루었으며 (『睿宗實錄』睿宗 1年(1469) 7月 28日), 이 사실이 성종에게 알려져서(『成宗實錄』卷 10, 成宗 2年(1471) 6月 23日) 1474년(성종5) 선전관과 장수현감에 임명되었으며, 1496년(연산군2)에는 능성현령을 지내기도 하였다(『한국역대종합인물정보시스템』(한국학중앙연구원)).

13) 安處順, 『思齊先生實記』卷2, 「祭伯氏文」.

14) 盧禛, 『玉溪先生文集』卷3, 行狀, 「承訓郎守奉常寺判官 安公[處順]行狀」.

15) 『中宗實錄』卷32, 중종 13년 2월 29일.

의 도리를 알게 하기 위해서 향교를 세우겠다고 약속하였고, 구례지역에 책판을 만들 목재와 종이가 넉넉하니『근사록』을 간행하여 학문과 道에 들어가는 방법을 알게 하겠다고 하였다. 이에 중종은 구례에서 책을 간행하여 다른 지방까지 반포하면 이익됨이 크다고 허락하였다.16) 그리고 조광조, 김정, 기준, 최산두 등 기묘사림들은 그를 떠나보내면서 글을 통해 향촌사회에 교화를 일으켜 줄 것을 당부하였다.17) 조광조는 흙탕물이 맑은 물을 덮치려 하는 혼탁한 때에 떠나가는 안처순을 은근히 원망하기도 하였으나 부임하더라도 백성들에게 부자와 형제간의 도리를 잘 교화해 달라고 하였다. 김정이나 기준, 최산두 역시 송별하는 글을 보내 효를 바탕으로 고을을 잘 다스려주기를 바랬던 것이다.

안처순은 이들의 기대에 어긋나지 않게 구례에 향교를 건립하고 『근사록』을 간행하여 구례를 비롯한 지리산권에 유학의 기풍이 일어나게 하였다. 그는 기묘사화로 파직된 이후로도 모친의 삼년상을 치루는 등 극진한 효성이 조정에 알려져 다시 복권되어 성균관전적, 양현고주부, 봉상사판관을 역임하였다. 이처럼 그는 서울의 명문가문 출신으로서 기묘사림들과 밀접한 교유를 맺었으며, 구례와 남원지역을 비롯한 지리산권에 성리학과 예속을 보급하려고 노력하였던 인물이었다고 할 수 있는 것이다.

남원의 안처순 가문과 혼인관계를 맺었던 함양의 풍천노씨 가문은

---

16)『中宗實錄』卷31, 중종 13년 2월 29일.

17)『己卯諸賢手筆 己卯諸賢手帖』(韓國學中央研究院編, 2006) : 이 필첩에는 柳庸謹, 孫洙, 成蕃仲 등의 서문과 宋之翰, 張玉, 金淨, 趙光祖, 鄭士龍, 尹殷弼, 李忠建, 奇遵, 金公藝, 文瑾, 金釻, 崔山斗, 閔壽千, 李文建 등의 시가 담겨 있다. 주로 안처순이 구례현감으로 떠날 때 기묘사림들이 석별의 정과 안처순이 고을을 잘 다스려주기를 바라는 마음을 담아 적어준 글이다.

노진의 증조부 숙동叔소이 세종 때에 경주김씨 김점金點의 딸과 혼인하여 창원에서 함양의 개평으로 옮겨왔다.[18] 노숙동은 1427년세종9에 문과에 급제하여 대사헌, 삼도관찰사를 거쳤으며, 그의 아들 분肦역시 1462년세조7에 문과에 급제하여 예문관 교리에 올랐다.[19] 이어 노분의 셋째 아들 노우명盧友明이 남원의 안처순의 부친 안기의 딸과 혼인하였던 것이다. 노우명은 정여창의 문하에서 수학하였으며, 1518년 경상도 관찰사 김안국金安國, 1478~1543에 의해 천거되어 현릉참봉에 임명되었다.[20] 김굉필金宏弼의 문인이었던 김안국에 의해 노우명이 소학과 향약의 이념을 실현시킬 수 있었던 인물로 기대되었던 것이다. 그러나 노우명은 1519년 기묘사화가 일어나 파직되었다.

이어 노우명의 아들 노진이 다시 안처순의 딸과 혼인을 맺었다. 노진은 노우명과 안기의 딸 사이에 낳은 형 노희盧禧와는 달리 노우명의 재취인 안동권씨 시민時敏의 딸의 소생이다. 노진은 부친 노우명이 6세에 타계하자 노희와 함께 삼년상을 치루는 등 형제간의 우의가 두터웠다.[21] 노진은 13세 때인 1530년에 형 노희를 따라 남원의 안처순을 찾아 뵌 것이 인연이 되어 안처순의 딸과 혼인하게 되었다. 이 때 안처순은 노진에게 자신이 지은 글을 보여주고 애정을 표시하였으며, 안처순이 타계한 2년 뒤인 1536년에 안처순의 딸과 혼인을 하였던 것이다.[22] 이 때 노진은 처가로부터도 상당한 재산을 물려받았다.[23] 이에 노진은 장인인 안처순으로부터 학문적, 경제적 기반을 물.

---

18) 노진, 『玉溪先生文集』 卷3, 墓碑誌, 「曾祖大司憲公墓碑記」.
19) 노진, 『玉溪先生文集』 卷3, 墓碑誌, 「祖考校理公墓碣碑」.
20) 노진, 『玉溪先生文集』 卷3, 行狀, 「考從仕郎行顯陵參奉 贈資憲大夫 吏曹判書 兼知義禁府事 府君[盧友明]行狀」.
21) 노진, 『玉溪先生文集』 卷2, 祭文, 「祭伯氏文」, "吾兄平日愛弟之誠 敎弟之恩 怡怡之色 闇闇之容."
22) 이후 노진의 생애는 『玉溪先生文集』 卷5, 「年譜」를 참조하였음.
23) 노진은 1561년 남원부사에 제수되었으나 妻鄕에 전택이 있다는 이유로 사양하였

려받았다고 할 수 있다.

이후 노진은 1537년 생원시에 합격하여 성균관에서 호남 출신인 하서河西 김인후金麟厚를 비롯해서 소재蘇齋 노수신盧守愼, 치재恥齋 홍인우洪仁祐 등과 가깝게 지냈다. 그는 을사사화가 일어나자 출사를 포기하려고도 하였으나, 태인현감으로 와 있던 자형姊兄인 신잠申潛, 1491~1554[24)]의 권유에 의해 1546년명종1 정읍에 가서 별시 초시에 응시하여 전시殿試에서 을과 4위로 급제하였다. 이어 그는 부친 노우명을 추천한 바 있었던 김안국의 추천으로 권지승문원부정자權知承文院副正字에 제수되었다. 이후 그는 사헌부와 홍문관의 직책을 제수받아 경연과 근시의 반열에 참여하였으며,[25)] 이조좌랑, 형조참의, 이조참의 등 요직을 거쳐 1575년선조8에는 예조판서, 1578년선조11에는 병조판서, 대사헌, 형조판서, 이조판서 등이 제수되었다. 그러나 노진은 중앙에서 연거푸 요직이 제수되었음에도 불구하고, 노모의 봉양을 해서 자주 외직을 자원하였다. 지례현감, 담양부사, 진주목사, 전주부윤 등을 지낸 것은 모친의 봉양을 위함이었고, 1570년선조3 이후로는 곤양군수, 경상도 관찰사를 제외하고는 중앙관직을 대부분 사직하였

다(노진, 『玉溪先生文集』 卷5, 「年譜」, 辛酉(先生四十四歲), "卽除南原府使 以妻鄕薄有田宅 辭焉 換潭陽府").

24) 신잠(1491(성종22)~1554(명종9))은 본관은 高靈. 자는 元亮, 호는 靈川子·峨嵯山人. 증조부는 申叔舟, 아버지는 申從濩이다. 그는 1519년(중종14) 賢良科에 급제했으나, 같은 해 기묘사화로 인해 파방되었고, 1521년 安處謙의 옥사에 연루되어 장흥의 천관산 아래로 귀양을 갔다. 그는 유배에서 풀린 뒤 아차산 아래에 은거하며 서화에 몰두하다가 인종 때 다시 복직되어 태인과 간성의 목사를 거쳐 상주목사로 재임하다가 죽었다. 그는 문장과 글씨, 그림에 뛰어나 三絶로 일컬어졌다(『한국역대인물종합정보시스템』, 한국학중앙연구원). 신잠은 초취가 李朋龜의 딸이며, 노진의 누님은 재취이다. 노진의 누님은 1560년 노진이 43세 때에 타계하였다(노진, 玉溪先生文集』 卷5, 「年譜」, 嘉靖39년(明宗15, 先生四十三歲).

25) 『明宗實錄』 卷27, 明宗 16년 3월 19일. "신은 아비를 여읜 몸으로 초야에서 자랐는데 외람되이 성은을 입어 경연과 근시(近侍)의 반열에 출입하였습니다."

다. 그러다가 1575년 10월에 모친상을 당하여 무리하게 상례를 치룬 나머지 병을 얻어 1578년 타계하였던 것이다.[26] 노진은 안처순으로부터 학문적, 경제적 기반을 물려받은 이후, 남명 조식, 일재 이항, 하서 김린후, 고봉 기대승 등의 학자들과 도의로서 교유하였으며, 학문과 지위가 아울러 높았던 당시 지리산권을 대표하는 인물이었던 것이다.

노진은 영, 호남 일대에 문인들을 배출하였는데,[27] 그 중에서도 가장 두드러진 인물이 변사정邊士貞이다. 변사정은 1529년중종24 변호邊灝와 초계정씨 옥견玉堅의 딸 사이에서 서울에서 태어났다.[28] 그는 선조와 광해군대의 문장가 월사月沙 이정구李廷龜와는 종질간이다. 변사정의 조부 변희철邊希哲의 딸이 이정구의 조부 이순장李順長과 혼인하여 에게 시집을 가서 이계李啓를 낳았으며, 이계는 다시 이정구를 낳았던 것이다.[29]

변사정은 9살 때에 모친의 고향에 부모가 타계하자 삼년상을 마치고 상경하여 형인 사원士元에게서 지냈다. 이어 20세에 남원 송동의 경주김씨 김점金點의 딸과 혼인한 뒤 비로소 독립할 수 있는 기반을 갖추게 되었다. 김점은 남원의 대표적인 토호품관이었던 김영金楹의 손자이었는데,[30] 김점이 딸만 두게 되자 변사정은 혼인한 이후 대부분의 재산을 물려받았던 것으로 이해된다. 25세 때에는 아예 처향妻

---

26) 노진, 『玉溪先生文集』 卷6, 年譜.
27) 노진의 문인들은 영호남에 걸쳐 있다. 노진의 문인으로는 남원의 桃灘 邊士貞, 漁隱 楊士衡, 金益福, 함양의 愚溪 河孟寶, 弘窩 盧士豫, 大小軒 趙宗道 등이 있다.
28) 邊士貞, 『桃灘集』 卷2, 「年譜」: 이후 변사정의 생애는 주로 연보를 통해 작성하였음.
29) 『長淵邊氏世譜』 坤篇(1843刊).
30) 김점은 金良鏡의 후손으로서 조부는 楹, 부친은 弼基이다(張經世, 『沙村集』 卷4, 碣銘, 「恭人慶州金氏墓誌銘」). 그의 조부 金楹은 金世其·黃愷 등과 함께 남원의 대표적인 土豪品官으로 지목되어 대간의 탄핵을 당하기도 하였다(『中宗實錄』 卷21, 중종 10년 (1515) 4월 20일).

鄕으로 거주지를 옮겼으며, 이곳은 대대로 그의 후손들의 세거지가 되었다.

변사정은 21세 되던 1549년부터 노진을 배알하여 성리학을 배우기 시작하였다. 23세 때에는 노진이 변사정에게 『성리대전』한질을 주기까지 하였다. 26세 때에는 지리산 도탄에 정사를 지었다. 그가 지리산에 은거하여 도를 즐기는 뜻이 있었고, 스승인 노진의 처소와 가까운 곳에서 그를 종유從遊할 생각이 있었기 때문이었다. 변사정은 노진이 타계하자 다음과 같이 노진과의 관계를 회고하며 슬퍼하였다.31)

> "(옥계선생께서는) 상복을 마친 뒤에 자식들과 도탄가에서 소요하며, 월락동을 왕래하고 여생을 마치려고 하였네. 아! 슬프다. 도탄에 집을 지었던 것은 두류산의 경치를 위해서가 아니라 실제로 선생과의 거처가 멀지 않아서 왕래하고 물으면서 학업을 마치기를 바랬는데 끝내 이 지경에 이르렀네."

변사정은 노진이 모친상을 치룬 뒤에는 자신이 거처하는 도탄가에 와서 소요하면서 여생을 마치려고 하였고, 자신이 도탄에 거처한 것도 노진이 살았던 곳과 가까워 평생 노진께 수학하기를 바랬다고 스승에 대한 극진히 사모하는 마음을 드러내었던 것이다.

그는 도탄정사를 지은 이후 주로 이곳에 머물면서 영, 호남의 많은 학자들과 사귀었다. 영남쪽 인물로는 함양의 하맹보河孟寶, 강익姜翼, 산청의 조식曺植, 안음의 임훈林薰, 정유명鄭惟明 등과 교유하였고, 호남쪽 인물로는 안전安瑑이나 안창국安昌國 등 안처순의 후손이나 김천일金千鎰, 기효간奇孝諫 등 이항의 문인, 광주출신의 기대승奇大升, 박광

---

31) 노진, 『玉溪先生文集』卷七, 「士林祭文(門人邊士貞)」, "願與子逍遙乎桃灘之上 往來乎月落之洞 以終餘年 尋常言約而終至此極 嗚呼慟哉 卜築桃灘 非直爲頭流之勝 實緣先生之居不遠 往來考問 庶幾卒業之望 而終至此極."

옥朴光玉, 화순의 최경회崔慶會, 남원의 정염丁焰, 양대박梁大撲, 최상중崔尙重, 양사형楊士亨, 김점金玷, 오수성吳遂性, 안문보安文寶 등 많은 인물들과 교유하였다. 그가 이처럼 영남과 호남의 인물들과 다수 교유하게 된 것은 노진 외에도 27세 되던 해에 스승으로 모셨던 태인의 일재 이항의 문인을 통해서 교유관계가 크게 확대되었기 때문이다. 그리고 33세 되던 해에는 고향 땅 파주에 성묘 다녀오는 길에 서울에서 조헌趙憲, 정철鄭澈과도 교유관계를 맺기에 이르렀다.

그는 1576년과 1578년 차례로 스승인 이항과 노진이 타계하자 51세 되던 해인 1579년부터 도탄정사에서 더욱 학문연구와 강학에 전념하였다. 주돈이, 정호, 주희 등의 유상遺象을 설치하고, 『성리대전』, 『근사록』, 『주서朱書와 육경사서六經四書를 읽었으며, 잡서는 가까이 하지 않았다. 또한 도탄정사에서 5리 쯤 떨어진 실상평實相坪에는 문도들을 시켜 수백그루 소나무를 심게 하고 춘추로 강습하는 장소로 삼게 하였다.

55세 되던 1583년부터는 서인으로의 당색을 분명히 하였다. 그는 이 해에 정철의 추천으로 경기전 참봉이 제수되었는데, 동인들에 의해 배척받고 있었던 이이와 성혼을 군자로 추앙하고 동인들을 소인으로 배척하는 상소를 올렸던 것이다.32) 이어 1589년 정여립 모반 사건이 일어나자, 정철 등의 서인 정권의 수립을 주장하였으며33) 1590년 재릉 참봉에 제수되자 상경하여 정철을 만나고 돌아왔다.

이후 그는 임진왜란이 일어나자 군량미를 모으는 한편, 정염·양사형·양수梁澍·김득지金得地 등에 의하여 의병장으로 추대되었다. 그리고 체찰사였던 정철은 비장裨將이었던 이잠李潛을 보내어 그의

---

32) 『宣祖修正實錄』卷17, 선조 16년 8월 1일.
33) 변사정, 『桃灘集』卷1, 「答下道諸君子書」, “方今急務 進忠直 退權姦.”

부장이 되게 하였다. 또한 정철의 권유를 받아들여 상주, 선산 등지에 주둔하여 창원·함안·성주·대구 등지에서 적을 무찔렀다. 그러나 1593년 6월 벌어진 제2차 진주성싸움에서 재외在外 운량장運糧將에 추대되기도 하였으나 진주성을 구원하지 못하자 자신의 죄를 묻는 상소를 올렸다. 그는 상소에서 많은 장수들이 진주성을 구원하지 않은 것을 비판하고 군령이 엄하지 않으면 중흥의 희망이 끊길 것이고 전공이 분명하지 않으면 장사들의 사기가 끊길 것이라고 하였다.[34] 이는 권률權慄 등 여러 장수가 전공으로 초승超陞된 뒤에 다시 태만했기 때문인데, 정유재란 때에 왜적에 의해 남원성이 손쉽게 함락되었던 사실에서 변사정의 주장이 징험되었다고 평가를 받았다.[35] 이후 그는 1596년 도탄정사에서 병이 중해지자 남원 집에 돌아와 10월 23일 타계하였다.

이처럼 16세기에 지리산권인 남원과 함양 지역에서는 기묘사림인 안처순을 시작으로 노진, 변사정을 거치면서 호남을 비롯한 기호지역 사림들과 교유관계가 확대되고, 서인을 표방하였으며, 남명 조식과는 또 다른 유학사상이 전개되어간 것이다.

Ⅲ. 안처순, 노진, 변사정의 유학사상

1. 안처순의 사상

안처순의 학문은 그의 문집이 남아 있지 않아서 제대로 알 수 없다. 다만, 그가 경연에서 중종과 나눈 대화가 『중종실록』에 남아 있고,

---

34) 『宣祖修正實錄』 卷27, 선조 26년 8월 1일.
35) 『宣祖修正實錄』 卷27, 선조 26년 8월 1일.

그가 『근사록』을 모방하여 지었다고 하는 『사제편思齊篇』이 남아 있어서 그의 사상의 편린을 짐작해볼 수 있다. 경연에서는 주로 국왕이나 세자의 교육이나 덕화에 기반한 통치이념을 제시하였고, 『사제편』에서는 향촌사회에서의 생활규범을 제시하였다. 이를 차례로 살펴보자.

안처순은 문과에 급제한 이후 경연에 자주 참여하여 자신의 의견을 개진하였다. 안처순이 경연에 참여할 수 있었던 것은 그가 문과출신이라는 점과 안향安珦의 직계 후손으로서 문한가문이었다는 점이 고려되었을 것이다. 안처순은 1515년 예문관 검열을 거쳐 홍문관 정자, 홍문관 박사를 지내면서 1517년까지 경연에 참여하였다. 이 때 함께 경연에 참여한 인물들은 이자李耔, 김정, 윤자임尹自任, 이청李淸, 신광한申光漢, 조광조, 김구金絿, 기준奇遵, 정응鄭譍, 박윤경朴閏卿, 장옥張玉, 표빙表憑 등 주로 홍문관 출신의 사림들이다.

안처순은 먼저 국왕이나 세자의 덕성의 함양에 노력하였다. 그는 1516년 9월에 홍문관 정자로 선발되어 본격적으로 경연에 참여하였는데, 역사서를 읽을 때에는 성패의 의미를 깊이 살펴보아야 국왕의 권면과 징계를 삼을 수 있다고 하여 감계서로서의 역사를 중시하였다.36) 10월 석강에서는 백성들의 풍속을 바로잡으려면 국왕의 마음을 먼저 바로잡아야 하며, 국왕의 마음이 바로잡히면 천지가 안정되고 만물이 발육된다고 하였다.37) 이는 정치상에서 『대학』의 수기치인修己治人의 이념과 『중용』의 중화中和의 공효에 대해서 언급한 것이다. 또한 그는 12월 문소전의 신위를 훔친 사건에 대해서도 조광조나 한충, 표빙, 기준, 정응 등과 함께 옥사를 일으키면 억울하게 화를 당할 수 있으니, 옥사를 중지하고 중종이 독실히 誠敬에 힘써서 하늘의

---

36) 『中宗實錄』 卷26, 중종 11년 9월 29일.
37) 『中宗實錄』 卷26, 중종 11년 10월 2일.

견책에 보답해야 한다고 하였다.38) 그리고 그는 1517년 1월 경연에서 『근사록』을 진강하고 『근사록』은 덕행에 돈독하게 된다고 하였으며,39) 홍문관 저작이었던 윤12월 3일에는 석강에 참여하여 『대학』의 '작신민作新民'장을 강론하면서 자식이 아비를 시해한 것에 대해 중종이 자신을 책망한 것을 칭송하고 더욱 덕화를 넓히기를 권하였다.40) 재변에 대해서도 국왕의 두려워하는 마음을 갖을 것을 촉구하였다.41) 그는 이처럼 다른 홍문관의 사림들과 함께 역사서나 『대학』과 『중용』, 『근사록』을 통해 국왕이 덕성을 함양해야 하는 중요성을 언급하였던 것이다.

그는 세자의 덕성의 함양에 대해서도 노력하였다. 그는 중종 12년 1월 19일 홍문관 관원들과 함께 元子를 교육하는 방책을 마련한 책자를 만드는데 참여하였다.42) 중종이 훗날 인종이 되었던 세자의 교육을 위해 홍문관에서 만들어 줄 것을 요청하여 만들어진 것인데, 이 책은 부제학 한효원韓效元, 직제학 이언호李彦浩, 응교 이자·유부柳溥, 교리 이청·신광한, 수찬 조광조, 부수찬 장옥張玉·표빙, 박사 기준, 저작 정응, 정자 유용근柳庸謹·안처순安處順 등이 조목을 의정議定하고 이자가 『대학연의大學衍義』를 모방하여 옛 글을 뽑아 모아서 자기 의견을 곁들여 만들었다. 세자는 국왕의 적통을 잇는 소중한 존재로서 어렸을 때부터 바른 도리와 덕성을 함양해야 하는데, 가까이 하는 궁료宮僚나 세자를 가르치는 사부師傅를 뽑을 때 신중해야 하며, 세자의 스승의 대해서는 예의를 다해야 한다는 것, 효孝·인仁·의義·예

---

38) 『中宗實錄』 卷26, 중종 11년 12월 19일.
39) 『中宗實錄』 卷27, 중종 12년 1월 20일.
40) 『中宗實錄』 卷31, 중종 12년 윤12월 3일.
41) 『中宗實錄』 卷31, 중종 12년 윤12월 21일.
42) 『中宗實錄』 卷27, 중종 12년 1월 19일.

禮에 바탕을 둔 학문을 교수하되 단계별로 대소에 따라 실행에 힘써서 덕성을 함양케 하며, 현숙한 배필을 뽑아야 한다는 것 등 덕성 함양을 중시하는 당대 사림들의 의식과 학문을 망라하였다. 이 책은 후일 안처순이 편찬한 『사제편』의 선구를 이룬 것이라고 할 수 있다.

안처순은 외척이나 훈구파들의 전횡에 대해서도 공박하였다. 이자, 김정, 조광조, 김구, 기준, 정응 등 홍문관 관원들과 함께 왕비의 족친인 윤순尹珣과 그의 처 구씨具氏를 연산군 때의 패행悖行을 들어 탄핵하였으며,[43] 훈구파인 이행李荇의 비행을 옹호한 수원부사 이성언李誠彦를 비판한 정언正言 양팽손을 옹호하기도 하였다.

그리고 그는 사림들의 출사를 보다 넓히는 방안을 개진하였다. 그는 과거 외에 천거받은 인물들을 중종이 자주 접견할 것과 홍문관 외에 별도의 학문기관을 두자는 안을 제시하였으며,[44] 사습士習을 배양하고 국맥을 유지하기 위해 성삼문의 외손 박호朴壕 등을 중용할 것을 주장하기도 하였다.[45] 그리고 우도友道가 없어진지 오래되었다고 하여 선비들이 의리로 사귀는 중요성에 대해 건의하였다.[46] 그가 선비들의 우도를 중시한 것은 당시 훈구파들이 사림들이 어울려 뜻을 함께 하는 것을 붕당朋黨으로 지목한 것에 대한 변호였는데, 중종 역시 붕당설은 소인이 군자를 공격하는 것이라고 하여 안처순의 주장을 지지하기도 하였다.

그는 이 밖에도 1515년 예문관 검열로서 야대夜對에 참여하여 중종이 대간을 자주 교체하는 문제점을 지적하였으며,[47] 의정부 녹사도

---

43) 『中宗實錄』 卷28, 중종 12년 7월 22일.
44) 『中宗實錄』 卷27, 중종 12년 1월 25일
45) 『中宗實錄』 卷30, 중종 12년 11월 25일.
46) 『中宗實錄』 卷31, 중종 12년 윤12월 11일.
47) 『中宗實錄』 卷23, 중종 10년 11월 28일.

사헌부·사간원·홍문관의 서리書吏와 마찬가지로 정부의 큰 일을
알게 할 것 등48) 언로를 넓히는 방책을 제시하기도 하였다. 그리고 백
성들의 요역徭役이나 전세와 공부貢賦를 줄여서 백성을 소생시키고
근본에 돌아가도록 하자는 방책을 제시하기도 하였다.49)

그는 이처럼 당시 기묘사림들과 함께 중앙에서 경연을 통해 국왕
이나 세자의 덕성 함양에 노력하였으며, 외척이나 훈구파의 전횡이
나 사림의 정치적 진출, 언로확장, 백성들의 조세경감 등을 주장하였
던 것이다.

안처순은 구례현감이 제수된 이후에는 향촌사회의 교화에 진력하
였다. 그는 향교를 세우고 『근사록』을 간행한 외에도 조정에서 경연
관으로 있었을 때와 고을 수령과 향촌에서의 경험을 바탕으로『사제
편思齊篇』을 만들어 후손들에게 전하였다. 안처순의 후손들은 이 글
이『근사록』을 모방하여 경전중에서 격언이 될 만한 말을 편집하였
다고 하였다.50)『근사록』은 주희와 여조겸이 송대의 理學家인 周敦
頤·程顥·程頤·張載 4명의 어록 가운데서 성리학과 일상생활에
긴요한 내용을 뽑아 도체편道體篇, 위학편爲學篇, 치지편致知篇, 존양편
存養篇, 극기편克己篇, 가도편家道篇, 출처편出處篇, 치체편治體篇, 치법편
治法篇, 정사편政事篇, 교학편敎學篇, 경계편警戒篇, 변이단편辨異端篇, 관

---

48)『中宗實錄』卷26, 중종 11년 8월 7일.

49)『中宗實錄』卷27, 중종 12년 1월 12일.

50)『思齊篇』은 1875년 안처순의 후손들에 의해 간행된『思齊先生實紀 : 附竹溪世蹟』목
판본 10卷5册 중 2권과 3권에 수록되어 있다. 서문은 安克孝의 부탁으로 1761년 世
孫(후일의 정조) 講書院諭善인 朴聖源이 썼으며, 발문은 1820년 宋稚圭, 1830년 趙寅
永, 1875년 趙成教로부터 각각 받았다. 박성원은『사제편』, 송치규는『사제실기』,
조인영과 조성교는『기묘제현수첩』에 관해 각각 언급하고 있어서, 이 책은 각 부
분들이 시차를 두고 만들어지고 그 때마다 발문이 지어졌음을 알 수 있다. 이 책은
국립중앙도서관과 남원시 금지면 택내리 안상현 씨 등 후손들이 소장하고 있다.
국립중앙도서관,『思齊先生實紀 : 附竹溪世蹟』(古2511-45-5-1-5) 참조.

성현편觀聖賢篇 등 14문 622조로 구성되어 있다. 그러나 이와는 달리 『사제편』은 안처순이 주로 『논어』와 『맹자』 등의 사서四書에서 일상생활에 필요한 부분을 뽑아내어 상권에 위학爲學, 하권에 효친孝親, 사군思君, 사사事師, 부부夫婦, 형제兄弟, 붕우朋友, 제사祭祀, 거향居鄕, 음식飮食, 의복衣服, 애유상哀有喪, 훼예毁譽, 정기正己, 수신守身, 대소인待小人, 안빈安貧, 소환난素患難, 상우尙友 등 모두 19문으로 수록한 것이다.51) 그리고 각각의 항목에 대해 주희의 『사서집주四書集註』의 내용을 먼저 적고 이어 주희의 주석에 대한 신안진씨, 운봉호씨, 오씨, 쌍봉요씨, 항씨, 진씨, 경원보씨 등의 세주를 달았다. 따라서 『사제편』은 『근사록』과 체제나 내용이 크게 다른데, 『사제편』은 주로 명나라에서 간행된 『사서대전四書大典』의 내용에서 안처순이 필요한 부분을 뽑아 편찬한 것으로 보인다. 명의 『사서대전』은 『논어』, 『맹자』, 『대학』, 『중용』 등 경서의 내용을 적고 각각의 내용에 대해 朱熹의 주석과 주석에 대한 세주를 차례로 달았는데, 안처순이 편찬한 『사제편』의 내용이 『이정전서二程全書』나 장횡거의 「서명西銘」 외에는 대부분의 글이 이 책 속에 나오는 내용과 일치하고 있는 것이다.

안처순은 『사제편』 상편의 '위학爲學'에서는 요순과 다름없는 심성을 바탕으로 인, 의 등의 덕성을 함양하고 기질을 변화시키는 공부 방법을 제시하였다. 하편에서는 이러한 학문을 바탕으로 삼강 오상의

---

51) 상편 위학편에서는 맹자에서 5조목, 논어에서 5조목, 중용에서 2조목, 周易, 西銘에서 각각 1조목, 하편 孝親에서는 孟子2조, 事君에서는 논어3조, 맹자1조, 事親에서는 논어1조, 맹자1조, 夫婦에서는 중용2조, 兄弟에서는 논어1조, 맹자1조, 朋友에서는 논어3조, 祭祀에서는 논어2조, 居鄕에서는 논어2조, 飮食에서는 논어2장, 衣服에서는 논어1조, 哀有喪에서는 논어2조, 毁譽에서는 논어1조, 正己에서는 논어1조, 守身에서는 맹자2조, 논어1조, 待小人에서는 맹자2조, 安貧에서는 논어1조, 素患難에서는 중용1조, 二程全書1조, 尙友에서는 맹자1조를 마련하였다. 제사나 거향, 음식, 의복, 애유상 등 일상생활에 필요한 행동거지는 논어의 향당편에서 뽑았다.

구체적인 실천항목과 수신守身과 안빈安貧 등의 생활자세, 소인배를 대처하는 요령을 제시하였다. 부모에 대해서는 양지養志, 국왕에 대해서는 직간直諫, 스승에 대해서는 공경, 부부간에는 공경과 화합, 형제간에는 우애, 붕우간에는 어진 벗을 가까이하고 항상 공경할 것, 향당에서는 공경과 화합에 힘쓰며, 몸가짐을 바로하고, 올바른 도리를 함양하며, 의젓한 자세로 환난을 당하거나 소인들에게 대처하라는 등 당시 사림들의 생활 자세와 행동규범을 제시한 것이다. 이처럼 안처순의 『사제편』은 덕성의 함양과 삼강오륜 등의 인륜, 향당에서의 일상생활 등 수신과 향촌사회에서의 생활규범 등으로 일관하고 있다. 이 책은 그가 간행한 『근사록』과 함께 후손뿐 만 아니라 사위인 노진에게도 전해졌던 것으로 보인다. 이는 전술하였듯이 안처순이 노진에게 자신이 지은 저서를 보여주었을 때 함께 노진에게 전해진 것으로 보이는 것이다. 이어 안처순의 학문을 이어받은 노진에 대해서 검토해보기로 하자.

2. 노진의 사상

노진의 학문은 이기심성설이나 경세론에 관한 체계적인 저술이 남아 있지 않아서 그의 학문적 성격이 확실하지 않다. 다만 그의 문집에 나타나 있는 잡저雜著 교유하였던 인물들과의 서신 등의 내용을 통해 그 편린을 짐작해 볼 수 있다. 노진은 어린 시절 부친의 영향으로『중용』,[52] 장인인 안처순의 영향으로『근사록』,『사제편』 등을 가까이하였고, 15세 때에는 『대학장구집석大學章句輯釋』을 공부하였던 것으

---

52) 노진은 5세 때에 부친으로부터 『中庸』, 朱熹의 「箴銘」을 배웠다고 한다(노진, 『玉溪先生文集』 卷6, 年譜, 선생 5세(1522)).

로 보아 어린 시절부터 성리학에 상당한 조예가 있었던 것으로 보인다. 노진은 이후 1537년 생원시에 합격하여 성균관에서 호남 출신인 하서河西 김인후金麟厚를 비롯해서 소재蘇齋 노수신盧守愼, 치재致齋 홍인우洪仁佑 등과 가깝게 지냈다.53) 당시 김인후는 고향에 내려가는 노진을 작별하면서 다음과 같은 글을 보냈다.

> 하늘이 충심을 내려주셨으니 이치는 만 가지이나 근원은 하나일세
> 인성과 물성이 어찌 차이가 나겠는가마는, 통하고 막힌 것은 밝거나 어둡기
> 때문이라네.
> 막힌 것은 트이지 않아도 치우친 것에는 천리가 존재한다네.
> 통한 자도 어느 때는 가려짐이 있으니 물루(物累)가 섞여서 그런 것이라네.
> 본래부터 상지(上智)의 자품이 아니면 그 권역에 머물러있게 된다네.
> 이것을 돌이키는 것 요결이 있으니, 학문에 독실한 것이 그 길이로세.
> 나무는 재배하는 것은 뿌리를 북돋아주는 것이 지 지엽을 성하게 하는 것이
> 아닐세
> 인륜은 날로 쓰는 사이에 어버이에게 효도하고 형제간에 우애하소.
> 앎을 지극히 하고 힘써 행하는 것이 바로 덕에 들어가는 문이니,
> 먼저 고원함을 사모하지 말고 낮고 가까운 것부터 다져나가게나.
> 쌓고 쌓아 오랜 시절 행하다보면 마침내 天根을 찾을 수 있으니,
> 공부하는 것 중도에 금 긋지 말고 덕성을 날로 높여가게나.54)

김인후는 이 글에서 노진에게 이치는 만 가지이나 그 근원은 하나라는 이일분수理一分殊의 원리와 인성과 물성은 차이가 나지 않지만, 통색通塞 때문에 달라진다고 하여 인물성동론人物性同論을 주장하고,

---

53) 노진, 『玉溪先生文集』 卷6, 年譜, 中宗 33年(1538, 21세).
54) 노진, 『玉溪先生續集』 卷4, 外集, 詩○五言古詩, 「送子膺 河西」, “之子返故鄕 値此春景暄 漢水初釋冰 嶺路歸雲奔 高堂擬彩舞 指日供盤飧 行意浩難留 贈處寧無言 顧玆天降衷 萬理同一源 人物性豈間 通塞由明昏 塞者不可開 偏處天猶存 通而或有蔽 只爲物累渾 自非上智資 紛紛迷圈豚 反之是有要 學問在所敦 栽培樹本根 勿事枝葉繁 人倫日用間 孝親與悌昆 致知而力行 入德斯其門 無先慕高遠 且將卑近論 行看積累久 終可探天根 爲功忌中畫 德性須日尊 以此謝相知 佇立憑乾坤.”

물욕을 극복하고 천리를 되찾기 위해서는 하학상달下學上達의 학문방법과 인륜의 독실한 실천을 그 방책으로 제시하였던 것이다. 김인후의 이러한 당부는 노진에게 기氣보다는 리理를 중시하고 인륜의 실천을 중시하게 하였으며, 노수신盧守愼의 인심도심체용설人心道心體用說을 비판하는 근거가 되었다고 할 수 있다.

노수신은 1559년 진도에서 「인심도심변人心道心辨」을 지어 명明의 나흠순羅欽順이 『곤지기困知記』에서 주장한 인심도심체용설人心道心體用說에 동의하였다.55) 그러나 그의 학설은 곧바로 1561년 李恒, 1563년 노진 등에게 알려져 논란이 일어났다.56) 나흠순은 요순 이래의 심법인 '人心惟危 道心惟微 惟精惟一 允執厥中인심은 위태롭고 도심은 은미하니 오직 정밀하고 한결같아야 진실로 그 중(中)을 잡을 수 있다'의 구절에 대해 도심을 성, 인심을 정이라고 하고 지정至靜한 체體는 볼 수 없어서 은미隱微하고, 지변至變한 용用은 헤아릴 수 없어서 위危라고 하였다.57) 이처럼 인심과 도심을 체용體用 관계로 보는 나흠순의 주장은 주희가 『중용장구中庸章句』서문에서 말한 '인심은 형기에서 근원하고 도심은 성명에서 근원한다'는 설과는 완전히 다른 것이다.58) 그런데도 노수신 역시 도심은 적연寂然하여 움직이지 않고 인심이 감응하여 통한다

---

55) 盧守愼, 『穌齋先生內集』下篇, 「懼塞錄」甲二, 「人心道心辨」, "整庵所願 則學朱子也 故尊其道尊其人 又尊其言 信之如蓍龜 衛之如父兄者 而夫誰得而賤其言乎 非惟不得賤之 實亦所謂忠臣者也."

56) 노수신, 『穌齋先生文集』, 「年譜」.

57) 노수신, 『穌齋先生內集』下篇, 「懼塞錄」甲二, 「人心道心辨」, "○道心 性也 人心 情也 心一也 而兩言之者 動靜之分 體用之別也 ○道心 卽所謂人生而靜 天之性也 所謂未發之中 天下之大本也 決不可作已發看 若認道心爲已發 則將何者以爲大本乎 ○道心 性也 性者 道之體也 人心 情也 情者 道之用也 其體 一而已矣 用則有千變萬化之殊 然而莫非道也 ○道心 寂然不動者也 至精之體不可見 故微 人心 感而遂通者也 至變之用不可測 故危."

58)『中庸章句』序, "有人心道心之異者 則以其或生於形氣之私. 或原於性命之正. 而所以爲知覺者不同. 是以或危殆而不安. 或微妙而難見耳."

고 하여 나흠순의 인심도심 체용설을 긍정하였던 것이다. 이러한 설이 알려지자 이항은 성性은 체體이고, 도道는 용用이기 때문에 도심을 체라고 볼 수 없다고 규정하고, 나흠순은 요순 이래의 심법을 잘 모른다고 비판하였다. 즉 이항은 도道는 발동한 리理로서 체의 용이라고 할 수 있는데, 나흠순은 도를 체라고 하였으니, 이는 성정이나 체용의 관계를 도치시켰으며, 결과적으로 나흠순은 요순 이래의 심법을 잘 모른다고 비판하였다.[59]

이러한 노수신과 이항의 논쟁은 1651년부터 담양부사로 재직하고 있었던 노진에게도 알려졌다.[60] 노진은 1562년 담양의 용천사龍泉寺에서 만나 노수신의 인심도심설을 알게 되었던 바,[61] 노진 역시 노수신이 주장한 인심도심체용설을 비판하였다. 노진은 순임금 때에 과연 체용의 설이 있겠으며, 체용을 말할 경우에 용을 먼저 하고 체를 뒤로 할 수 없다는 것, 그리고 지정至靜한 체體와 지변至變한 용用에 대해 위태롭다던가 은미하다는 것을 적용할 수 없으며, 체용에 정精 자字를 적용할 수 없다고 반박하였던 것이다.[62]

이후 노진은 기대승이 타계하자 만사를 지어 '의로운 기상에 많은

---

59) 李恒, 『一齋先生集』, 書, 「與盧寡悔守愼」, "整菴曰 道心 體也 至靜之體不可見 故曰微 人心 用也 至變之用不可測 故曰危 此以用爲體 以動爲靜 誠可笑也 夫道心二字 使見道者觀之 則不 待辨論而可知其爲理之用也 凡道字義 皆是發動底理也 子思子曰 天命之謂性 率性之謂道 蓋 性則體也 道則用也 整菴之道心體也人心用也之說 非徒不識堯舜禹傳道心法 性情幾微妙用下 功之地 亦不知道之一字義也 夫人心道心之敎 此道之大原而聖學之祖也 於斯未達 則其餘不足 觀也."

60) 노진은 1561년 담양부사에 제수되어 1563년 9월에 사직하였다(노진, 『玉溪先生文集』卷6「年譜」).

61) 노진, 『玉溪先生文集』卷4, 書, 「與盧寡悔書」, "頃又見一齋 則言公近悟整庵之說之非云."

62) 같은 글, "整庵旣以人心道心爲體用 則當舜之時 果可有體用之說 而若言體用 則先用而後體 無奈倒了耶 且至變之用不可測兩言 其於釋危微二字之義 果穩貼而無所病耶 若果如是 則所謂 精之者何物耶 於體用 亦可着精字耶."

선비들이 경도하였고, 영명함은 한 때의 으뜸이었네. 연원은 정주를 따랐고 깊이 탐구함은 터럭까지 다했네.'63)라고 극찬하였다. 이는 기대승이 나흠순이 주장한 이기일물설理氣一物說에 대해서는 도, 기의 구분이 없게 되었다고 하였고, 인심도심체용설에 대해서는 주희의 견해에 따라 성명과 형기의 근원이 다른 관계라고 비판하였다.64)

노진은 정치적으로는 안처순처럼 간언을 중시하였으며, 군자와 소인의 엄격한 분별을 주장하였다. 그는 명종 14년1559 초야에 강직한 언론을 펴는 선비가 없다고 걱정하고, 이는 명종이 간언을 포용하는 것이 부족해서이니, 간언을 포용하여 진작시키고 언로를 넓히라고 주장하였다.65) 노진은 또한 군자와 소인을 함께 등용하는 것을 반대하였다. 그는 군자와 소인의 구분을 명백히 하였다. 그는 「조정변調停辨」66)을 지어 '소인의 성품은 반드시 朋比를 불러 결합하여 그 무리를 지원하여 세를 굳히니, 마치 귀신이나 물 여우 같이 천 갈래 만 갈래 반드시 군자를 이겨 제거한 뒤에 그칠 뿐이다'67)고 하였고, 또 『대학』의 '불선不善한 이를 보고도 멀리하지 않으면 허물이니 소인은 추방하여 내치고 죽여서 함께 거처하지 않아야 한다.'는 구절을 들어,68) 소

---

63) 노진, 『玉溪先生文集』卷1, 五言律詩, 輓奇高峯二首, "義氣傾多士 英明冠一時 淵源追洛建 探賾極毫絲 退可醒群寐 進將有所爲 天乎遽不淑 朝野惜齋咨."

64) 기대승은 1565년 괴산으로 이배되는 노수신을 만나 인심도심체용설을 확인하였으며, 이에 「困知記論」을 써서 반박하였다(奇大升, 『高峯集』年譜 明宗 20年(1565, 39세)).

65) 『明宗實錄』卷25, 명종 14년 1월 29일 : 정재훈도 노진이 임금에게 간언을 받아들이는 것의 중요성을 역설하였는데, 이는 성리학에 기반을 둔 실천이라고 하였다(정재훈, 앞의 글, 165쪽).

66) 노진, 『玉溪先生文集』卷5, 雜著「調停辨」.

67) 같은 글, "況小人之性 必邀結朋比 以援其數 夤緣和囲 以固其勢 如鬼如蜮 千歧萬轍 必至於 勝君子而去之然後已."

68) 같은 글, "大學傳曰 見不善而不能退則慢也 聖人之斥遠邪佞 其嚴如此 故如知其人之不善 則 必去之 非徒去之 而必至於流放竄殛 不與之同中國而後已 夫豈爲已甚矣 誠以一近其人 則其 國必殆 不可不深惡而痛絶之也."

인의 등용을 극력 반대하였던 것이다. 이러한 노진의 언급은 그가 훈구파에서 사림들로 정권이 바뀐 과정에서 그가 윤원형 등 훈구세력들을 등용해서는 안 된다는 의사를 표명한 것으로서 그가 사림정권의 확립에 공헌하였음을 보여주는 것이다.

그러나 그는 군자의 잘못에 대해서도 비판하였다. 그는 「관과지행론觀過知仁論」을 지어 군자의 잘못은 치우침偏에서 생기고, 소인의 잘못은 사사로움私에서 생긴다고 하였다.69) 이는 그가 『중용』에서 '내가 중도中道가 행해지지 않은 까닭을 아니, 지혜로운 사람은 그 행위行爲가 지나치고, 어리석은 사람은 중도中道에 미치지 못해서이다. 또한 나는 중도가 밝아지지 않은 까닭을 아니, 현자賢者는 도를 알려고 하지 않고, 불초한 자는 알지 못한다'70)고 한 것에 근거하여 총명함과 과단함 즉 지知가 지나치면 융통성이 없고 자만하는 병통이 있고, 충후하고 인애함 즉 인仁이 지나치면 유순하고 망설이는 잘못이 있다고 한 것이다.71) 예컨대 노진은 인仁과 지知는 천리에서 나온 것이라서 소인의 인욕의 사사로움과는 구별되어야 하지만, 군자 역시 마음가짐을 불편불의不偏不倚의 리理에 두어 지知와 인仁을 지나치게 해서는 안 된다는 것이다.72) 노진이 이처럼 지와 인의 지나친 폐단을 언급한 것은 1575년선조8이래 동, 서 분당으로 서로 군자당을 자처하는 것을 경계한 것으로 보여지며, 그가 이 무렵부터 은거를 결심하게 된 계기가 아닌가 여겨진다. 그는 1575년 임훈을 만나 은거터를 상의하였고,

---

69) 노진, 『玉溪先生續集』 卷3, 論, 「觀過知仁論」, "君子之過 生於偏 小人之過 生於私."
70) 『中庸章句』, "子曰 道之不行也 我知之矣 知者過之 愚者不及也 道之不明也 我知之矣 賢者過之 不肖者不及也."
71) 노진, 『玉溪先生續集』 卷3, 論, 「觀過知仁論」, "淸明剛果之過也 則有硜硜捐介之病 忠厚仁愛之過也 則有柔巽優游之失 以至施爲之際 酬酢之間 亦或有詿繆舛錯之患."
72) 같은 글, "淸明剛果之過也 則有硜硜捐介之病 忠厚仁愛之過也 則有柔巽優游之失 以至施爲之際 酬酢之間 亦或有詿繆舛錯之患."

변사정이 있었던 운봉의 도탄으로 은거하려고도 하였던 것이다.73)

노진의 사회경제적인 개혁책으로는 향당의 교화를 중시하고, 균전제 시행에 부정적인 견해를 표출한 것으로 특징지을 수 있다. 그는 1555년 지례현감 시절에『양정편養正編』1천여 건을 찍어내어 고을의 자제들에게 반포하였다. 이 책은 명나라에서 들어온 것으로 부모에게 효도하고 형제간에 우애하게 하는 아동교육에 필수적인 내용을 담고 있는 바, 노진 스스로 많은 감동을 받았으며, 향촌자제들에게 힘쓰게 하기 위해 반포한다고 하였다. 이는 사림파들이『소학』을 중시하여 반포하여 실천원리로 삼은 것과 유사하다.74)

그러나 농민들에게 토지를 고르게 나누어주는 균전제 실시에 대해서는 부정적이었다.75) 노진은 백성들의 토지겸병이나 침삭侵削의 고통을 없애려면 한나라와 수나라에서 시행한 균전均田을 실시하는 것이 좋다고 보았다.76) 그러나 노진은 이를 졸지에 시행할 수는 없다고 하였다.77) 균전제는 백성들이 대대로 경작하고 물려받은 땅을 빼앗아서 땅이 없는 자에게 나누어주는 것인데, 백성들이 지금까지 조상으로부터 물려받은 땅을 한 치라도 양보하려고 할 것이며, 지금까지의 습속에 익숙해있는 백성들이 도리어 괴이하게 여기고 난을 일으킬 것이라는 것이다.78) 그래서 노진은 균전제를 시행하기 위해서는

---

73) 노진,『玉溪先生文集』卷5,「年譜」, "(先生五十七歲)是年春 會曹南冥於獐項 議定築室之地 又會林葛川於玉山 卜地拓基 又送門下士邊士貞 使先居于雲峯桃灘上 而自後家患連仍 又遭大故 竟不得就焉." 1575년에 조식과 장항동에서 만나 집을 지을 땅을 議定하였다 하나, 조식은 1572년(선조5)에 타계하였으므로, 사실과 다르다.

74) 정재훈, 앞의 글, 157쪽과 165쪽.

75) 노진,『玉溪先生文集』卷5, 雜著「均田議」.

76) 같은 글, "今欲使之一貧富 而使吾民無兼幷侵削之患 則唯漢隋所議均田之制 爲稍可行焉."

77) 같은 글, "田固不可不均 而不可猝均也 貧富可使之一 而亦不可易一也."

78) 같은 글, "今有上之人 將興一事革一法 雖明知其利之什倍 而欲爲之則民莫不駭然以怪 譁然不悅 或至於生亂 今民之各私其田 幾何特也 執其券而爲高曾之世守焉 資其業而爲一家之青氈

조정의 명령을 잘 따를 수 있도록 백성들의 마음과 습속을 변하게 해야 한다고 하였다. 그러기 위해서는 임금이 어진 정치를 행하여 백성들이 어버이를 섬기고 아래로 자식을 기르는 소원에 유감이 없게 하고 백성들이 윗사람들의 명령을 잘 따르도록 해야 한다고 하였다.79) 이는 『대학』의 「평천하장平天下章」에서 임금이 인정을 베풀어야 백성들이 따른다는 것을 원용한 것이다.80) 그러나 백성들의 습속을 완전히 바꾼 뒤에 균전을 실시한다는 것은 실로 요원한 것으로서 결국 노진은 균전제에 대해서 반대한 것으로 볼 수 있는 것이다.

3. 변사정의 사상

변사정은 노진과 이항으로부터 학문을 수학하였다. 그는 노진으로부터 『성리대전』 한질을 물려받아 성리설을 열심히 공부하였고, 후일 이항에게도 나아가 학문을 익혔다. 그는 성리설에 관해 특히 이항의 영향을 크게 받았다. 그는 이항에 대해서 '실천하여 얻은 것이 누가 夫子와 같은가'81)라고 하였고, '재주는 왕을 보필할 만 하여 세상의 중망이 뒤따랐고, 의심없는 경지에 이르러 선비들에게 명성이 있었네'82)라고 하여 이항이 왕을 보필할만한 재주를 갖고 있으며, 실천

> 爲 一朝取而與之他人 以連阡陌之富 而使同於昔日無卓錐之貧 則民其安之乎 其不至於怨且亂乎."

79) 같은 글, "苟上之人 先行仁政 使吾民無憾於仰事俯育之願 行之以百年 期之以一世 則人心其有不淑乎 風俗其有不變乎 然後審其利害可否之宜 不爲群言浮議所搖奪 毋急近效 毋欲速成 處之有道 行之以漸 而又必以誠意而將之 使吾民知上之所以出號施令者 皆在於利民便民 而非以厲民病民之爲 則雖井田之制 可復而行之 何均田之不可爲哉."

80) 『大學章句』, "堯舜 率天下以仁 而民從之 桀紂帥天下以暴 而民從之 其所令 反其所好 而民不從."

81) 변사정, 『桃灘集』 卷1, 「挽一齋李先生恒」, "實得孰如夫子."

82) 같은 글, "才成王佐時歸重 學到無疑士有聞."

이 뛰어났다고 평하였다.

그는 노진과 이항의 가르침에 따라 성리학에서 도통을 중시하고 이기理氣는 구분되지만 혼연히 일물一物임을 주장하였다. 그는 태극의 리를 궁구하고 인의중정仁義中正의 정靜을 주장한 것은 주염계의 학문이고, 주염계의 학문을 배워 물리物理에 일一을 주장한 것은 정명도의 학문이며, 위로 사우師友의 도움과 아래로 부형의 어짐을 힘입어 경敬으로서 주장을 삼은 것은 정이천의 학문이며, 격물치지로써 공을 삼고 사물에 임하여 삼가고 두려워하는 것은 주자의 학문이라고 하여83) 주염계 - 정명도, 정이천 - 주자로 이어지는 도통을 중시하였다. 그는 요순堯舜이 전한 정일精一의 공부에다가 이러한 네 선생의 경외敬畏의 설을 따라서 정밀하게 살피고, 한결같이 지키며, 거경居敬하여 천하의 이치를 궁리하고 자신의 기질을 변화시키면 대현大賢의 기상이나 덕업을 성취할 수 있을 것으로 보았던 것이다.84)

이에 그는 학문의 목표를 성인이 되어 성인의 치세를 만드는 것에 두었다. 그는 '나의 형체의 기는 요순의 기이니, 요임금이 요임금이 되고 순임금이 순임금이 되는 것은 다름이 아니라 그 理와 氣를 온전히 하였기 때문이고, 리가 온전하고 기가 온전한 것은 다름이 아니라 학문을 통해서 밝아졌기 때문이다. 능히 성정誠正을 이루는 것을 공부하는 것으로서 자기의 학문을 삼고, 심득心得한 것을 미루어 공효를 거두는 것으로서 일세의 학문을 삼으면, 바람이 불어 풀이 눕는 것도

---

83) 변사정, 『桃灘集』 卷1, 策, 「問四先生氣象」, "究太極之理而主靜乎仁義中正者 元公之學也 學元公之學而主一乎物理者 伯子之學也 上有師友之益下賴父兄之賢 亦以敬爲主者 叔子之學也 以格物致知爲功而臨事物謹畏者 遯翁之學也" : 元公은 周敦頤(호는 濂溪)의 시호, 伯子는 程顥(호는 明道), 叔子는 程頤(호는 伊川), 遯翁은 朱熹의 호임.

84) 같은 글, "夫所謂學問之功者 何也 卽舜之所謂精一而四先生所謂以敬以畏之謂也 後之學者 苟能精以察之 一以守之 居敬而窮天下之理 變化其氣質 以就其德性 則大賢之氣象可測 而大賢之德業 庶可見矣."

일리一理이고, 윗 사람이 행함에 아랫사람이 본받는 것도 일리一理이
니, 보고 느끼고 흥기하여 사람마다 정자나 주자가 되고 집집마다 공
자와 맹자가 살았던 곳이 되어 천지의 정도正道를 회복하고 기수氣數
의 변變을 만회하는 것이 어렵지 않을 것이다'85)라고 하여 학문을 통
해서 성정을 밝히고, 심득心得한 것을 미루어서 공효로 삼으면 천지의
정도가 회복된다고 주장하였던 것이다.

그는 이러한 관점에 따라 스승인 이항처럼 이기理氣가 서로 구분되
면서도 혼연히 하나의 물物을 이루고 있다고 주장하였다.86) 천지간의
리理는 무극의 진眞이며, 천지간의 기氣는 음양오행의 정精으로서 사
람은 태어날 때에 이 이기理氣를 품부받지 않음이 없으며,87) 리는 기
를 타며, 기는 리理를 운용運用한다는 것이다.88) 예컨대 '기氣에 있는
것이 수水이니 기氣는 리理가운데에 있고, 말을 타는 것이 사람이니
리理가 그 기氣를 탄다'89)라고 하여, 이·기理氣가 함께 유행하면서도
리理가 주재한다고 명시하였던 것이다. 변사정이 이처럼 이기를 함께
파악하려고 한 것은 심성과 이기를 혼연한 일물一物로 보아 리理의 근
원성과 기氣의 운동성을 동시에 파악하고자 한 이항의 견해를 따른
것이다.90) 이러한 이항의 견해는 이기理氣가 구분되지만 일체가 되고

---

85) 변사정,『桃灘集』卷1, 策,「問理氣」, "吾形之氣則堯舜氣也 堯爲堯舜爲舜 無他焉 全其理與
氣也 理之全氣之全 無他焉 在於學以明也 克致誠正應工夫 以爲一己之學 又推心得應功效 以
爲一世之學 則風上草偃 亦一理也 上行下效 亦一理也 觀感焉興起焉 人人程朱家家鄒魯 而復
天地正挽氣數變 不難致矣 猗歟休哉."
86) 이항,『一齋先生集』, 書,「答湛齋書」, "理氣雖有界分 而渾然一物也."
87) 변사정,『桃灘集』卷1, 策,「問四先生氣象」, "竊謂天地有是理焉 無極之眞也 天地有是氣焉
二五精也 眞精合而最靈於萬物者人 而人之生也 莫不稟此理氣 故人之氣象 亦一理氣也."
88) 변사정, 앞의 글,「問理氣」, "乾坤爲萬物之祖 理氣爲乾坤之用 而惟人也 得之最先 故其理
一乾坤之理 其氣一乾坤之氣 理乘乎氣 氣運乎理."
89) 같은 글, "在氣者水 而氣在理中 乘馬者人 而理乘其上."
90) 오항녕,「一齋 李恒의 生涯와 學問」,『南冥學研究』3, 1993, 91~92쪽.

있다는 점을 중시한 것으로서, 리理를 형이상학적인 실체가 아니라 기氣의 조리條理에 불과하다고 하는 나흠순의 견해와도[91] 다른 것이다. 이에 변사정은 나흠순의 학설을 심지어는 선학禪學으로 까지 규정하였던 것이다.[92]

변사정은 이러한 견해에 따라 요순의 기상을 체득하고 요순의 세상을 만들려고 했기 때문에, 불교에 대해서도 이단으로 배척하였다. 그는 운봉의 도탄에서 정사를 지어 후학들을 가르치고 있었는데, 실상사의 철불鐵佛이 영험하다고 사람들이 신봉하자, 이를 이단으로 규정하고 이항에게 편지를 보내 '성인의 도는 천지의 도이니 천지의 밖에 무슨 도가 있겠습니까. 불도는 사특한 것입니다. 허무하고 적멸하여 한갓 백성들의 풍속만 현혹시킬 뿐입니다'[93]라고까지 극언하였던 것이다.

변사정은 또한 안처순이나 노진처럼 정치적으로 직간直諫과 『대학』의 통치이념을 중시하였다. 그는 1583년 이이와 성혼이 동인들에 의해 배척당해 파직되자, 삼사와 승정원이 간사한 자들에 의해 장악되어 유생들이 상소를 올리지 못하도록 협박하고 있다고 주장하고, 삼사의 장관을 교체하고 모의한 소인들을 찾아내어 죄를 물어야 한다고 주장하였다. 이에 선조는 옛날의 강직한 선비라도 이보다 더 나을 수는 없겠다고 극찬하였다.[94] 이처럼 변사정이 이이나 성혼을 신구하려고 한 것은 그가 정치상으로 직간을 중시하였던 것 외에도 그의 친인척들이나 이항의 문인들이 이미 서인을 표방하였기 때문이었을

---

91) 陳來/안재호 역, 『송명성리학』, 예문서원, 1997, 421쪽.
92) 변사정, 앞의 글, 「問理氣」, "指爲一物 羅氏禪學."
93) 변사정, 『桃灘集』 卷1, 「上一齋李先生」, "聖人之道 亦天地之道也 而天地之道外 更何有他道理乎 所謂佛家之術云者 是邪也 虛無寂滅 徒惑愚俗 天下豈有二道哉."
94) 『宣祖修正實錄』 卷17, 선조 16년(1583) 8월 1일.

것이다. 예컨대 변사정의 조부 희철希喆의 딸은 연안이씨 이순장李順長에게 출가하였는데, 이순장의 아들 이계李啓와 그 아들 월사月沙 이정구李廷龜는 이미 서인의 중심인물이었고,[95] 그와 동문이었던 김천일, 기효간 역시 서인을 표방하였던 것이다.[96]

변사정은 1590년에는 더욱 강경한 어조로 직간하는 자들이 없음을 개탄하고 선악을 분명히 구분해야 한다고 상소를 올렸다. 그는 인군의 정치는 『대학』의 정심正心만한 것이 없음을 강조하고[97] 궁리窮理와 수신修身에 힘써서 선악善惡을 분명히 구분해야 한다고 주장하였다. 선인과 악인에 대한 조치는 순 임금 때의 사흉四凶처럼 물리치고, 선인은 팔원八元처럼 등용해야 조정의 기강이 확립된다는 것이다.[98] 그의 이러한 주장은 1589년 정철 등 서인들에 의해 동인들이 대거 축출당한 기축옥사 이후에 나온 것으로서, 동인에 대한 철저한 응징과 서인의 등용을 촉구하는 것이다. 따라서 변사정의 상소는 정심正心과 선악善惡을 철저히 구분하는 『대학』의 정치이념이 붕당간의 투쟁의 원리로 작용되어진 것을 의미한다.

그는 이처럼 정치적으로는 서인으로서의 당색을 분명히 하였고, 향촌사회에서는 삼강오상의 확립을 통한 사회질서 확립에 노력하였다. 그는 오늘날 삼강오상이 땅에 떨어진 것은 학교교육이 제대로 실

---

95) 김학수, 「月沙 李廷龜의 학문적 계통과 사림에서의 역할」, 『한국인물사연구』16, 2010, 89~94쪽.

96) 고영진은 노진이나 김천일, 변사정 등을 송순계열에 속하는 것으로 분류하고, 송순계열은 이이의 '氣發一途理乘說'과 유사하다고 하였다(고영진, 「16세기 호남사림의 활동과 학문」, 『조선시대 사상사를 어떻게 볼 것인가』, 1999, 173~184쪽).

97) 변사정, 『桃灘集』卷1, 「庚寅疏」 "夫人君爲治之要 莫如正心 心一正則衆理具而萬事應焉 大學所謂欲治其國者 先正其心者也."

98) 변사정, 같은 글, "臣子人君之喉舌也 而言路閉塞於左於右 無直諫爭死之忠 之南之北 無敷化濟泉之功 此由於殿下善善而不能用 惡惡而不能去 …… 殿下特加赫然一怒 斷自聖衷 如大舜之去四凶擧八元 能盡惡惡之極."

시되지 않아서이며, 향음주례와 같은 예가 보급되지 못해서라고 개탄하였다.99) 이는 교육과 의례를 통해 향촌질서를 수립하려고 하였던 것이라고 할 수 있는데, 실제 그는 도탄정사에서 직접 학생들을 가르치면서 매사에 유교적 가르침에 따랐다. 이러한 변사정의 주장과 강학의 실천은 교화를 통해 향촌질서를 수립하고 향촌 사회에 적극적인 개입을 모색하였던 지리산권 지식인의 전형적인 모습을 보여준 것이라고 할 수 있다.

그러나 변사정은 정치, 사회적으로 사족들의 영향력을 확대시키려고 하였던 것과는 달리, 사회경제적인 방책에서는 세금을 경감시키는 주장 외에는 별 다른 안을 내놓지 않았다. 그는 백성들이 항산恒産이 없어서 유리遊離하는 생활에 대해 공물을 과중하게 부담시키고 공역公役이 중첩되며, 군정에게 군포를 징수하기 때문이니,100) 이러한 부담을 줄여주어야 한다는 것이다. 이처럼 변사정이 부세제도 개선을 통해 농민 생활을 안정시킬 수 있다고 주장하는 것은 안처순이나 노진과 큰 차이가 없으며, 농민들의 생활의 터전이 되는 토지 소유에 관한 구체적인 방책을 마련하지 않고 있다는 점에서 지리산권 사족들의 기득권자로서의 사회경제적인 개혁 인식의 한계를 드러내주는 것이기도 하다.

---

99) 변사정, 같은 글, "嗚呼 三綱五常 宇宙之棟樑也 而今幾墜地 子殺其父 妻殺其夫 奴焉戕主 弟焉訟兄 天倫盡滅 人道淪絶 此由於國家無塾黨庠之敎 鄕飮鄕射之禮 敎化未及而然矣 可謂痛哭者也."
100) 변사정, 같은 글, "民惟邦本也 而民旣不保 朝東暮西 居無恒産 因無恒心 或倒於丘壑 或沒於塗炭 此由於國家重賦斂公役疊番布軍丁 恩澤之未施而然矣 此爲流涕者也."

Ⅳ. 지리산권 유학사상의 특징과 의의

안처순과 노진, 변사정 등으로 이어지는 지리산권 유학사상은 기묘사림의 『小學』을 중시하는 전통을 잇고, 『대학』, 『중용』, 『근사록』등의 이론적 바탕위에 실천을 모색한 결과 성리학이 깊이 토착화되는 배경이 되었다. 이에 지리산권에는 부모에 대한 극진한 효와 국왕에 대한 의리를 중시하는 기풍이 강하게 일어났다. 안처순은 효제충신의 도리를 알게 하기 위해 향교를 설치하고 『근사록』을 간행하였으며, 『사제편』을 저술하였다. 그리고 늙으신 어머니를 봉양하기 위해서 구례 현감에 내려갔고, 어머니가 돌아가시자 슬픔 속에 삼년상을 극진히 치루었다. 노진 역시 효행을 중시하였다. 그는 6세 때에 부친이 타계하자 삼년상을 극진히 치루었으며,[101] 관직을 자주 사퇴한 것도 홀로 계신 어머니를 봉양하고자 함이었다. 그는 심지어 58세에 모친상을 당하여 무리한 나머지 병을 얻어 타계하기까지 하였다. 변사정은 선산이 있는 파주와 부모님 묘소가 있는 안음에 춘추로 성묘를 다녀오고 향사에 빠지지 않았다.

그리고 이들은 향촌사회를 교화시키기 위해 노력하였다. 안처순은『사제편』을 만들어서 향촌사회에 삼강오상에 기반을 둔 생활규범을 마련하고자 하였고, 노진 역시 『양정편』을 간행하여 고을의 자제들에게 배포하여 어렸을 때부터 유교적 생활풍속을 익히게 하였다. 변사정 역시 향촌교화를 중시하여 향촌에 학교를 설립하고 향음주례 등 의례를 적극적으로 실천할 것을 주장하였다. 심지어는 실상사에서 철불을 천신이 하강하는 것으로 많은 사람들이 신봉하자 백성들을 현혹시킨다고 하여 철불을 훼파하기도 하였다. 이에 따라 향촌사

---

101) 『明宗實錄』 卷27, 명종 16년 3월 19일.

회에서는 삼년상을 비롯한 유교적 예속이 지리산에 적극적으로 보급
되어진 것이다.

또한 이들은 향촌사회 뿐만 아니라 정치상에 있어서도 『대학』을
통해 통치 이념을 제시하였다. 예컨대 안처순은 중종에게 경연에서
여러 차례 『대학』에 대해 강론하였으며, 백성을 진작시키는 방법은
임금의 덕교德敎에 바탕을 둔다고 하였다.102) 노진 역시 『대학』을 중
시하였다. 노진과 평소에 교분이 두터웠던 임훈은 노진이 '학문을 하
는 것은 많은 말에 달려 있지 않고 『대학』의 처음 16자의 말에서 찾
으면 충분하다. 반평생의 공부는 오로지 『대학』에 있다"103)라고 하
여 노진이 『대학』을 평생 공부하였다고 하였다. 문인인 변사정은 노
진이 『대학』을 중시한 이유에 대해 다음과 같이 언급하였다.

> "『대학』의 요체를 알아 우뚝한 견해로 성(誠)을 주로 하였네. 그러므로 미루
> 어 부모를 섬기면 성효가 되고 미루어 임금을 섬기면 참다운 충성이 되네. 형제
> 간에 우애하면 그 우애를 다하고 그 우애를 다하고, 붕우간에 믿으면 오래도록
> 잊어버리지 않으리라. 몸을 닦고 행동을 삼가면 옥루에서도 부끄럽기 않고 정사
> 에 임하여 백성을 사랑하면 갓난아이를 보호하듯 하리라. 성인의 성을 알지 못하
> 면 누가 여기에 참여할 수 있겠는가."104)

부모와 임금, 붕우, 형제간의 도리와 수신과 치인의 도가 모두 『대
학』에 있으며, 그 바탕은 성에 있다고 여겼기 때문이라는 것이다. 변
사정 역시 상소를 올려 정치의 요체가 『대학』에서 말하는 인군의 正

---

102) 『中宗實錄』 卷31, 중종 12년 윤12월 3일.
103) 노진, 『玉溪先生文集』 卷6, 外集, 附錄, 「行狀」(林薰著), "嘗曰 爲學不在多言 求之大學篇
　　 初十六言足矣 半世功力 專在大學" : 대학의 처음 16자의 말은 '大學之道 在明明德 在新
　　 民 在止於至善'이다.
104) 노진, 『玉溪先生文集』 卷7, 「士林祭文(門人邊士貞)」 "知大學之要. 卓然之見. 一主於誠 故
　　 推而事親則誠孝. 推而事君則誠忠. 友於兄弟則極其友愛. 信於朋友則久要不忘. 修身愼行則
　　 不愧屋漏. 臨政愛民則如保赤子. 非得大聖人之誠. 孰能與於斯."

心에 있다고 하여 정심을 밝히는 明善 즉 격물치지의 공부를 중시하였다.105)

『대학』의 중시는 임금에 대한 의리로 나타났다. 이들은 모두 국왕에 대한 直諫을 중시하고, 言路를 중시하였다. 예컨대 전술하였듯이 안처순은 경연에 참가하여 직간을 중시하고 사림들의 적극적인 진출을 모색하였으며, 노진 역시 국왕이 간언을 중시하고 언로를 넓히라고 하였다. 변사정 역시 직간을 통해 군신간에 소통이 되게 해야 한다고 주장하였다.

또한 이들이 국왕에 대한 의리를 강조한 것은 왜란 때에 남원과 함양 지역에 의병이 일어나게 된 배경이 되기도 하였다. 안처순의 증손 안영安瑛은 남원에서 창의하여 고경명高敬命의 종사관이 되어 금산전투에서 고경명과 함께 함께 전사하였으며,106) 노진의 문인 변사정이나 양사형, 김득지가 남원에서 의병을 일으켰다.107) 함양에서도 노진의 문인 노사예盧士豫가 왜란이 일어나자 조종도趙宗道, 김성일金誠一에 호응하여 동생인 사계士檓, 종제 사상士尙, 조카인 주胄 등을 이끌고 의병을 일으켰다.108) 그리고 노진의 둘째 아들 사회士誨도 월사 이정구나 한강 정구와 도의로 사귀다가 왜란이 일어날 때 익산군수를 지내면서 군량미 조달에 앞장섰다.109) 정묘호란 때에는 노진의 손자 형운亨運과 형도亨道가 창의하여 의병을 모아 문경새재에 진출하기도 하였다.110)

---

105) 변사정, 『桃灘集』卷1, 「庚寅疏」 "正心之後明善 所謂明善者 窮理之謂也."
106) 『順興安氏參贊公派族譜』卷3(2001, 順興安氏參贊公派族譜編纂委員會).
107) 변사정, 『桃灘集』卷2, 「年譜」 宣祖 24年(1592) 先生 63歲條 참조.
108) 盧士豫, 『弘窩先生實紀』卷2, 「家狀」; 『豊川盧氏文孝公派世譜』上(1994年, 國立中央圖書館所藏).
109) 『豊川盧氏文孝公派世譜』上(1994年, 國立中央圖書館所藏).
110) 『豊川盧氏文孝公派世譜』上(1994年, 國立中央圖書館所藏).

뿐만 아니라 이들의 행적과 사상은 그의 문인들과 후손들에 의해 조선 후기에 계승되어 갔다. 노진이 타계하자 노진의 제향을 위해 남 원지역에는 1581년 사계沙溪 방응현房應賢, 율계栗溪 장급張伋, 도탄 변사 정 등 남원사족들이 주축이 되어 '고룡서원古龍書院'을 건립하였고,111) 함양지역에도 1581년 대소헌大笑軒 조종도趙宗道, 도탄 변사정, 역양嶧 陽 정유명鄭惟明, 석곡石谷 성팽년成彭年 등이 갈천葛川 임훈林薰에게 품 정하여 신계서원新溪書院을 건립하였다. 신계서원은 이후 1660년현종1 에 당주서원溏洲書院으로 사액되기도 하였다. 이들 서원에서는 춘추 로 제향을 드리고 '성리性理를 궁구하고 효의孝義를 융성히 하였다'112) 고 하여 그를 추앙하였다. 그리고 안처순을 주벽으로 하는 영천서원 寧川書院이 1619년광해군11 남원 지사면에 건립되어 1686년숙종12에 사 액되었다. 안처순 역시 매년 제향을 지내고, '독실한 행동을 소중하게 여기고 학문은 실천에 근본하였다'고 받들어졌다.113) 인조 11년1635 에는 변사정을 모시는 용암서원龍巖書院이 운봉에 건립되었다.114) 이들 의 행적과 사상은 문인들과 그 후손들에 의해 조선후기 내내 서원을 통해 계승되어 간 것이다.

---

111)『龍城誌』卷3, 書院,「古龍書院」.

112) 노진,『玉溪先生文集』卷7,「溏洲書院春秋享祭文(丁熄)」, "亦究性理 亦隆孝義 有聞有見 淑我邦士."

113) 지사면지편찬위원회편,「寧川書院賜額祭文」,『只沙面誌』, 지사면지편찬위원, 2002, 469쪽, "士貴篤行 學本踐實."

114)『雲城誌』卷4, 書院,「龍巖祠宇」: 용암서원에는 변사정 외에 圃隱 鄭夢周, 懷齋 朴光 玉, 芝所 黃一灝, 雲堤 盧亨弼, 銘岩 徐湜 등 운봉과 관련된 인물 6명이 배향되어 있다.

　본고는 남원의 안처순과 변사정, 함양의 노진의 유학사상을 살폈다. 그간의 연구가 지리산권의 일부인 山淸의 曺植에 편중되어 왔기 때문에 남원과 함양 쪽의 유학자를 중심으로 16세기 지리산권 유학사상의 공백을 메꾸고자 한 것이다.

　지리산권에는 16세기에 성리학이 활발하게 일어나고 지역 간 상호교류도 활발하였다. 15세기 말부터 두 지역 사림세력들이 크게 성장하였으며, 서로 교류하였다. 남원의 윤효순이나 함양의 정여창 사이에 시작된 두 지역간의 학문적 교류는 남원의 안처순 가문과 함양의 노우명 가문 등 두 지역 사족간의 혼인관계로 발전하였다. 특히 함양의 노진은 장인인 남원의 안처순으로부터 경제적, 학문적 기반을 물려 받고, 다시 남원의 변사정을 대표적인 문인으로 배출함으로서 안처순－노진－변사정으로 이어지는 남원과 함양 지역 사이에 혼인과 학연을 매개로 삼대에 걸쳐 교류가 일어났다.

　안처순은 중종 때 기묘사림들과 함께 중앙에서 경연을 통해 국왕이나 세자의 덕성 함양에 노력하였고, 외척이나 훈구파의 전횡을 막고자 하였으며, 사림의 정치적 진출과 언로확장, 백성들의 조세경감 등을 부단히 주장하였다. 그리고 향촌사회에서는 향교를 세우고『근사록』을 간행하여 성리학을 널리 보급하였다. 뿐만 아니라 그는 명의『사서대전』의 내용을 선별하여『사제편』을 편찬하여 구체적인 생활규범을 제시하였다. 이에 그의 학문은 성리학의 이론적 기반 위에 부모나 스승, 임금에 대한 도리, 유교적 규범에 따른 향당에서의 철저한 실천의 원칙을 마련하였다고 할 수 있다.

　이러한 안처순의 학풍은 노진에게도 이어져 노진 역시 효행과 향당鄕黨의 교화를 중시하였고, 정치적으로는 국왕에 대한 직간直諫이 나 중도中道의 실현을 위해 노력하였다. 그는 호남의 김인후의 영향으로 기氣보다는 리理를 중시하고, 이항李恒과의 학문 교류를 통해 노수신의 인심도심체용설人心道心體用說을 반대하였다. 그는 군자와 소인의 엄격한 분별을 주장하여 사림정권이 들어서게 하는 데 기여하였으며, 당쟁이 심해지자 군자에게도 지知와 인仁이 지나치면 잘못이 생긴다고 하여 엄격한 의리에 기반을 둔 중도中道의 정치철학을 제시하였다. 그러나 노진은 백성들의 습속을 이유로 균전제에 대해서는 부정적인 입장에 있었기 때문에, 급진적인 개혁을 선호하지 않았다고 할 수 있다.

그리고 변사정은 노진과 이항의 영향을 받아 성리학에서 도통을 중시하였으며, 이기理氣관계에서도 리理가 구분되면서도 혼연히 일물一物을 이루고 있다고 보고, 실생활에서 요순의 기상을 터득하고자 노력하였다. 이에 그는 나흠순羅欽順의 인심도심체용설은 선학禪學으로, 불교는 허무맹랑한 이단異端으로 배척하였으며, 운봉의 도탄桃灘에서 유교적 가르침에 따라 생활하려고 하였다. 이러한 그의 주장은 안처순이나 노진과 같이 향촌교화와 질서 확립을 통해 사림들의 향촌사회에 적극적인 개입을 모색한 것이지만, 경제적인 정책으로는 여전히 부세정책 개선에만 머물러 있어서 지리산권 사족들의 사회경제적 인식의 한계를 노정하였다. 그는 당쟁이 격화되자 서인을 표방하고, 이이나 성혼을 신구伸救하고자 하였는데, 이는 그의 학풍이 이기일원론적 성격이 강한 이이의 철학과 연결될 수 있는 측면이 있었고, 그의 동문이나 친인척들이 이미 서인을 표방하였기 때문이다.

이러한 16세기 지리산권 유학자인 안처순과 노진, 변사정 등은 기묘사림의 『소학』을 중시하는 전통을 잇고, 『대학』, 『중용』, 『근사록』

등의 이론적 바탕위에 실천을 모색한 결과 성리학을 깊이 토착화시키는데 크게 기여하였다. 이에 삼년상을 비롯한 유교적 예속이 널리 보급되어 갔으며, 왜란이 일어나자 국왕에 대한 의리를 중시하여 지리산 곳곳에서 의병을 일으켰다. 이들의 후손이나 문인 역시 의병운동의 중심역할을 수행하였으며, 전쟁이 끝나자 이들은 다시 서원을 건립하고, 안처순이나 노진, 변사정의 사상을 계속 계승해나갔던 것이다.

▶ 이 글은 『韓國思想史學』 42집(한국사상사학회, 2012.12)에 실렸던 「16세기 지리산권 유학사상(1)－남원·함양의 安處順, 盧禛, 邊士貞을 중심으로－」의 제목을 고쳐서 재수록한 글임을 밝힌다.

19세기 강우지역 학자들의 「신명사도명」 해석과 그 의의

전병철*

Ⅰ. 머리말

　19세기 강우 지역에는 노백헌老柏軒 정재규鄭載圭·월고月皐 조성가趙性家·계남溪南 최숙민崔琡民 등 호남 노론 노사蘆沙 기정진奇正鎭의 문인을 비롯하여 한주寒洲 이진상李震相·만성晚醒 박치복朴致馥·단계端磎 김인섭金麟燮·물천勿 김진호金鎭祜·면우俛宇 곽종석郭鍾錫 등 기호 남인 성재性齋 허전許傳의 문인과 영남 남인 정재定齋 유치명柳致明의 문인이 진주 인근에 거주하면서 활동하였다. 이들은 각기 다른 학파적 사승 관계를 가졌음에도 불구하고 서로 간에 학문적 교유를 적극적으로 진행하였는데, 그 중심에는 남명南冥 조식曺植, 1501~1572

---

* 경상대학교 경남문화연구원 HK교수.

의 학문과 사상에 대한 조명과 선양이라는 공통된 기반이 자리하고 있었다.

거세게 밀어닥친 외세의 침략을 받으며 국가의 존망을 기약할 수 없는 상황에서, 그들은 무슨 이유로 남명의 학문과 사상에 주목한 것일까? 그리고 그것을 통해 그들이 나아가고자 한 지향과 목표는 무엇이었을까? 본고는 이와 같은 문제 의식을 전제한 가운데, 후산后山 허유許愈, 1833~1904의 「신명사도명혹문神明舍圖銘或問」과 이를 둘러싼 강우지역 학자들의 논변을 고찰하고자 한다. 「신명사도명혹문」은 남명의 학문 및 사상의 핵심된 내용이 담겨 있는 「신명사도神明舍圖」와 「신명사명神明舍銘」을 학술적인 측면에서 최초로 상세하게 주석한 저술이다.

후산은 「신명사도명혹문」을 지은 후, 강우지역의 노백헌老柏軒 정재규鄭載圭, 1843~1911·계남溪南 최숙민崔琡民, 1837~1905·복암復庵 조원순曺垣淳, 1850~1903 등에게 보내어 널리 자문을 구하였다. 다음 장에서는 후산의 「신명사도명혹문」에 관해 계남과 복암이 어떠한 견해를 제시하였는가를 상세히 살펴보고자 한다.1) 이것을 통해 그들의 토론 과정에서 「신명사도명혹문」의 어느 부분이 문제시 되었으며, 그 이유는 무엇이었는가를 이해하고자 한다. 이 작업은 결국 그들이 「신명사도명」을 어떤 관점에서 해석하였으며, 그것은 무엇에 의미의 중점을 둔 것인지를 해명하는 바탕이 될 것이다. 그리하여 19세기 강

---

1) 노백헌 정재규가 후산 허유의 「신명사도명혹문」에 대해 견해를 제시한 내용은 전병철, 「老柏軒 鄭載圭의 南冥學 繼承과 19세기 儒學史에서의 의미」(『남명학연구』 제29집, 경상대학교 남명학연구소, 2010, 243~257쪽)에서 상세히 논하였으므로, 본고에서는 생략하기로 한다. 후산 허유의 「신명사도명혹문」에 관한 연구 성과로는 이상필, 「후산 허유의 남명학 계승과 그 의의-「神明舍圖銘或問」의 성립을 중심으로-」(『남명학연구』 제19집, 경상대학교 남명학연구소, 2005)가 있다.

우지역 학자들이 남명의 학문과 사상을 새롭게 조명하고자 노력한 구체적 면모를 고찰하고, 그것이 가지는 역사적 의미를 가늠해보고 자 한다.

Ⅱ. 「신명사도명」에 대한 이해와 견해 개진

1. 계남 최숙민의 견해

계남 최숙민은 1889년에 남명의 강학처인 산천재山天齋에서 남명 후손인 복암復庵 조원순曺垣淳과 더불어 강론을 하기도 하고 학생들을 가르치기도 하면서 여러 달 머무르고 있었다. 계남이 후산에게 보낸 편지에 의거해 본다면, 이 당시 후산은 계남에게 「신명사도명혹문」 을 보내 의견을 구한 것으로 보인다. 계남은 후산의 주해 작업에 대 해, 전인前人의 오묘한 뜻을 밝힌 것으로 후생에게 은혜를 끼친 것이 무궁하다고 칭송하였다. 그리고 후산이 아량과 겸허한 마음으로 널 리 의견을 구함으로써 이 일을 중시한 것은 고인古人의 성대한 덕에 비견될 일이라고 격찬하였다. 그리하여 자신도 이 일에 동참하여 조 목에 따라 의심스러운 점을 제시하여 허심탄회하게 견해를 개진한다 고 입장을 밝혔다.2)

「신명사도명혹문」과 관련하여 계남은 후산에게 두 통의 편지를 보 내 자신의 견해를 밝혔는데, 첫 번째 편지와 두 번째 편지를 논의의 내용에 따라 아울러 함께 검토해 보기로 한다. 첫 번째 편지에서는

---

2) 崔琡民, 『溪南集』 卷8, 「答許退而」(己丑). "神明舍圖銘 賴兄開釋發揮 略得窺究 其能發前人之 奧 嘉惠後生於無窮 敢不敬服 況雅量虛受 廣許訂辨 以重其事 此古人盛德事 孰能隱默 而不效 其愚也 玆敢逐條摘疑 以稟無惜 ——辨明 開此頑蒙 奉梯未涯."

「신명사도명혹문」의 초본 내용과 이에 관한 계남의 견해를 살펴볼 수 있으며, 두 번째 편지에서는 계남의 이견과 지적을 후산이 어떻게 받아들이고 자신의 입장을 설명하였는지를 이해할 수 있다. 따라서 두 통의 편지를 함께 살펴봄으로써 후산과 계남의 「신명사도명」에 대한 이해와 해석 차이 및 「신명사도명혹문」의 개정 면모를 일괄적으로 용이하게 파악할 수 있다.

(1) 「신명사도」의 '태일군'

① 후산의 「신명사도명혹문」: "'태일군(太一君)'은 무엇을 말하는가?"라고 물었다. 답하기를 "마음의 신명(神明)이다. 나라에 두 임금이 있을 수 없고, 몸에 두 주인이 있을 수 없다. 이것이 바로 신명이 태일군이 되는 까닭이다. 『예기』에 이르길 '예(禮)는 반드시 태일(太一)에 근본한다. 나뉘어 천지가 되고 바뀌어 음양이 되며 변하여 사시(四時)가 되고 나열되어 귀신이 된다.'라고 하였다. 태일군이 신명하여 헤아릴 수 없음이 이와 같은 것이다."라고 하였다.

계남 : '나뉘어 천지가 된다' 이하는 번다한 듯합니다. '예는 반드시 태일에 근본한다' 아래에, '왈군자존칭야(曰君者尊稱也)' 여섯 글자를 첨가하는 것이 어떻겠습니까?[3]

후산은 「신명사도」의 '태일군'을 '마음의 신명'이라고 해석하였다. 한 나라에 두 임금이 있을 수 없듯이, 한 사람의 몸을 주관하는 것은 마음이며, 그 마음은 신명이 다스린다고 이해하였다. 태일군이란 신명사(神明舍)에 거하면서 마음을 다스리는 통치자라는 뜻으로, 역할의 측면에 중점을 두어 신명을 달리 일컬은 것이다. 역할의 측면에서는 태일군이라고 하며, 속성의 의미에서는 신명이라 한다. 따라서 후산은 태일군이 신명한 속성을 가지고 있기에, 나뉘어 천지가 되고 바뀌

---

3) 崔琡民, 『溪南集』 卷8, 「答許退而」(己丑). "太一君何謂 曰心之神明也 國無二君 身無二主 此神明所以爲太一君也 禮曰禮必本於太一 分而爲天地 轉而爲陰陽 變而爲四時 列而爲鬼神 太一君之神明不測 有如是矣 : 分而爲天地以下 恐似多了 禮必本於太一下 添曰君者尊稱也六字如何."

어 음양이 되며 변하여 사시四時가 되고 나열되어 귀신이 되는 등의 무궁한 조화를 함유하고 있는 것으로 풀이하였다.

계남은 후산의 이와 같은 개념 정의에 대해서는 특별한 이견을 제시하지 않았다. 다만 태일군의 신명한 속성을 풀이한 말들에 대해 번다하다고 지적하였다. 그리고 태일군은 신명이 지닌 통치자로서의 역할을 말하는 것이므로, '왈군자존칭야曰君者尊稱也'라는 구절을 첨가하는 것이 나을 듯하다고 제안하였다.

이에 대해 두 번째 편지에 보이는 후산의 답변과 계남의 재론은 다음과 같다.

> ② 후산 : 제일단. 보내온 설이 요약되고 극진하니 매우 좋습니다. '존칭야(尊稱也)' 아래에 '순자(荀子)가 말한 마음은 형체의 임금이라는 것이 바로 이것이다.'는 한 구절을 잇게 한다면 어떻겠습니까?
> 계남 : 순자 한 구절은 넣어도 해가 없습니다만, 또한 그다지 긴요하지는 않은 듯합니다.4)

후산은 계남의 지적에 대해 '요약되고 극진하니 매우 좋습니다.'라고 답하였다. 그리고 계남이 제안한 '왈군자존칭야' 아래에 '순자소위 심자형지군시야荀子所謂心者形之君是也'라는 구절을 잇게 한다면 어떻겠냐고 물었다. 계남은 순자의 한 구절도 그다지 긴요하지 않다고 답하여 넣지 않는 것이 좋겠다는 뜻을 보였다. 「신명사도명혹문」의 개정본에는 계남이 번다하다고 지적한 내용을 모두 산삭하였다. 하지만 계남이 제안한 '왈군자존칭야'라는 말을 첨가하지 않은 대신에, 순자의 구절을 인용하여 태일군의 뜻을 풀이하였다.5)

---

4) 崔琡民, 『溪南集』 卷8, 「答許退而」 別紙. "第一段 來說約而盡 甚善 尊稱也下 系以荀子所謂心 者形之君是也一句 如何 : 荀子一句 入之無害 亦恐無甚緊."

5) 개정된 「神明舍圖銘或問」의 내용은 본고의 부록에 실린 '「神明舍圖銘或問」, 一覽表'를

(2) 「신명사도」의 '천덕'과 '왕도'

> ① 후산의 「신명사도명혹문」: "'경(敬)'의 양 곁에 '천덕(天德)'과 '왕도(王道)'
> 를 나누어 쓴 것은 무슨 의미인가?"라고 물었다. 답하기를 "격물치지(格物致知)와
> 성의정심(誠意正心)은 경이 아니면 얻지 못한다. 수신제가(修身齊家)와 치국평천
> 하(治國平天下)는 경이 아니면 이루지 못한다. 그러므로 정자(程子)가 말하길 '천
> 덕과 왕도는 그 요체가 단지 신독(愼獨)에 있을 뿐이다'라고 하였으니, 신독은 경
> 의 일이다."라고 하였다.
> 계남 : '하의왈(何意曰)' 아래에 '인위(人僞)의 잡됨이 없는 것을 천덕이라 하며,
> 패술(覇術)의 거짓이 없는 것을 왕도라 한다. 대개 경의 공용(功用)이다.'라는 22
> 자를 첨입하고 싶습니다.[6]

후산은 「신명사도」의 '경敬'자 양편에 적힌 '천덕天德'과 '왕도王道'
를 경의 효용으로 파악하였다. 그래서 격물치지格物致知와 성의정심誠
意正心의 천덕은 경이 아니면 얻지 못하고, 수신제가修身齊家와 치국평
천하治國平天下의 왕도는 경이 아니면 이루지 못한다고 풀이하였다.
마지막 부분에서는 정자가 '천덕과 왕도의 요체가 신독愼獨에 있으며,
신독은 경의 일이다'라고 말한 내용을 인용하여 자신의 견해를 뒷받
침하였다.

계남은 후산의 주석에 대해 구체적인 지적은 하지 않았다. 다만 해
석의 첫 부분에 '인위人僞의 잡됨이 없는 것을 천덕이라 하며, 패술覇
術의 거짓이 없는 것을 왕도라 한다. 대개 경의 공용功用이다.'라는 내
용을 더 첨가할 것을 제안하였다. 후산의 답변과 계남의 재론은 다음
과 같다.

참조하기 바람.
6) 崔琡民, 『溪南集』 卷8, 「答許退而」(己丑). "敬之兩傍 分書天德王道 何意. 曰格致誠正 非敬不得
修齊治平 非敬不成 故程子曰 天德王道 其要只在愼獨 愼獨是敬之事也 : 何意曰下 欲添入無人
僞之雜曰天德 無覇術之假曰王道 蓋敬之功用也二十二字."

② 후산 : 제이단. 천덕과 왕도는 선유의 적확한 훈석을 보지 못했습니다. 보내온 설은 지나치게 교묘하니, 우선 퇴고할 따름입니다. 저의 설은 지금 다음과 같이 고쳤습니다. "'경'자 좌우에 천덕과 왕도를 양쪽에 쓴 것은 무슨 뜻인가?"라고 물었다. 대답하기를 "천덕과 왕도는 『대학』에서 말한 명덕과 신민이다. 격물치지, 성의정심, 수신제가, 치국평천하 등은 경이 아니면 얻지 못한다. 이 점이 천덕·왕도를 경의 양쪽에 써놓은 까닭이다."라고 하였다.
계남 : 천덕과 왕도는 지금의 설이 보다 온당하고, 저의 설은 과연 교묘합니다. 경으로써 덕을 밝히는 것은 천덕이며, 경으로써 백성을 새롭게 하는 것은 왕도입니다.[7]

후산은 계남이 첨가할 것을 제안한 내용에 대해, '지나치게 교묘하다'는 입장을 표명하여 부정적인 뜻을 나타내었다. 그리고 천덕과 왕도를 명덕과 신민으로 규정한 후, 경에 근본하지 않고는 격물치지, 성의정심, 수신제가, 치국평천하 등의 8조목을 이룰 수 없으며, 그렇기에 경의 양쪽에 천덕과 왕도를 써놓은 것이라고 풀이하였다. 이전의 설을 『대학』과 관련시켜 더욱 자세하게 설명하였으며, 정자의 말을 산삭하여 중심 내용이 드러나도록 간략하게 정리하였다. 계남은 개정된 내용이 보다 더 온당하다고 긍정적으로 수용하였으며, 자신의 설에 대한 후산의 지적을 인정하였다. 개정본은 '격물치지, 성의정심, 수신제가, 치국평천하' 등의 말을 나열하지 않고 '명덕과 신민'으로 간략하게 표현한 것 외에는 위의 설과 대동소이하다.

(3) 「신명사도」의 '일월'

① 후산의 「신명사도명혹문」 : "일월(日月)에서 취한 뜻은 무엇인가?"라고 물

---

7) 崔琡民, 『溪南集』 卷8, 「答許退而」 別紙. "第二段 天德王道 未見先儒的訓 來說忒巧 姑爲敲推耳 鄙說今改之 曰敬字左右 夾書天德王道 何意 曰天德王道 卽大學所謂明德新民也 格致誠正 修齊治平 非敬不得 此天德王道 所以夾敬而書也 : 天德王道 今說稍穩 鄙說果巧 蓋敬以明德則天德也 敬以新民則王道也."

었다. 답하기를 "일월은 천지신명(天地神明)의 주인이며, 경은 인심신명(人心神明)의 주인이다. 이 일월은 아마도 경의 광휘일 것이다."라고 하였다.

계남 : 일월이 이목(耳目)에 분속되어 있으니, 이 뜻을 조금 더 설파하는 것이 어떻겠습니까?[8]

「신명사도」에서 천덕의 곁에 월月을 적어놓고 왕도王道의 옆에 일日을 써놓은 것에 대해, 일월은 천지신명天地神明의 주인이며 경은 인심신명人心神明의 주인이므로, 경의 광휘를 일월로 표현한 것이라고 후산은 해석하였다. 계남은 후산의 설을 긍정하는 가운데, 그렇다면 월月의 옆에 이관耳關이 있고 일日의 곁에 목관目關이 있는 것은 무슨 의미인지를 설명하는 것이 필요하다고 제안하였다.

② 후산 : 제삼단. 이 뜻도 좋습니다. 마땅히 다음과 같이 말해야 할 것입니다. "일월이 이목에 분속되어 있는 것은 어떤 의미가 있는가?"라고 물었다. 대답하기를 "목(目)은 양에 속하고 이(耳)는 음에 속한다. 일(日)이 목(目)에, 월(月)이 이(耳)에 분속된 것은 이 의미이다." 다시 묻기를 "그런데 남명 선생이 '경의(敬義)는 우리 집의 일월이다.'라고 말씀하였다. 이 일월은 전적으로 경에 나아가 설명하여 경만 말하고 의를 언급하지 않았다. 무슨 까닭인가?"라고 하였다. 대답하기를 "의가 경에 수용(受用)되니, 달이 해로부터 빛을 받는 것과 같다. 경을 말하였지만 의가 그 가운데 있다."라고 하였다.

계남 : 지금의 설이 보다 조리가 있습니다.[9]

후산은 계남의 제안을 받아들여 일월이 이목에 분속되어 있는 의미에 관해 설명하는 내용을 첨가하였다. 그는 신체 기관 중에서 목目은 양에 속하고 이耳는 음에 해당하기 때문에, 양의 일日 옆에 목目이

---

8) 崔琡民, 『溪南集』 卷8, 「答許退而」(己丑). "何取於日月 曰日月者 天地神明之主也 敬者 人心神明之主也 此日月 其敬字之光輝乎 : 日月分屬耳目 此意略更說破 如何."

9) 崔琡民, 『溪南集』 卷8, 「答許退而」 別紙. "第三段 此意亦善 當曰日月之分屬耳目 有意否 曰目屬陽 耳屬陰 日於目 月於耳 此意也 然先生嘗曰 敬義吾家之日月 此日月 全就敬上說來 言敬不言義 何也 曰義之受用於敬 如月之受光於日也 言敬而義在其中 : 今說稍得條理."

적혀 있고 음의 월月 곁에 이耳가 분속되어 있다고 풀이하였다. 그리고 남명은 '경의敬義는 우리 집의 일월이다.'라고 말하였는데, 자신의 해석에서는 오로지 경의 공용으로서의 천덕과 왕도 및 일월을 설명한 것에 관한 문제를 제기하고 스스로 답변하였다. 계남은 첨가된 이설에 대해 조리가 있다는 말로 긍정하였다. 개정본은 약간의 윤색을 가했을 뿐, 위의 설과 거의 동일하게 수록되어 있다.

(4) 「신명사도」의 '국군사사직'

① 후산의 「신명사도명혹문」: "'국군사사직(國君死社稷)'은 그 뜻이 어디에 있는가?"라고 물었다. 답하기를 "나라의 임금이 사직을 위해 죽을 마음이 없다면, 그 나라를 보존하지 못한다. 학자가 도를 위해 죽을 뜻이 없다면, 그 마음을 보존하지 못한다. 그러므로 공자(孔子)가 '죽음으로 지켜 도(道)를 선하게 한다.'라고 하였으며, 맹자(孟子)가 '생명을 버려 의로움을 취한다.'라고 하였으며, 정자(程子)가 '굶어죽는 것은 작은 일이오, 절개를 잃는 것은 큰일이다.'라고 하였으며, 주자가 '학자는 지사(志士)가 죽임을 당해 골짜기에 버려짐을 잊지 않는 것으로써 항상 마음을 삼아야 한다.'라고 하였다. 그런즉 도의(道義)가 무겁고 사생(死生)을 따지는 마음은 가벼우니, 성현의 심법(心法)이 본래 이와 같다. 이 「신명사도」에서 이 다섯 글자를 특별히 게시하여 학자들을 깨우친 까닭이다."라고 하였다.
계남: '국군사사직'은 전적으로 '경'자를 위해 말한 것입니다. 다시 '경'자를 드러내어 '국군사사직'의 방법이 '경' 한 글자에 있음을 밝혀야 합니다. 어떠한지요?10)

「신명사도」에서 천덕 아래쪽에 적혀 있는 '국군사사직國君死社稷'에 대해, 후산은 나라의 임금이 사직을 위해 죽을 마음이 없으면 그 나라를 보존할 수 없듯이 학자가 도를 위해 죽을 뜻이 없다면 그 마음을

---

10) 崔琡民, 『溪南集』 卷8, 「答許退而」(己丑). "國君死社稷 其意何在 曰國君無殉社之心 不足以保其國 學者無殉道之志 不足以保其心 故孔子曰守死善道 孟子曰舍生取義 程子曰餓死事小失節事大 朱子曰學者常須以志士不念在溝壑 爲心 則道義重 而計較死生之心 輕矣 聖賢心法自來如此 此圖所以特揭此五字 以詔學者也 : 國君死社稷 專爲敬字發 更爲露出敬字 以明死社之方 在一敬字 未知如何."

보존할 수 없다는 뜻으로 해석하였다. 그리고 공자孔子의 '죽음으로 지켜 도를 선하게 한다[守死善道].', 맹자孟子의 '생명을 버려 의로움을 취한다[舍生取義].', 정자程子의 '굶어죽는 것은 작은 일이오, 절개를 잃는 것은 큰일이다[餓死事小 失節事大].', 주자朱子의 '학자는 지사志士가 죽임을 당해 골짜기에 버려짐을 잊지 않는 것으로써 항상 마음을 삼아야 한다[學者常須以志士不念在溝壑爲心].' 등을 인용하여 자신의 해석을 부연 설명하였다. 후산은 이 구절을 도의의 측면에 입각하여 학자가 도를 지키기 위해 목숨마저도 버릴 수 있는 단호한 마음 자세의 표현으로 파악하였다. 그런데 계남은 이 구절을 '경'자를 위해 말한 것으로, '국군사사직'의 방법이 '경' 한 글자에 달려 있다고 이해하였다.

    ② 후산 : 제사단. 이 단락은 본래 경자를 위해 말한 것입니다. 그러나 학자가 '국군사사직'의 심법으로써 자신을 지키는 것이 경으로 할 수 있는 것이 아닐 것입니다. 학자가 이 심법이 있은 연후에 학문을 하는 데에 참여할 수 있을 것이니, 그렇지 않고 단지 경만 말할 수는 없습니다. 저의 생각은 이와 같으니, 다시 가르쳐주심이 어떻겠습니까? 『예기』에 이르길 "나라의 임금은 사직을 지키기 위해 목숨을 바친다."라고 하였으니, 의(義)를 말한 것입니다.

    계남 : '국군사사직'은 그대의 논의가 본래 좋지 않은 것이 아닙니다. 그럼에도 불구하고 제가 감히 번다함을 병통으로 여겨 지적한 까닭은 그대의 포용함을 입어 거리낌 없이 견해를 모두 다 말했기 때문입니다. 저의 생각으로는 남명 선생의 이 그림은 경을 위주로 하는데, 이 다섯 글자를 신명사 안에 특별히 써놓은 것은 마음이 뱃속에 있어야 한다는 뜻인 듯합니다. 마음이 몸을 주관하는 것이 임금이 나라를 주관하는 것과 같습니다. 임금은 나라를 떠나 구차히 살아서는 안 되며, 마음은 몸을 떠나 혹 달아나서는 안 됩니다. 이와 같이 보았으므로, 감히 여쭈었던 것입니다. 지극히 어리석어서 다시 질문을 드려 감히 스스로 숨김이 없으니, 그대가 취하느냐 버리느냐에 달려 있을 뿐입니다.[11]

---

11) 崔琡民, 『溪南集』卷8, 「答許退而」別紙. "第四段 此固爲敬字發 然學者之以死社心法自守者 非敬能之乎 學者有此心法 然後可與爲學 不然徒說敬不得 愚意如此 更教如何 禮曰 國君死社稷 謂之義 : 死社稷 盛論本非不好 而愚敢以支蔓病之者 亦見長德包容 使人盡情無憚 蓋愚意

두 번째의 편지에서도 두 사람의 이견은 좁혀지지 않았다. 후산은 '국군사사직'이 근본적인 측면에서는 계남이 지적한 대로 경을 위해 말한 것이라고 볼 수 있다고 일단 긍정하였다. 하지만 이 구절의 핵심적인 의미는 학자가 자신을 지키는 굳센 절의의 정신이라는 입장을 확고하게 견지하였다. 그 이유는 학자가 도를 수호하고자 하는 뜻은 경의 내면적 수양만으로는 충분조건이 될 수 없으며, 실제적 행동에까지 나아간 도의의 실천을 이룰 때 완전한 실현이라고 보았기 때문이다. 그런데 계남은 이 다섯 글자가 마음이 몸을 떠나 달아나서는 안된다는 뜻을 담고 있으며, 그렇기 때문에 「신명사도」의 원곽 중심부에 자리한 경을 설명한 말로 이해하였다. '국군사사직'에 대해, 후산은 절의의 실천성이라는 의미를 발견하였고, 계남은 마음 수양에 있어 경의 필요성을 설명한 말로 파악하였다. 이후 이 다섯 글자의 의미와 산삭 여부는 19세기 강우지역에서 중요한 논쟁점으로 부상하였다.

(5) 「신명사도」의 '충신수사'

① 후산의 「신명사도명혹문」 : "구관(口關)에 특별히 '충신수사(忠信修辭)'를 쓴 까닭은 무엇인가?"라고 물었다. 답하기를 "세 관문 중에서 구관이 가장 요해처이니, 말이 나오는 곳이기 때문이다. 그러므로 이것에 더욱 더 삼간다. 충신(忠信)으로 인해 수사(修辭)를 할 수 있으며, 수사(修辭)를 통해 충신(忠信)을 세울 수 있다. 만약 입에서 말을 가리지 않고 일을 만날 적마다 아무렇게나 쏟아낸다면, 충신도 또한 가라앉고 요동하여 서 있는 것이 지속되지 못한다. 학자가 수사 공부에 더욱 뜻을 다해야 할 것이다."라고 하였다.

계남 : '충신수사'에 관해 『주역』 건괘(乾卦)의 주자본의(朱子本義)에서 '사물에 드러난 것 가운데 한 마디도 진실하지 않음이 없다.'라고 하였습니다. 그리고 그 아래의 주석에서 '충신은 앎이 지극히 진실한 곳에 도달한 것이며, 수사입성

則先生此圖 以敬爲主 而特書此五字於舍內 恐是心要在腔子裏之意也 心之主身 猶君之主國 君不可去國而苟生 心不可離身而或放 看得如此 故敢有緻稟 至蒙更質 不敢自隱 惟在洪量之 去取."

(修辭立誠)은 행함이 지극히 진실한 곳에 도달한 것이다. 앎이 도달하였다고 말할 수 있으며 행함이 도달하였다고 일컬을 수 있다면, 수신이 그 가운데 있다고 말할 수 있다.'라고 하였습니다. 그러므로 「신명사도명」의 주석에서 반드시 '수신지수(修身之修)' 네 글자를 쓴 것이니, 포괄하는 것이 매우 넓습니다. 지금 단지 '입에서 말을 가리지 않는다'는 한 구절만 취하였으니, 도리어 분명함이 부족합니다.[12]

「신명사도」에 목관目關·이관耳關·구관口關의 세 관문이 있는데, 유독 구관에 '충신수사忠信修辭'와 '승추承樞'란 말이 적혀 있다. 『시경』 「증민蒸民」에 "왕명을 출납하니 왕의 후설喉舌이로다[出納王命 王之喉舌]"라는 말이 있으므로, 승추는 추밀을 받들어 출납한다는 뜻이다. 그래서 「신명사명」에는 '승추출납承樞出納'이라 표현되어 있으며, 구관에 이 말이 적혀 있는 것이 자연스레 이해가 된다.

문제가 되는 부분은 '충신수사'는 왜 구관에 적혀 있는지에 대한 의미 해석이다. 후산은 세 관문 중에서 말이 나오는 구관이 가장 요해처이므로, 더욱 삼가야 한다는 뜻에서 이 글자들을 써놓았다고 해석했다. 그리고 충신이 수사의 근본이 되기는 하지만, 수사가 되지 않으면 충신도 세워질 수 없다고 해설하였다. 그러므로 그는 이 구절을 통해 학자가 수사 공부에 더욱 뜻을 다해야 한다고 강조하였다. 계남은 주자의 설에 근거하여 충신은 앎이 지극히 진실한 곳에 도달한 것이며, 수사는 행함이 지극히 진실한 곳에 도달한 것이라고 파악하였다. 따라서 후산이 구관에 한정하여 설명한 것을 긍정하지 않고, 수신 전반

---

12) 崔琡民, 『溪南集』 卷8, 「答許退而」(己丑). "口關 特書忠信修辭 何也 曰三關之中 口關最要害 蓋言之所宣也 故於此尤加謹焉 忠信所以修辭也 修辭所以立忠信也 若口不擇言 逢事便說 則 只這忠信 亦被汨沒動盪 立不住了 學者於修辭工夫 尤當致意也 : 忠信修辭 朱子本義 曰見於 事者 無一言之不實也 下註 曰忠信 是知得到眞實極至處 修辭立誠 是做到眞實極至處 曰知到 曰做到 則曰修身在其中 故銘註 必書修身之修四字 所包甚廣 今只取口不擇言一句了 却欠 分明."

에 관한 일로 이해하였다.

> ② 후산 : 제오단. 이 단락은 아마도 그렇지 않은 듯합니다. '앎이 도달한다'라
> 하고 '행함이 도달한다'라고 한 것은 본디 양쪽으로 두루 말한 것입니다. 그러나
> 구관의 요체는 끝내 수사로써 주안점을 삼습니다. 그러므로 저의 설이 이와 같았
> 으니, 이것은 저의 설이 아니라 주자의 설입니다. 명도(明道)도 말하길 "그 언사를
> 닦아 자기를 세우는 성의를 바르게 한다면, 스스로 경으로써 내면을 곧게 하고
> 의로써 바깥일을 바르게 처리하는 실사(實事)를 체득하게 될 것이다."라고 하였
> 습니다. 이 설이 「신명사도」의 뜻에 절실한 듯합니다. 그러나 '입에서 말을 가리
> 지 않고 일을 만날 적마다 아무렇게나 쏟아낸다'는 구절은 이 문자가 비록 주자
> 의 설이지만 천근한 것 같습니다. 지금 즉시 고쳐서 '만약 언사를 닦지 않는다
> 면……'라고 말하더라도 무방합니다.
> 　　계남 : '수사'에 관한 저의 설은 과연 망령됩니다.[13]

　　충신수사를 수신의 전반에 관한 일로 이해한 계남의 견해에 대해,
후산은 긍정하지 않았다. 구관의 요체는 수사에 있는 것이지, 수신 전
체를 포괄하는 것으로 볼 수 없다는 입장이다. 그리고 계남이 근거한
주자의 설도 수신에 주안점이 있는 것이 아니라 수사에 의미 비중이
있다고 밝히고, 다시 정자의 설을 인용하여 증거로 삼았다. 또한 계남
은 초본에서 인용한 주자의 설을 더욱 자세하게 인용하기를 요구하
였는데, 후산은 주자의 설을 인용하기 보다는 '만약 언사를 닦지 않는
다면'이라는 말로 간략하게 표현하는 것이 문맥상 더 적절할 것이라
고 견해를 말하였다. 개정본도 이와 같은 입장에 바탕하여 주자의 설
을 인용하지 않았으며, 구관의 중요성과 수사의 필요불가결한 점을
중심으로 서술하였다. 계남은 후산의 설명에 긍정하고 자신의 견해

---

13) 崔琡民, 『溪南集』 卷8, 「答許退而」 別紙. "第五段 此恐未然 曰知到 曰做到 固爲兩下普說 然
　　口關之要 終以修辭爲主 故愚說如此 此非愚說也 朱子說也 明道亦曰 若修其言辭 正爲立己之
　　誠 乃是體當自家敬以直內義以方外之實事 此說於此圖之旨 恐爲襯切 然若口不擇言 逢事便說
　　此字雖朱子說 似淺近 今直改之 曰若不修辭云云 無妨 : 修辭鄙說果妄."

를 수정하였다.

(6) 「신명사도」의 '대장기'

    ① 후산의 「신명사도명혹문」: "'대장기(大壯旂)'는 무엇을 말하는가?"라고 물었다. 대답하기를 "『주역』에 이르길 '우레가 하늘 위에 있는 것이 대장(大壯)이니, 군자가 보고서 예가 아니면 행하지 않는다.'라고 하였으며, 정자가 말하기를 '끓는 물과 불에 달려들고 흰 칼날을 밟는 것은 무부(武夫)의 용맹으로 가능하지만, 극기복례(克己復禮)에 이르러서는 군자의 대장(大壯)이 아니면 불가능하다.'라고 하였다. '천상대장(天上大壯)의 우레'와 '안자사물(顔子四勿)의 깃발'로써 한다면, 이것은 곧 이른바 '인자무적(仁者無敵)'이다. 대장(大壯)의 깃발이 어찌 씩씩하지 않겠는가."라고 하였다.
    계남 : '이천상대장(以天上大壯)' 이하는 산삭하는 것이 어떻겠습니까? '인자무적(仁者無敵)'도 제목에 부합한 내용이 아닌 듯합니다.[14]

「신명사도」에는 세 관문과 관련하여 그 아래에 깃발을 하나씩 그려놓았으며, '대장기大壯旂'라는 이름과 '심기審幾'라는 말이 표기되어 있다. 위의 인용문은 대장기에 관한 내용이다. 후산은 대장기의 이름이 가지는 의미를 『주역』 대장괘大壯卦 상사象辭의 말과 정자의 설을 인용하여 해설하였다. 그리고 깃발로 그려진 이유는 '안자顔子의 사물지기四勿之旗'에 근거한 것임을 밝혔다. 계남은 이 설에 대해 이견을 보이지 않았지만, '이천상대장以天上大壯' 이하의 내용과 '인자무적仁者無敵'의 적절성을 지적하여 산삭하는 것이 좋을 듯하고 제안하였다.

    ② 후산 : 제육단. 기필코 이 단락을 삭제하려고 하시니, 그대의 뜻을 다 이해하지는 못하겠습니다. 다시 말씀해주시는 것이 어떻겠습니까?

---

14) 崔琡民, 『溪南集』 卷8, 「答許退而」(己丑). "大壯旂 何謂 曰易曰 雷在天上大壯 君子以 非禮不履 程子曰赴湯火 蹈白刃 武夫之勇 可能也 至於克己復禮 則非君子之大壯 不可能也 以天上大壯之雷 用顔子四勿之旂 則正所謂仁者無敵 大壯之旂 豈不壯哉 : 以天上大壯以下 刪之如何 仁者無敵 亦恐未爲著題."

계남 : '기(旂)'자는 본래 '사물기각(四勿旂脚)'의 뜻에서 취한 것입니다. 대장괘
의 '비례불리(非禮不履)'가 곧 사물(四勿)의 뜻이므로, 특별히 대장기를 게시한 것
입니다. 그대의 주석에서 말한 '천상대장(天上大壯)의 우레와 안자사물(顏子四勿)
의 깃발로써 한다'는 것도 본래 해가 될 것이 없습니다. 하지만 우레와 깃발이 서
로 짝이 된 것은 흡사 마음에서 글을 지어낸 것 같으니, 끝내 적절하지 못합니다.
또 '인자무적'은 끝내 적실한 증거가 아닌 듯합니다.[15]

계남이 이전에 보낸 편지에서 무엇 때문에 '이천상대장以天上大壯'
이하의 내용과 '인자무적'을 산삭할 것을 제안하였는지 충분한 이유
가 설명되어 있지 않았으므로, 후산은 자세히 설명해 주기를 요청하
였다. 계남은 '대장기'라는 명칭이 '안자의 사물지기四勿之旗'에서 '기
旂'자를 취하고, '비례불리非禮不履'의 '대장괘'에서 그 의미를 가져온
것이라는 후산의 해석에 대해서는 동의하였다. 그러나 '천상대장天上
大壯의 우레'와 '안자사물顏子四勿의 깃발'을 대구로 맞추어 표현한다
면, '대장'과 '깃발'이 호응하는 것이 아니라 '우레'와 '깃발'이 상응하
는 것처럼 보이기 때문에 적절하지 못하다는 견해를 제기하였다. 또
한 '인자무적'은 대장기의 의미를 해석하는 데 적실한 내용이라고 볼
수 없다고 지적하였다. 개정본에는 계남의 의견을 수용하여 지적한
부분을 모두 산삭하였다.

(7) 「신명사도」의 '심기'

① 후산의 「신명사도명혹문」 : "'심기(審幾)'는 무엇을 말하는가?"라고 물었
다. 대답하기를 "『통서(通書)』에 이르길 '선과 악이 갈라지는 것이다.'라고 하였
다. 삼군(三軍)의 이목(耳目)이 깃발에 달려 있으니, 이 깃발이 한번 휘둘러지면
진퇴존망과 치란흥폐가 그것으로 말미암지 않음이 없다. 그 기틀이 이와 같으니,

---

15) 崔琡民, 『溪南集』 卷8, 「答許退而」 別紙. "第六段 必欲刪此 未悉盛意 更敬如何 : 旂字 本取
四勿旂脚之義 大壯之非禮不履 正是四勿之意 故特揭大壯旂 盛釋所謂以天上大壯之雷 用顏子
四勿之旂 本自無害 然雷旂相對 恰似做文於心 終未安 且仁者無敵 恐終非的證."

두려워할만 하지 않은가? 세 관문에 반드시 대장기를 세워 그 기미를 살피는 까닭이다.”라고 하였다.

　　계남 :「신명사도」의 세 깃발 아래에 모두 ‘심기(審幾)’를 써놓았으니, 그 정신의 주된 뜻이 ‘기(幾)’자에 있는 것입니다. 만약 이 곳에서 빨리 살펴 신속하게 깃발을 휘두르지 않는다면, 요동하여 치솟은 뒤에는 깃발을 휘둘러도 제거하지 못하기 때문입니다. 이것은 노선생이 사람들을 위해 긴요한 뜻을 보여준 것입니다. 지금 ‘삼군(三軍)의 이목(耳目)이 깃발에 있다.’라고 하였으니, 이 말은 깃발에 무게가 실려 있는 것이어서 ‘심기’를 해석한 것은 아닙니다.[16]

대장기의 깃대 부분에 ‘심기審幾’라는 말이 적혀 있다. 후산은 ‘심기’의 ‘기幾’자는 『통서』에서 말한 ‘선과 악이 갈리지는 것이다’라는 뜻에서 취한 것으로 이해하였다. 그리고 세 관문마다 대장기를 세워 놓은 까닭은 그곳을 통해 일어나는 사욕의 기미를 살핀다는 뜻을 나타내기 위한 것이므로, ‘심기’를 표기하였다고 해석하였다. 계남은 ‘심기’의 주된 뜻이 ‘기’자에 있으므로, 기미를 빨리 살펴 신속하게 깃발을 휘둘러야 한다는 뜻에서 ‘심기’를 표기한 것이라고 파악하였다. 그런데 후산이 ‘삼군三軍의 이목耳目이 깃발에 있다’라고 설명한 말은 의미 비중이 깃발에 있는 것이지 심기를 해석한 것은 아니라고 지적하였다.

　　② 후산 : 제칠단. 보내온 설에서 ‘기(幾)’자를 설명한 것이 매우 좋습니다. 그러나 기미를 살피는 것은 대장기가 아니겠습니까? 마치 장수가 군중(軍中)에 있으면서 적이 쳐들어오는지를 깃발로써 정탐해 알아내어 아직 기세가 치솟지 않은 때에 지휘가 뜻대로 이루어질 수 있는 것과 같으니, 깃발의 사용이 또한 중요하지 않겠습니까? 제 생각으로는 중요함이 ‘심’자에 있다고 여겨집니다. 다시 상고해보심이 어떻겠습니까?

　　계남 : 심기는 마땅히 심기로 해석해야 하며, 깃발은 마땅히 깃발로 풀이해야

---

16) 崔琡民, 『溪南集』 卷8, 「答許退而」(己丑). “審幾 何謂 曰通書曰 幾善惡 夫三軍之耳目 在旂 而此旂一麾 進退存亡 治亂興廢 無不由之 其機如此 可不畏哉 此三關所以必立大壯旂 以審其 幾焉 : 此圖三旂之下 箇箇書審幾字 其精神主意 在幾字上 若不於此早審而早麾焉 則及其動 盪已熾之後 亦有麾不去處 此老先生喫緊爲人處 今日三軍之耳目在旂 是重在旂也 非所以釋 審幾.”

후산은 계남이 '기幾'자에 대해 설명한 내용이 좋다고 긍정하였다. 하지만 기미를 살펴 기세가 치솟지 않은 때 신속하게 지휘가 이루어지기 위해서는 깃발의 역할이 중요하다는 입장을 견지하였다. 그리하여 계남은 대장기의 해석에서 '기'자에 의미 비중이 있다고 이해한 것에 비해, 후산은 '심審'자에 중요한 뜻이 담겨 있다고 파악하였다. 이와 같은 후산의 견해에 대해, 계남은 '심기'와 '대장기'를 구별하지 않고 함께 풀이하기 보다는 각각의 항목에서 그 표기의 의미를 별도로 해석할 필요가 있다고 제안하였다. 개정본에는 계남의 의견을 수용하여 깃발의 역할에 대해 서술한 부분을 산삭하였다.

(8) 「신명사도」 하단 중앙의 '지'

① 후산의 「신명사도명혹문」 : "'지(止)'는 무엇을 말하는가?"라고 물었다. 대답하기를 "이것은 『대학』 '지지선(止至善)'의 지(止)이니, 혈구(絜矩)의 도이다. 구(矩)는 네모를 만드는 것이니, 네모가 되면 그치게 된다. 그러므로 지(止)는 방권(方圈)으로 그렸으니, 이것은 '의이방외(義以方外)'의 의(義)이다. 지(止)는 마음의 법칙이다. 심학에 뜻을 둔 자가 머물러야 할 곳에 그치는 것을 구하지 않을 수 있겠는가. 『서경』에 이르길 '그대는 마땅히 머물러야 할 곳을 편안하게 여기소서.'라고 하였으며, 『시경』에 '아, 선왕의 빛나는 업적을 계승하여 공경히 머무르셨다.'라고 하였다. 학자가 그 점을 생각해야 할 것이다."라고 하였다.

계남 : 「신명사도명」의 '단지복명(丹墀復命)'은 분명 이 '지'자를 해석한 것입니다. 그러므로 그 아래 자주(自註)에서 '존성(存誠) 지지선(止至善)'이라 하였습니다. 이것은 천리를 극진히 한 것으로, 털끝만한 인욕의 사사로움도 없는 때입니다. 혈구(絜矩)와 방외(方外)의 구절은 여기에서 다시 제기할 필요가 없을 듯합니다. '지'자는 본래 마땅히 방권으로 해야 하니, 또한 구방(矩方)과 의방(義方)을

---

17) 崔琡民, 『溪南集』 卷8, 「答許退而」 別紙. "第七段 來說 說得幾字甚善 然所以審其幾者 非大壯斾乎 如將在軍中 敵之來否 以斾覘知 及其未熾 而指揮之如意 斾之爲用 不亦重乎 愚意蓋重在審字 更詳之如何 : 審幾當釋審幾 斾當釋斾 恐當更商量."

　「신명사도」의 하단 중앙에 있는 '지止'자에 관해 논의한 내용이다. 후산은 '지'자를 『대학』 삼강령의 하나인 '지어지선止於至善'에서 취한 것이며, 그것을 이룰 수 있는 방법이 '혈구지도'라고 이해하였다. 그리하여 '혈구'의 '구矩'자는 네모를 만드는 것이므로, 「신명사도」의 하단 중앙에 있는 '지'가 방권으로 표시되었다고 풀이하였다. 또한 반듯한 네모의 방권은 바깥일을 바르게 처리한다는 뜻의 '의이방외義以方外'라고 해석하였다.

　그가 하단 중앙의 '지'자를 의義의 의미로 해석한 것은 그 윗부분에 표기된 백규百揆 및 대사구大司寇와 연관시켜 이해했기 때문이다. 백규는 외정外政을 총괄하는 직책이며, 대사구는 외적을 물리치는 일을 수행한다. 따라서 원곽의 중앙에 표기된 경은 총재로서 내정內政을 담당하는 것에 비해, 백규와 대사구는 외정外政을 총괄하고 외적을 막는 일을 책임진다. 그러므로 후산은 백규와 대사구를 경과 상응되는 의義의 의미로 해석한 것이다.

　계남은 후산이 '지'자를 '지어지선'으로 주석하는 것에 동의하였다. 그 이유는 「신명사명」의 '단지복명丹墀復命'이 '지'자를 풀이한 말인데, 그 아래 자주自註에서 '존성存誠 지지선止至善'이라는 말로 설명하였기 때문이다. 하지만 계남은 '단지복명'과 자주에 근거해 충분히 설명할 수 있음에도 불구하고 '혈구'와 '의이방외'를 다시 제기하여 해

---

18) 崔琡民, 『溪南集』 卷8, 「答許退而」(己丑). "止何謂 曰此大學止至善之止也 絜矩之道也 矩所以爲方 而方則止 故止用方圈 此義以方外之義也 止者 心之則也 有志於心學者 可不求止於所止乎 書曰安汝止 詩曰於緝熙敬止 學者其念之哉 : 銘之丹墀復命 正釋此止字 故其下自註 存誠止至善 蓋此是盡天理之極 而無一毫人欲之私時節 絜矩方外之句 恐不必於此更提 止字自當方圈 亦不必引矩方義方而爲證也 未知如何."

석하는 것은 긴절하지 못하다고 지적하였다.

> ② 후산 : 제팔단. 이 뜻도 또한 좋습니다. 그러나 '경으로써 내면을 곧게 하고, 의로써 바깥일을 바르게 처리한다'는 것은 「신명사도」의 대지(大旨)입니다. '지'에 방권을 사용한 의미를 설명하지 않는다면 그만이겠거니와, 설명한다면 '방외'의 의를 제쳐둘 수는 없습니다. 다시 생각해보심이 어떻겠습니까? 저의 설은 다음과 같이 고쳤습니다. "'지'는 무엇을 말하는가?"라고 물었다. 대답하기를 "이것은 『대학』의 '지지선(止至善)'의 지(止)이다. 지는 마음의 법칙이니, 혈구의 도가 여기에 있다."라고 하였다. 다시 묻기를 "'지'에 방권을 사용한 것은 무슨 의미인가?"라고 하였다. 대답하기를 "'의로써 바깥일을 바르게 처리한다'는 뜻이다."라고 하였다. '지'의 의미는 조원순(曺垣淳)의 설을 정론으로 삼아야 할 것입니다.
> 계남 : '지'의 뜻은 지금의 설이 보다 온당합니다. 조원순의 설은 아직 보지 못했습니다.[19]

후산은 계남이 '단지복명丹墀復命'과 자주自註의 '지지선止至善'에 근거해 '지止'자를 이해한 것에 대해 매우 좋다고 긍정하였다. 그러나 계남이 '혈구'와 '의이방외'의 긴절성 여부를 지적한 것에 관해서는 수용하지 않았다. 후산은 '경이직내'와 '의이방외'가 「신명사도」의 대지大旨라고 이해하였다. 그러므로 원곽 안의 '경'이 총재로서 수행해야 할 일이 '경이직내'라면, 백규가 기미를 살펴 치찰致察하고 대사구가 사욕을 극치克治하는 일은 '의이방외'이며 그것이 도달해야 하는 경지가 곧 '지어지선'이라고 파악하였다. 이와 같은 견해에 바탕하여 후산은 이전의 설을 보다 간략하게 정리하는 방향으로 수정하였다. 계남은 개정된 설이 이전의 설보다 온당하다고 인정하였다.

그런데 개정본의 내용은 위의 설과 중요한 차이를 빚고 있다. 개정

---

19) 崔琡民, 『溪南集』 卷8, 「答許退而」 別紙. "第八段 此意亦好 然敬以直內 義以方外 此圖之大旨也 止用方圈之意 不說則已 說則捨方外之義不得 更商如何 鄙說改之 曰止何謂 曰此大學止至善之止也 止者 心之則也 絜矩之道在是 止用方圈 何意 曰義以方外之意也 止意 當以衡七說 爲正 : 止義今說稍穩 衡七說未見."

본에서는 '지'자에 대해, "이 '지'자는 「신명사도」의 중앙에 있는 '경'자와 상응하니, 진실로 천덕과 왕도의 표적이며, 충신수사의 극치이다"라고 풀이했기 때문이다. 위의 설에서는 '지'자를 '의이방외'의 측면에서 해석하였는데, 개정본에서는 경과의 연관성 속에서 천덕과 왕도 및 충신수사의 궁극적 목표로 설정하였다.

후산이 무슨 연유로 이처럼 개정하였는지는 확인할 길이 없다. 다만 추론해 보자면, '지'자가『대학』삼강령의 '지어지선'에서 그 뜻을 취하였으므로, 천덕의 명덕과 왕도의 신민이 추구해야 할 목표가 '지어지선'에 있음은 자명한 사실이다. 또한 충신수사가 도달해야 할 경지가 '지'에 있음도 당연하다고 할 것이다. 그러므로 후산은 '지'자를 의의 측면에서 해석하는 관점을 수정하여 경의 효용이 궁극적으로 도달해야 할 목표점으로 확대하여 그 의미를 설명한 것이라고 이해해 볼 수 있다. 또한 「신명사도」의 그림에서 경敬 － 구관口關 － 지止 등이 일직선으로 연결되어 있는 점도 개정본의 해석에 따르는 것이 보다 설득력을 가진다고 생각된다.

(9) 「신명사도」의 '귀'와 '몽'

① 후산의 「신명사도명혹문」: "「신명사도」뒤쪽의 '귀(鬼)'와 '몽(夢)'은 무엇을 말하는가?"라고 물었다. 대답하기를 "사람답지 못하고 깨어 있지 못하다면, 귀관(鬼關)이며 몽관(夢關)이다. 이것은 사느냐 죽느냐의 갈림길이니, 군자가 힘을 다해 시살(厮殺)하는 까닭이다."라고 하였다.
　　계남 : '힘을 다해 시살한다.'는 말을 반드시 여기에서 언급할 필요는 없을 듯합니다.[20]

---

20) 崔琡民,『溪南集』卷8,「答許退而」(己丑). "圖後鬼夢 何謂 曰不人不覺 則鬼關也 夢關也 此是生死路頭 君子所以盡力厮殺 : 盡力厮殺恐不必於此言之."

「신명사도」의 태일군太一君 뒤쪽 원곽 밖에 '귀鬼'자와 '몽夢'자가 적혀 있는 것에 대한 해석이다. 후산은 사람답지 못하면 귀관鬼關에 속하게 되며, 깨어 있지 못하면 몽관夢關에 해당한다고 이해하였다. 원곽 안은 '인人'과 '교覺'를 지키고 있는 상태를 뜻하며, 원곽 밖은 '귀'와 '몽'에 빠진 지경을 의미한다고 하겠다. 그래서 후산은 '인과 귀' 및 '교와 몽'의 경계를 삶과 죽음의 갈림길이라는 극단적 표현을 사용하였으며, 군자가 힘을 다해 사욕을 물리쳐야 하는 이유가 여기에 있다고 하였다. 계남은 후산의 해석에 대해 별다른 이견을 보이지 않았다. 다만 '힘을 다해 시살廝殺한다.'는 말을 여기에서 언급할 필요가 있는지를 지적하였다. 「신명사명」에 '진교시살進教廝殺'이라는 내용이 있기 때문에, 이 부분에서 굳이 중복해서 언급할 이유가 있는가를 문제 제기한 것이다.

> ② 후산 : 제구단. 매우 타당합니다. 지금 다음과 같이 고쳤습니다. "사람답지 못하고 깨어있지 못하다면, 귀관이며 몽관이다. 학자가 치지와 성의를 할 수 없다면 곧 흑산(黑山) 아래 귀신집에서 살아가는 것이니, 두려워하지 않을 수 있겠는가. 그림의 후면에 적어놓아 사람들이 놀라 경계할 것을 알게 하였다"라고 하였다.
> 계남 : '귀몽'은 지금의 설이 매우 타당합니다.[21]

후산은 계남의 견해를 수용하여 지적한 부분을 삭제하였다. 그리고 삭제한 내용 대신에, 치지와 성의를 중심으로 '인과 귀' 및 '교와 몽'의 경계를 설명하였다. 주자가 치지와 성의에 대해, "치지와 성의는 학자에게 있어 두 개의 관문이다. 치지는 몽과 교의 관문이요, 성의는 선과 악의 관문이다. 치지의 관문을 통과할 수 있다면 깨어있게

---

21) 崔琡民, 『溪南集』卷8, 「答許退而」別紙. "第九段 甚當 今改之 曰不人不覺 則鬼關也 夢關也 學者不能致知誠意 則便是黑山下 鬼家計 可不懼哉 書之圖後 使人知所警惕也 : 鬼夢今說甚當."

되며 그렇지 못하다면 잠들게 된다. 성의의 관문을 통과할 수 있다면 선하게 되고 그렇지 못하다면 악하게 된다"22)라고 그 중요성을 강조하였다. 남명이 「신명사도」에서 원곽 밖에 귀・몽을 표기한 것은 주자의 이 설에 바탕한 것이라 이해된다.23) 그러므로 후산이 '시살'의 언급을 삭제하고 치지와 성의를 중심으로 이 부분을 해석한 것은 주자의 설과 남명의 견해에 근거한 것이라고 볼 수 있다. 계남도 후산의 해석을 매우 타당하다고 인정하였다.

(10) 「신명사명」의 '태일'

> ① 후산의 「신명사도명혹문」: 어떤 이가 "'태일(太一)'은 무슨 뜻인가?"라고 물었다. 대답하기를 "지극히 큰 것을 '태(太)'라고 하며, 나뉘지 않은 것을 '일(一)'이라 하니, 태극(太極)이 삼재(三才)를 함유하여 하나라는 뜻이다."라고 하였다.
> 계남 : '태극함삼위일(太極函三爲一)'은 본래 『한서』 「율력지」에 있는 말입니다. 대개 천・지・인의 삼재가 형기는 갖추어졌지만 혼연히 하나여서 분간되지 않은 사물을 가리켜 말한 것입니다. 이것은 주기(主氣)의 이론에 해당하는 것이니, 진안경(陳安卿)이 그것의 그릇됨을 상세하게 말하였습니다. 지금 그것을 인용하여 태일(太一)의 증거로 삼았으니, 매우 적절치 못한 듯합니다. 혹 다른 증거로 말할 만한 것이 있습니까? 신명사는 본래 기(氣)에서 분리된 곳이 아니지만, 선생이 「신명사도명」을 지어 밝히려 한 것은 이(理)를 위주로 말한 것입니다. 주기(主氣)의 이론으로써 증거를 삼아서는 안 될 듯합니다. 어떻습니까?24)

이전까지는 「신명사도」에 그려진 형상과 표기된 글자를 주제로 논

---

22) 朱熹, 『大學章句』 「經1章」 '古之欲明明德於天下者'節 細註(학문문화사 영인본 49쪽). "誠意 是人鬼關 過此一關 方會進 格物 是夢覺關."
23) 曺植 지음, 경상대학교 남명학연구소 역주, 『사람의 길 배움의 길－學記類編』, 한길사, 183쪽. "誠意 是人鬼關 過此一關 方會進 格物 是夢覺關."
24) 崔琡民, 『溪南集』 卷8, 「答許退而」(己丑). "或問太一何義 曰極大曰太 未分曰一 太極函三爲一之義 : 太極函三爲一 本漢志語也 蓋指天地人三才 形氣已具 而渾然未判底物而言也 是主氣之論 陳安卿 詳言其非 今引之以爲太一之證 恐甚不安 或有他證可言者耶 神明之舍 固非離氣之地 而先生所以爲圖爲銘 以發明之者 主理而言也 恐不可以主氣之論 證之 如何."

의하였는데, 여기서부터는 「신명사명」에 관해 두 사람이 의견을 주고받은 내용이다. 「신명사명」의 첫 구절은 '태일진군太一眞君'으로부터 시작된다. 후산은 '태太'는 지극히 큰 것을 말하며, '일一'은 나뉘지 않은 것을 뜻한다고 해석하였다. 그리하여 '태일太一'이란 '태극太極이 삼재三才를 함유하여 하나인 상태를 가리켜 말한 것이라고 주석하였다.

후산이 '태일'에 관해 주석한 내용을 계남은 긍정하지 않았다. 후산이 '태일'을 '태극이 삼재를 함유하여 하나라는 뜻이다'라는 내용으로 주석하였는데, 계남은 이 구절의 출처를 『한서』, 「율력지」에 있는 말이라 밝히고, 천·지·인의 삼재가 형기는 갖추어졌지만 혼연히 하나여서 분간되지 않은 사물을 가리켜 말한 것이라 해석하였다. 계남은 이 구절이 본연지리本然之理의 측면에서 태극을 설명한 것이 아니라, 형기는 갖추어졌지만 혼연히 하나여서 분간되지 않은 원기元氣를 태극으로 본 것이라고 파악하였다.25) 또한 주자의 제자인 진순陳淳, 1159~1223이 '태극은 아직 분화되지 않은 상태에 있는 극한의 이理로서 형기로는 형용할 수 없다'는 입장에 근거하여, 이 구절을 예로 들어 형기의 측면에서 태극을 말한 것이라고 비판한 말을 증거로 삼았다.26)

---

25) 俛宇 郭鍾錫(1846~1911)도 이 구절에 대해, '元氣가 혼돈하여 아직 나뉘지 않은 상태를 가리켜 太極이라고 말한 것으로, 主氣의 관점에서 太極을 말하였다'라고 이해했다(郭鍾錫, 『俛宇集』 卷24, 「答李舜聞(丁酉)」. "漢志謂太極函三爲一 莊子謂道在太極之先 老子云有物混成 先天地生 易云易有太極 此四種說 與周子所謂太極 同異何如 : 漢志及莊老說 皆指元氣之混沌未判者而謂之太極 孔子則指陰陽變易之理而謂太極 周子則因孔子而益有發明而已 主氣主理同異可辨").

26) 陳淳 지음/김영민 옮김, 『北溪字義』, 예문서원, 1993, 186~187쪽. "太極只是渾淪極至之理 非可以氣形言 古經書說太極 惟見於易係辭傳曰 易有太極 易只是陰陽變化 其所爲陰陽變化之理 則太極也 又曰 三極之道 三極云者 只是三才極至之理 其謂之三極者 以見三才之中各具一極 而太極之妙 無不流行於三才之中也 外此 百家諸子都說差了 都說屬氣形去 如漢志謂太極涵三爲一 乃是指做天地人三箇氣形已具 而渾淪未判底物."

그러므로 그는 '태일'을 주리主理의 관점에서 설명하지 않고 주기主氣의 근거가 되는 설로써 풀이하는 것은 타당하지 않다고 지적하였다. 계남은 노사蘆沙 기정진奇正鎭, 1798~1876의 제자이며 후산은 한주寒洲 이진상李震相, 1818~1886의 문하에서 수학한 학자이므로, 두 사람 모두 주리론을 견지하였다. 따라서 계남과 후산이 신명사의 주인 '태일'을 주리의 관점에서 파악하는 것은 그들이 견지한 철학적 관점에서 볼 때 자연스러운 귀결이라고 할 수 있다.

> ② 후산 : 제십단. 이것은 『예기』 「예운(禮運)」 본주(本註)에서 인용하였습니다. 본주에 이르길 "태극이 삼재를 함유하여 하나의 이(理)이다."라고 하였습니다. 이(理)자를 쓴다면 주리의 뜻에 해가 없을 듯합니다.
>
> 계남 : '태일'의 뜻은 이미 「신명사도」에서 해석하였으므로, 다시 다른 설을 인용하여 증명할 필요가 없을 듯합니다. 게다가 '태극함삼위일(太極函三爲一)'은 또한 '태일'의 뜻을 특별히 밝히는 것이 없는 듯합니다.[27]

후산은 '태극함삼위일太極函三爲一'을 『한서』에서 인용한 것이 아니라, 『예기』, 「예운禮運」 본주本註에서 인용하였다고 밝힌다. 『예기집설』을 편찬한 진호陳澔, 1261~1341는 『예기』, 「예운」의 '예는 반드시 태일에 근본한다'는 원문에 대해, '태극함삼위일지리야太極函三爲一之理也'라고 주석하였다. 후산은 이 주석에 근거하여 '태일'을 설명한 것으로, '이理'자가 뒤에 붙어 있기 때문에 주리의 뜻에 해가 없을 것이라고 답변하였다. 계남은 「신명사도」의 '태일군' 부분에서 '태일'의 뜻을 해석하였으므로 이곳에서 다시 다른 설을 인용할 필요가 없을 뿐만 아니라, '태극함삼위일'은 긴절한 주석이 아니라는 견해로써 다

---

27) 崔琡民, 『溪南集』 卷8, 「答許退而」 別紙. "第十段 此用禮運本註 註曰太極函三爲一之理也 才著理字 恐無害於主理之旨 : 太一之義 旣釋於圖 則恐不必更引他說 以證之 且太極函三爲一 亦恐於太一之義 別無發明."

시 지적하였다. 개정본에서는 계남의 견해를 수용하여 지적한 부분을 삭제하였으며, 본연지리의 관점에서 '태일'을 설명하였다.

(11) 「신명사명」의 '명당포정'

① 후산의 「신명사도명혹문」 : "학자가 공부를 할 적에 '명당포정(明堂布政)'에서는 무엇을 취해야 하는가?"라고 물었다. 대답하기를 "추지완(鄒志完)이 말하길 '십이시(十二時) 가운데 자신의 한 생각이 어느 곳으로부터 일어나는지 살펴 점검하고 소홀히 하지 말아야 한다.'라고 하였다. 십이시 가운데 복식(服食)·기용(器用)·호오(好惡)·장부(臧否) 등은 명당의 열두 달 정령(政令)이 아닌 것이 없다. 그렇다면 학자의 가난한 집이 어찌 왕자(王者)의 명당·태실(太室)과 다름이 있겠는가. 『시경』에 이르길 '상제께서 너에게 임재하시니, 네 마음에 의심을 가지지 말라.'라고 하였으니, 경계할지어다."라고 하였다.
계남 : 명당은 단지 신명사로 보는 것이 옳습니다. 대개 이 신명사와 명당은 모두 빌린 말입니다. 신명이 머무는 곳이기 때문에 '신명사'라고 하였으니, 지금 신명을 존칭하여 임금이라 하였으므로 그 집을 가리켜 '명당'이라 한 것입니다. 본래 의심할 만한 것이 없습니다. 상하의 허다한 관직 및 단지(丹墀) 등과 같은 구절이 이러한 뜻입니다. '가난한 집이 어찌 왕자의 명당과 다름이 있겠는가.'라는 주석은 말이 긴절하지 못한 듯합니다.[28]

후산은 「신명사명」의 '명당포정明堂布政'에서 학자가 취해야 할 의미에 대해, 송나라 때 학자 추호鄒浩, 1060~1111의 말을 인용하여 십이시十二時 가운데 자신의 한 생각이 어느 곳으로부터 일어나는지 살펴 점검하고 소홀히 하지 않는 것이 명당明堂의 열두 달 정령政令과 같다는 측면에서 해석하였다. 그리하여 학자의 가난한 집이 왕자王者의 명당과 다름이 없으며, 그 곳에 홀로 있을 때에도 항상 상제가 임하고

---

28) 崔琡民, 『溪南集』卷8, 「答許退而」(己丑). "學者用工 奚取於明堂布政 曰鄒志完曰 十二時中看自家一念從何處起 點檢不放過 夫十二時 服食器用好惡臧否 無非明堂十二月政令 然則學者之蓽門圭竇 何異於王者之明堂太室 詩曰上帝臨汝 无貳爾心 戒之哉 : 明堂 直以神明舍觀之可也 蓋此舍與堂 皆借說也 以其神明所舍 故曰神明舍 則今尊號神明爲君 指其舍曰明堂 自無可疑 如上下許多官職 及丹墀等句 是也 蓽門圭竇 何異於王者之明堂 恐語不着."

있는 듯이 자신을 삼가야 한다고 설명하였다. 계남은 신명을 존칭하여 태일군이라 일컬었으므로 '신명사'를 '명당'이라고 표현할 뿐, 두 명칭이 구별된 특별한 의미를 지니는 것은 아니라고 이해했다. 따라서 후산이 학자의 가난한 집과 왕자의 명당을 연결시켜 설명한 것은 긴절하지 않다고 지적하였다.

② 후산 : 제십일단. 말씀하신 뜻이 또한 좋습니다. 지금 다음과 같이 고쳤습니다. "'명당포정(明堂布政)'은 무엇을 말하는가?"라고 물었다. 대답하기를 "명당은 왕자의 당(堂)이다. 전해오는 기록에 이르길 '옛날 황제(黃帝)가 천하를 다스릴 때에 백신(百神)이 출현하여 명당에서 직분을 받았다.'라고 한다. 지금 태일군이 신명사에서 자신을 공경히 하고 있을 뿐인데, 사지(四肢)·백해(百骸)·구규(九竅)·삼요(三要) 등의 신(神)이 명을 받지 않음이 없으니, 이것이 이른바 '명당포정'이다."라고 하였다.
계남 : '명당포정'은 지금의 설이 또한 교묘하지만 긴요함이 없는 듯합니다. '천군(天君)이 머무르는 곳을 명당이라 한다'는 말은 주설(註說)이 없어도 절로 분명합니다. 하물며 심군(心君)이 한 몸을 주관하되 그 본체의 허령함은 천하의 이치를 관통할 수 있으니, 그 정사를 펼치는 것이 광대합니다. 지금 "사지·백해·구규·삼요 등의 신이 명을 받지 않음이 없으니……"라고 설명하였는데, 상세히 하려고 하다가 도리어 평탄하게 전개하지 못한 것입니다.[29]

후산은 계남이 지적한 부분을 삭제하였다. 그리고 '명당포정'에 관한 주석을 수정하여, 태일군이 신명사에서 자신을 공경히 하고 있을 뿐이지만 사지·백해·구규·삼요 등의 신이 명을 받지 않음이 없다는 측면에서 설명하였다. 계남은 수정된 주석도 내용이 긴요하지 않다고 여겼으며, 그 이유를 낱낱이 변석하였다. 개정본에는 학자가

---

29) 崔琡民,『溪南集』卷8,「答許退而」別紙. "第十一段 示意亦好 今改之 曰明堂布政 何謂 曰明堂者 王者之堂也 傳云 昔者黃帝治天下 百神出 而受職於明堂 今太一君 恭己於神明舍 而四支百骸九竅三要之神 莫不受命 此所謂明堂布政也 : 明堂布政 今說亦恐巧而無緊 蓋天君所舍 謂之明堂 不待註說而自分明 況心君 主乎一身 而其體之虛靈 足以貫乎天下之理 則其布政 大矣 今曰四百九三之神 莫不受命云云 則欲詳而反不平鋪."

자신을 성찰하고 사욕을 막으려 힘쓰는 것이 명당의 정령과 같다는 점을 중점적으로 설명하였다. 이 내용은 수정하기 이전의 설로 다시 돌아가되, 계남이 긴절하지 못하다고 지적한 부분은 삭제하는 방향으로 개정한 것이다.

(12) 「신명사명」의 '동미용극'

    ① 후산의 「신명사도명혹문」 : "'동미용극(動微勇克)'은 무슨 뜻인가?"라고 물었다. 대답하기를 "뿌리가 없으면서도 단단히 자리잡고 있는 것은 욕심이다. 천하의 큰 용기가 아니면, 그것을 이겨낼 수 없다. 그러므로 그것이 은미할 때에 용감하게 이겨내는 것이다. 그렇지 않다면 마구 자라나 처리하기 어렵다."라고 하였다.
    계남 : '동미용극'은 곧 '대장기'와 '심기'를 가리킵니다(철인은 기미를 알기 때문에 생각을 성실히 한다).[30]

후산은 '동미용극動微勇克'의 의미에 대해, 사욕이 은미하게 싹트려 할 적에 용감하게 이겨내는 것이라고 해석하였다. 계남은 후산의 해석에 대해 별다른 이견은 없었지만, 이 구절이 '대장기' 및 '심기'와 연관되어 있다고 말하였다.

    ② 후산 : 제십이단. 그 기미를 살피는 것은 대장기가 아니겠습니까. 반드시 분별해서 말하려 하는 것은 무엇 때문입니까?
    계남 : '동미용극'에 관해, 그대의 논의를 옳지 않다고 생각하는 것은 아닙니다. 다만 저의 생각으로는 이것은 바로 철인이 기미를 알아 생각을 성실히 하는 일이라고 여겼으므로, 언급한 것입니다.[31]

---

30) 崔琡民, 『溪南集』 卷8, 「答許退而」(己丑). "動微勇克 何也 曰無根而固者欲也 非天下之大勇 無以克之 此所以及其微而勇克之也 不然蔓難圖也 : 動微勇克 正指大壯旂審幾(哲人知幾 誠之於思)."
31) 崔琡民, 『溪南集』 卷8, 「答許退而」 別紙. "第十二段 審其幾者 非大壯旂乎 必欲分別言之 何也 : 動微勇克 非以盛論爲不可 但愚意 此正是哲人知幾誠之於思之事 故謾及之."

앞에서 살펴보았듯이, 계남은 '대장기'와 '심기'를 구분하여 이해하려 하였고, 후산은 기미를 살피는 것이 대장기의 역할이므로 두 가지를 함께 묶어 설명하고자 하였다. 후산은 이 부분에 대해 계남이 지적한 뜻을 '심기'과 함께 '대장기'의 의미를 보충하라는 것으로 받아들였다. 그리하여 두 가지를 반드시 분별해서 설명해야 하는가를 반문하였다. 계남은 자신의 지적이 후산이 생각하는 것처럼 대장기의 내용을 첨가하라는 뜻이 아니라는 입장을 밝힌다. 다만 '동미용극'은 철인이 기미를 알아 생각을 성실히 하는 것임을 제기하고 싶었기 때문에 첫 번째 편지에서 언급한 것이라고 답변하였다. 후산은 수정하거나 윤색하지 않고 초기의 설을 그대로 개정본에 수록하였다.

(13) 「신명사명」의 '요순일월'

① 후산의 「신명사도명혹문」: "'요순일월(堯舜日月)'은 무엇을 말하는가?"라고 물었다. 대답하기를 "자신을 공경히 하여 단지 남면(南面)하고 있을 따름이다. 이것이 요순(堯舜)의 일월(日月)이 아니겠는가."라고 하였다.
계남 : '일월'이라는 글자는 「신명사도」에 있는 '일월'과 호응합니다. 이러한 데에 이르게 되면, 사물의 이치가 밝혀지고 앎이 지극해져 보는 것이 분명하고 듣는 것이 환하여 자신을 공경히 하여 남면하고 있을 뿐이니, 이것이 곧 '요순일월'입니다.[32]

후산은 「신명사명」의 '요순일월堯舜日月'에 대해, 요와 순이 임금으로서 자신을 공경히 하여 단지 남면南面하고 있을 뿐인데 온 천하가 태평하게 다스려졌던 것처럼, 모든 사욕을 완전히 이겨낸 뒤의 마음 상태를 표현한 것으로 이해하였다. 계남은 '요순일월'의 일월이 「신명사도」의 '일월'과 호응하므로, '일월'이 분속되어 있는 '이목'과 연

---

32) 崔琡民, 『溪南集』 卷8, 「答許退而」(己丑). "堯舜日月 何謂 曰恭己正南面 此非堯舜日月乎 : 日月字 正應圖中日月 至此則物格知至 視明聽聰 恭己南面 便是堯舜日月."

관지어 설명하는 것이 필요하다고 제안하였다. 그래서 '요순일월'은 격물치지의 공부가 지극한 상태에 도달하여 사물의 이치가 밝혀지고 앎이 지극해져 보는 것이 분명하고 듣는 것이 환하여, 태일군이 자신을 공경히 하여 남면하고 있을 뿐이지만 내면의 상태가 잘 다스려지고 있는 것으로 해석하였다.

『후산집』에는 후산이 계남과 「신명사도명」에 관해 논의한 내용의 편지가 보이지 않는다. 그러므로 계남의 편지에 일부 수록된 후산의 답변을 통해 그의 견해를 파악할 수 있는데, 두 번째 편지에는 상단의 인용문과 하단의 인용문에 대한 후산의 답변이 수록되어 있지 않으며, 계남이 재론한 내용도 없다. 따라서 이것에 관한 두 사람의 이견을 살필 수 없고, 다만 개정본을 통해 후산이 계남의 설을 수용하였는가의 여부를 확인할 수 있을 뿐이다. 후산은 위의 인용문에서 계남이 제안한 견해를 수용하여 개정본에서는 '사방의 문이 고요히 닫혀 있으므로 눈이 밝고 귀가 환하다'는 내용을 첨가하여 '요순일월'을 '이목'과 연관지어 풀이했다.

(14) 「신명사명」의 '환귀일'

    ① 후산의 「신명사도명혹문」 : "'환귀일(還歸一)'은 무엇을 말하는가?"라고 물었다. 대답하기를 "만 가지로 다르되 하나의 근본은 이(理)이다(마음과 눈에 온갖 일들이 분분하게 접촉되다가 밤이 되어 고요해지면 하나의 일도 없게 되니, 이것이 이른바 '환귀일'이다)"라고 하였다.
    계남 : '일(一)'자는 고요히 텅 비고 밝은 것을 가리킬 뿐이니, 진체(眞體)의 본연입니다. 곧 '태일(太一)'의 일(一)입니다.[33]

---

33) 崔琡民, 『溪南集』 卷8, 「答許退而」(己丑). "還歸一 何謂 曰萬殊而一本理也 (此心目間 應接紛然 夜來靜寂 無一事 此所謂還歸一也) : 一字直指澹然虛明 眞體之本然者 卽太一之一也"

후산은 「신명사명」의 '환귀일還歸一'에 대해, 하나의 근본인 이理로 다시 돌아가는 것이라고 해석하였다. 그리고 주석의 형태로 이 구절의 의미를 부연하여, "마음과 눈에 온갖 일들이 분분하게 접촉되다가 밤이 되어 고요해지면 하나의 일도 없게 되니, 이것이 이른바 '환귀일'이다"라고 하였다. 그는 밤이 되어 고요한 상태가 되면 마음의 본연을 회복할 수 있는데, 이것이 곧 '환귀일'이며 '본연지리로 돌아가는 것'이라고 이해하였다.

계남은 '일一'이 고요히 텅 비고 밝은 상태를 가리키는 것으로, 진체眞體의 본연이며, '태일太一'의 일一이라고 파악하였다. '신명'은 마음의 주인으로서 진체이며, '태일군'은 신명을 통치자의 측면에서 달리 일컬은 이름이다. 그러므로 계남은 '환귀일'이란 텅 비고 밝은 상태인 신명의 본연을 회복하는 것이며, '태일太一'의 일一의 상태로 다시 돌아가는 것이라고 해석하였다.

개정본에는 '본연지리'에 대한 언급을 삭제하였다. 대신 마음이 한결같은 상태를 '일一'로 해석하여, '환귀일'이란 아무 일이 없는 밤사이 고요히 움직이지 않는다면 '본연지일本然之一'로 다시 돌아갈 수 있다는 뜻으로 풀이하였다. 이 해석은 자신의 원래 견해에서 계남의 설을 수용하여 보완한 것이라고 볼 수 있다.

이상으로 「신명사도명」에 대한 후산의 주석과 이에 관한 계남의 견해를 밝힌 편지 2통의 내용을 살펴보았다. 2통의 편지를 관련 내용별로 묶어본다면 총 14개의 항목으로 분류할 수 있는데, 「신명사도」에 관한 내용이 9항목이며, 「신명사명」에 대한 것은 5항목이다. 계남은 「신명사명」의 자주自註에 대해서는 견해를 제시하지 않았다. 후산이 계남에게 보낸 「신명사도명혹문」의 초본에는 자주에 대한 해석이 아직 수록되어 있지 않은 것이었는지, 아니면 계남이 자주에 대해서는 별다른 관심을 보이지 않은 것이었는지는 그 이유를 확실히 알 수 없다.

다음의 절에서 살펴볼 복암 조원순은 자주에 대해 부정적인 시각을 가지고 있었으며, 후산에게 이것에 관해서는 해석하지 말 것을 제안하였다. 계남이 산천재에 머물면서 복암과 강론할 당시에, 후산이 「신명사도명혹문」의 초본을 보내 견해를 물은 점을 생각해본다면, 다소 연관성이 있을까 하는 의구심도 든다. 하지만 증거 자료가 있지 않은 상황에서 무리하게 추론할 필요는 없다고 생각되어 더 이상 천착하지 않기로 한다.

2. 복암 조원순의 견해

복암은 후산의 「신명사도명혹문」을 받아보고서 감동하여 칭송하는 것을 그치지 못했다고 소감을 밝혔다. 그리고 『서명西銘』과 「태극도설太極圖說」이 정이천程伊川과 주자朱子에 의해 그 뜻이 세상에 밝혀졌듯이 남명의 「신명사도명」이 후산의 주석을 통해 밝혀지게 된다면, 계왕개래繼往開來의 공로가 클 것이라고 기대하였다. 그리하여 조만간에 목판으로 새겨 「신명사도명」 뒤에 첨부해서 후세의 학자들이 명료하게 알 수 있게 해야 한다고 하였다.[34]

복암은 「신명사도명」과 관련하여 후산에게 총 4통의 편지를 보냈다. 첫 번째 편지에는 위에서 말한 자신의 소감과 기대를 밝힌 후, 다음의 견해를 제시하였다.

---

34) 曹垣淳, 『復庵集』 卷2, 「答許后山愈」(已丑). "春間院村便 伏承辱下疏 並神明舍圖銘或問及 洲翁祭文客問等篇 皆補世敎切吾學之言 佩服之極 尤有所感誦而不已者 或問書也 蓋西銘太極 非伊川晦菴 幾不明於世矣 今此圖銘 得此註解而明焉 則繼迪之功 於是乎亦大矣 圖銘不傳則 已 傳乎世則不可無此注解 早晚當附入梓 使後之學者 一開卷而瞭然易識也."

지금 이「신명사명」에 관해 말하자면, 자주의 여러 곳이 또한 의심이 없을 수 없습니다. 한강(寒岡) 선생의 제문을 살펴보면, 「신명사명」의 충신(忠信)·경의(敬義)·사자부(四字符)·백물기(百勿旂)·구규(九竅)·삼관(三關)·시연(尸淵)·성성(惺惺) 등의 구절을 낱낱이 인용하여 하나도 빠뜨림이 없지만, 자주의 설은 한 구절도 인용하지 않았습니다. 이 점을 미루어 고찰해 본다면, 본래 자주의 설이 없었다는 것을 생각해 볼 수 있습니다. …… 만약 저의 생각이 그다지 틀리지 않는다면, 다시 바라건대 주설은 일단 놓아두고 명문(銘文)에 나아가 남명 선생의 본지를 강구하여 드러내어 밝혀「신명사도」에 관한 해석과 함께 한 편으로 합쳐 사도(斯道)를 빛나게 해주시길 바랍니다.35)

복암은 『남명집』의 내용 중에 잘못된 부분이 많다고 생각했다. 그 이유는 첫째, 남명의 유문이 대난大難을 겪으면서 흩어져 수습되지 못했으므로, 남명의 초고를 바탕으로 간행한 것이 아니라 사람들이 전하며 외고 있던 것을 얻어 수록했기 때문이다. 둘째, 문집을 간행할 당시에 한강寒岡 정구鄭逑 같은 이들은 논의에 참여할 수 없었으므로, 오로지 내암來庵 정인홍鄭仁弘의 독단에 의해 일이 이루어졌기 때문이다. 그러므로 복암은 『남명집』의 잘못된 부분을 고쳐 바로잡아야 한다는 생각을 굳게 가지고 있었다.36)

복암이 『남명집』에 대해 가졌던 생각과 마찬가지로, 위의 인용문에서는 「신명사명」의 자주에 대해 의구심을 가지고 있음을 확인할

---

35) 曺垣淳, 『復庵集』卷2,「答許后山愈」(己丑). "今以此銘言之 其諸自注處 亦不能無疑 按 寒岡先生祭文 歷引此銘 如忠信敬義及四字符百勿旂九竅三關尸淵惺惺等句 無一遺漏 而未嘗一句引用注說 推此究之 則本無注說 蓋可想矣 此是平日所抱疑而未解者 今於或問中釋註說去處 有一二條合仰質者 但所疑如右 姑未條稟 伏願明以敎之 以袪此迷惑 若愚見不甚悖戾 更望且置註說 只就銘文上 講究先生本旨 而發揮之 與圖解合爲一篇 以光斯道."

36) 曺垣淳, 『復庵集』卷2,「答許后山愈」(己丑). "大抵集中文字 多訛誤未善處 此無乃所傳有誤 未得眞本以正之歟 抑嘗聞之 老先生平日遵守洛閩遺訣 而不屑乎立言垂後 但其躬行心得 誠中發外 自然出而有章 名言法訓 抑亦不爲少矣 屬經大難 散佚無收 至若集中所載 亦是得於傳誦之餘 [舊集序文中語] 非有草本以刊行者 當時如寒岡之賢 不得與論於其間 而只出於一家之獨斷 其疎忽如是 則其不周詳 固所不免矣 然則訛誤之類 初不足爲恠 獨恨夫不得經大眼目釐正也."

수 있다. 그는 한강이 지은 남명의 제문에서, 「신명사명」의 본문에 있는 충신忠信·경의敬義·사자부四字符·백물기百勿旂·구규九竅·삼관三關·시연尸淵·성성惺惺 등의 말들은 낱낱이 인용되고 있지만 주설은 전혀 인용되지 않은 점을 거론하여, 자주는 남명이 지은 것이 아니라는 견해를 제시한다. 이 외에는 「신명사도명혹문」에 관한 구체적인 의견을 말하지 않았다.

이와 같은 복암의 견해에 대해, 후산은 "모두 깨끗이 제거한다면 미안한 일이니, 반드시 이 일에 급급해 할 필요는 없습니다. 견식이 있는 자들에게 널리 물어 공평한 마음으로 고치고 의논하여 좋은 해석을 얻는다면 어찌 사문의 다행이 아니겠습니까"37)라고 답하였다. 그는 자주를 경솔하게 일시에 산삭하는 것은 바람직하지 못하며, 여러 사람들과 다양한 논의를 거쳐 신중히 판단하는 편이 옳을 것이라는 입장을 가졌다. 그리고 「신명사도명혹문」에 자주의 설도 모두 상세하게 주석을 달았다.

복암은 두 번째 편지에서 「신명사명」의 자주에서 문제가 되는 부분을 구체적으로 제시하였다.

(1) 「신명사명」 '동미용극'의 '한사' 자주

① 주설도 진실로 지극한 이치가 있기는 하지만, 번쇄와 천착에 가까워 도리어 본문의 바른 뜻을 어지럽히고 해치게 되니, 아마도 노선생의 평소 기상이 아닌 듯합니다(가령 '용극[勇克]'에 대해 '한사[閑邪]'로 주석한 것은 본문의 내용에 그다지 적합하지 않습니다. 이러한 것들은 모두 의심할 만합니다).38)

---

37) 許愈,『后山集』권6, 23−24張, 「與曺衡七」. "然欲一切掃去 則未安 不必汲汲於此 廣詢有識者 平心訂議 得其善釋 則豈非斯文之幸耶."
38) 曺垣淳,『復庵集』卷2, 「答許后山」. "註說誠亦有至理 而但近於煩瑣穿鑿 反致眩害於本文正意 恐非老先生平日氣象(如勇克注閑邪 不甚著題 此等皆可疑)."

복암은 첫 번째 편지에서의 의견과 동일한 관점에서 주설에 대한 의구심을 나타내었다. 여기에서는 그 이유를 주설의 내용이 번쇄와 천착에 가까워 본문의 뜻을 어지럽히고 해치게 되므로, 남명의 평소 기상이 아닌 듯하다고 밝혔다. 그리고 그 예로 「신명사명」의 '동미용극動微勇克' 아래에 '한사閑邪'라는 주석이 있는데, 이 주석은 본문의 내용에 그다지 적합하지 않다고 지적하였다. 세 번째 편지에서 예시로 든 부분에 대해 다시 다음의 해석과 입장을 보이고 있으므로, 함께 고찰해 보기로 한다.

> ② 군자가 공부를 할 적에 '용극(勇克)'을 하게 되면 곧 '한사(閑邪)'를 하여 한 쪽에 치우쳐 다른 한편을 폐하지 않으니, 이 두 가지가 서로 의지하여 전혀 무관한 것이 아닌 까닭입니다. 「신명사명」에 나아가 논한다면, '동미용극(動微勇克)'은 분발(奮發)하여 나아감이 있는 것입니다. 이미 '용극'을 했다면 마땅히 '한사'를 해야 합니다. 그러므로 아래 문장에 '삼관폐색(三關閉塞)'이라고 말한 것이 있습니다. 이것은 고요한 데로 돌아가 지키는 바가 있는 것입니다. 상하의 구절과 의미 및 건순(健順)의 공부가 접속되고 관철되어 조리가 정연하고 문란하지 않으니, 가득찬 물이 새지 않는 것이라 말할 만합니다. 그러나 주설에 대해서는 끝내 의심이 없을 수 없습니다.39)

앞의 인용문에서는 '용극勇克'에 대한 '한사閑邪'의 주석에 대해 그다지 긴절하지 않다는 문제를 제기하였다. 그러나 위의 내용을 언뜻 보면 유보적인 입장을 취하는 듯하다. 사욕이 일어나 그것을 용감하게 물리쳤다면[勇克], 더 이상 다른 사욕이 일어나지 않도록 막아야 하므로[閑邪], 군자가 공부를 할 적에 두 가지 가운데 하나라도 폐하지

---

39) 曺垣淳, 『復庵集』 卷2, 「答許后山」. "君子之用工也 才勇克 便閑邪 而不偏廢 此二者之所以相資 而不相截然也 且就銘文而論之 動微勇克 是奮發而有所進也 旣能勇克 則當用閑邪 故下文有曰 三關閉塞云云 是反乎靜 而有所保也 其上下之句義 健順之工夫 接續貫徹 井井不紊 可謂盛水不漏 但注說 則終不能無疑也."

않는다고 설명하기 때문이다.

그러나 이어서 해설한 부분을 살펴본다면, 원래의 견해를 바꾸지 않은 것이라 이해할 수 있다. 복암은 「신명사명」의 '동미용극動微勇克'은 분발奮發하여 나아감이 있는 것으로 '용극'에 해당하며, 그 아래의 '삼관폐색三關閉塞'은 고요한 데로 돌아가 지키는 바이므로 '한사'에 속한다고 해석하였다. 따라서 '동미용극'과 '삼관폐색'의 상하 두 구절이 서로 긴밀하게 접속되고 관철되어 조리가 정연하고 문란하지 않지만, '동미용극' 아래에 '한사'라는 주석을 써놓는 것은 적합하지 않다는 입장을 여전히 견지하고 있는 것이다.

복암은 이와 같은 관점에 바탕하여 '삼관폐색'에 대한 「신명사도명혹문」의 해석에 문제를 제기하였다.

③ 후산의 「신명사도명혹문」 : "'삼관폐색(三關閉塞) 청야무변(淸野無邊)'은 무엇을 말하는가?"라고 물었다. 대답하기를 "이것은 날이 저물어 안식할 때이다. 밤의 기운으로써 기르는 것은 장차 아침이나 낮에 두루 묻고 찾아다니기 위한 바탕으로 삼으려는 것이다."라고 하였다.
복암 : 이것은 '한사'의 때가 아닌가요?40)

후산은 '삼관폐색三關閉塞 청야무변淸野無邊'에 대해, 날이 저물어 안식할 때에 밤의 기운으로써 마음을 함양하는 것이라고 해석하였다. 그러나 복암은 이것이 바로 '한사'가 아니겠느냐고 지적하였다. 이 문제에 대해, 다음의 글에서 후산의 반론과 복암의 재론을 다시 살펴보자.

④ 후산 : '폐색(閉塞)' 두 글자는 '한사(閑邪)'에 비해 말이 너무 무겁습니다.
복암 : '폐색'은 부도불문(不睹不聞)에 해당하니, 사려가 아직 일어나지 않은

---

40) 曺垣淳, 『復庵集』 卷2, 「答許后山」. "三關閉塞 淸野無邊 何謂 曰 此嚮晦宴息之時也 養以夜氣 將以爲朝晝詢訪之地 : 此非閑邪時節耶."

때입니다. 이곳의 공부가 가장 어렵다는 것을 형용하였습니다. 그러므로 '삼관폐색 청야무변'이라 말한 것입니다. 고요할 때에 사욕(私欲)과 사념(邪念)이 멋대로 생겨나는 것은 들어오는 길과 침범하는 문이 있기 때문입니다. 삼관이 닫혀 있다면 들어오는 길이 없을 것이며, 전야(田野)가 깨끗하게 소제되어 있다면 침범할 물건이 없는 것입니다. 이것이 바로 한사의 경계입니다. '폐색' 두 글자를 너무 무겁게 볼 필요는 없을 듯합니다.[41]

후산은 복암의 견해에 대해, '삼관폐색三關閉塞'을 '한사閑邪'로 본다면 '폐색'이라는 두 글자가 '한사'의 의미에 비해 너무 무겁다고 반론하였다. 구口·목目·이耳의 삼관을 모두 '닫아두는 것'으로써 사악함을 막는 방법으로 삼는 것은 지나친 점이 있다고 문제를 제기한 것이다. 복암은 이 반론에 관해, '폐색'은 보지 못하고 듣지 못하는 것을 말하므로, 마음속에서 생각이 아직 일어나지 않은 때이라고 규정하였다. 그런 다음 이와 같은 때에 삼관이 닫혀 있어 사욕私欲과 사념邪念이 들어올 수 있는 길이 없다면, 이것이 한사의 경계가 아니겠느냐고 자신의 견해를 여전히 관철시켰다.

후산과 복암은 '삼관폐색'을 고요할 때의 내면 수양이라는 점에서는 일치된 의견을 보이지만, 마음을 기르는 함양으로 보느냐 아니면 사욕을 막는 한사로 이해하느냐에 따라 상반된 견해를 가졌다. 후산은 「신명사도명혹문」 개정본에서 '한사'의 자주를 '동미용극'과 연관시켜 설명하였으며, '삼관폐색 청야무변'은 앞의 견해를 더욱 상세히 부연하여 밤기운을 통해 마음을 함양하는 것으로 풀이하였다. 따라서 후산은 복암의 견해를 끝내 수용하지 않은 것으로 확인된다.

---

41) 曺垣淳, 『復庵集』 卷2, 「答許后山(辛卯). "閉塞二字之於閑邪 語太重 : 閉塞 是當不睹不聞 思慮未發時節 此處工夫 形容最難 故曰 三關閉塞 淸野無邊 靜時私邪之橫生 由其有所入之路 所侵之門也 三關閉塞 則無所入之路 田野掃淸 則無所侵之物 此正是閑邪境界 閉塞二字 恐不 必太重看."

(2) 「신명사도」하단 중앙의 '지(止)' 및 좌우의 '지(至)'・'지(止)'

> ① 복암 : 「신명사도」의 하단 중앙에 있는 '지(止)'자는 의의 본체이며 지선의 경지입니다. 사물마다 각기 하나의 태극을 갖추고 있다는 것입니다. 왼쪽의 '지(至)'자는 지선의 경지를 알아 반드시 도달하는 것입니다. 이른바 도달할 곳을 알아 그 곳에 도달하는 것이니, 시조리(始條理)입니다. 오른쪽의 '지(止)'자는 지선(至善)의 경지에 머무르며 옮겨가지 않는 것입니다. 이른바 마칠 곳을 알아 그 곳에서 마치는 것이니, 종조리(終條理)입니다. 하지만 '종(終)'이라 하지 않고 '지(止)'라고 말한 것은 '지어지선(止於至善)'의 뜻을 취한 것입니다.
>
> 그러므로 '필지(必至)'와 '불천(不遷)'은 넣지 않더라도 괜찮을 것인데, 좌우를 중시하여 시종을 나누고 지선에 귀일하지 않을까 염려하였으므로, 이 네 글자를 나누어 주석한 것입니다. 그렇다면 '불천' 두 글자는 중앙의 '지(止)'권 오른편에 있어야 하는데, 잘못되어 오른쪽 '지(止)'권의 왼편에 있습니다. 그대의 주석에서는 '필지' 두 글자를 왼쪽 '지(至)'권의 오른편에 있어야 한다고 하니, 아마도 시조리・종조리・지선의 뜻에 명백하지 않은 듯합니다. 중앙의 '지'자에 놓이지 않는다면 의미가 없을 것이니, 다시 상고하심이 어떻겠습니까?[42]

「신명사도」하단 중앙의 '지止'자에 대한 의미 해석과 오른편[43] 하단 원권圓圈의 '지止'자 곁에 적힌 '불천不遷' 두 글자의 위치에 대한 견해를 제시한 내용이다. 복암은 하단 중앙의 '지止'자를 의의 본체이며 지선의 경지라고 파악하였다. 왼편의 '지至'자는 중앙에 있는 '지止'자의 지선의 경지를 알아 반드시 도달하는 것이므로, 그 옆에 '도달할 곳을 알아 그 곳에 도달한다[知至至之]'라고 써놓았으며, 시조리에

---

42) 曺垣淳, 『復庵集』卷2, 「答許后山」. "圖下中止字 卽義之體 而至善之地也 事事物物 各具一太極 是也 左至字 卽知其至善之地 而必至也 所謂知至至之 始條理 是也 右止字 卽止其至善之地 而不遷也 所謂知終終之 終條理 是也 然不曰終 而曰止 取止於至善之義也 必至不遷 闕之亦可矣 慮或重看左右 分其始終 而不一於至善之地 故分註此四字 然則不遷二字 當在於中止圈之右傍 而誤在於右止圈之左傍 盛解以爲必至二字 當在左至圈之右 恐於始終至善之義 似未明白 而中止字 無下落 無意味矣 更詳之 如何."

43) 복암은 「신명사도」의 방위를 太一君이 南面하고 있는 것을 기준으로 말하였으므로 오른편이라 하였다. 그림을 보는 사람의 관점에서 본다면 반대가 되므로 왼편 하단에 있는 '止'자를 가리킨다. 본고에서는 복암의 방위 설명과 혼란을 빚지 않기 위해 그의 기준에 따라 방위를 서술하였다.

해당한다고 해석하였다. 그리고 오른편의 '지止'자는 중앙에 있는 '지止'자의 지선의 경지에 머무르며 옮겨가지 않는 것이므로, 그 옆에 '마칠 곳을 알아 그 곳에서 마친다[知終終之]'라고 적어놓았으며, 종조리에 속한다고 풀이하였다.

중앙에 있는 '지止'자 왼쪽의 '필지必至'와 오른편에 있는 '지止'자 왼쪽의 '불천不遷'에 대해서는 이미 왼편의 '지至'자와 '지지지지知至至之' 구절 및 오른편의 '지止'자와 '지종종지知終終之' 구절을 통해 '필지'와 '불천'의 의미를 충분히 드러내었지만, 혹 좌우에 치중하여 중앙의 '지止'자의 지선에 귀일하지 않을까 염려하여 중앙의 '지止'자가 표준이 된다는 뜻에서 왼쪽과 오른쪽에 네 글자를 나누어 주석하였다고 이해하였다. 그러므로 복암은 오른편에 있는 '지止'자 왼쪽의 '불천'은 귀일처인 중앙의 '지止'자 곁에 있어야 하는데, 잘못되어 그 곳에 표기되어 있다고 문제를 제기하였다. 또한 후산의 주석에서는 오히려 '필지'를 왼편 '지至'자의 오른쪽에 붙여놓아야 한다고 말한 것에 대해 지적하였다.44)

하단 중앙의 '지止'를 어떻게 볼 것이냐에 대한 문제는 Ⅱ장 1절의 (8) ①, ②와 관련해서 이미 살펴보았다. 특히 (8) ②의 인용문에서, 후산은 "'지止'의 의미는 조원순의 설을 정론으로 삼아야 할 것입니다"라고 말할 정도로 복암의 견해를 적극적으로 찬성하였다. 그런데 개정본에서는 '지止'자를 의로 파악하는 설을 버리고 경과의 연관성 속에서 천덕과 왕도 및 충신수사의 궁극적 목표로 설정하였으므로, 결국에는 복암의 견해를 수용하지 않았다. 하지만 '필지'와 '불천'이 모

---

44) 「神明舍圖」의 方位는 '太一君이 南面한 입장'에서 보느냐, 아니면 '그림을 보는 사람의 입장'에서 보느냐에 따라 정반대로 해석된다. 본고는 '太一君이 南面한 입장'에서 方位를 서술하였다.

두 중앙의 '지止'자 곁에 있어야 한다는 견해와 왼편의 '지至'자는 시조리이며 오른편의 '지止'자는 종조리가 된다는 해석은 모두 수용하여 개정본에 반영하였다.

(3) 「신명사명」의 '태일'

① 후산의 「신명사도명혹문」: 이것은 『예기』 「예운」 본주의 '태극함삼위일지리야(太極函三爲一之理也)'를 인용한 것이다.

복암 : '함삼(函三)'의 설은 본래 『한서』 「율력지」의 말입니다. 그 책에서는 천·지·인이 혼연하여 나뉘지 않은 것으로써 말하였습니다. 선생은 나에게 있는 태극으로써 말하였으니, 이것은 『예기』 「예운」 본주에 근거한 것이지만 선생이 인용한 뜻에는 합당하지 않은 듯합니다. 그러므로 저는 삼가 해석하기를, "'태일(太一)'은 태극의 혼연한 본체가 나에게 갖추어져 있는 것입니다. 동(動)의 측면에서 말한다면 운용이 다하지 않는 것이니, 일리(一理)가 만사에 관통하는 것입니다. 이것은 동(動) 속의 태극이니, 이른바 '포정(布政)'이 이것입니다. 정(靜)의 측면에서 말하자면 텅 비고 고요하여 아무런 형체가 없는 것이니, 만리(萬理)가 하나의 근원에 회통되는 것입니다. 이것은 정(靜) 가운데의 태극이니, 이른바 '환귀일'이 이것입니다. 성인의 일동일정(一動一靜)이 태극의 도가 아닌 것이 없음을 여기에서 볼 수 있습니다. 이 설이 어떠합니까?[45]

이 부분은 Ⅱ장 1절의 (10) ①, ②에서 계남이 지적한 것과 동일한 관점에서 문제를 제기한 것으로, 복암도 '태일太一'을 '태극함삼위일지리야太極函三爲一之理也'로 설명하는 것은 적절하지 않다고 생각했다. 그리하여 복암은 '태일'은 태극의 혼연한 본체가 나에게 갖추어져 있는 것으로 규정하고, 「신명사명」의 '명당포정明堂布政'은 동動의 측면에서 태극을 말한 것이며, '환귀일還歸一'은 정靜의 측면에서 태극을

---

45) 曺垣淳, 『復庵集』 卷2, 「答許后山」. "此用禮運本註太極函三爲一之理也云云 [或問中說] : 函三之說 本漢志語也 彼以天地人渾然未判底物而言 先生則以在我之太極而言 是雖禮運本注 恐未合於先生取用之意 故私竊釋之曰 太一 卽太極渾然之體 備具於我者也 以其動而言 則運用不窮 一理通貫萬事 此動中之太極也 所謂布政者 是也 以其靜而言 則冲漠無眹 萬理統會一原 此靜中之太極也 所謂還歸一者 是也 聖人一動一靜 莫非太極之道 於此可見矣 此說如何."

말한 것이라고 설명한다면 어떻겠냐고 제안하였다. 개정본에 '태극 함삼위일지리야太極函三爲一之理也'라는 주석이 삭제되었고, '태일'을 마음의 본체이자 태극이라고 규정하였으므로, 복암의 견해가 수용된 것이라 볼 수 있다.

(3) 「신명사명」 '내총재주 외백규성'의 '즉사물상궁리' 자주

> ① 후산의 「신명사도명혹문」 : "자주의 '학문사변(學問思辨)' 및 '즉사물궁리(卽事物窮理)'는 무엇을 말하는가?"라고 물었다. 대답하기를 "'학문사변'은 치지의 일이다. 치지하게 되면 행함이 더욱 힘이 있게 된다. '즉사물궁리'는 역행의 일이다. 힘써 행하게 되면 앎이 더욱 증진된다. 이것은 모두 지와 행이 서로 의지한다는 뜻이다.
> 복암 : '즉사물궁리'도 지의 일입니다. 지금 역행의 일로 해당시키니, 무슨 뜻입니까?[46]

후산은 「신명사명」의 '내총재주內冢宰主 외백규성外百揆省' 아래에 주석된 '학문사변學問思辨'은 치지의 일로 파악하고 '즉사물상궁리卽事物上窮理'는 역행의 일로 이해하였다. 그리하여 지와 행이 상호 의지하는 측면을 설명한 것이라고 해석하였다. 복암은 사물에 나아가 이치를 궁구하는 '즉사물상궁리'도 지의 일이라 할 수 있는데, 무슨 까닭으로 역행의 일에 해당시킨 것이냐고 의문을 제기하였다. 개정본에는 '학문사변'과 '즉사물상궁리'에 관해 항목을 달리하여 설명하였으며, '학문사변'은 도문학으로 풀이하고 '즉사물상궁리'은 일상의 윤리와 사물에 나아가 극진히 이치를 궁구하는 것으로 해석하였다. 따라서 두 구절 모두 지의 측면에서 설명하고 있으므로, 복암의 지적이 반

---

46) 曺垣淳, 『復庵集』 卷2, 「答許后山」. "自註學問思辨及卽事物窮理 何謂 曰 學問思辨 致知事 致知則行益力 卽事窮理 力行事 力行則知益進 此皆知行相資之意也 : 卽事物窮理 亦知之事 今卽以力行事當之 何也."

영된 것이라 할 수 있다.

(4) 「신명사도」의 '승추'

> ① 후산의 「신명사도명혹문」 : '승추(承樞)'는 왕명을 받들어 명을 발하는 것이다.
> 복암 : 이 열한 글자는 다음과 같이 고치기를 청합니다. "'승(承)'은 받든다는 뜻이며, '추(樞)'는 중요하다는 의미이다. 입은 추요(樞要)를 받들어 출납하는 관문이다." 어떠합니까?[47]

「신명사도」의 '승추承樞'에 관한 내용이다. 후산은 '승추'를 글자 그대로 풀이하여 왕명을 받들어 명을 발하는 것이라고 주석하였다. 그러나 복암은 구관口關과 관련된 것임을 더욱 분명히 설명하기 위해, "'승承'은 받든다는 뜻이며, '추樞'는 중요하다는 의미이다. 입은 추요樞要를 받들어 출납하는 관문이다"라고 해설하는 것이 어떻겠냐고 제안하였다.

> ② 후산 : 이것은 저의 설이 조금 순합니다.
> 복암 :『서경』에 이르길 "입이 좋은 일을 만들기도 하며 전쟁을 일으키기도 한다."라고 하였습니다. '승추'는 구관이니, '추(樞)'는 말을 일컬은 것이며, 말은 곧 마음의 소리입니다. 왕명을 말하지 않았지만 왕명의 뜻이 이미 그 가운데 있습니다. 왕명을 받들어 명령을 발한다고 한다면, 도리어 글의 흐름이 순조롭지 못한 듯합니다.[48]

복암의 제안에 대해, 후산은 자신의 설이 글의 흐름상 더 순조롭다고 입장을 밝혔다. 그러자 복암은 이전의 견해를 그대로 견지한 가운

---

47) 曺垣淳,『復庵集』卷2,「答許后山」. "承樞 承王命 而發樞機者也 : 此十一字 請改曰 承 奉也 樞 要也 口 是奉承樞要 而出納之關也 如何."

48) 曺垣淳,『復庵集』卷2,「答許后山」(辛卯). "此則鄙說稍順 : 書曰 惟口出好興戎 承樞者 口關也 而樞言之謂也 言卽心聲也 不言王命 而王命之意 已在其中 承王命 而發樞機云 則還恐文勢不順."

데, '추樞'는 말을 가리키며 말은 마음의 소리이므로 '승추'를 구관과
연관시켜 설명하는 것이 글의 흐름에 있어서도 더 나을 듯하다는 견
해를 다시 제안하였다. 개정본에는 복암의 제안을 수용하지 않고 이
전의 견해에 따라 풀이하였으며, 『서경』과 『시경』에서 관련 구절을
인용하여 부연 설명하였다.

(5) 「신명사명」 '충신수사'의 '도철' 자주

> ① 후산의 「신명사도명혹문」: "'도철(塗轍)'은 무엇을 말하는가?"라고 물었
> 다. 대답하기를 "의로움은 사람의 길이다. 길을 따라 갈 적에, 도철(塗轍)이 아니
> 라면 무엇을 말미암겠는가?"라고 하였다.
> 복암 : 다음과 같이 풀이하고 싶습니다. "'도철'은 '공부의 과정'과 같은 말이
> 다. '수사'는 곧 거업(居業)의 공부 과정이다." 어떠합니까?[49]

　「신명사명」의 '충신수사忠信修辭' 아래에 7개의 자주가 적혀 있는
데, 그 중 여섯 번째 '도철塗轍'의 의미 해석에 관한 내용이다. 후산은
사람이 길을 갈 적에 길을 따라 걷고 바퀴자국을 따라 수레를 몰아가
듯이, 의로움에 의거하여 행동해야 하는 것이 그와 같이 필연적임을
밝힌 말로 '도철'의 뜻을 이해하였다. 이에 대해 복암은 '도철'을 공부
의 과정으로 풀이하는 것이 어떻겠느냐고 제안하였다. 『주역』 건괘
乾卦 문언전文言傳에 '충신忠信'은 덕을 진전시키는 것[進德]이며, '수사
修辭'는 업을 보유하는 것[居業]이라고 하였으므로, '도철'을 '수사'에
관한 설명으로 파악하여 '거업居業의 공부 과정'으로 해석한 것이다.
개정본에는 복암의 견해를 수용하지 않고 위의 견해에 바탕하여 더
욱 상세히 설명하였는데, 복암이 '도철'을 '수사'와 연관시켜 파악한

---

49) 曺垣淳, 『復庵集』 卷2, 「答許后山」. "塗轍 何謂也 曰 義 人路也 遵路而行 非塗轍而
　　何 : 欲曰 塗轍 猶云工程 修辭 即居業之工程也 何如."

것에 비해 후산은 '도철'의 바로 앞에 있는 자주 '고집역행固執力行'과 긴밀한 의미 연관을 지어 설명했다.

(6) 「신명사명」 '승추출납'의 '세분' 자주

> ① 후산의 「신명사도명혹문」 : '승추(承樞)'로부터 여기까지가 세분(細分)이 된다.
> 복암 : '세분'은 조목과 같은 말입니다. '주성(主省)' 두 글자는 공부의 강령이
> 며, '승추'로부터 '물기(勿旂)'에 이르기까지는 공부의 조목입니다. 세분의 뜻이 여
> 기에 그치어 완전히 끝이 나지는 않을 듯합니다. 다시 상고하심이 어떻겠습니
> 까?[50]

「신명사도명혹문」의 개정본을 살펴본다면, "경의敬義는 총체가 되며, 지행知行은 세분이 된다"라고 해석하였다. 후산은 「신명사명」의 '태일진군 명당포정'과 '내총재주 외백규성' 및 그 아래의 자주는 경의에 관한 내용으로, 「신명사도」의 총체가 된다고 이해하였다. 그리고 '승추출납 충신수사' 및 그 아래의 자주는 지행으로 세분한 내용이라고 해석하였다. 따라서 '승추출납' 바로 아래에 '세분'이라는 자주가 달려 있지만, '세분'의 실제적인 의미 맥락은 '승추출납'로부터 '동동유전洞洞流轉'의 자주에까지 연결된다고 설명하였다. 그러나 복암은 '세분'을 조목의 의미로 파악하여, '내총재주 외백규성'의 '주성主省' 두 글자는 공부의 강령이 되며, '승추출납'으로부터 '건백물기建百勿旂'까지는 공부의 조목이 된다고 이해하였다. 따라서 '세분'의 의미가 '동동유전'에서 완전히 끝나지 않는다는 의견을 제시하였다. 후산은 복암의 의견을 수용하지 않았으며, 위의 설을 그대로 개정본에 수록하였다.

---

50) 曺垣淳, 『復庵集』卷2, 「答許后山」. "自承樞至此 細分也 : 細分 猶言條目 蓋主省二字 是工夫之綱領 自承樞至于勿旂 是工夫之條目 細分之意 恐不止是而盡了 更詳如何."

(7) 「신명사명」 '건백물기'의 '명맥' 자주

> ① 후산의 「신명사도명혹문」 : "'명맥(命脈)'은 무엇을 말하는가?"라고 물었
> 다. 대답하기를 "사람의 사지·백해 가운데 명맥이 가장 긴요하다. 명맥의 사생
> (死生)에 따라 사람과 귀신으로 나뉜다. 인(仁)이란 사람다움이다. 인(仁)이 사람
> 의 명맥이 아니겠는가."라고 하였다.
> 　복암 : '명맥'은 '물(勿)'자를 가리켜 말한 듯합니다. '백물(百勿)'이 인(仁)의 명
> 맥인 것입니다. 만약 일상 가운데 '백물'의 공부가 한시라도 끊어지게 된다면, 명
> 맥이 끊어진 것입니다. 인(仁)을 어디로부터 찾아야 하겠습니까?[51]

　「신명사명」 '건백물기建百勿旂'의 아래에 '명맥命脈'이라는 자주가
주석되어 있다. 후산은 사람의 신체 가운데 명맥이 가장 중요하며 명
맥의 생사에 따라 사람과 귀신으로 나뉘는 것처럼, 인仁은 사람에게
있어 명맥과 같은 것으로 인仁에 의해 사람다움과 그렇지 못함이 구
별된다고 해석하였다. 이에 비해 복암은 '명맥'의 자주는 '건백물기'
의 '물勿'자를 풀이한 말로 파악하여, '백물百勿'이 인仁의 명맥이 된다
는 뜻을 풀이한 것이라고 이해하였다. 후산은 '인지명맥人之命脈'이라
파악하여 인仁 그 자체로 해석했으며, 복암은 '인지명맥仁之命脈'이라
생각하여 인仁을 이룰 수 있는 방법인 '백물'로 이해하였다.

> ② 후산 : 인(仁)은 사람의 명맥입니다. '물(勿)'자를 명맥으로 보아서는 안 될
> 것입니다.
> 　복암 : '명맥' 두 글자가 '백물(百勿)'의 아래에 있으니, 이것은 '백물'의 주석입
> 니다. 만약 "인(仁)을 행하느냐 불인(不仁)을 행하느냐가 물(勿)과 부물(不勿)에 달
> 려 있는 것이 마치 사람의 생과 사가 명맥의 끊어짐과 끊어지지 않음에 달려 있
> 는 것과 같다"고 말한다면, 물(勿)은 인(仁)을 행하는 명맥이 됩니다. 주자가 동잠
> (動箴)을 논하기를 "이치에 순하면 여유롭고 욕심을 따르면 위태로우니, 모두 생

---

51) 曹垣淳, 『復庵集』 卷2, 「答許后山」. "命脈 何謂 曰 人之四支百骸 命脈最要 脈之生死 人鬼判
　　矣 仁者 人也 仁非人之命脈乎 : 命脈 似指勿字而言 百勿 是爲仁之命脈也 若於日用間 百勿工
　　夫 一有間斷 則命脈便絶矣 仁何自以求之乎."

사의 길목이다."라고 하였습니다. 생사의 길목은 명맥이 관련된 바가 아니겠습니까? 만약 "인(仁)은 사람의 명맥이다"라고 한다면, 이것은 인(仁)의 주석입니다. 혹 한 겹이 막혀 있는 혐의가 없겠습니까?[52]

후산은 복암의 문제 제기를 받아들이지 않고 자신의 견해를 그대로 견지하였다. 그러자 복암은 자신의 견해를 뒷받침할 수 있는 근거를 제시하였다. 첫째, '명맥' 두 글자가 '백물百勿'의 바로 아래에 있으므로 '백물'의 주석으로 보아야 한다. 둘째, 인仁을 행할 수 있느냐의 여부가 사욕을 물리치는 것[勿]에 달려 있는 것이 사람의 생사가 명맥의 끊어짐 및 끊어지지 않음에 달려 있는 것과 같다고 한다면, 물勿이 인仁을 행하는 명맥이 된다. 따라서 그는 명맥이 백물百勿의 주석이 되어야 하며, 인仁의 주석이 될 수는 없다고 재론하였다.

두 사람 간에 이러한 견해 차이가 빚어진 이유를 추론해보자면, '건백물기' 아래에 '명맥'과 '인지방仁之方'이 나란히 주석되어 있는 점에서 단서가 찾아질 것 같다. 후산은 '명맥'을 인仁에 대한 주석으로, '인지방仁之方'은 백물百勿에 관한 설명으로 보았으므로, 두 개의 자주를 각각 구별해서 이해한 것이라 생각된다. 그리고 복암은 '명맥'이 곧 '인지방'이라고 파악하였으므로, 둘 다 백물을 풀이한 말로 해석한 것이라 유추된다.

본래 「신명사명」에 표기된 순서는 '명맥'이 먼저이며 '인지방'이 뒤에 있는데, 「신명사도명혹문」의 개정본에는 '인지방'을 먼저 해석하고 '명맥'을 그 뒤에 설명하여 순서를 바꾸었다. 이것은 아마도 후산

---

52) 曺垣淳, 『復庵集』 卷2, 「答許后山」(辛卯). "仁 人之命脈也 勿字 恐不可作命脈看 : 命脈二字 在百勿下 是百勿注脚 若曰 爲仁與不仁 在勿與不勿 如人之生死 在命脈之絶與不絶云爾 則勿 是爲仁之命脈也 朱子論動箴曰 順理則裕 從欲惟危 都是這生死路頭 生死路頭 非命脈所關耶 若曰 仁 人之命脈云 則是仁之注釋也 倘無隔一重之嫌耶."

이 복암의 견해를 수용하지는 않았지만, '명맥'이 '백물'의 바로 아래 아래에 주석되어 있는 점을 근거로 복암이 문제 제기한 것을 의식한 결과가 아닐까 생각된다.

(8) 「신명사명」의 '환귀일'

① 후산의 「신명사도명혹문」: "'환귀일(還歸一)'은 무엇을 말하는가?"라고 물었다. 대답하기를 "'일(一)'은 곧 '태일(太一)'의 일(一)이다. 심신(心神)이 돌아가 묵으니 본체가 텅 비고 밝은 것이다. 이것이 바로 '환귀일(還歸一)'이다"라고 하였다.
복암 : '심신이 돌아가 묵으니 본체가 텅 비고 밝은 것이다'는 것을 '동(動)이 지극해지면 정(靜)하게 된다'는 것으로 고치는 것이 좋을 듯합니다. 그리고 아래에 "정자가 말한 '함양오일(涵養吾一)'이 곧 이것이다"라고 보충하는 것이 어떻겠습니까?[53]

Ⅱ장 1절의 (14) ①에서 살펴보았듯이, 후산이 계남에게 보낸 「신명사도명혹문」의 초본에는 '환귀일還歸一'을 하나의 근본인 이理로 다시 돌아가는 것이라고 해석하였다. 밤이 되어 고요한 상태가 되면 마음의 본연을 회복할 수 있는데, 이것이 곧 '환귀일'이며 '본연지리로 돌아가는 것'이라고 이해한 것이다. 이에 대해 계남은 '일一'은 고요히 텅 비고 밝은 상태를 가리키는 것으로, 진체의 본연이며, '태일太一'의 '일一'이라는 견해를 제시하였다.

그런데 복암의 편지에 발췌된 위의 인용문에는 후산이 계남의 견해를 전적으로 수용하여 설명하고 있음을 볼 수 있다. 이 해석에 대해, 복암은 '심신心神이 돌아가 묵으니 본체가 텅 비고 밝은 것이다'는 말로 풀이하기 보다는 「태극도설」의 '동動이 지극해지면 정靜하게 된

---

53) 曺垣淳, 『復庵集』 卷2, 「答許后山」. "還歸一 何謂 曰 一 卽太一之一也 心神歸宿 本體虛明 此所謂還歸一也 : 心神歸宿 本體虛明 改爲動極而靜 似好 下補之曰 程子所謂涵養吾一 卽此也 何如."

다'는 구절로 바꾸는 것이 좋을 듯하며, 그 아래에 정자가 말한 '함양
오일涵養吾一'을 보충하여 설명하는 것이 어떻겠냐고 제안하였다.

앞에서 이미 언급한 바와 같이, 개정본에는 마음이 한결같은 상태
를 '일'로 해석하여, '환귀일'이란 아무 일이 없는 밤사이 고요히 움직
이지 않는다면 '본연지일本然之一'로 다시 돌아갈 수 있다는 뜻으로 풀
이하였다. 자신의 원래 견해에 계남의 설을 수용하여 보완하는 방향
으로 완결하였으며, 복암의 제안은 받아들이지 않았다. '환귀일'의 해
석에서 확인되듯이, 후산은 강우지역의 제현들에게 두루 자문을 구
하고 심도 깊은 논의를 나누면서 여러 차례 수정하고 보완한 후「신
명사도명혹문」을 완성한 것이다.

(9) 「신명사명」의 '시이연'

① 후산의 「신명사도명혹문」 : "'시이연(尸而淵)'의 뜻을 들을 수 있겠는가?"
라고 물었다. 대답하기를 "'시동(尸童)처럼 가만히 있다가 용처럼 나타나며, 연못
처럼 침묵하다가 우레와 같이 소리친다.'는 말은 정자가 누차 제시하였으니, 이
말을 통해 배우는 이들을 깨우쳐 힘쓰게 한 듯하다. 이 단락은 안식할 때이므로,
'시(尸)'와 '연(淵)'만 말하고 '뇌(雷)'와 '용(龍)'을 언급하지 않았다. 그러나 '뇌'와
'용'의 뜻이 이미 그 가운데 간직되어 있다. 학자가 마땅히 묵묵히 알고 마음으로
통해야 할 것이다."라고 하였다.

복암 : 이 단락에 대해 망령되이 다음과 같이 다시 논합니다. "이것은 고요함
이 지극한 때이니, 다시 움직이려는 기미가 그 속에 간직되어 있다. 대체로 한번
움직이고 한번 고요한 것이 순환하여 다하지 않으니, 이것이 자연의 이치이다.
움직일 적에 행하는 것이 순리를 따른다면 고요할 때 길러지는 것이 더욱 견고할
것이다. 고요할 때 길러지는 것이 견고하다면 움직일 적에 행하는 것이 더욱 순
리를 따를 것이다. '승추출납(承樞出納)'으로부터 '요순일월(堯舜日月)'에 이르기
까지는 모두 성찰하고 극치하는 일이다. '삼관폐색(三關閉塞)'으로부터 '시이연
(尸而淵)'에 이르기까지는 계구(戒懼)하고 함양(涵養)하는 공부이다. 주자(周子)가
말한 '성인이 중(中)·정(正)·인(仁)·의(義)를 정하시되 고요함을 위주로 하였
다'는 것이 정령 이것을 말한 것이다."[54]

「신명사명」의 마지막 구절인 '시이연尸而淵'에 관한 내용이다. 후산은 '환귀일還歸一'을 아무 일이 없는 밤에 고요히 움직이지 않는다면 '본연지일本然之一'로 다시 돌아갈 수 있다는 뜻으로 이해하였으므로, 그 다음 구절인 '시이연'도 안식할 때로 파악하였다. 따라서 '시거이용현尸居而龍見 연묵이뇌성淵默而雷聲'에서 고요히 함양할 때의 공부인 '시尸'와 '연淵'만 말하고 공부의 효과를 표현한 '용龍'과 '뇌雷'는 언급하지 않았다고 해석하였다.

복암은 '환귀일'을 「태극도설」 '동극이정動極而靜'의 의미로 보았기 때문에, '시이연尸而淵'을 '정극이동靜極而動'의 뜻으로 이해하였다. 움직임이 지극해지면 고요하게 되고 고요함이 지극해지면 움직이게 되듯이, '환귀일還歸一 시이연尸而淵'은 한번 움직이고 한번 고요한 것이 순환하여 끝이 없는 것이다. 그러므로 이 두 구절을 '움직일 적에 행하는 것이 순리를 따른다면 고요할 때 길러지는 것이 더욱 견고할 것이며, 고요할 때 길러지는 것이 견고하다면 움직일 적에 행하는 것이 더욱 순리를 따를 것이다.'는 뜻으로 풀이하였다. 또한 '승추출납'으로부터 '요순일월'에 이르기까지는 성찰·극치의 일로, '삼관폐색'으로부터 '시이연'에 이르기까지는 계구戒懼·함양涵養의 공부로 파악하였다.

개정본에는 '미발한 때에 이 마음이 살아있도록 해야 한다'는 구절이 맨 마지막에 보충되어 있을 뿐 인용문에 보이는 후산의 해석이 거

---

54) 曺垣淳, 『復庵集』 卷2, 「答許后山」. "尸而淵之意 可得聞耶 曰 尸居而龍見 淵默而雷聲 程子屢擧 似以警厲學者 此段 是宴息時 故只說尸淵 不及雷與龍 然雷龍之意 已藏於其中 學者宜默識而心通也 : 此段 妄又論之曰 此靜極時也 而復動之機 藏在其中矣 蓋一動一靜 循環不窮 是自然之理 動而所行者順 則靜而所養者益固 靜而所養者固 則動而所行者益順 自承樞出納 至堯舜日月 皆是省察克復之事也 自三關閉塞 至尸而淵 則是戒懼涵養之功也 周子所謂聖人定之以中正仁義 而主靜者 正謂此也."

의 그대로 수록되어 있다. 따라서 복암이 '환귀일 시이연'에 대해 개진한 견해를 후산이 수용하지 않았음을 알 수 있다.

(10) 「신명사도」의 일관·목관, 월관·이관, 백규·대사구 등의 위치

> ① 복암 : 백규(百揆)와 사구(司寇)의 위치에 대해 또한 망령되이 의심을 가져 선생님께 여쭙고 싶었으나 편벽한 곳에 살고 있어 인편이 없었으므로 이루지 못했습니다. 그 사이에 토천(兎川)의 인편을 통해 애산(艾山)에게 질문하니, 그의 설은 총재를 용공(用功)의 주인이라 하고 백규·사구를 총재의 사령이라 하니, 이것은 또한 그대가 말씀해주신 뜻과 같지 않습니다. 직명으로 말한다면 사구는 본래 백규에 의해 통제되는 바입니다. 그러나 「신명사도」의 본래 뜻은 아마도 그렇지 않은 듯합니다. 총재는 주재의 뜻을 취했으니, 경입니다. 백규는 규탁(揆度)의 의미를 취했으니, 지(知)입니다. 사구는 극치의 뜻을 취했으니, 용(勇)입니다. 진군(眞君)이라는 호칭으로 마음을 표현하였기에, 그 명칭들을 인용하여 그 뜻을 단장취의한 것입니다.[55]

노백헌 정재규는 태일군의 남면을 기준으로 「신명사도」의 방위가 정해져야 한다는 견해에 바탕하여 「신명사도」에 표기된 일관日關·목관目關, 월관月關·이관耳關, 백규百揆·대사구大司寇 등의 위치가 반대로 되어 있다고 문제를 제기하였다.[56] 후산도 노백헌의 견해를 수용하여 「신명사도명혹문」 후설에서 상세한 설명을 부기하였다.[57]

---

55) 曺垣淳, 『復庵集』 卷2, 「答許后山」(辛卯). "百揆司寇之位置 亦嘗妄疑 欲稟于函丈 而僻居無便 未果 間因兎川便 問于艾山 則其說以冢宰爲用功之主 而百揆司冦爲冢宰之使令 此亦與下示之意不同 以職名言之 則司寇 固百揆之所統 然圖之本旨 恐不然 冢宰 取主宰之義 即敬也 百揆 取揆度之義 即知也 司寇 取克治之義 即勇也 旣寓心以眞君之號 故引其名號 而斷取其義."
56) 전병철, 「老柏軒 鄭載圭의 南冥學 繼承과 19세기 儒學史에서의 의미」, 『남명학연구』 제29집, 경상대학교 남명학연구소, 225쪽.
57) 許愈, 『后山集』 卷12, 「神明舍圖銘或問」 後說. "或問 圖之大義 旣聞命矣 日月耳目方位 識者疑之 如何 : 曰 夫太一君爲主於中 而正南面之位 則左目關 右耳關 日當在東 月當在西 明矣 今一切反是 疑之誠是也 且舊本 圖左關畫以一 右關畫以一 固以左右分陰陽矣 此爲後人傳寫之誤 而在所釐正 無疑."

위 인용문의 핵심된 내용도 「신명사도」의 백규百揆와 대사구大司寇
가 반대로 표기되어 있다는 지적이다. 복
암은 일日·목관目關, 월月·이관耳關, 백규·
대사구 등의 위치가 잘못되어 있으므로 바
로잡아야 한다고 생각했으며, 이 문제에
대해 「변신명사도辨神明舍圖」를 지어 상세
하게 고증하였다.[58] 따라서 복암이 노백
헌 및 후산과 이 문제에 관해 동일한 견해
를 견지하였다고 볼 수 있다. 그러나 노백
헌과 후산은 본래의 「신명사도」를 고치는
것에 대해 신중한 입장을 취하여 개정하지
않았지만, 복암은 문제 제기에 그치지 않고
실제로 「신명사도」를 다음과 같이 개정하
였다.

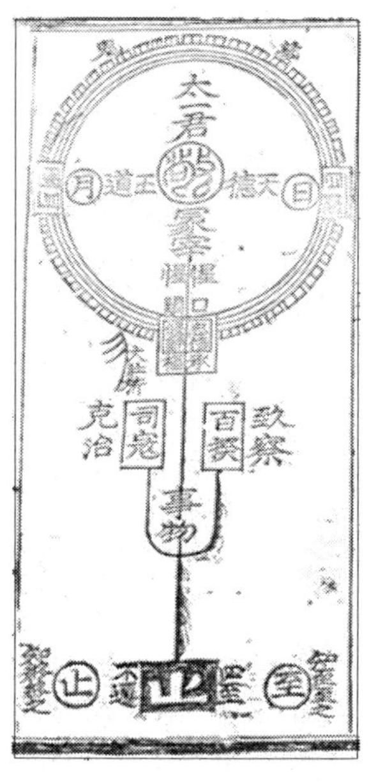

<복암이 개정한 신명사도>

　이상으로 복암이 제시한 견해를 정리하
자면 모두 13항목으로 분류할 수 있는데,
「신명사도」에 관한 것이 2항목, 「신명사명」이 5항목, 자주가 6항목
이다. 자주에 관해 노백헌이 2항목을 제시하고 계남은 전혀 언급하지
않은 것과 비교해 본다면, 복암은 자주에 대한 문제 제기가 월등히 많
음을 확인할 수 있다. 앞에서 살펴보았듯이, 복암은 자주의 설을 남명
이 직접 지은 것이 아닐 것이라는 부정적인 관점을 견지하고 있었으
므로, 「신명사명」의 본문과 관련해 자주의 설명이 모호하거나 부적
절하다고 판단되는 부분을 문제 제기한 것이라 생각된다.

---

58) 曹垣淳, 『復庵集』 卷4, 「辨神明舍圖」.

Ⅲ. 맺음말을 대신하여 - 「신명사도명」에 대한 19세기 강우지역의 학술논쟁과 그 의미

「신명사도」와 「신명사명」은 남명의 학문적 특징을 선명하게 보여 주는 것으로, 남명학의 핵심 사상이 담겨 있는 도설이다. 그런데 후산이 「신명사도명혹문」을 지어 이것에 관한 해석 작업을 시도하기 이전까지 300년 동안은 어느 누구도 그 내용과 의미를 밝히려고 하지 않았다. 이것은 아마도 퇴계退溪 이황李滉이 「신명사도명」에 대해, "그 설이 광탕曠蕩하고 현막玄邈하여 노장老莊의 서적에서도 보지 못한 것입니다"59)라고 비난한 말에 큰 영향을 받은 것이라 이해된다.

후산은 「신명사도명혹문」을 지어 남명의 「신명사도명」을 상세히 해석하고 그것이 가지는 유학사적 의미를 밝히고자 하였다. 그는 「신명사도명」에 남명의 심학心學이 오롯이 담겨 있다고 생각했다.60) 그리하여 남명의 「신명사도명」에 대한 주해 작업을 경상우도 학자들의 공안公案으로 발의함으로써, 남명의 학문과 수양을 올바르게 이해하고 남명학의 요체를 분명하게 파악하려고 시도한 것이다. 그러므로 「신명사도명혹문」은 후산의 개인적 저술이라는 의미를 넘어, 당시 경상우도의 학자들이 학문적인 측면에서 본격적으로 남명학을 조명하는 촉발점이 되었으며, 그 작업에 그들의 학문적 역량을 집결시킬 수 있는 계기를 마련한 것이다.61)

그렇다면 이들은 왜 19세기 말 조선이라는 나라가 운명을 다할 시

---

59) 李滉, 『退溪先生全書』 卷26, 「答黃仲擧」. "難伏堂銘 深荷錄示 但其說曠蕩玄邈 雖於老莊書中 亦所未見."
60) 許愈, 『后山集』 卷12, 「神明舍圖銘或問」 後說. "先生心學 盡於此圖."
61) 전병철, 「老柏軒 鄭載圭의 南冥學 繼承과 19세기 儒學史에서의 의미」, 『남명학연구』 제29집, 경상대학교 남명학연구소, 2010, 245쪽.

점에 남명의 학문과 사상을 조명하고 천양하려 한 것일까? 그것이 가지는 시대적·역사적 의미는 무엇일까? 이것에 관한 해답은 노백헌의 언급에서 그 단서를 찾을 수 있다. 노백헌은 남명을 으뜸되는 스승[宗師]으로 삼아야 한다고 생각했다. 그는 당시의 학자들이 가진 병통을 크게 두 가지로 지적하였는데, 하나는 학문을 통해 자신을 올바르게 세우고 일상 속에서 힘써 실천하고자 하는 의식과 노력이 부족한 것이며, 다른 하나는 실천적인 학문을 행하는 학자들이 있기는 하지만 작은 행실에 연연해 할 뿐 원대한 목표를 지향하여 용단 있게 나아가지 못하는 것이었다. 그러므로 노백헌은 당시의 학자들이 가진 이 두 가지 병통을 고치기 위해서는 남명을 스승으로 본받아야 한다고 강조하였다. 그리하여 남명학의 핵심을 밝히기 위한 후산의 「신명사도명」 주해 작업은 막중하고도 어려운 일이라고 동감하였다.[62]

또한 후산은 일본에 의해 조선의 주권과 국토가 유린당하는 상황을 탄식하면서 노백헌에게 편지를 보내, "아! 하늘이 장차 우리나라를 빼앗으려는 것입니까? 괴롭힘이 극에 달하였으니, 어떻게 해야 할까요 어떻게 해야 할까요. 상하 수천년 동안 어찌 오늘날과 같은 경우가 있었겠습니까? 남명이 '국군사사직國君死社稷' 다섯 글자를 신명사도에 특별히 쓴 까닭이 어떠한 뜻이었습니까? 어리석은 저는 제현들의 뒤를 좇아 뇌룡정에서 모여 「신명사도」를 걸고 서로 마주보며 통곡하기를 원합니다"[63]라고 제안하였다. 그는 국가가 망하는 것을 비분강개하면서 남명의 「신명사도」에 적힌 '나라의 임금은 사직을 지

---

62) 전병철, 「老柏軒 鄭載圭의 南冥學 繼承과 19세기 儒學史에서의 의미」, 『남명학연구』 제29집, 경상대학교 남명학연구소, 2010, 246~247쪽.

63) 許愈, 『后山集』 續集 卷2, 「與鄭厚允」. "嗚呼 天將剝我東矣 剝之至於極 曷之何 曷之何 上下 數千載 寧有如今日者乎 冥翁所以特書國君死社稷五字於神明舍圖中者 其意何如哉 愚欲從諸賢之後 一會于龍亭 掛神明舍圖 痛哭而相對."

키기 위해 목숨을 바친다'는 구절의 의미를 절실하게 되새겼으며, 이러한 남명의 학문과 사상을 통해 학자들이 다시 분연히 일어서기를 촉구하였다.

그러므로 19세기 말 강우지역 학자들은 실천과 절의를 강조한 남명의 학문과 사상을 통해 당시의 학자들을 새롭게 각성시켜 일으켜 세우고, 국가가 맞이한 커다란 시련을 극복하기 위한 학문적·정신적 토대를 구축하고자 노력한 것이라고 그 의미를 규명해 볼 수 있다. 당시에 강우지역에서 함께 활동한 면우俛宇 곽종석郭鍾錫, 1846~1919이 「신명사부神明舍賦」를 지어 유학적 마음 수양의 지남指南으로서 남명의 심학心學을 천양한 것도 이와 같은 역사적 맥락에서 그 의의를 새겨볼 수 있을 것이다.64)

▶ 이 글은 『남명학연구』 제30집(경상대학교 남명학연구소, 2010년 12월)에 실렸던 「19세기 강우지역 학자들의 「신명사도명」 해석과 그 의의」를 재수록한 글임을 밝힌다.

---

64) 전병철, 「지리산권 지식인의 마음 공부 -「신명사도명(神明舍圖銘)」 관련 남명학파 문학작품에 나타난 재해석의 면모와 시대적 의미 -」, 『남명학연구』 제28집, 경상대학교 남명학연구소, 2009, 355~356쪽.

「神明舍圖銘或問」 一覧表

出處	「神明舍圖銘」	「神明舍圖銘或問」
圖	神明舍	或問 神明舍 何謂：曰 古語云 圓不徑寸 神明舍焉 蓋圓不徑寸 指血肉心而言也 朱子論血肉心而曰 此非心 乃心之神明 出入昇降之舍也 然則神明 其心之本體 而血肉 其舍乎
圖	太一君	太一君 何謂：曰 心之神明也 禮曰 禮必本於太一 荀子曰 心者 形之君 太一君之稱 其本於此乎
圖	敬	願聞敬之義：曰 敬者 一心之主宰也 非心外別有敬主宰了 此心自做主宰底 便是敬 惕然收斂 凜然恐懼 是自做主宰法也
圖	天德 王道	敬之兩旁 分書天德王道 何意：曰 天德王道 卽大學所謂明德新民 是也 明德新民 其要只在敬 此所以夾敬而書也
圖	冢宰	冢宰 何謂：曰 心之以敬爲主宰 如人君之以大臣爲冢宰也 周禮天官 冢宰統理邦國內外之政大小之事 無所不總 敬於心 亦然
圖	惺惺	惺惺 何意：曰 惺惺 猶言生生 心有主宰 則生理藹然自惺惺 不昏昧了
圖	日月	何取於日月：曰 日月者 天地神明之主也 敬者 人心神明之主也 此日月 其敬字之光輝乎
圖	日月 耳目	日月之分屬耳目 何義：曰 目屬陽 耳屬陰 日於目 月於耳 此意也 然先生嘗曰 敬義 吾家之日月 此日月 全就敬字上說來
圖	國君死社稷	國君死社稷 其意何在：曰 國君無殉社之心 不足以保其國 學者無殉道之志 不足以保其心 故孔子曰 守死善道 孟子曰 舍生取義 程子曰 餓死事小 失節事大 朱子曰 學者 常須以志士不忘在溝壑爲心 則道義重 而計較死生之心 輕矣 聖賢心法 自來如此 蓋漢賊不兩立 理欲不幷全 此圖 所以特揭此五字 以詔學者也
圖	耳關 目關 口關	耳目口 何謂關：曰 學者之防意 如城如國之待暴於關門也 蓋耳聲關也 目色關也 口食關也 此三關不嚴 則神明舍 亦不寧靜矣 故古之欲存心者 必於此而用力 如易所謂閑邪窒慾 顏子所事四勿 皆是物也
圖	忠信 修辭	口關之特書忠信修辭 何也：曰 三關之中 口關最要害 心之眞妄邪正 身之吉凶榮辱 無不由是出焉 其所關 不亦重乎 蓋非忠信 無以修辭也 非修辭 這忠信 亦被汩沒動盪立不住了 此口關 所以特書此 以示學者進德修業之本也
圖	承樞	承樞 何謂：曰 承樞 承王命 而發樞機者也 書曰 龍 汝作納言

		夙夜出納朕命 惟允 詩曰 出納王命 王之喉舌 其是之謂歟
圖	大司寇 百揆	大司寇 百揆 何謂：曰 凡事物之來 揆度義理 如百揆之修職 克治己私 如司寇之治賊 朝晝應接 處置得宜 則四肢百骸 無不用命 而太一之君 泰然於明堂之上矣
圖	大壯旂	大壯旂 何謂：曰 易曰 雷在天上 大壯 君子以 非禮不履 程子曰 赴湯火 蹈白刃 武夫之勇 可能也 至於克己復禮 非君子之大壯 不可能也 顏淵非禮勿視聽言動 而朱子曰 勿字 似旂脚
圖	審幾	審幾 何謂：曰 通書曰 幾善惡 夫幾者 動之微也 於此不審 則涓涓而滔天 焰焰而燎原 甚可畏也 此三關 所以必立大壯旂 以審其幾焉
圖	止	止 何謂：曰 此大學止至善之止也 此止字 與圖中敬字相應 實天德王道之標的也 忠信修辭之極致也 書曰 安汝止 傳曰 於緝熙敬止 夫止者 心之則也 爲心學者 可不求至所當止之地乎 此必至不遷 所以夾止而書也
圖	至 止	止兩傍 至 止 何義：曰 易曰 知至至之 可與幾也 知終終之 可與存義也 程子曰 可與幾 所謂始條理者 知之事也 可與存義 所謂終條理者 聖之事也 工夫至此 而聖學之能事畢矣 此圖之知止二字 蓋此學之究竟法也
圖	鬼 夢	圖後 鬼夢 何謂：曰 不人 不覺 則鬼關也 夢關也 此是致知誠意界分處 書之圖後 使人知所警懼也
圖	日月 耳目	圖之耳關在左 目關在右 日於西 月於東 何意：曰 此恐後人傳寫之誤也 蓋太一君爲主於中 而正南面之位 則左目關 右耳關 日 陽也 當在左 月 陰也 當在右 今一切反是 左右失次 陰陽易位矣 釐正無疑也
圖	百揆 大司寇	百揆之致察 司寇之克治 有陽舒陰慘之義 而百揆在右 司寇在左 何也：曰 此亦互換 當依例釐正矣
圖	郛郭 階級 方圓黑白	圖之郛郭 舍之階級 圈之方圓黑白 抑有法象邪：曰 法象 皆起於陰陽 以象類求之 則蓋亦有說 然先生之學 心學也 而方圓平直 君子之心法也 學者 於此當以心法求之 不當區區於象畫句互之間也
銘	太一	或問 太一 何義：曰 太一者 心之本體 易所謂太極 是也 蓋心爲萬事之本 而萬殊而一本 故曰太一也
銘	眞君	何謂眞君：曰 莊子曰 百骸九竅六臟 有眞君存焉 蓋指心而言也
註	閑邪 無欲	以閑邪無欲言一 何也：曰 太一之不得爲一 邪欲間之也 學者 苟能閑邪以存其誠 寡欲以至於無 則靜虛動直 無往而非太一

		此所以言閑邪無欲 以示致一之要也
註	禮必本於太一	禮必本於太一 則禮上面 別有太一否：曰 經禮三百 曲禮三千 其實一理而已 故云爾 非於禮上面 別有太一爲本了
註	無邪其則 事以忠孝	無邪其則 事以忠孝 何謂：曰 君子之事天 如孝子之事親 忠臣之事君也 天以正理貼則於我 我以直道無敢邪曲 是乃事天底忠孝
銘	明堂布政	明堂布政 何謂：曰 太一君之嚮明聽治 非王者之明堂布政乎 學者 於十二時中 點檢了自家一念從何處起來 遏欲存善 無敢毫忽放過 何莫非明堂十二月政令 詩曰 上帝臨汝 無貳爾心 太一之謂也
銘	內冢宰主 外百揆省	內冢宰主 外百揆省 何謂：曰 內冢宰主 是敬以直內也 外百揆省 是義以方外也
註	存	冢宰主主字下 聯書存字 何意：曰 冢宰 卽主宰 而此主字 程子所謂存主之義 故聯書存字 以明存主之爲省察之對也
註	學問思辨	以學問思辨言之 何也：曰 君子之學 旣尊德性矣 便須道問學
註	卽事物上窮理	又言卽事物上窮理 何也：曰 理非高遠 只於日用彝倫事物上 窮得盡 便是學
註	明明德第一工夫	何謂明明德第一工夫：曰 卽物窮理 非大學始敎乎
註	摠體	特書摠體 何也：曰 敬義二字 是此圖之摠體 大抵非敬 何以涵養德性 非義 何以裁制事宜 嘗看金河西詩有云 身心內外敬兼該 事理知行義摠裁 立志切要常戒懼 研幾何用費安排 此二十八字 辭約而意切 可與此圖之旨互相發明 學者 宜深體味之
銘	承樞出納	承樞出納 何謂：曰 圖說 略言之
註	細分	細分 何謂：曰 敬義爲摠體 而知行爲細分也
註	擇善致知	擇善致知 何謂：曰 此專就知上說也 蓋承樞之職 在擇善而出納也
銘	忠信修辭	忠信修辭 何謂：曰 圖說 略言之
註	五常實理	五常實理 何謂：曰 忠信 卽誠也 而誠是五常實理 故云也
註	無一毫自欺	無一毫自欺 何謂：曰 此誠之之事 大學誠意傳曰 如好好色 如惡惡臭 此之謂無一毫自欺也
註	食料	特書食料 何意：曰 食料二字 未詳所本 然大要人生非食不生 非忠信無以行 人道之有忠信 如衛生之有飲食 故謂之食料 然孔子以民無信不立對民無食必死 而寧去食而不可去信 則忠信之於人 其所係有甚於食者 學者 其可不盡心哉

註	修身之修	修註 何謂修身之修：日 修辭之修 卽修身之修也 記日 修身 踐言 謂之善行
註	固執力行	辭註 固執力行 何謂：日 此專就行上說也 旣擇善 當固執
註	塗轍	塗轍 何謂：日 義 人路也 邊義而行 便是塗轍 然精義甚難 學 者 只當一邊聖賢成法 固執力行 爲循塗隨轍之地 則庶乎無 他岐之惑矣
註	洞洞流轉	洞洞流轉 何意：日 洞洞 質慤貌 流轉 無碍滯底意 惟洞洞然 無碍滯者 方能行得也 自承樞至此 所謂細分也
銘	發四字符	發四字符 何謂：日 和恒直方四字 是治心之符信也
銘	建百勿旗	建百勿旗 何謂：日 勿字 似旗脚 自顏子分上言 則四勿該之 矣 自學者分上言 則無所不勿 故日百勿 然四勿中 百勿已盡 之矣
註	仁之方	仁之方 何謂：日 爲仁奚由 勿爲方法 朱子所謂勿者人心之所 以爲主而勝私復禮之機者 是也
註	命脈	命脈 何意：日 人之四支百骸 命脈最要 脈之生死 人鬼判矣 仁者 人也 仁非人之命脈乎
銘	九竅之邪	九竅之邪 三要始發 何謂：日 九竅 指人之全體而言 三要 指 耳目口而言也 言人心邪欲之發 莫不自三要始也
註	發字下已	發字下已 何意：日 是一已之私欲也
銘	動微勇克	動微而日勇克 何也：日 無根而固者 欲也 非天下之大勇 無 以克之 此所以及其微而勇克也 不然 蔓難圖也
註	微字下幾	微字下幾 是惡之幾邪：日 是 此言惡幾 而不及善 何也：日 祛惡 所以存善也
註	閑邪	閑邪 何意：日 閑邪 是克底意 然閑邪須豫 如人有室屋 嚴其 垣墻 寇自不至
銘	進敎厮殺	進敎厮殺 何意：日 見敵而顧慮 非勇也 鼓鼓前進 卽要一擧 勦滅而已
註	殺字下克	殺字下克 何謂：日 始發下已至此 厮殺而克了
銘	丹墀復命	丹墀復命 何謂：日 天討旣行 自當復命於王庭矣
註	存誠	存誠 何意：日 閑邪則誠存 上言閑邪 故此言存誠
註	止至善	止至善 何謂：日 圖終于止 此其照應也
銘	堯舜日月	堯舜日月 何謂：日 四門穆穆 目明聰達 此非堯舜日月乎
註	物格知止	物格知止 何謂：日 敬義立 而物無不格 知無不至 則吾家光 景 豈非堯舜日月乎

註	復禮	特書復禮 何意：曰 對上克字而言也 蓋到此境界 普天之下 莫非王土 率土之濱 莫非王臣 此之謂復禮也
銘	三關閉塞 淸野無邊	三關閉塞 淸野無邊 何謂：曰 三關閉塞 惟嚮晦宴息時爲然 君子晝則乾乾不息 夜則收視聽 止言語 以養其氣 夫仁智之 交 貞元之機 不翕聚 則不發散 理固然也 故於此尤加戒謹 以 爲朝晝詢訪之地也
註	邊字下涵	邊字下涵 何謂：曰 涵養之涵也
銘	還歸一	還歸一 何謂：曰 敬以爲主 則動亦此一矣 靜亦此一矣 然凡 動 皆起於靜 靜其本也 夜間無事 寧然不動 則却還他本然之 一也 此所謂還歸一也
註	一字下宿	一字下宿 何意：曰 歸宿之宿也
銘	尸而淵	尸而淵之意 可聞邪：曰 尸居而龍見 淵黙而雷聲 程子屢擧 似以警厲學者 今於全書 可見矣 此則是宴息時 故只說尸淵 不及雷龍 然才說尸淵 雷龍之意 已藏於其中 學者 宜黙識而 心通也 蓋於未發前 此心須要活
註	淵字下養	淵字下養 何謂：曰 上說涵 故此說養 養字須着眼看 孟子善 言養
註	銘左 忠信	銘左 更書忠信 何也：曰 子曰 主忠信 禮曰 忠信爲禮之本 蓋 人不忠信 則何由進德 此銘 所以重言復言 惓惓而不已也
註	便是有這心 方會進德	便是有這心 方會進德 何謂：曰 此言有忠信底心 方進於德
註	一貫	一貫 何謂：曰 一貫之一 卽太一之一也 萬殊而一本者也 自 天言之 則太極 自人言之 則心也
註	盡己體物	盡己體物 何意：曰 此只是忠信事 忠信又是一箇誠字也
註	自裏面出 見於事物	自裏面出 見於事物 何謂：曰 見於事物者 何莫非此心 心一 而已 誠也
註	誠有是心 至誠無息	誠有是心 至誠無息 何謂：曰 誠之一字 其一貫之要乎 無是 誠 則太一不得爲一矣
註	破釜甑 燒廬舍 焚舟楫 持三日粮 示士卒必死無還心 如此 方會厮殺	破釜甑 燒廬舍 焚舟楫 持三日粮 示士卒必死無還心 如此 方 會厮殺 何謂也：曰 此是銘中勇字面目 夫學者之勇 非勝人爲 也 只要勝己 其事似易而實難 非辦死力 不得也 故言此以聳 動學者 匹似費了氣力 然初學無此志 其亦終焉而已 可不念哉
註	須於心地 收汗馬之功	須於心地 收汗馬之功 其意云何：曰 此言學者之收功於一原 譬如創業者之汗馬於中原也 然朱夫子告宋孝宗曰 中原之戎 虜易逐 一己之私欲難除 不世之大功易立 至微之寸心難保

| | | 然則收心之功 實難於汗馬之勞 學者 可不戰戰兢兢 如臨深
淵 如履薄氷乎 |
| 註 |  ○ꊲꊲ | 或 ○ 或 ꊲ 或 ꊲ 或 ꊲ何意：曰 學者 心法要圓活 行己
要正直 凡銘之圓圈直絡 皆爲是也 惟心居中應外 其尊無對
故加○于一字上 而中之以終始也 或兩項而實相資 則爲ꊲ
或一事而兼兩義 則ꊲ爲 學者 以是求之 則自當見之 |

2부

지리산권 역사인물의 활동과 작가의 상상력

고려 무신집권기 지리산의 은자 한유한

- 지리산 은거 동기와 후대의 기억을 중심으로

김아네스*

Ⅰ. 머리말

　지리산의 여러 골짜기에는 세상을 피하여 몸을 숨긴 사람들이 많았다. 1930년대 말 지리산에 올랐던 이은상은 「지리산탐험기」에서 다음과 같이 썼다. "지리산이 이모저모로 이름난 산이어니와 청학동·화개동·신흥동으로 인하여는 둔세자遁世者의 피난처로 이름이 높은 산이요, 또 수많은 은자들 중에 신라대에는 고운孤雲으로 대표할 것이요, 이조에는 남명南冥으로 굴지屈指할 것이로되, 그들보다는 고려의 한유한韓惟漢이 본격적 은자라 할 것이다."[1] 고운 최치원과 남명 조식

---

* 순천대학교 지리산권문화연구원 HK교수.

[1] 이은상, 「지리산탐험기」, 『조선일보』 1938.9.9. 이은상의 지리산 탐험기에 관하여는 박찬모, 「자기 구제의 "제장"으로서의 대자연, 지리산」, 『현대문학이론연구』 38,

이 손꼽히는 지리산의 은자隱者인데 이들보다 고려 때의 한유한이 본격적 은자라고 평하였다.

한유한은 고려 무신집권기 개경을 떠나서 지리산에 은거한 인물이다. 무신정변이 일어난 뒤 산속에 은둔하거나 낙향한 사람들이 많았다.[2] 한유한도 무신정권을 피하여 산속에 은거하였다. 그를 통하여 무신집권기 입산하여 은거한 인물의 동향 가운데 한 흐름을 이해할 수 있을 것이다. 또한 지리산에는 한유한의 유허지로 악양岳陽의 삽암鍤巖이 있다. 삽암은 경상남도 하동군 악양면 평사리 외둔 삼거리 왼쪽에 솟아있는 바위이다. 이곳에서 한유한이 은거하였던 것으로 전해진다. 인물을 중심으로 지리산권의 역사를 이해하고자 할 때 한유한에 관한 검토는 필수적이다.

하지만 한유한의 삶에 관하여는 거의 알려지지 않았다. 『고려사』에 한유한의 열전이 있지만 그 내용이 소략하고 단편적이어서 그에 관한 본격적인 연구가 이루어지지 않았다. 무신집권기 정권에서 소외된 문인층에 관한 연구에서 열전을 인용하여 그를 최씨정권을 인정하지 않았던 인물로 간략히 언급하였다.[3] 그런데 『고려사』 열전 이외에 지리산 유산기와 『청학집』, 『택리지』 등에서 한유한에 관한 기록을 찾을 수 있다. 조선시대 선비들의 지리산 유람을 검토한 연구에서는 유람록과 유산시遊山詩에 한유한의 절의를 기리는 내용이 있음을 소개하였다.[4] 또한 이능화는 『조선도교사』에서 한유한을 고려

2009, 53~85쪽 참조.

2) 고려 무신집권기 문인지식층 가운데에는 화를 피하여 입산하거나 낙향한 인물과 정계에 등장하여 활동한 인물이 있었다. 예를 들면 神駿, 悟生, 權敦禮, 朴仁碩(1143~1212) 등이 있었다. 이들의 동향에 관한 연구사는 김호동, 『고려 무신정권시대 문인지식층의 현실대응』(경인문화사, 2003), 1~7쪽을 참조할 수 있다.

3) 김의규, 「무신정권기 문신의 정치의식과 그 성향」, 『한국사 18 : 고려 무신정권』(국사편찬위원회, 2003), 242~247쪽, 245쪽.

의 선파仙派 가운데 한 사람으로 정리하고『택리지』의 한유한 관련 기록을 실었다.5) 각 연구는 한유한에 관한 자료 가운데 일부만을 이용하였고 그에 대한 내용도 부분적 서술에 그쳤다. 따라서 관련 자료를 종합적으로 검토함으로써 지리산의 은자를 대표하는 한유한에 관한 연구를 진행하여야 할 것이다.

이 글에서는 고려 무신집권기 한유한이 지리산에 은거한 동기와 그에 대한 조선시대 사람들의 기억을 검토하고자 한다. 본문에서 살피고자 하는 구체적인 내용은 다음과 같다. 첫째『고려사』열전에 나타난 한유한의 생애와 행적을 살피고자 한다. 열전은 한유한에 관한 직접적 기록이므로 이를 다양한 방식으로 해석하여서 그의 삶에 관한 이해를 돕고자 한다. 둘째 한유한이 개경을 떠나서 은거자의 삶을 선택하였던 정치 사회적·사상적 배경과 그가 지리산을 은거지로 선택한 동기에 관하여 알아보고자 한다. 고려 무신집권기 한유한의 은거를 지리산의 장소성과 연관하여 파악할 것이다. 셋째 한유한에 대한 조선시대 사람들의 기억과 인식에 관하여 알아보고자 한다. 한유한이 종적을 감춘 뒤에 나타난 후대의 기억과 그 전승을 살피려는 것이다. 이러한 한유한에 관한 검토가 지리산권의 문화를 인물사적 측면에서 이해하는 데 조금이나마 도움이 되기를 바란다.

---

4) 조선시대 남명학파의 지리산 유람을 검토하면서 남명학파의 한유한에 대한 인식을 소개한 연구가 있다. 최석기, 「남명학파의 지리산유람과 남명정신 계승양상」, 『장서각』6, 2001, 61~91쪽, 67~68쪽과 84~87쪽. 또한 지리산 유산시에 나타난 명승을 살피면서 節義의 표상으로 한유한의 은거처 삽암에 관하여 언급한 연구가 있다. 강정화, 「지리산 유산시에 나타난 명승의 문학적 형상화」, 『동방한문학』41, 2009, 363~427쪽, 398~403쪽.
5) 이능화 저, 이종은 역주, 『조선도교사』(보성문화사, 1992)의 제14장 고려의 선파, 119~120쪽.

Ⅱ. 고려 무신집권기 한유한의 지리산 은거

1. 『고려사』 열전의 한유한

『고려사』 권99에 한유한전이 있다. 이 열전은 한유한의 삶에 관하여 쓴 가장 앞선 시대의 것이다. 열전의 기록을 살피는 것은 한유한의 생애와 행적을 파악하는 데 가장 기본적인 작업이 될 것이다. 열전에서는 그의 출신, 은거, 찬자의 평가 등을 기록하였다. 편의상 그 내용을 네 부분으로 나누어 제시하면 다음과 같다.

> A－1. 韓惟漢의 家系는 역사에 기록되어 있지 않다. 대대로 서울에 살았으나 벼슬길에 나가기를 즐겨하지 않았다. －2. 崔忠獻이 정사를 제멋대로 하고 벼슬을 파는 것을 보고서 말하기를 "難이 장차 있을 것이다"라고 하면서 처자를 데리고 智異山으로 들어갔다. 맑은 수양과 굳은 절개로써 바깥사람들과 교유하지 않았으므로 세상에서 그의 풍치를 높게 여겼다. －3. 조정에서 불러 西大悲院 錄事에 제수했으나 끝내 나아가지 않고 깊은 골짜기로 옮겨가 죽을 때까지 나오지 않았다. －4. 얼마 뒤에 과연 거란의 난이 있었고 몽골의 침입이 닥쳤다.[6]

A－1부터 3까지를 볼 때 그의 생애는 크게 세 시기로 나눌 수 있다. 첫 번째 시기는 한유한이 개경에 살면서 지리산에 은거하기 이전까지의 시기였다. A－1에 있듯이 한유한의 가계에 관하여는 잘 알 수 없으며, 그는 관직에 나아가지 않았다고 한다. 그의 선대는 일찍이 상경하여 대대로 개경에 살았다. 고려 전기 상경하였던 대표적인 한씨韓氏 가문으로는 장단한씨長湍韓氏와 대흥한씨大興韓氏가 있었다.[7] 그

---

6) 『고려사』 권99, 韓惟漢傳.

7) 장단한씨 출신의 대표적 인물로는 인종대의 韓安仁이 있으며(이수건, 『한국중세사회사연구』, 제5장 고려전기 지배세력과 토성, 일조각, 1984, 144~146쪽), 대흥한씨로는 인종대의 韓惟忠이 있었다. 이수건, 같은 책, 187~188쪽. 한유충은 한안인과 함께 反 李資謙세력으로 활동하였다.

런데 한유한의 가계는 역사에 기록되지 않았던 것으로 나타난다. 이 점으로 미루어 볼 때 그의 집안이 정치적 사회적으로 높은 지위를 가진 인물을 배출하였던 것으로 보이지 않는다. 아마도 그는 그다지 이름이 높지 않은 한미한 가계 출신이었던 것으로 여겨진다.

한유한은 벼슬에 나가지 않았다. 무신정권이 성립하자 문인들은 신변에 위험을 느꼈으며 이와 함께 정치적 진출에 제약을 받았다. 기존의 연구에 있듯이 무신정변과 김보당의 난이 일어난 뒤 입산하거나 낙향하여 은거한 문인이 있었다. 정변이 일어나자 피신하였다가 뒤에 개경으로 돌아와 벼슬하기를 바랐지만 등용되지 못한 사람도 있었다. 이와 달리 무신정권에 참여하였던 문신도 있었다. 여러 문신이 관직에 나아갔지만, 무신의 견제와 탄압으로 문신의 정치적 활동은 위축되었다.8) 한유한은 무신집권기 정계에 진출하지 못하고 정치적으로 소외된 인물이었다. 그는 출사하지 않은 채 개경에 살고 있었다.

두 번째 시기는 한유한이 개경을 떠나서 지리산에 은거하였던 때였다. A－2를 보면 한유한은 최충헌崔忠獻, 1149~1219이 집권하였을 때 은거할 뜻을 세웠다. 최충헌이 국정을 마음대로 운영하고 관직을 파는 것을 보았다. 같은 내용을 담은 『고려사절요』의 기록은 1204년 희종 즉위년 12월 조에 전한다. 같은 달 최충헌은 수태사守太師 문하시랑동중서문하평장사門下侍郎同中書門下平章事의 직을 더하였다. 희종은 최충헌이 자신을 옹립한 공이 있다고 하여서 특별한 예로 대우하고 그를 은문상국恩門相國이라 불렀다.9) 이 때 최충헌의 정치적 지위가

---

8) 초기 무신정권기 문인층의 동향에 관한 대표적인 연구성과는 김의규, 「무신정권과 문신」(『한국사 18 : 고려 무신정권』, 국사편찬위원회, 2003, 215~228쪽)과 김호동, 『고려 무신정권시대 문인지식층의 현실대응』(경인문화사, 2003)의 제1장 제1절 무신정권의 전개과정과 문인지식층, 13~48쪽을 참고할 수 있다.
9) 『고려사절요』 권14, 희종 즉위년(1204) 12월.

이전보다 더욱 높아졌다.

한유한은 최충헌의 독재와 매관을 보고서 장차 난難이 일어날 것이라고 하였다. 1170년의종24에 무신정변이 일어난 뒤 최충헌이 집권하기까지 약 25년 동안 여러 무신집정이 등장하였다. 이의방, 정중부, 경대승, 이의민이 차례로 집권하다가 몰락하였다. 1196년명종26에 최충헌이 정변으로 권력을 잡았다. 이듬해 명종을 폐하고 신종을 세웠다. 1204년에 신종의 뒤를 이어 희종을 왕위에 올렸다. 최충헌은 인사권을 장악하였고 벼슬자리를 놓고 청탁과 뇌물을 받았다.[10) 한유한은 이러한 최충헌의 전횡으로 난이 일어나 정치 사회적 혼란을 겪으리라고 내다보았던 것이 아닐까. 장차 닥칠 난을 피하고자 한유한은 개경을 벗어날 뜻을 세웠다. 그는 가족을 거느리고 지리산으로 향하였다.

A-2에 있듯이 한유한은 지리산에서 깨끗한 절개를 지켰다. 세상 사람들과 교유하지 않았다. 개경에 근거를 가진 사람들과 인연을 끊고자 하였던 것으로 보인다. 그는 세속적 삶을 등지고 은일隱逸의 삶을 택하였다. 세상에서 그의 풍치를 고상하게 여겼다고 한다. 당시 사람들이 자연에 묻혀서 은일하는 한유한의 삶을 높이 평가하였던 것이다.

그 생애의 세 번째 시기는 관직을 제수 받았지만 이를 물리치고 좀 더 깊은 골짜기로 옮긴 뒤였다. A-3을 보면 조정에서는 지리산에

---

10) 최충헌은 문·무관의 인사권을 장악하였다. 1199년(신종2) 최충헌은 병부상서로서 知吏部事를 겸하였다. 이부와 병부를 장악하여 문·무관의 인사권을 행사하였다.『고려사』열전에 따르면 1202년(신종5)에 최충헌은 사저에 있으면서 內侍員外郞 盧琯과 더불어 문·무관을 注擬하여 왕에게 상주하였다. 왕은 머리를 끄덕여 승낙하고 이부와 병부 판사는 검열할 뿐이었다. 그는 이부와 병부의 인사기능을 무력화하였고 공공연히 청탁과 뇌물이 받음으로써 벼슬을 팔아서 치부하였다(『고려사』권129, 최충헌전).

묻혀 은일하는 한유한에게 벼슬을 내렸다. 1204년에 지리산에 은거한 한유한에게 언제 관직을 내렸는지 알 수 없다. 최충헌정권1196~1219 또는 뒤이은 최우崔瑀정권1219~1249 때의 일이 아닐까 한다. 최씨정권은 문인층을 우대하여 포섭하는 정책을 폈다. 최충헌은 정계에 진출하지 못하였던 문인들에게 관직을 제수하였다. 최우는 정방政房을 설치하여 문사를 소속시켰다. 최씨정권은 문신을 측근으로 등용하고 장악하였다.11) 한유한에게 관직을 제수한 일도 이러한 문인에 대한 포섭·등용정책에 따른 것으로 보인다.

최씨정권에서는 한유한을 발탁하여 쓰고자 하였다. 그에게 서대비원西大悲院 녹사錄事의 직을 제수하였다. 대비원은 질병을 치료하기 위한 의료 기구였다. 환자와 기아자 등을 구제하는 기능을 하였다. 개경에는 동·서대비원이 있었다. 동대비원과 서대비원에는 사, 부사, 녹사가 각각 1명씩으로 병과권무丙科權務이었다.12) 녹사는 품관에 오를 수 있는 입사직이었다.13) 그런데 한유한은 서대비원 녹사직에 나아가지 않았다. 그는 개경으로 돌아갈 뜻이 없었다. 오히려 깊은 골짜기로 옮기었다. 지리산 깊은 산속에서 생을 마쳤다.

열전의 마지막에 보이는 A-4는 한유한에게 선견지명이 있었음을 나타내기 위하여 찬자가 덧붙인 내용이다. 얼마 뒤 거란의 난과 몽고

---

11) 김의규, 「최씨정권과 문신」, 『한국사 18 : 고려 무신정권』(국사편찬위원회, 2003), 228~242쪽, 230~233쪽과 김호동, 『고려 무신정권시대 문인지식층의 현실대응』(경인문화사, 2003), 67~68쪽.

12) 『고려사』 권77, 백관지2, 諸司都監各色 東西大悲院.

13) 서대비원 녹사에 임명되었던 인물로는 李濟(「李奎報墓誌銘」, 김용선 편, 『고려묘지명집성』, 한림대학교 아시아문화연구소, 1993, 375쪽)가 있었고, 동대비원 녹사에는 梁文炯(「梁元俊墓誌銘」, 김용선 편, 같은 책, 172쪽), 趙延壽(「趙延壽墓誌銘」, 김용선 편, 같은 책, 451쪽), 劉性藏(『고려사』 권22, 세가, 고종 3년 9월)이 있었다. 『고려사』 백관지의 동·서대비원 조의 해석과 이에 관한 연구 성과는 박용운, 『『고려사』 백관지 역주』(신서원, 2009), 551~553쪽 참조.

의 침입이 있었다고 하였다. A-2에 있듯이 한유한은 난이 장차 일어날 것으로 생각하였다.『고려사』찬자는 한유한이 외적의 침입으로 개경이 유린당할 것을 미리 알고, 몸을 피하였던 것으로 기술하였다. 1216년고종3에 거란 유종이 고려를 침입하였다. 그 뒤 1231년고종18부터 몽골의 침략이 시작되었다. 한유한은 외적의 침입에 앞서서 개경을 떠났다. 전란의 위험에서 벗어날 수 있었다.

『고려사』찬자는 한유한이 앞일을 미리 내다보고 은거하였던 것으로 평가하였다. 열전에서는 은일전隱逸傳을 따로 두지 않았다.『고려사』열전은 무신정권에서 권력을 장악한 무신에 대하여 부정적으로 평가하였다.14) 최충헌은 반역전에 실렸다. 최씨 무신집권기 제신전諸臣傳에 오른 인물은 대체로 고위직에 올랐던 인물이었다. 이들과 달리 한유한은 내세울 만한 관력이 없었다. 이러한 한유한을 제신전에 실었던 까닭은 그가 최충헌의 독재정치를 피하여서 은거하였기 때문이었던 것으로 보인다.『고려사』편찬자들은 최씨정권에 비판적 태도를 보인 인물이 있었음을 드러내기 위하여 그를 열전에 올렸던 것으로 볼 수 있다.

2. 한유한의 지리산 은거

앞에서『고려사』한유한전을 중심으로 그의 출신, 은거 배경, 은거 생활 등에 관하여 살폈다. 그의 일생에서 가장 중요한 사건은 개경을 떠나서 지리산에 은거한 일이었다. 한유한은 왜 지리산에 은거하였을까. 이 질문은 두 가지를 동시에 묻는 것이다. 첫째는 그가 은거자

---

14) 김당택,「『고려사』열전의 편찬을 통해 본 조선의 건국」,『한국중세사연구』23, 15~28쪽, 2007, 9~20쪽.

의 삶을 선택하였던 이유를 묻는 것이다. 그가 평생 벼슬길에 오르지 않고 몸을 숨기며 살았던 까닭은 무엇이었을까. 둘째는 그가 은거지로 지리산을 선택하였던 이유를 묻는 것이다. 무신집권기 지리산이라는 장소가 가지는 의미가 무엇이었을까.

A에 제시한 『고려사』 열전의 내용은 대체로 첫 번째 질문에 관하여 언급하였다. 한유한의 은거는 그가 살았던 시대적 상황과 연관이 있었다. 그의 은거는 무신정권기 정계에 진출하지 않았던 문인층의 다양한 행적 가운데 하나를 보여준다. 앞서 보았듯이 한유한이 은자의 삶을 선택한 직접적 동기는 난을 피하기 위해서였다. 한유한은 최충헌이 전횡하자 난을 예견하였다. 최충헌의 위상이 한층 높아진 1204년희종 즉위년에 정치의 중심지 개경을 떠났다. 그는 현실 정치를 비판적 부정적으로 인식하여 난을 피하고자 하였다. 그의 은거는 현실 정치로부터의 도피이며, 정치 사회적 혼란에서의 피난이었다. 크게 보아서 한유한은 무신정변이 발발하자 입산하여 몸을 숨긴 문인층의 계보를 잇는 인물이었다고 할 수 있다.

한유한이 은거지로 선택한 곳은 지리산이었다. 『택리지』를 보면 그는 지리산 남쪽 악양에 자리 잡았다.[15] 그는 왜 지리산으로 향하였을까. 대체로 무신집권기 은거한 문인들은 자신의 본관지와 같이 지역적 연고가 있는 곳을 찾았다. 그런데 그가 지리산권에 지역적 연고가 있었던 것으로 보기는 어렵다.『세종실록지리지』,『신증동국여지승람』을 볼 때 악양의 토성土姓 가운데 한씨韓氏를 찾을 수 없다.[16] 악양과 인접한 화개, 구례, 하동, 진주 지역의 토성 중에도 한씨는 없었

---

15) 李重煥,『擇里志』, 卜居總論, 山水, 智異山.
16)『세종실록지리지』와『신증동국여지승람』에 실린 경상도 진주목 속현 악양의 토성을 보면 陶, 吳, 任, 孫, 朴氏가 있었다.

다. 그가 지리산을 선택한 이유는 다른 데에서 찾아야 할 것이다. 고려 무신정권기 사람들에게 지리산은 어떠한 장소적 의미를 가졌을까. 한유한이 지리산에 은거한 이유를 지리산의 장소성과 연관하여 살펴보고자 한다.

지리산은 고려의 중심지 개경에서 가장 멀리 떨어진 곳에 위치한 명산이었다. 개경에서 먼 거리에 있기 때문에 중앙 정치의 영향이 상대적으로 덜 미치는 곳이었다. 정치적 혼란을 피할 수 있는 변방이었다. 또한 고려시대 지리산은 여러 산 가운데 가장 높고 깊으며 넓고 큰 산으로 인식되었다.[17] 깊은 골짜기에 자신을 숨겨서 은자로 살기에 적합한 장소였다. 은일의 삶을 추구한 사람들이 지리산을 찾았다. 무신집권기 최자崔滋, 1188~1260가 펴낸『보한집』에는 지리산에 숨었던 참다운 은자에 관한 이야기가 실렸다.

> B. 國初에 이름을 알 수 없는 선비가 智異山에 隱居하였다. 그는 행동이 높고 깨끗하여 인간의 일에 간섭하지 않았다. 임금이 이 소식을 듣고 청해 맞으려 했지만 그는 사양하여 말하였다. "밖에 있는 신하는 아는 것이 없사오니 전하의 명령을 쉽게 받을 수 없습니다." 방문을 닫고 나오지 않았다. 문틈으로 들여다보니 벽 위에 한 구절을 써 놓았다. 그 내용은 다음과 같다. "한 조각 임금의 말씀 골짜기에 전해오니/一片絲綸來入洞, 비로소 내 이름이 세상에 알려짐을 알았네/始知名字落人間." 그를 쫓아 들어갔지만 북쪽 문으로 도망해 가버렸다. 참으로 隱者라고 하겠다.[18]

B에 있듯이 지리산에 은거한 한 선비가 고결하게 살면서 세속적인 일에 간여하지 않았다. 임금이 그를 불렀지만, 그는 사양하였다. 이

---

17) 權適(1094~1146)이 1137년(인종15)에 지은 지리산 수정사기에 보면 "대개 지리산은 우리나라의 큰 산인데 높고 깊으며 넓고 크니 천하에 맞설 곳이 없다"라고 하였다. 또한 "신선이나 성인이 꼭 그 안에 숨어 있는 듯하다"라고 하였다(『동문선』권64,「智異山水精社記」).

18) 최자,『보한집』권하.

선비는 지리산 골짜기에까지 왕명 즉 사륜絲綸이 전해져, 자신의 이름이 세상에 알려진 것을 알았다는 글귀를 남기고 사라졌다. 마지막에 있듯이 최자는 그를 진정한 은자[眞隱者]라고 하였다. 자신의 이름조차 세상에 남기지 않았으니 그를 참다운 은자라 부를 수 있을 것이다. 그는 지리산에 몸과 이름을 완전히 감추었던 것이다.

B에 보이는 참다운 은자의 행적은 한유한이 보였던 것과 비슷한 점이 많다. 먼저 두 사람은 세속적인 일에 간여하지 않고 고결한 삶을 추구하였다. 참 은자는 고결하여 인간사에 간섭하지 않았다. 한유한도 굳은 절개로써 세상 사람들과 교유하지 않았다. 또한 관직에 나아가지 않고 은일의 삶을 택하였다. 참 은자는 사륜을 받았지만 북쪽으로 달아났다. 한유한도 서대비원 녹사의 직을 제수 받았지만 나아가지 않고 깊은 골짜기로 옮기었다. B의 참 은자가 한유한을 가리키는 것은 아닐까. 『신증동국여지승람』의 진주목 산천 지리산 조에서는 B에 보이는 참 은자의 기록을 소개한 뒤 "후세 사람들은 한유한韓惟漢이 아니었든지 의심한다"라고 하였다.[19]

하지만 B의 진정한 은자를 한유한이라 단정하기에는 무리가 있다. B의 첫 부분을 보면 참 은자는 국초國初 즉 고려 초의 인물이었다. 한유한은 최충헌이 집권한 무신정권기에 살았다. 최충헌집권기를 고려 초라고 보기는 어렵지 않을까 한다.[20] B가 실린 『보한집』은 최이崔怡

---

19) 『신증동국여지승람』권30, 경상도, 진주목, 산천, 지리산. 또한 조선시대의 지리산 유람록을 보면 악양에 있는 한유한의 유적지를 돌아보면서 한유한이 B에 보이는 글귀를 남기고 사라졌다고 쓴 내용이 있다. 예컨대 성여신은 한유한이 "한 조각 임금의 말씀 골짜기에 전해오니 ……"라는 시 구절을 벽에 두고 사라졌다고 하였다(成汝信, 『浮査集』, 「方丈山仙遊日記」, 1616년 9월 30일 정유).

20) 국초는 막연한 시점이다. 대체로 연구자들은 고려 성종 때 혹은 현종 때까지를 고려 초라 이른다. 고려 초 지방에 은거한 인재를 등용하고자 한 임금으로 성종이 있었다. 성종 8년 4월 임술의 교서에서 "…… 해마다 갑을과를 보여서 수재들을 선

의 권유로 최자가 1254년고종41에 간행하였다. 한유한이 지리산에 은
거한 때는 1204년희종 즉위년이었다. B의 참 은자가 한유한이라면 그
가 지리산에 은거한 때부터 그 이야기가 『보한집』에 실린 시점까지
는 50년이 지났을 따름이다. 한유한에게 녹사직을 제수한 것은 바로
최씨정권이었다. 그다지 오래지 않은 최씨정권에서 일어났던 일을
고려 초의 일로 기록하였을 가능성은 높지 않다.

또한 B에 있는 고려 초 은자가 남겼던 글을 보면 임금의 명을 받고
비로소 자신의 이름이 세상에 알려졌음을 알았다고 하였다. 그가 남
긴 글귀에서 자신의 이름이 세상에 알려진 것에 대한 약간의 자부심
이 엿보인다. 임금의 부름을 받들지 않았지만 그를 정권에 비판적인
인물로 보기 힘들다. 한유한은 최충헌의 전횡을 보고서 개경을 떠났
다. 최씨정권에서 녹사직을 제수하였지만 나아가지 않았다. 이러한
인물의 이야기를 최씨집권기에 간행한 책에 실었을 가능성도 높지
않다. 그리고 조선시대 지리산에는 한유한의 유허지로 알려진 악양
삽암과 더불어 B의 진정한 은자가 남겼던 글귀에서 유래한 덕산 사
륜동絲綸洞이 따로 있었다.[21] 이 점을 보아서도 두 사람은 서로 다른

발하고 날마다 은사를 심방하여 그 인재를 우대하라"라고 하였으며(『고려사』 권
3, 세가), 성종 16년 8월에는 해당 관리에서 명하기를 "기발한 재간과 특이한 능력
을 가지고도 丘園에 은거한 사람을 두루 찾아서 보고하라"라고 하였다(『고려사』
권75, 선거지3, 銓注, 薦擧之制). B의 국초를 성종 때 무렵으로 볼 여지가 있지 않을
까 한다.

21) B의 참 은자가 방 벽에 남긴 글귀를 보면 '一片絲綸(한 조각 임금의 말씀)'으로 시작
하였다. 이 구절에서 유래하였다고 보이는 絲綸洞이 지리산 자락에 있다. 사륜동
은 지리산 동쪽의 산청군 덕산 인근이었다. 17세기에 펴낸 『晉陽誌』에 따르면 조
식이 은거한 산청 德山에 사륜동이 있었다. 河達弘(1809~1877)의 유람기를 보면
사륜동이 임금의 조서 즉 사륜이 이 마을에 이르러서 붙여진 이름이라고 하였다
(河達弘, 『月村集』 권6, 「遊德山記」, 일시미상(19세기) : 최석기 외 역, 『선인들의 지
리산유람록』 4, 보고사, 2010, 45~46쪽). 이에 비하여 한유한은 지리산 남쪽 악양
에 은거하였다고 알려졌다. 그 은거지를 볼 때 지리산의 동쪽 덕산 사륜동과 남쪽

시기에, 지리산의 서로 다른 골짜기에 은거한 인물이 아니었을까 한다.

하지만 『보한집』에 보이는 국초의 은자에 관한 이야기는 지리산이 진정한 은일을 위한 장소였음을 알려준다. 지리산은 몸과 이름을 숨기고 살기에 적합한 장소였던 것이다. 한유한도 역시 세속적인 삶을 청산하고 자신을 숨기기에 적당한 곳으로 지리산 골짜기를 생각하였을 것이다. 지리산은 진정한 은자의 자취가 남았던 곳으로 은일을 추구하는 사람들이 동경하는 장소였다.

더욱이 지리산에는 그 안에 이상향이 있다는 전설이 내려왔다. 지리산 은거의 사회사상적 배경으로 이상향 전설에 주목할 수 있다. 무신집권기에 살았던 이인로李仁老, 1152~1220는 『파한집』에서 지리산의 청학동 전설을 소개하였다.

> C. 지리산은 頭留山이라고도 한다. …… 옛 노인이 서로 전하여 이르기를 "이 산에 청학동이 있는데 길이 매우 좁아서 겨우 사람이 통행할 수 있다. 구부리고 엎드려 몇 리를 가야 넓게 트인 땅이 나타난다. 사방이 모두 좋은 밭과 기름진 땅으로 씨를 뿌리고 나무를 심을 만하다. 청학이 그 가운데 깃들여 살므로 靑鶴洞이라고 부르게 되었다. 대개 옛적에 俗世를 등진 사람이 살던 곳인데, 무너진 담장과 집터가 아직도 가시덤불 속에 남아 있다"라고 하였다.[22]

C에서는 청학동의 위치와 지형, 명칭과 역사에 관하여 말하였다. 청학동은 지리산에 있었다. 좁은 입구를 지나서 나타나는 넓은 분지로 토질이 비옥하였다. 청학이 깃들어 살아서 그 이름을 청학동이라 하였다. 옛날 세상을 등진 사람들이 살았던 흔적이 남았다고 한다. 이 전설에 따르면 청학동은 과거에 세속의 삶을 버린 은자들이 살았던 이상향이었다. 전설 속의 청학동에는 더 이상 사람들이 살지 않았다.

악양동으로 서로 다른 곳으로 여겨진다.

22) 이인로, 『파한집』 권상.

청학동은 지리산 속에 감추어진 지난날 은일의 이상향이었다.23)

이인로는 세상과 절연할 뜻을 세우고 청학동을 찾아서 떠났다. C에 이어지는 기록에 따르면 이인로는 당형堂兄 최당崔讜, 1135~1211과 함께 살림살이를 실고서 지리산을 찾았다. 화엄사華嚴寺에서 출발하여 화개현花開縣에 이르러 신흥사新興寺에서 묵었다. 지리산 남쪽에서 청학동을 찾았다. 지나는 곳마다 봉우리와 골짜기가 어우러져 빼어난 경치를 뽐내었다. 하지만 청학동을 끝내 찾지 못한 채 돌아갔다.24) 지리산 청학동은 정치 사회적 혼란에서 벗어난 이상향으로 동경의 대상이었다. 한유한이 지리산 남쪽을 찾은 것도 역시 이러한 이상향에 대한 소망과 연관되지 않았을까.

청학이라는 표현에 보이듯이 청학동은 신선사상 또는 도교를 배경으로 한 이상향이었다. 지리산에서 한유한은 맑은 수양과 굳은 절개로써 바깥사람들과 교유하지 않았다(A - 2). 외부 세상과 인연을 끊고서 고상한 생활을 하였다. 그는 탈속적 생활을 추구하였다. 그가 지리산 악양에 은거한 까닭은 도교적 성향과 연관이 있었을 가능성이 있다. 지리산에는 선인仙人이 많다고 알려졌다.25) 지리산은 신선이 사는 삼신산三神山의 하나로 알려져서 방장산方丈山으로도 불리었다.26) 신선사상을 익히고 도교를 수련하는 선인들이 지리산에 모였다. 선인의 계보를 정리한 『청학집靑鶴集』27)에서는 한유한을 고려 때의 선

---

23) 고려시대 청학동 전설에 관하여는 김아네스, 「한국인의 이상향과 지리산 청학동」, 『동북아문화연구』20, 2009, 189~209쪽, 191~196쪽 참조.

24) 李仁老, 『破閑集』 권상.

25) 李穡, 『牧隱詩藁』 권24, 詩, 智異山多仙人釋子短律寄懷.

26) 『고려사』 권57, 지리지2, 전라도, 南原府, 智異山.

27) 『靑鶴集』은 조선 선조~인조 때 趙汝籍이 지은 도교서이다. 『청학집』에 나오는 도맥에 관하여는 최삼룡, 「선인 설화로 본 한국 고유의 선가에 대한 연구」, 『한국언어문학』17·18, 1979, 25~72쪽과 서영대, 「한국 仙道의 역사적 흐름」, 『仙道文化』

파 가운데 한 사람으로 소개하였다.

　　　D. (최치원이) 만년에 伽倻山에 들어가 나오지 않았다. 이는 大世와 仇柒의 餘
風이다. 그 뒤 淸平山의 李茗과 頭流山의 郭輿도 모두 (大世, 仇柒의) 一派이다. 崔
讜과 韓惟漢도 역시 같은 부류의 사람이다.[28]

　　D에 보이듯이 신라 때 대세大世와 구칠仇柒의 도맥이 최치원崔致遠,
857~?으로 연결되었고 고려의 이명李茗과 곽여郭輿, 1058~1130, 최당과
한유한으로 이어진다고 하였다. 여기에서는 대체로 시대 순으로 도
교 관련 인물의 계보를 밝혔다. 이 가운데 청평산의 이명은『규원사
화揆園史話』의 저본이 된『진역유기震域遺記』를 저술한 인물로 알려졌
다.[29] 곽여는 예종의 측근에서 담론하고 창화하여서 금문우객金門羽
客으로 불리던 도교적 인물이었다.[30] 최당은 신종 때 수태위守太尉 문
하시랑동중서문하평장사門下侍郎同中書門下平章事로 치사하여 기로회耆
老會를 만들고 시와 술로 소일하니 당시 사람들이 그를 지상선地上仙

　　5, 2009, 7~26쪽, 20쪽을 참고할 수 있다.

28) 조여적 저,『靑鶴集』, 이석호 역주,『한국기인전・청학집』, 명문당, 1990, 134~135쪽.

29)『揆園史話』는 도교적 설화로 엮어진 사서인데, 그 서문에서 北涯子는 淸平山人 李茗
　　이 쓴『震域遺記』를 발견하고 비로소 이 책을 저본으로『규원사화』를 쓸 수 있었다
　　고 하였다(최삼룡,「선인 설화로 본 한국 고유의 선가에 대한 연구」, 61쪽과 주
　　69). 청평산의 이명은 곽여와 같은 시대를 살면서 교유하였던 청평산인 이자현이
　　아니었을까. 이 점에 관하여는 좀 더 검토가 필요할 것으로 보인다.

30)『고려사』권97, 郭尙傳 附 郭輿傳. D에서는 頭流山의 곽여라고 하였는데 두류산은
　　지리산을 부르는 다른 이름이다. 열전에 따르면 그는 숙종 때 金州에 은거하였고,
　　예종 때에는 왕이 개경 동쪽 교외 若頭山 봉우리에 거처를 꾸려 주었다. 열전 등에
　　서 곽여가 두류산 즉 지리산에 머물렀다는 기록은 찾을 수 없다. 고려 예종대를 중
　　심으로 고려시대 도교에 관하여는 다음의 연구가 대표적이다. 이종은・양은용・
　　김낙필,「고려중기 도교의 종합적 연구」,『한국학논집』15, 1989; 김철웅,「고려중
　　기 도교의 성행과 그 성격」,『사학지』28, 1995; 김병인,「고려 예종대 도교 진흥
　　의 배경과 추진세력」,『전남사학』20, 2003; 채웅석,「고려 예종대 도가사상・도
　　교 홍기의 정치적 성격」,『한국사연구』142, 2008.

이라 불렀다.31) 그는 이인로와 더불어 지리산 청학동을 찾아 나섰던 인물이기도 하였다. 이들은 대체로 도교가 흥기한 예종 때부터 무신집권기에 이르는 시기에 활동하였다.

한유한은 최당과 더불어 무신집권기 도교·신선사상에 관심을 기울였던 대표적인 인물이 아니었을까. 앞에서 보았듯이 조정에서는 지리산에 은거한 한유한에게 서대비원 녹사의 직을 제수하였다. 고려의 대표적 의료 기구였던 대비원에 한유한을 쓰고자 한 것은 그가 도교 의술에 조예가 깊었기 때문이 아니었을까. 도교와 의술은 이전부터 연관이 깊었다.32) 도교에 크게 관심을 가졌던 예종과, 예종 때 복원궁福源宮을 건립하는데 앞장섰던 이중약李仲若, ?~1122은 도사로 의술에 정통하였다.33) D에 보이는 곽여도 역시『고려사』열전에 있듯이 도교, 의약, 음양설 등에 능하였다.34) 이처럼 도교에 관심을 기울인 예종, 이중약, 곽여 등이 의약에 조예가 깊었다. 한유한도 역시 도교 의술에 정통하였기 때문에 조정에서 그를 서대비원으로 불렀던 것이 아닐까 한다.

---

31)『고려사』권99, 崔惟淸傳 附 崔讜傳.

32) 도교는 불로장생을 목적으로 하는 신선술, 도가 보양법 등을 통하여 의학의 발달에 기여하였다. 도교와 의술의 연관성에 관하여는 다음을 참조할 수 있다(김두종, 『한국의학사』, 탐구당, 1979, 71~72쪽; 손홍렬, 「고려시대의 의료제도」, 『역사교육』29(1981), 83~127쪽, 121~122쪽).

33) 도교에 크게 관심을 가졌던 예종은 의술에도 관심이 깊어서 왕비를 위해 약을 제조하기도 하였다(『고려사』권8, 세가, 예종 13년 9월). 그리고 林椿이 쓴「逸齋記」(『동문선』권65)에 따르면 이중약은 의술을 여러 사람에게 혜택을 줄 수 있는 理術로 여겨서 의술의 연구에 힘썼다. 그는 의술을 인정받아서 숙종에게 추천되었다가 예종의 측근에서 활동하였다.『고려사』권97, 韓安仁傳을 보면 나중에 이중약은 한안인 일파로 알려져 이자겸에 의해 숙청되었다. 이 때 이자겸은 이중약이 의술에 능하다고 해서 사람을 보내어 살해하였다. 예종대 도교와 理術로서의 의술에 관하여는 채웅석, 「고려 예종대 도가사상·도교 흥기의 정치적 성격」, 105~141쪽, 124~125쪽 참조.

34)『고려사』권97, 곽상전 부 곽여전.

한유한은 지리산에 은거하면서 도교·신선사상을 익혔을 것이다. 그의 구체적인 사상 체계와 수련 방법에 관하여는 알 수 없다. 분명한 것은 고려 예종대 흥기하였던 도교의 전통이 이때까지 계승되었을 것이라는 점이다. 죽림고회竹林高會의 한 사람이었던 이담지李湛之는 예종대 활약한 이중약의 손자였다. 예종대의 도교적 흐름이 무신정권기로 이어졌던 것이다.35) 당시 이인로와 임춘의 문학작품에는 도교와 관련한 것이 많았다.36) 한때 지리산 청학동을 찾았던 이인로는 단전호흡이나 도인체조 등에 관심이 높았다.37) 또한 최씨정권에서 활동한 권경중權敬中은 신선의 벽곡술辟穀術을 익혔던 것으로 전한다.38)

지리산의 은자 한유한도 역시 도교적 수련에 정진하였던 것으로 볼 수 있다. 그렇기 때문에 『청학집』에서 그를 도교의 계보를 잇는 인물로 소개하였을 것이다. 한유한은 무신집권기 신선사상·도교의 흐름을 계승한 인물이었다. 그는 난세를 만나서 신산인 지리산에 몸을 숨기고 속세를 떠나 살았다. 그가 지리산에 은거한 사상적 배경은 도교적 피세·은둔사상에 있었던 것으로 여겨진다. 지리산 골짜기에서 삶을 마치기까지 한유한은 선인의 길을 걸었던 것이 아니었을까 한다.

이처럼 한유한은 최충헌집권기 정치 사회적 혼란을 피하여 지리산

---

35) 이인로의 『破閑集』 권중에는 "나의 벗 湛之는 곧 左司[이중약]의 內孫이다"라는 구절이 전한다. 고려 예종 때 도교가 무신집권기의 도교 사상으로 연결되었던 점에 관하여는 이종은·양은용·김낙필, 「고려중기 도교의 종합적 연구」, 69~124쪽, 97~116쪽 참조.

36) 문학작품에 수용된 도교사상을 분석한 연구에 따르면 이들의 시문에는 피세와 은일사상, 선계와 취락사상, 星宿신앙 등이 나타난다고 한다. 이종은·양은용·김낙필, 같은 논문, 97~116쪽.

37) 李仁老, 「早起梳頭效東坡」(『동문선』 권4)와 林椿, 『西河集』 권1, 「有懷李眉叟二首」.

38) 『고려사』 권101, 權敬中傳.

에 은거하였다. 지리산은 정치의 중심지 개경에서 멀리 떨어진 변방
의 큰 산이었다. 깊은 골짜기가 많아서 은거하기에 적합한 장소였다.
또한 지리산에는 청학동 전설이 내려와서 은일의 이상향으로 알려졌
다. 지리산에 은거한 한유한은 세속적 일상과 단절된 생활을 하였다.
조정에서 서대비원 녹사직을 제수하였지만 나아가지 않았다. 그의
피세, 은거 생활은 신선사상·도교에 바탕을 두고 있었다.『청학집』
에서는 한유한을 도교의 흐름을 계승한 인물로 거론하였다. 이를 통
하여 볼 때 한유한의 은거는 도교적 피세·은둔사상에 따른 것으로
볼 수 있다.

Ⅲ. 한유한에 대한 조선시대의 기억

1. 지리산의 '군자(君子)' 한유한

한유한이 지리산에서 종적을 감춘 뒤 그에 대한 기억과 기념의 역
사가 시작되었다. 조선시대 지리산을 유람한 사람들이 한유한의 은
거처를 찾았다. 지리산 남쪽 악양의 삽암에 이르러 한유한의 옛일을
떠올렸다. 그의 행적을 기렸던 유학자들의 기록도 찾을 수 있다. 안정
복安鼎福, 1712~1791은『동사강목』의 고려 희종 즉위년 12월 조에서
한유한이 지리산으로 들어갔던 일을 기록하였다. 그 아래에 조식曺植,
1501~1572과 권부崔溥, 1454~1504가 한유한에 관하여 쓴 글을 실었다.
이 글은 조선시대 유학자들이 한유한을 어떻게 기억하였는지를 알아
보는 데 도움을 준다.

E-1. 南冥 曺植은 이렇게 적었다. "나라가 망하려 하는데 어찌 어진 이를 좋

아하는 일이 있겠는가? 만일 (韓)惟漢을 높은 산이나 큰 내에 비유한다면 10층 산
봉우리 위에 다시 구슬 하나를 올려놓은 것과 같으며, 한없이 넓은 물결 위에 달
이 솟아 비추는 것과 같다." - 2. 崔氏는 이렇게 적었다. "당시에 권세 있는 간신
이 국정을 천단하였으니, 바로 어진 선비는 속세를 버리고 멀리 떠날 때이었으
나, 조정의 많은 신하 중에 한 사람도 기미를 보고 떨치고 일어선 자가 없었는데,
(한)유한만이 이를 능히 하였으니 어찌 어질지 않다고 하겠는가? 그 당시 아첨하
며 벼슬 얻기를 바라는 무리들을 보기를 개나 돼지만큼도 여기지 않았거든, 하물
며 어찌 그 부름에 즐거이 달려갔겠는가? 뛰어난 풍채와 드높은 절개는 천년 뒤
에도 우러러 보고 흠모하지 않는 이가 없을 것이다."39)

E-1에 있듯이 조식은 한유한을 고려가 망하려 할 때 벼슬을 버리
고 은거한 어진 사람으로 평가하였다. 조식은 1558년명종13 4월 10일
부터 26일까지 지리산을 유람하고 「유두류록遊頭流錄」을 썼다. 4월
16일의 기록을 보면 조식은 악양에 이르러서 한유한을 떠올렸다. 유
람록에서 조식은 한유한이 고려가 어지러워질 것을 예견하고 지리산
악양에 은거하였다고 하였다. 조정에서 그를 대비원 녹사로 삼았는
데 그날 저녁 한유한이 달아나 숨었던 일에 관하여 썼다. 이어서 E-
1에 있듯이 "나라가 망하려고 할 때 어찌 어진 이를 좋아하는 일이 있
을 수 있겠는가?"라고 하였다.40)

같은 유람록의 4월 24일 자 기록에서 조식은 지리산을 둘러 본 감
회를 적었다. 여기에서 한유한과 더불어 정여창鄭汝昌, 1450~1504, 조
지서趙之瑞, 1454~1504를 세 명의 군자君子라고 하였다. 이들을 높은 산
위에 올려놓은 구슬이나 넓은 수면 위에 비친 달에 비유하였다.41) 출
처出處의 도리를 알고 난세에 은거하여 절개와 지조를 지킨 군자로 인

---

39) 안정복, 『동사강목』 제10상, 고려 희종 즉위년 12월.
40) 曹植, 『南冥集』 권2, 「遊頭流錄」, 1558년(명종13) 4월 16일 : 최석기 외 역, 『선인들
　　의 지리산유람록』, 돌베개, 2000, 105쪽.
41) 曹植, 『南冥集』 권2, 「遊頭流錄」, 1558년(명종13) 4월 24일 : 최석기 외 역, 같은 책,
　　2000, 121쪽.

식하였다. 조식은 지리산을 유람하면서 한유한, 정여창, 조지서의 은
거처를 찾았다. 이들이 살았던 시대상과 역사를 회고하였다. 그리고
지리산에 깃든 군자의 삶을 통하여 자신이 처한 현실을 돌아보았던
것이다.42)

E-2는 최부가 쓴 『동국통감론』에 보이는 내용이다.43) 최부는 한
유한이 살았던 시기를 권간權姦이 국정을 천단하던 때라고 하였다. 어
진 선비라면 속세를 버리고 멀리 떠나야 할 시기로 보았다. 이 때 조
정의 신하 가운데 오직 한유한만이 떨치고 일어났다고 하였다. 최부
는 난세에 벼슬을 버리고 은거하였던 한유한의 행동을 높이 평가하
였다. 한유한의 뛰어난 풍채와 드높은 절개는 길이 흠모의 대상이 될
것으로 보았다. 실제 한유한이 은거하기에 앞서서 벼슬한 것은 아니
었다. 그런데도 한유한이 정국의 난맥을 보고 벼슬을 버려서 선비의
도리를 다한 인물로 기억하였다. 유교적 포폄사관에 따라서 한유한
의 은거를 어진 선비의 올바른 행적으로 인식하였던 것이다.

이러한 E의 내용은 조선시대 유학자들이 한유한과 그의 은거를 기
억하는 방식을 반영한다. 유학자들은 한유한이 어지러운 세상을 피
하여 은거함으로써 절개를 지켰던 어진 선비이며 군자라고 생각하였
다. 그가 벼슬에 나아갈 때와 물러날 때를 알았던 것으로 기억하였다.
한유한이 은거하였던 지리산 자락은 그에 대한 기억을 형성하는 중
심지가 되었다.

F-1. 고려조에는 岳陽郡을 두었는데 인재가 매우 많이 배출되었다. 그 뒤에

---

42) 최석기, 「남명학파의 지리산유람과 남명정신 계승양상」, 69쪽. 이와 같은 조식의
  한유한에 대한 평가는 훗날 지리산을 유람하는 선비들에게 커다란 영향을 미쳤
  다. 최석기, 같은 논문, 84~87쪽.
43) 崔溥, 『錦南集』 권2, 『東國通鑑論』, 「韓惟漢隱于智異山」.

는 晉陽의 속현이 되었고, 지금은 또다시 河東府로 예속되었다. 黃再憲과 河聖一
이 따라 나섰다. 아침 밥을 먹은 뒤에 鉏巖에 들렀다. 바위는 큰 강가에 자리했는
데 그 위에 取適臺가 있었다. 바로 고려 때 錄事 韓惟漢이 은거하며 낚시하던 곳
이다. 그는 임금의 부름을 받자 이 골짜기로 들어왔다. 그 때 그는 "비로소 내 이
름이 세상에 알려진 줄 알았네"라는 시구를 읊조리고서 담을 넘어 도망쳤는데 高
隱洞으로 들어가 일생을 마쳤다고 한다. 취적대 위에서 잠시 쉬면서 술 한 잔을
들었다. 그의 고상한 풍모를 아련히 생각하니, 서성거리며 떠날 수가 없었다.[44]
　　F-2. 해가 뜨자 말을 타고 화개동을 나왔다. 10리를 가서 鈒巖을 지났다. 이
곳은 고려 때 錄事 韓惟漢이 살던 곳이다. 아, 나라가 혼란해지려 하면 賢者는 반
드시 먼저 세상을 피해 숨는다. 한유한은 崔忠獻이 재물을 탐하고 벼슬 파는 것을
보고 권세를 농락하여 임금을 폐하고 새로운 임금을 세울 擧事가 있는 것을 이미
알았다. 그래서 마침내 벼슬을 버리고 이 바위 아래에 와서 은거하였으니 그 높
은 풍모와 탁월한 식견은 천고의 어리석은 사람들을 경계할 수 있을 것이다.[45]

　F는 한유한이 은거하였던 지리산 악양의 삽암鉏巖과 고은동高隱洞
에 관한 기록이다. F-1은 1720년숙종46에 신명구申命耈, 1666~1742가
악양의 삽암에 들렀던 내용이다. 삽암은 악양의 섬진강 가에 있는 바
위를 가리킨다. 그 위에 취적대取適臺가 있었다. 삽암의 취적대는 한
유한이 은거하면서 낚시하던 곳으로 알려졌다. 신명구는 이곳에서
한유한의 고상한 풍모를 생각하였다. 한유한이 조정의 부름을 받아
들이지 알고 "비로소 내 이름이 세상에 알려짐을 알았네"라는 글귀를
남기고 도망쳤다고 하였다. B에서 본 고려 초의 은자를 한유한으로
여겼다. 그리고 한유한이 도망쳐 고은동高隱洞으로 들어가 생을 마쳤
다고 하였다.[46] 이에 따르면 한유한이 처음 악양의 삽암에 은거하였

---

44) 申命耈, 『南溪集』 권3, 「遊頭流續錄」, 1720년(숙종46) 4월 8일. 번역은 최석기 외 역,
　　『용이 머리를 숙인 듯 꼬리를 치켜든 듯』, 보고사, 2008, 202쪽 참조.
45) 金道洙, 『春洲遺稿』, 「南遊記」, 1727년(영조3) 9월 17일 경오. 번역은 최석기 외 역,
　　같은 책, 2008, 307쪽.
46) 신명구는 이보다 앞선 1719년(숙종45)에도 지리산에 올랐는데 薩川縣에 이르러 孤
　　隱洞을 찾았다. 이 고은동은 F-1에 보이는 高隱洞과 한자 표기는 다르지만 문맥상
　　같은 곳을 가리키는 것으로 보인다. 이곳 고은동에 한유한이 은거하였던 자취가

다가, 뒤에 조정의 부름을 받들지 않고서 고은동에 숨었다고 볼 수 있다.

이 가운데 한유한의 은거처로 널리 알려진 곳은 악양의 삽암이었다. 지리산을 찾았던 유학자들은 삽암을 찾아서 한유한의 은거를 기념하였다.47) F－2는 1727년영조3에 김도수金道洙, 1699~1733가 삽암에서 한유한을 기리면서 쓴 것이다. 그는 한유한을 나라가 혼란해지려할 때 세상을 피해 숨었던 현자賢者로 표현하였다. 최충헌이 권세를 농락하여 임금을 폐하고 새로 세울 것을 한유한이 알았다는 것이다. 벼슬을 버리고 삽암에 은거한 한유한의 풍모와 탁견을 높이 평가하였다. 권간이 임금을 폐립하는 어지러운 세상에서 절의를 지켰던 한유한을 유교의 이상적 인간이라 여겼다. 이처럼 지리산 악양의 삽암은 조선의 유학자들이 한유한의 절개를 우러르고 그에 대한 기억을 전승하는 기억의 터였다.

조선시대 악양의 삽암을 찾아서 한유한을 기렸던 사람들이 적지 않았다. 1580년선조13 4月에 변사정邊士貞, 1529~1596은 정염丁熖, 김천일金千鎰, 양사형楊士衡 등과 함께 지리산을 유람하였다. 정염이 나서서 "우리가 한 번 유람하여 그 경관을 완상한다면 한유한과 정여창에 관한 기록을 징험해 볼 수 있을 것이다"라고 제안하였다.48) 선현이 쓴 유산기에 보이는 한유한의 유적을 돌아보는 것이 지리산에 오른 주요한 동기였다. 지금까지 소개한 변사정, 조식, 신명구, 김도수의 유산기 이외에도 여러 지리산 유람록에서 악양의 삽암과 한유한에

있다고 하였다. 신명구, 『南溪集』 권3, 「遊頭流日錄」, 1729년(영조5) 5월 16일 : 최석기 외 역, 같은 책, 2008, 189쪽.

47) 지리산 유산시를 분석한 강정화는 악양의 삽암이 정여창의 유허지 岳陽亭과 함께 조선의 士들에게 절의의 상징으로 칭송되었다고 하였다. 강정화, 「지리산 유산시에 나타난 명승의 문학적 형상화」, 403쪽.

48) 邊士貞, 『桃灘集』, 「遊頭流錄」, 1580년(선조13) 4월 3일 : 최석기 외 역, 『용이 머리를 숙인 듯 꼬리를 치켜든 듯』, 보고사, 2008, 40~41쪽.

관하여 썼다. 예컨대 17세기에 성여신成汝信, 1546~1632이 남긴 유산기를 비롯하여49) 18세기의 정식鄭栻, 1683~1746,50) 황도익黃道翼, 1678~1753,51) 박래오朴來吾, 1713~178552)가 쓴 유람록과 19세기의 하익범河益範, 1767~1813,53) 하달홍河達弘, 1809~187754)과 20세기의 하겸진河謙鎭, 1870~1946이 지은 지리산 유람록55) 등에서 한유한과 그의 은거처에 관한 내용을 담았다.56)

조선의 유학자들은 지리산 악양의 삽암에서 고려 때의 은자 한유한을 기념하였다. 삽암을 매개로 이들은 한유한에 대한 기억을 공유하였다. 이들이 기억하는 한유한은 고려의 정치가 어지러웠던 때를 살았던 인물이었다. 권간이 국정을 천단하여 나라가 혼란하고 망하려 할 때, 한유한이 벼슬을 버렸거나 또는 뒤에 벼슬을 제수 받았지만 나아가지 않았던 것으로 기억하였다. 정치적 혼란기에 출사가 아닌 은거를 선택하여서 지조와 절개를 지켰던 것으로 인식하였다. 한유

---

49) 成汝信, 『浮査集』 권5, 「方丈仙遊日記」, 1616년(광해군8) 9월 30일 정유 : 최석기 외 역, 『선인들의 지리산유람록』, 돌베개, 2000, 216~217쪽.
50) 鄭栻, 『明庵集』, 「靑鶴洞錄」, 1743년(영조11) 4월 23일 : 최석기 외 역, 『용이 머리를 숙인 듯 꼬리를 치켜든 듯』, 보고사, 2008, 245쪽.
51) 黃道翼, 『夷溪集』, 「頭流山遊行錄」, 1744년(영조20) 9월 5일 기묘 : 최석기 외 역, 같은 책, 2008, 261쪽.
52) 朴來吾, 『尼溪集』, 「遊頭流錄」, 1752년(영조28) 8월 17일 : 최석기 외 역, 『선인들의 지리산유람록』3, 보고사, 2009, 78쪽.
53) 河益範, 『士農窩集』 권2, 「遊頭流錄」, 1807년(순조7) 4월 5일 : 최석기 외 역, 같은 책, 2009, 252쪽.
54) 河達弘, 『月村集』 권6, 「獐項洞記」 : 최석기 외 역, 『선인들의 지리산유람록』4, 보고사, 2010, 66쪽.
55) 河謙鎭, 『晦峯集』 권28, 「遊頭流錄」, 1935년 8월 20일.
56) 조식이 한유한을 군자로 평가한 「유두류록」은 이후 지리산 유람객과 조선의 선비들에게 커다란 영향을 미쳤다. 특히 남명학파 후학들은 쌍계사 방면을 유람하면서 한유한의 유적지를 찾는 일이 보편화되었다고 한다. 최석기, 「남명학파의 지리산유람과 남명정신 계승양상」, 85~87쪽.

한의 절의는 유학자들이 본받고자 하는 어진 선비의 덕목이었다. 유학자들은 지리산에 남겨진 한유한의 고결한 풍치를 기념하였다.

이처럼 지리산의 악양 삽암은 조선의 유학자들이 한유한에 대한 집단기억을 형성하고 전승하는 장소가 되었다. 이들은 한유한의 은거를 기념하면서 유교 지식인으로서 자신들의 정체성을 확인하였다. 혼탁한 정치 현실에서 한유한의 옛일을 통하여 진정한 선비의 도리를 떠올렸다. 조선시대 지리산 유람의 역사 속에서 군자의 풍모를 지닌 한유한이 탄생하였다. 유람에 나섰던 유학자들은 한유한의 지리산 은거를 유교적 처세의 도리를 다한 어진 행동으로 생각하였다. 이들의 기억 속에서 지조와 절개를 지킨 지리산의 '군자' 한유한이 만들어졌다.

2. 방장산의 '신선(神仙)' 한유한

지리산은 은일을 꿈꾸는 사람들의 이상향이었다. 산속에 몸을 숨기고 종교적 깨달음을 추구하는 사람이 많았다. 조선 중기 이후 일부 지식인들 사이에 수련 도교가 유행하였다. 신선이 사는 방장산으로 불리던 지리산에는 도교를 수련하는 이인異人, 선인仙人이 많았다. 민간에서는 지리산을 무대로 한 신선 설화가 퍼져 나갔다.[57] 이러한 경

---

57) 지리산을 공간적 배경으로 한 신선 설화에는 다음과 같은 것이 있다. 車天輅가 쓴 『五山說林』에는 徐敬德(1489~1546)이 지리산에서 異人을 만났다는 이야기가 있다. 또한 『천예록』에 실린 설화 「장도령」(유재건 편, 실시학사고전문학연구회 역, 『이향견문록』, 민음사, 1996, 463~468쪽)과 『청구야담』의 「興元土從遊靑鶴洞」(김경진 편, 『청구야담』 권12 : 김동욱·조명기 역, 『청구야담』 하, 교문사, 1990, 112~115쪽), 「餉山果渭城逢毛仙」(『청구야담』 권18 : 김동욱·조명기 역, 같은 책, 1990, 611~617쪽)에서도 지리산 신선에 관한 이야기가 전한다. 이러한 설화의 무대로 지리산이 등장하는 것은 지리산에 도교를 수련하는 선인, 이인이 많았음을 알려준다.

향은 지리산의 은자 한유한에 대한 또 다른 상상을 만들었다.

한유한이 방장산에서 '신선'이 되었을 것이라고 생각하는 사람들이 있었다. 이에 관한 이야기는 1751년영조27 무렵 이중환李重煥, 1690~1752이 쓴 『택리지』에 나온다. 지리산과 그 골짜기에 관한 내용 가운데 악양동에 은거한 한유한에 관한 내용을 실었다.

> G. 지리산은 南海 가에 있다. 이곳은 백두산 산맥이 크게 끝난 곳으로 산의 다른 명칭은 頭流山이다. 세상에서는 금강산을 蓬萊山, 지리산을 方丈山, 한라산을 瀛洲山이라 하는데 이른 바 三神山이다. 지리지에서는 지리산을 太乙이 사는 곳이며, 여러 신선이 모이는 곳이라 하였다. 골짜기가 서리어 뒤섞였고 깊고 크다. …… 산 남쪽에 花開洞과 岳陽洞이 있다. 모두 사람이 살고 산수가 매우 아름답다. 고려 중엽에 韓惟漢이 李資謙의 횡포가 심함을 보고 장차 화가 일어날 것을 알고서, 관직을 버리고 가족을 데리고 악양에 숨었다. 조정에서 그를 찾아서 벼슬을 주고 불렀으나 그는 도망쳐 숨고 세상에 나타나지 않아서, 종적을 알지 못한다. 어떤 사람들은 신선이 되어 갔다고 한다. 서쪽으로는 華嚴寺와 燕谷寺가 있고 남쪽으로는 神凝寺와 雙溪寺가 있다. (쌍계)사에는 신라 孤雲 崔致遠의 화상이 있으며 골짜기의 石壁에는 고운의 큰 글자가 여러 군데 새겨져 있다. 세상에서 전하기를 "고운이 도를 얻어서 지금까지 가야산과 지리산을 오간다"라고 한다.58)

G에 보이는 한유한의 이야기는 『고려사』 열전과 비교할 때 세부적인 내용이 바뀌고 덧붙여졌다. 서로 다른 부분은 크게 두 가지이다. 첫째 한유한이 이자겸李資謙, ?~1126의 횡포를 보고 장차 화가 일어날 것을 알았다고 하였다. 한유한을 최충헌 집권기에 살았던 인물이 아니라 이자겸이 득세한 고려 인종 때의 인물로 보았다. 한유한의 이야

---

58) "智異山 在南海上 是爲白頭之大盡脈 故一名頭流山 世以金剛爲蓬萊 以智異爲方丈 以漢挐爲瀛洲 所謂三神山也 地誌 以智異爲太乙所居 羣仙所會 洞府盤互深鉅 …… 山之陽面 有花開洞 岳陽洞 皆人居 而山水甚佳 高麗中葉 韓惟漢 見李資謙橫甚 知禍將作 棄官挈家 隱岳陽 朝廷物色之 拜官召之 惟漢仍逃隱 不見於世 不知所終 或以爲仙去 西爲華嚴燕谷寺 南有神凝雙溪寺 寺有新羅崔孤雲致遠畫像 沿溪石壁 多刻孤雲大字 世傳孤雲得道至 今往來於伽倻智異兩山間云." 李重煥, 『擇里志』, 卜居總論, 山水.

기가 전해지는 과정에서 세부 내용에 변개가 있었던 것이다. 이자겸
과 최충헌은 국왕의 권력을 뛰어넘어 정치력을 행사한 권세가였다.
한유한이 권간의 횡포를 피하여 은거하였던 것으로 보아서 그에 대
한 기억의 대강은 바뀌지 않았다.

둘째 한유한이 '신선이 되어 갔다'고 말하는 사람들이 있었다는 점
이다. 『택리지』에 따르면 한유한은 개경에서 벼슬을 버리고 지리산
악양에 숨었다. 조정에서 그를 찾아서 벼슬을 다시 내렸지만 그는 몸
을 감추어 숨었다. 세상에 나타나지 않아서 그의 종적을 알지 못하였
다. 그가 언제 어디에서 어떻게 죽었는지 알 수 없었다. 그의 죽음은
확인되지 않았다. 이 때문에 그가 방장산에서 신선이 되어 갔다고 말
하는 사람이 있었다. 한유한의 신선설을 내세운 사람이 누구였는지
분명하지 않다. 수련 도교가 유행하고 신선 설화가 퍼지면서 민간에
서 지리산의 은자를 신선으로 기억하려 하였던 것이 아닐까 한다.

지리산에 은거한 역사적 인물 가운데 최치원이 신선이 되었을 것
이라는 이야기는 널리 퍼져 있었다. G의 마지막 부분에 있듯이 지리
산 쌍계사에는 최치원의 영정이 있으며, 인근 석벽에는 그가 쓴 글씨
가 새겨져 있었다. 또한 최치원이 득도得道하여 가야산과 지리산을 오
간다는 전설이 내려왔다. 신라 말의 최치원이 지리산에 조선시대에
까지 여전히 살아 있다고 하였다. 그가 신선이 되었다는 전설은 비기
에 나타났다.59) 최치원은 신라 말 난세를 비관하여 지리산 쌍계사에

---

59) 1611년(광해군3)에 柳夢寅(1559~1623)이 쓴 「遊頭流山錄」에서는 최치원에 관한
  비기를 인용하였다. 그 비기에 "근년에 崔孤雲이 푸른 당나귀를 타고 獨木橋를 지
  나는데 나는 듯하였다"라고 하였다. 또한 "고운은 죽지 않고 지금도 靑鶴洞에서 노
  닐고 있다. 청학동의 승려가 하루에 세 번이나 고운을 보았다"라는 내용이 있다는
  것이다. 柳夢寅, 『於于集』 권6, 「遊頭流山錄」, 1611년(광해군3) 4월 6일 을해 : 최석기
  외 역, 『선인들의 지리산유람록』, 돌베개, 2000, 193쪽.

서 노닐었다.60) 그가 죽지 않고 지리산에 살아 있다는 이야기가 조선 후기까지 전해졌다.

이러한 최치원의 이야기는 한유한에 대한 기억을 형성하는 데 영향을 미쳤을 것으로 여겨진다. 두 사람은 혼란한 정치상을 비관하였다. 불우한 처지에서 지리산에 몸을 숨기었다. 이들의 행적은 방장산으로도 불리는 지리산의 신선 세계로서의 이미지와 결합하였다. 이로써 한유한이 신선이 되었을 것이라는 기억이 만들어졌을 것이다.

위의 『택리지』에 보이는 기록(G)은 한유한을 고려 인종 때의 신선으로 기억하는 데 큰 영향을 미쳤다. 19세기 중엽 이규경李圭景, 1788~1856?이 쓴 「지리산변증설智異山辨證說」을 보면 "고려 때 한유한이 李資謙의 횡포가 심함을 보고서 화가 장차 일어날 것을 알고 벼슬을 버리고 가족을 거느리고 지리산에 은거하였다"라고 하였다. 조정에서 관직을 제배하여 불렀으나 한유한은 다시 도망하여 숨어 세상에 나타나지 않았다. 뒤이어서 "혹은 말하기를 神仙이 되었다고 한다"라고 하였다.61) 또한 이능화李能和, 1869~1943는 한유한을 고려 선파의 한 사람으로 소개하면서, 『택리지』에 보이는 G의 기록을 인용하였다.62) 이처럼 그가 방장산의 '신선'이 되었을 것이라는 기록과 기억에 대한 전승이 이어졌다.63)

---

60) 『삼국사기』권46, 崔致遠傳. 열전의 기록에 따르면 최치원은 가야산 해인사에 은거하다가 생을 마감하였다.

61) 李圭景, 『五洲衍文長箋散稿』, 天地篇, 地理類, 「智異山辨證說」.

62) 이능화 저, 이종은 역주, 『조선도교사』, 보성문화사, 1992, 119~120쪽.

63) 한국역대인물 종합정보시스템(http://people.aks.ac.kr)에서 '한유한'을 검색하면 나타나는 내용도 『택리지』의 기록과 크게 다르지 않다. 여기에서는 한유한을 고려 인종 때의 奇人이라 하였다. "처음에는 벼슬하였으나 이자겸의 횡포가 날로 심해지자 화란이 장차 일어날 것을 예측하고 가족을 데리고 악양에 숨어 살았다"라고 한 것을 볼 때 그를 인종 때 인물로 본 G의 기록과 같다. 또한 "세인들은 그가 신선이 되었다고 하였는데"라는 구절이 있어서 G의 기록을 근간으로 한유한을

요컨대 한유한이 지리산에 종적을 감춘 뒤 그에 대한 기억의 역사가 만들어졌다. 앞서 보았듯이 조선의 유학자들은 한유한을 어지러운 정치를 피하여 절의를 지키고자 지리산에 은거한 군자로 기억하였다. 이와 달리 한유한을 방장산의 신선으로 기억하는 사람들이 있었다. 세상과 인연을 끊고 산속에 숨은 한유한이 신선이 되었던 것으로 상상하였다. 한유한의 신선설은 유학자들이 기억하는 그의 풍모와 서로 다른 계통의 기억을 반영한다. 한유한은 그의 은거를 기리는 조선시대 사람들의 기억 속에서 지리산의 '군자' 또는 '신선'으로 새롭게 태어났다.

Ⅳ. 맺음말

한유한은 역사상 대표적인 지리산의 은자였다. 이 글은 고려 무신집권기 한유한의 지리산 은거와 그에 대한 조선시대 사람들의 기억에 관해서 살피는 데 목적이 있었다. 지금까지 살핀 내용을 요약하면 다음과 같다.

한유한은 무신집권기 개경에 살면서 벼슬길에 나가지 않았다. 한미한 집안 출신으로 정치권에서 소외된 인물이었다. 그는 최충헌의 독재와 매관을 보고서 장차 난이 일어날 것을 예견하였다. 최충헌의

선인으로 파악하여서 인종 때의 기인이라 표현한 것으로 보인다. 이처럼 한유한을 도교적 인물이며 신선으로 기억하는 방식은 오늘날까지 유통되고 있다. 해당 항목의 참고문헌으로는 『八星志』를 제시하였다. 과문한 탓인지 이 책을 누가 언제 지은 것인지 찾지 못하였다. 이중환이 지은 택리지는 『八域志』로도 불리웠다. 혹 『팔성지』가 『팔역지』와 같은 계열의 책이 아니었을까. 앞 부분의 내용과 세상 사람들이 그가 신선이 되었다고 하였다는 구절이 크게 다르지 않다. 아마도 같은 계통의 전승을 바탕으로 서술되었던 것이 아닐까 한다.

위상이 이전보다 높아진 1204년희종1에 그는 개경을 떠나서 지리산에 은거하였다. 현실 정치를 비판적으로 인식하여 정치 사회적 혼란을 피하고자 하였다. 그는 무신정변이 일어난 뒤 무신정권을 피하여 입산한 문인층의 계보를 이었다고 할 수 있다.

한유한이 은거지로 선택한 곳은 지리산이었다. 지리산은 개경에서 멀리 떨어진 변방의 명산이었다. 깊은 골짜기가 많으며 청학동 전설이 내려오는 은일의 이상향으로 알려졌다. 그는 지리산에서 세속적 일상과 단절된 은일의 삶을 살았다. 최씨정권에서는 그에게 서대비원 녹사직을 제수하였지만 그는 나아가지 않았다. 이러한 한유한의 피세, 은거 생활은 신선사상·도교와 연관이 깊었다. 『청학집』에 있듯이 그는 도교의 흐름을 계승한 인물이었다. 그의 지리산 은거는 도교적 피세·은둔사상에 바탕을 두었다.

한유한은 지리산의 깊은 골짜기에서 생을 마감하였다. 그가 종적을 감춘 뒤 그에 대한 기억과 기념의 역사가 만들어졌다. 조선시대 유학자들은 한유한의 유허지인 지리산 남쪽 악양의 삽암을 찾아서 그의 은거를 기렸다. 유학자들은 한유한을 지리산의 '군자'로 기억하였다. 그의 은거를 권간이 전횡하는 정치적 혼란기에 벼슬을 버리고 절의를 지켜서 유교적 처세의 도리를 다한 어진 행동으로 생각하였다. 악양의 삽암을 매개로 유학자들은 군자의 풍모를 가진 한유한에 대한 기억을 공유하고 전승하였다.

이와 달리 한유한이 방장산의 '신선'이 되어 갔다고 기억하는 사람들이 있었다. 지리산은 신산인 방장산으로도 불리었다. 한유한은 산속에 모습을 감추고 세상에 나타나지 않았다. 사람들은 그의 종적을 알지 못하자 그가 방장산지리산의 신선이 되었던 것으로 상상하였다. 그의 은거가 신선 세계로 알려진 지리산의 이미지와 결합하여 그의 신선설이 전승되었다. 신선설은 유학자들이 기억하는 그의 풍모와 다른 계통의 기억을 반영한다. 이처럼 한유한은 그의 은거를 기리는 조선시대 사람들의 기억 속에서 지리산의 '군자' 또는 방장산의 '신선'으로 새롭게 탄생하였다.

역사상 지리산에는 여러 인물이 발자취를 남기었다. 조선 후기 하익범河益範, 1767~1815은 「유두류록遊頭流錄」에서 "연단술을 익힌 최문창崔文昌[최치원], 고결한 한녹사韓錄事[한유한], 박식하고 단아한 점필재佔畢齋[김종직]와 탁영濯纓[김일손], 도학을 밝힌 일두一蠹[정여창]와 남명南冥[조식] 같은 여러 선생들이 연이어 승경을 찾아 이 산에서 노닐거나 깃들어 살았다. 그 이름이 만고에 남아 이 산과 함께 영원히 전해질 것이니, 어찌 이 산의 다행이 아니겠는가?"라고 하였다.[64] 지리산을 찾았던 인물의 숨결과 발길을 통하여 지리산권의 역사가 만들어졌다. 한유한의 은거는 지리산 은일의 역사가 되었다. 그에 대한 조선시대의 사람들의 기억은 지리산을 유학자의 이상적 은거지 또는 신선의 세계로 상상하도록 하였다.

▶ 이 글은 『역사학연구』 제41집(호남사학회, 2011년 2월)에 실렸던 「고려 무신집권기 지리산의 은자 한유한(韓惟漢) - 지리산 은거 동기와 후대의 기억을 중심으로 - 」를 다시 수록한 글임을 밝힌다.

---

64) 河益範, 『士農窩集』 「遊頭流錄」, 1807년(순조7) 4월 9일 : 최석기 외 역, 『선인들의 지리산유람록』 3, 보고사, 2009, 255쪽.

한말 고광순의 의병활동과 지리산근거지론

홍영기*

고광순高光洵, 1848~1907은 한말 의병장으로 활동하다가 지리산 피아골의 연곡사燕谷寺에서 순국하였다. 그는 1895년 말부터 1907년까지 10여 년간 고난의 항일투쟁을 전개했던 인물이다. 그런데 그는 전라남도 창평昌平에서 태어나 주로 자신의 향리를 중심으로 활동하였다. 그가 의병에 처음으로 참여했던 지역 역시 창평과 인접해 있던 장성이었다. 당시 그는 자신의 사돈인 기재奇宰와 함께 장성의병에서 활동하였다.[1]

이후 그는 10여 년간 오로지 의병을 일으킬 일념으로 활동하였다. 그러한 그를 황현은 다음과 같이 평하였다.

---

* 순천대학교 인문학부 사학전공 교수.

[1] 홍영기, 「한말의 담양의병」, 『義鄕의 고장 담양』(담양군, 2004), 83~84쪽.

기우만이 실패하자 사람들의 원성이 커져 향리에서 생활할 수가 없었다. 그러나 용감하게 국가의 치욕을 씻을 것을 생각한 공(고광순 : 필자주)은 유유히 길을 떠나 집안 식구들의 생활은 아랑곳하지 않고 오직 의병활동만을 구상하였다. 그러나 형세는 구애받지 않고 그저 의병을 일으키기 위해 남루한 모습으로 영남과 호남을 오가면서 의로운 사람이 있다는 소문을 들으면 자신이 좋아서 곧 바로 찾아가 눈물을 흘리며 함께 거사할 것을 권고하였다. 사람들은 간혹 비웃기도 하였지만 더더욱 권고하기를 게을리 하지 않았고 미친 사람 같이 슬퍼하기도 하고 꾸짖기도 하였다. 그러한 활동이 이미 오래되어 자취가 약간 드러나자 많은 사람들은 그를 위태롭게 생각하였다(黃玹, 「略傳」, 『鹿川遺稿』 卷 下).

위에서 알 수 있듯이, 그는 자신의 생명은 물론이거니와 가족의 생계를 버려둔 채 오로지 구국의 일념으로 활동하였다는 것이다.

그의 활동에 대해 일본측 자료에서도, "제1기1906~1907의 대표적 거괴巨魁는 최익현崔益鉉·고광순高光洵·기삼연奇三衍 등이며, 모두 명문벌족名門閥族 출신으로서 경서經書나 사기史記에 통달하고 있다"2)라고 한 점으로 보아, 일제는 그를 1906~1907년 사이에 활동한 가장 대표적인 의병장 가운데 한 사람으로 꼽았음을 알 수 있다.

그런데 고광순과 그의 의병활동에 대해 구체적인 검토를 한 경우는 찾기가 어렵다.3) 대체로 중기의병을 언급하는 과정에서 간단히 언급하거나,4) 후기의병의 서술과정에서 간략히 언급된 바 있다.5) 그리고 담양지역 한말의병을 정리하는 과정에서 그의 의병활동을 언급한 정도이다.6) 그래서인지 대부분의 연구가 구체적이지 않을 뿐만

---

2) 『全南暴徒史』(전라남도 경무과, 1913); 李一龍 역, 『秘錄 韓末全南義兵戰鬪史』(전남일보 인서관, 1977), 8쪽,
3) 趙東杰, 「鹿川 高光洵義兵將의 戰跡地 紀行」, 『韓國近代史의 試鍊과 反省』, 지식산업사, 1989, 345~351쪽.
4) 박민영, 『한말 중기의병』(독립기념관 한국독립운동사연구소, 2009), 「제4장 제3절 고광순 의병」, 141~145쪽.
5) 홍영기, 『한말 후기의병』(독립기념관 한국독립운동사연구소, 2009), 「제4장 제5절 전라도의 의병항쟁」, 196~202쪽.

아니라 간혹 잘못 서술된 경우도 있다.[7]

이에 이 글에서는 고광순의 의병활동을 보다 구체적으로 살펴보고, 그러한 활동과정에서 그가 어떻게 이른바 지리산근거지론을 수립하여 실천하게 되었으며 그 의미는 무엇인지 밝혀보고자 한다. 특히, 그의 지리산근거지론을 유인석柳麟錫의 백두산근거지론과의 비교를 통해 그 의미를 살펴보려는 것이다. 가르침을 바란다.

Ⅱ. 고광순의 의병활동

고광순은 호남의 명가로 알려진 장흥고씨長興高氏로서, 자는 서백瑞伯, 호는 녹천鹿川이다. 그의 생부는 정상鼎相, 생모는 김씨였으나 어려서 백부인 경주慶柱의 집안으로 입양되었다. 이로써 그는 임진왜란 당시 삼부자가 순절한 의병장 고경명高敬命의 12대손이자, 고경명의 아들 인후因厚의 11대 사손祀孫이 되었다.[8] 그는 10여 년간 학문에 전념하면서도 효성이 지극하고 우애가 깊었으며, 가난하고 억울한 사람들을 잘 도와줌으로써 진실로 덕을 좋아하는 군자로 향리에서 회자되었다. 다시 말해 그는 19세기 후반까지만 하더라도 참다운 선비로서의 자질을 닦고, 의병장 종가의 본분에 어긋나지 않은 삶에 충실했

---

6) 홍영기, 위의 논문, 76~107쪽.

7) 잘못 서술된 내용은 논지를 전개하는 과정에서 언급할 것이다.

8) 吳駿善, 「義兵將 高鹿泉傳」, 『後石遺稿』(1934); 『독립운동사자료집』 2(독립운동사편찬위원회, 1970), 635쪽 및 高光烈, 「鹿川公行狀」(1946), 『독립운동사자료집』 3(1971; 이하 『자료집』), 281~282쪽. 위의 두 자료에서는 고광순의 호를 '鹿泉'으로 표기했으나, '鹿川'의 착오이므로 수정하였다. 고광순은 창평의 남쪽 고개인 鹿渴과 생가 곁에 졸졸 흐르는 柳川의 위에 살고 있다하여 각기 한 글자씩 차용하여 '鹿川'이라 했다고 한다. 盧鍾龍, 「傳」, 『鹿川遺稿』 권 하.

음을 다음의 기록이 전해준다.

> 차츰 장성하자 上月亭에 올라가 10년 동안 문을 닫고 마음을 다해 六經을 전
> 공하여 은미한 辭緣과 심오한 뜻을 조목조목 분석함으로써 經義에 매우 밝아 格
> 物 致知 誠意 正心의 공부와 修身 齊家 治國 平天下의 도를 항상 스스로 講明하였
> 다. 이로써 雜誌 鎭錄 등 諸家의 著作은 절대로 눈길을 두지 않았고, "이는 족히
> 마음에 해가 될 따름이다. 하필이면 바른 길을 버리고 굽은 길을 취하겠느냐"고
> 말하였다. 스스로 뜻을 세움이 확고하여 옛 군자의 지위를 목표로 삼은 것에 전
> 혀 흔들림이 없었다(고광렬, 「녹천공행장」, 『자료집』 3, 283쪽).

위에서 알 수 있듯이, 그는 성리학에 심취한 군자의 길을 걷고 있었
다. 물론 그 역시 여느 선비와 마찬가지로 입신양명을 위한 과거에 응
시하기 위해 상경하였다. 하지만 시관試官의 부패로 낙방한 그는 다시
는 과거에 응하지 않았다.9) 이러한 그에 대하여 "지조와 의기가 고매
하고 언행이 진중하여 위력에 굴복하지 아니하고 이욕利慾에 유혹되
지 아니하니, … 이서吏胥들은 그 덕에 굴복하고 노복들은 그 은혜에
감격하고 향당鄕黨은 그 풍속을 우러르고 종족宗族은 그 의義를 높이
보았다"10)라고 평하였다.

그러던 중 19세기 말 일제의 침략이 본격화되었다. 즉 일제가 1895
년에 명성황후시해사건과 단발령 등을 자행하자 지방의 유생들이 근
왕지향勤王志向의 의병을 일으킨 것이다. 전라도에서는 1895년 겨울
부터 장성의 송사松沙 기우만奇宇萬을 중심으로 거의擧義를 준비하였
다.11) 그리하여 그는 노사蘆沙 기정진奇正鎭의 문인門人, 즉 자신의 동

---

9) 황현, 「略傳」, 『녹천유고』 권 하; 고광렬, 「녹천공행장」, 『자료집』 3, 285쪽; 「高光
  洵上疏文」, 『韓末義兵資料集』(독립기념관, 1989), 156쪽.
10) 고광렬, 「녹천공행장」, 『자료집』 3, 284~285쪽.
11) 黃玹, 『梅泉野錄』(국사편찬위원회, 1955), 198쪽. 한편, 장성에서 일어난 의병에 관
  해서는 아래의 논문이 참고된다. 糟谷憲一, 「初期義兵運動について」, 『朝鮮史研究會
  論文集』 14(1977); 金滇, 「韓末 全南長城의 義兵抗爭」, 『光州敎大 論文集』 21(1981);

학同學들과 가문의 도움을 받아 전라도에서는 최초로 1896년 2월에 장성에서 의병을 일으켰다.

기우만 등 호남의 유림儒林들은 먼저 상소운동을 통해 복수토벌復讐討賊, 단발령의 철폐, 옛 제도의 복구 등을 주장하였다. 하지만 이들의 상소가 받아들여지지 않은데다 1896년 2월에는 아관파천이 발생하였다.[12] 이에 이들은 전라도 각지에 기우만의 이름으로 격문을 발송하며 의병에 가담할 것을 권유했는데, 주요 내용으로는 고종의 환궁과 개화파의 처단, 옛 제도의 복구와 복수토적 등이었다.

이 소식을 전해들은 고광순은 장성의병에 참여했는데, 의병에 가담하면서 그는 상소문을 올렸다. 아래의 글이 그것이다.

> 전라도의 昌平 幼學 臣 高光洵은 진실로 황공하옵게도 머리를 조아리고 백번 절하며 主上殿下께 上言을 하나이다. … 臣의 선조 忠烈 臣 敬命과 孝烈 臣 從厚와 毅烈 臣 因厚 3부자는 임진란에 순절을 하여 세상이 忠孝古家로 일컫고 있으며 列聖朝의 보상해준 은전과 후손들의 蔭을 받은 恩이 하늘처럼 높고 땅처럼 후한데 臣은 바로 毅烈의 祀孫입니다. 조상을 생각하고 교훈을 지켜왔으니 한결같은 충성심이 어찌 서울에 사는 世家들보다 일푼이라도 덜하겠습니까(「高光洵上疏文」, 『韓末義兵資料集』, 독립기념관, 1989, 155~156쪽).

위의 인용문은, 그가 1896년 2월에 고종에게 올린 상소문의 일부이다. 이 글을 통해 알 수 있듯이 그는 임진왜란시 순절한 의병가의 후예로서 선조의 교훈을 지키면서 누구보다 충성심이 깊다는 점을 강조하고 있다. 그는 임진왜란 당시 순국한 의병장의 사손祀孫이라는 자긍심과 책임감이 매우 컸음을 확인할 수 있다.[13] 나아가 그는 임진

_______, 「松沙 奇宇萬의 斥邪衛正 思想」, 위의 책 22(1982); 李相寔, 「韓末의 民族運動─長城地方의 義兵活動을 중심으로」, 『人文科學』2(木浦大, 1985).

12) 홍영기, 「舊韓末 湖南義兵의 倡義性格」, 『湖南文化研究』22, 1993, 42쪽.

13) 고광순이 의병을 일으킨 이유로 일제의 경제적 침탈과 고종의 密勅, 그리고 임진

왜란 의병에서 자신이 의병에 참여하게 된 역사적 연원과 명분을 찾았음을 알 수 있다.

그는 장성의병에 참여하여 상소문과 통문을 작성하는 한편, 광주 장성 담양 순창 창평 등지에 의병을 권유하는 통문을 보내어 장성향교의 창의와 광주회맹光州會盟에 가담할 것을 촉구하였다.14) 그리하여 이들은 1896년 음력 2월 7일 장성향교를 도회소都會所, 양사재를 향회소鄕會所로 삼아 의병을 일으켰다.15) 이들은 나주의병과 연합하기 위해 음력 2월 11일 나주로 이동하였는데, 약 200명 규모였다.

이들은 나주의병과 만나 임진왜란 당시 의병을 일으켜 순절한 김천일金千鎰 의병장의 사우고지祠宇故址에 단을 설치한 후 제문을 바치고 나주의 진산 금성산에 위치한 금성당錦城堂에서 제사를 올렸다. 이어 이들은 지방의 거점을 확보한 다음 군사를 모아 근왕勤王하기 위한 북상계획을 수립하는 한편, 자신들의 주장을 담은 상소를 올렸다. 아울러 북상하기 위한 거점을 광주로 확정한 후 음력 2월 하순 장성의병은 광주로 이진하고 나주의병은 후방을 방어할 목적으로 나주에 주둔하였다.

이러한 상황을 파악한 정부에서는 호남의병을 해산하기 위해 선유사 신기선申箕善과 친위대를 파견하였다.16) 신기선은 기우만에게 국왕의 조칙을 전하면서 해산을 종용하였다. 광주에 주둔 중이던 장성의병은 음력 2월 28~29일 경 해산하였으며, 나주의병은 그보다 앞서

왜란 때 순국한 의병장의 종손 등을 거론하나(조동걸, 앞의 글, 346~347쪽 및 박민영, 앞의 책, 142쪽), 그가 처음 의병에 참여한 이유는 1896년 음력 2월에 올린 상소문에서 확인할 수 있듯이 임진왜란 때 순국한 의병장의 祀孫이란 점이 가장 크게 작용했음을 알 수 있다.

14) 「通告列邑文」, 『鹿川遺稿』 권 상.

15) 홍영기, 『대한제국기 호남의병 연구』, 일조각, 2004, 132~133쪽.

16) 위의 책, 147쪽.

해산하고 말았다.

이렇듯 장성의병은 근왕勤王을 목표로 활동하였다.[17) 고광순 역시 자신들을 근왕의병勤王義兵으로 인식하였다.[18)

> 신은 원래 유생이기 때문에 서로 호응하여 왕실을 함께 부지하기로 약속하고 여러 고을에 통문을 발송하여 민심을 하나로 수습하여 億萬心이 오직 한마음처럼 된 것은 어찌 임금님의 덕화로 함육된 것이 아니고는 자신들의 천성으로 할 수 없는 것입니다. 그러나 아직까지 단결이 미흡한 상태이니 근왕하는 일이 늦어질까 두렵습니다. 군사를 이끌고 출정하는 날 전국 의병이 서로 호응할 것이며 즉시 대궐에 달려가 임금의 고통을 부채질하는 역적들을 일거에 깨끗이 소탕하겠습니다(「高光洵上疏文」, 『韓末義兵資料集』, 독립기념관, 1989, 160쪽).

위와 같이 고광순은 근왕의병을 일으켜 역적들을 제거해야 한다고 인식한 것이다. 그의 상소문을 통해 호남지방의 전기의병은 근왕勤王을 목표로 반개화反開化·반침략反侵略 투쟁을 지향하는 위정척사적 성향이 강했음을 알 수 있다.[19) 이는, 성리학적 사회질서를 수호하기 위한 보수적·복고적인 성격이 강했음을 의미한다.

그런데 앞서 말했듯이 이들은 1896년 음력 2월 말 해산하고 말았다. 하지만 고광순은 집안일을 젖혀두고 오직 의병을 일으킬 일념으로 영·호남으로 돌아다니며 동지를 포섭하는 데 열중하였다. 당시 그의 상황이 다음과 같이 전해진다.

> 天生 愛國志士인 高光洵은, 乙未의 國恥에 對하야, 항상 憤痛한 생각을 가지고 잇섯는 故로, 乙未以後로는 더욱이 生産作業에 뜻을 두지 않고, 枕戈嘗膽의 不平 歲月을 보내고 잇는 中, 또 乙巳(1905)年에 所謂 五條約이 締結되얏다는 말을 듯고는 晝宵로 一層 더 憤慨하다가 丙午 四月에 參判 崔益鉉(號 勉庵)이 淳昌郡에 오

---

17) 기우만, 「丙申疏 二」, 『송사선생문집』 1, 1990, 287쪽.
18) 고광순, 「丙申疏」, 『鹿川遺稿』 卷 上, 1974.
19) 위와 같음.

게 된 機會를 利用하야 勉庵과 國難을 共濟하기로 同盟하엿다. 그러나 勉庵이 곳
逮捕된 故로 高光洵은 일이 뜻과 같이 되지 못할 줄을 짐작하고 다시 歸家하야 兵
書를 더 耽讀하기에 寢食까지도 이저바리고 뜬눈으로 날을 새우는 때도 각금 잇
섯다(高永煥, 「無名烈士 高光洵(1848~1907)」, 『新東亞』9, 1932.7).

고광순은 을사조약을 전후하여 의병의 열기가 되살아나자 1906년
음력 4월에 일어난 최익현 의진에 합류하기로 했으나, 그에 앞서 최
익현 등이 순창에서 체포됨으로써 참여하지도 못하고 돌아왔다는 것
이다. 한편, 최익현은 담양 추월산秋月山에 있는 용추사龍湫寺에서 기
우만 등과 만나 대일항전의 방법에 대해 논의하였다.[20] 당시 고광순
은 이유는 알 수 없으나 용추사 회합에 참가하지 않은 것 같다. 용추
사에서 작성된 동맹록同盟錄 112명의 명단에 그의 이름이 없는 점으
로 보아 그러하다.[21]

최익현 중심의 태인의병이 실패한 후에도 고광순은 포기하지 않고
항일투쟁을 모색하였다. 그는 백낙구·기우만 등과 함께 구례 중대
사中大寺에 집결하여 지리산을 근거지 삼아 의병을 일으키기로 한 것
이다.[22] 당시 그는 족조인 고제량高濟亮과 함께 기우만·백낙구를 만
나 다시 의병을 일으키기고 합의하였다.[23] 당시의 상황을 살펴보기
로 하자.

A. 그 후 崔의 잔당은 끊임없이 민심을 선동, 도발하고 있었는데 同年(1906년 :
필자주) 11월 4일 본도의 유생으로서 본디 崔益鉉을 따르는 光陽郡의 白樂九, 長
城郡의 奇宇萬, 昌平郡(현 和順郡 屬面)의 高光洵 李恒善 등이 官制改革으로 실직
한 前 郡吏 등과 通謀하여 求禮郡 中大寺에 모여 총원 50여 명(총기 10여 정)으로

---

20) 홍영기, 「한말의 담양의병」, 앞의 책, 89쪽.
21) 崔濟學, 「勉庵先生倡義顚末」, 『자료집』 2, 67~75쪽.
22) 『全南暴徒史』(전라남도 경무과, 1913 : 전남일보 인서관, 1977), 10, 21~22쪽.
23) 고광렬, 「녹천공행장」, 『자료집』 3, 286쪽.

써 다음날 5일에 거사, 구례로부터 광양군을 통과하여 7일 順天에 이르렀는데 무
슨 느끼는 바가 있었던지 다시 구례로 돌아가 백낙구 외 수명은 이곳 군수에게
체포되었다(『전남폭도사』, 21~22쪽).

　　B. 同年(1906년 : 필자주) 九月에 또 奇宇萬 白樂九 李恒善 金相琦 等 同志로 더
부러 再次 擧義하야 將卒을 거느리고 바로 求禮郡 花開寺로 가서 檄文을 四方으
로 發送하야 많은 同志를 募聚하기로 計劃하엿는대 마침 陰 十月五日은 自己(高
光洵 : 필자주) 生家 仲兄의 葬禮日이므로 自己는 이미 몸을 國事에 바첫슨즉 兄弟
間에 臨墓永訣이나 하겟다고 三日爲限하고 花開寺를 떠나는 동안 兵事에 關한 모
든 것을 白樂九에게 委任하고 歸家하엿드니 그 翌日에 白樂九가 敵에게 逮捕되고
其他의 部下들은 모도 四散한 까닭에 또 모든 計劃이 水泡에 돌아가게 되엿다(고
영환, 「무명열사 고광순」).

　　위의 A에서 알 수 있듯이 고광순은 광양의 백낙구, 장성의 기우만
그리고 관제개혁으로 실직한 군리郡吏, 즉 향리들과 함께 의병을 일으
킬 계획이었던 것 같다. B에서도 그러한 사실을 확인할 수 있는데, 이
들은 음력 9월부터 의병을 일으키기로 하고서 구례 화개사혹은 중대
사24)에서 격문을 발송하고 동지를 규합하였다는 것이다. 다만 고광순
은 마침 仲兄의 장례일로 인해 창평으로 돌아갔다가 거사일에 당도
하지 못하자 백낙구 등이 구례 중대사에서 의병을 일으켰다가 체포
된 것이다.

　　전주의 향리 출신으로 추정되는 백낙구는 눈병에 걸려 광양의 백
운산에 은거하던 중에 을사조약의 소식을 전해듣고 의병을 일으키게
되었다.25) 당시 그는 1906년 10월에 단행된 관제개혁으로 쫓겨난 진

---

24) 일본 측 자료인 『전남폭도사』에는 중대사로, 고영환의 글에서는 화개사로 되어
　　있으나 어느 자료가 정확한 지는 잘 알 수 없다. 그런데 『전남폭도사』를 번역한 李
　　一龍은 중대사가 구례군 토지면 중대리에 있던 암자였으나 6·25전쟁을 전후하여
　　없어졌다고 한다(『전남폭도사』, 22쪽). 여기서는 의병 당시의 자료인 『전남폭도
　　사』의 기록대로 중대사로 지칭하겠다.
25) 백낙구 의병에 대해서는 홍영기의 「대한제국기 의병항쟁」(『순천시사－정치사회
　　편』, 순천시, 1997), 554~557쪽; 박민영의 「제4장 제4절 백낙구의 광양의병」(『한

주의 향리들을 의병에 끌어들이고26) 구례 중대사 봉기를 주도하였
다. 그 역시 향리집안이었기 때문에 그들을 의병대열에 합류시키기
가 용이하였을 것이다. 당시 그는 이들과 함께 구례·광양·순천 등
지를 돌며 의병확산에 노력했으나 이승조李承祖 등 6명과 함께 구례
에서 체포되었다. 이들은 순천분파소로 압송되었다가 광주로 이송되
어 재판을 받고서 완도군 고금도로 유배되었다.27)

한편, 이 사건과 관련하여 기우만 역시 1906년 음력 10월에 체포되
었다.28) 당시 기우만은 일제 경찰로부터 백낙구 의병과의 연관성에
대해 집중적으로 추궁당했다. 하지만 구체적인 물증을 찾지 못한 일
제 경찰은 그를 방면할 수밖에 없었다. 그후 얼마 지나지 않은 1907
년 초 고광순은 김상기·이항선 등과 같이 기우만을 찾았다. 이때 이
들은, "지난해에 선생은 제공諸公과 더불어 의거를 일으키기로 의논
이 결정되었는데, 제공은 순천順天에서 패전을 당하고 찾아와서 원수
를 갚고 부끄러움을 씻을 계획을 물으므로 서로 함께 눈물을 흘렸
다"29)라고 한다. 여기에서 제공諸公과 더불어 의거를 일으키기로 의
논했다는 것은 구례의 중대사 거의擧義를 의미할 것이다. 다시 말해
구례의 중대사 거의는 고광순을 비롯한 기우만·백낙구 등이 연합하
여 거의를 모색했으나 백낙구의 주도로 의병을 일으켰다가 실패한
것으로 믿어진다.30)

말 중기의병」, 2009), 146~151쪽 참조.

26) 『大韓每日申報』 1906년 11월 14일자 「光陽匪擾」; 『萬歲報』 1906년 11월 15일자 「光
陽匪擾」.

27) 홍영기, 「대한제국기 의병항쟁」, 555~557쪽; 박민영, 앞의 책, 148~150쪽.

28) 기우만, 「송사집」, 『자료집』 3, 46~47쪽.

29) 위의 책, 49~50쪽.

30) 본문에서 살펴본 바와 같이 구례 중대사 거의는 기우만·고광순·백낙구 등이 함
께 모의하였으나 고광순과 기우만은 거의에 직접 참여하지 못했음에도 직접 가담

그럼에도 불구하고 고광순은 "백절불굴百折不屈하는 정신과 흔천동지掀天動地할만한 열성을 가지고 여러 번의 실패에도 용기를 꺾기지 않고"[31] 다시금 의병을 준비하였다. 그는 1907년 2월 12일음력 섣달 그믐날 남원의 향리출신 양한규梁漢奎와 연합하여 남원성을 장악하기로 하였다. 이 무렵 그는 고종의 애통지조哀痛之詔를 비밀리에 받아 총리호남의병대장總理湖南義兵大將에 임명되었다고 전하나[32] 분명하지 않다. 고광순의 의병활동을 기록한 다른 자료에서는 전혀 언급이 없기 때문이다.

그는 양한규와 함께 남원성을 점령하기 위해 음력 12월 창평 소재 저산猪山의 분암墳庵에서 의진을 편성하였다.[33] 저산의 분암은 현재의 담양군 대덕면 운산리에 있는 전주이씨 제각을 말하는데, 담양과 화순 사이의 궁벽한 산간지대이기 때문에 의병을 일으키는 장소로 적합하였을 것이다. 당시 이 의진義陣의 맹주에 고광순이 추대되었고, 부장副將 고제량高濟亮, 선봉장 고광수高光秀, 좌익장 고광훈高光薰, 우익장 고광채高光彩, 참모 박기덕朴基德·고광문高光文, 호군犒軍 윤영기尹永淇, 종사 신덕균申德均·조동규曺東圭 등이었다.[34] 고광순 의진의

한 것으로 서술된 경우도 있다. 박민영, 앞의 책, 143쪽.

31) 高永煥, 「無名烈士 高光洵(1848~1907)」.

32) 고광렬, 「녹천공행장」, 『자료집』 3, 286쪽.

33) 위와 같음. 한편, 「녹천공행장」(고광렬 찬), 「묘갈명」(김종가 찬), 「행장」(김재홍 찬) 등에서는 고광순이 음력 12월 11일 거의했다고 하고, 고영환은 음력 12월 27일 鹿川庄에서 거의했다고 한다(「무명열사 고광순(1848~1907)」). 아마도 녹천장은 고광순의 생가를 의미한 것으로 보이나, 일제 경찰이 약 10년 동안 항일투쟁을 전개한 고광순을 주시하고 있었을 것이므로 그의 생가에서 의병을 일으키기는 어려웠을 것이다. 또한 섣달 그믐날 남원성을 공격하려면 그 3일 전에 거의해서는 너무 촉급하지 않을까 한다. 따라서 고광순 의진은 1906년 음력 12월 11일에 거의했다고 보는 것이 더 타당할 것이다.

34) 고광렬, 「麟峰公行狀」, 『자료집』 3, 296쪽 및 고영환, 「무명열사 고광순(1848~ 1907)」 참조.

지휘부만을 보더라도 고씨들이 많은 편이다. 고광순 의진의 주요 구성원뿐만 아니라 일반 의병들도 고씨들이 많았을 것으로 짐작된다. 이들은 처음 의병을 일으킬 당시에는 약 40명 규모였으나, 곡성에서 포수와 무기를 수습하여 70명으로 증편되어 남원으로 이동하였다.[35] 하지만 이들이 남원에 도착하기 전에 양한규 의진이 먼저 일어났다가 패퇴함으로써 남원을 점령하려던 계획은 물거품이 되고 말았다.

그 이후에도 고광순은 1907년 음력 3월에 능주의 양회일梁會一, 장성의 기삼연과 의병봉기를 계획하였으며 창평·능주·동복 등지를 전전하며 활동하였다.[36] 그는 60세의 나이에도 불구하고 10여 동안 고군분투하였다. 이러한 그를 일제조차, '고충신高忠臣' 혹은 '호남의병의 선구자'라고 지칭할 정도였다.[37] 그리하여 일제는 1906~1907년 사이에 활동한 가장 대표적인 의병장으로 최익현 기삼연과 함께 그를 꼽았던 것이다.[38]

하지만 그의 체포가 여의치 않자 일제 군경은 학봉鶴峰 고인후高因厚의 종택이자 고광순의 가옥을 방화하는 등 만행을 저질렀다. 다음의 자료를 통해 그러한 사실을 확인할 수 있다.

光州의 敵이 柳川里 高光洵의 家를 襲擊하야 그 집일을 보고 잇는 光洵의 從兄 高光潤을 亂打하며 그 家屋에 放火한 까닭으로 勿論 家産 什物이야 말할 것도 없거니와 數百餘年間 傳來하든 先世의 文籍이며 國朝의 賜牌文과 光洵의 遺稿와 擧義의 前後事實 草案이 全部 烏有로 돌아가게 되엿다. 그리고 또 敵은 鶴峰祠堂에까지 衝火하려고 하므로 光洵의 長子인 高在桓은 生來붙어 聾啞이나 祠堂의 불을

---

35) 고영환, 「무명열사 고광순(1848~1907)」.
36) 安圭容, 「行狀」, 『杏史實紀』 권3; 고광렬, 「녹천공행장」, 『자료집』 3, 287쪽; 고영환, 「무명열사 고광순(1848~1907)」; 황현, 「약전」, 『녹천유고』 권 하 등 참조.
37) 고광렬, 「녹천공행장」, 『자료집』 3, 290~291쪽 및 『朝鮮暴徒討伐誌』, 1913; 『자료집』 3, 703쪽.
38) 『전남폭도사』, 8쪽.

抵死消防하려다가 敵의 銃槍에 그 膀胱을 찔니여 더욱 不治의 病者로는 되엇으나
聾啞인 在桓의 慕先列誠이 헛되지 않하야 그 祠堂만은 多幸히 免火하게 되엿다
(고영환, 「무명열사 고광순(1848~1907)」).

일제가 고인후의 사손인 고광순의 가옥을 방화함으로써 수백년 동안 전해오던 각종 문적과 문서들이 모두 소실되었을 뿐만 아니라 고인후의 사당까지 불을 지르려하자 이를 저지하는 과정에서 고광순의 큰아들인 고재환도 크게 다쳐 불치의 환자가 되었다는 것이다.

이처럼 고광순은 을사조약 이후에는 국권을 수호하기 위한 보국保國 지향적 의병활동을 전개하였다. 그는 창평의 고씨 문중의 적극적인 협조로 독자적인 의진을 조직하여 활동하였으나, 커다란 성과를 거두지는 못하였다. 그가 10년에 걸친 지속적인 반일활동을 통해 호남의병의 활성화에 기여했다고 하더라도 무언가 새로운 돌파구를 모색하지 않으면 안되었을 것이다.

Ⅲ. 고광순의 지리산근거지론

1907년 후반부터 의병항쟁은 날로 격화되어 전쟁이나 다름없는 양상을 보였다. 이 무렵 일제의 국권침탈이 더욱 가속화되었기 때문이다. 즉, 일제는 7월에 고종의 강제퇴위와 한일신협약 그리고 8월에는 군대해산을 단행함으로써 대한제국은 정치적 예속화의 길로 접어들었던 것이다. 전국 각지의 번화가와 비옥한 토지, 그리고 연해 어장이나 삼림에 대한 경제적 침탈도 병행되었다. 이처럼 일제의 국권침탈이 노골화하자 의병에 투신하는 사람들이 크게 늘어났다. 국가적 위기를 자각하게 되었을 뿐만 아니라 자신들의 생존권조차 빼앗길 수

있다는 불안감 때문이었다.

그리하여 전국 각지에서 일어난 의병들은 1907년 후반 이후에는 일제와 더불어 전선이 없는 전쟁을 벌였다. 당시 언론에서는 일제와 맞서 싸우는 의병의 항일투쟁을 전쟁으로 인식하였다. 다음의 기사를 통해 그러한 사실을 확인할 수 있다.

> 지금 한국 남방에서 일어났으니 이것은 한국 독립당이 어지러이 싸우는 것이 이것을 진압하기가 대단히 어려울지라. 우리 신문 기자는 이 일을 대단히 민망히 여기고 한탄할 뿐더러 그 나중 결과가 만일 한국 의병이 패하면 일본 사람의 엄혹한 법률과 진압할 방책으로 베풀 것은 생각함이라. … 이것은 일의 성패가 어떠하든지 자기의 사람된 자격을 세계에 발명하는 일이로다(『대한매일신보(국문판)』 1907년 9월 5일자 「한국안에 전쟁」 : 현대문으로 수정).

『대한매일신보』는 「한국안에 전쟁」이란 기사에서 한국의 남방에서 의병이 일어나 진압이 어려울 정도여서 전쟁이나 다름없다고 보았다. 일제 군경 역시 의병과의 싸움을 "그 규모가 엄청나서 마치 대전쟁"[39]이라고 평할 정도였다. 당시 한국에 와있던 외국인들도 의병의 항일투쟁을 전쟁으로 인식하였다.

> 전쟁은 전쟁이니만큼 의병을 사살하는 데 대해서는 왈가왈부 할 수 없다. 불행한 일은 살육의 대부분이 무분별하며 공포를 조성하기 위한 것이었다는 것에 문제가 있을 것이다. … 1908년 7월 한 일본인 고관은 서울에서 열린 특별 법정에서 베델Bethel씨 심문에 증언하면서, 당시 약 2만 명의 일본 병력이 소요를 진압하는데 동원되고 있으며, 전국의 약 반이 무장봉기가 일어난 상태였다고 말한 바 있었다. 한국인들은 1915년까지 전투를 계속하였으며, 이 해에 이르러 비로소 반란이 완전히 진압되었다는 일본의 공식 발표가 있었다. 산악주민들, 평지의 젊은이들, 범 사냥꾼들, 그리고 늙은 군인들이 겪어야만 했던 고초를 다른 사람은 어렴풋이나마 상상조차 하기 힘들 것이다(F. A. 매켄지, 이광린 역, 『한국의 독립

---

39) 『폭도에 관한 편책』, 1909년 9월 18일자 ; 『한국독립운동사』 15(국사편찬위원회, 1986), 514쪽.

운동』, 일조각, 1993, 120~121쪽).

이처럼 외국인들은 의병의 항일투쟁을 일본과의 전쟁으로 인식하였으며, 일제는 의병을 진압하기 위해 일본군 2만 명을 동원했다는 것이다. 뿐만 아니라 일제는 무분별한 살육을 자행하는 등 야만적인 진압방법을 구사하였다.

앞서 보았듯이, 고광순은 약 10년 동안 오로지 국권을 수호하기 위해 항일투쟁을 전개했으나, 사실 그 결과는 참담할 정도였다. 그는 새로운 투쟁전략의 필요성을 느꼈으리라 믿어진다. 그러한 고심의 흔적을 앞서의 인용문에서 "병서兵書를 더 탐독耽讀하기에 침식寢食까지도 잊어버리고 뜬눈으로 날을 새우"기도 했다는 것이다. 이때 그는 즉각적인 무장투쟁보다는 장기항전을 모색하기 위한 투쟁전략을 찾기 위해 노력한 것으로 보인다.

그러면 그의 지리산을 무대로 한 장기항전 전략은 언제부터 논의되었을까. 아마도 최익현과 임병찬이 주도한 태인의병을 준비하는 과정에서 처음 제기된 것으로 짐작된다. 1906년 음력 2월에 임병찬이 최익현에게 보낸 편지에서 "곳곳에 심복들을 집결시킨 연후에 두류산頭流山에 웅거하여 진공퇴수지계進攻退守之計로 삼아야 한다"[40]고 주장한 것으로 보아 그러하다. '진공퇴수지계'는 의병이 강할 때는 나아가 적을 치고 의병이 약해지면 깊은 산에 들어가 무력을 기르는 전술을 의미한다.[41] 그러나 최익현은 두류산, 즉 지리산에서의 장기항전 전략보다는 의병을 일으켜 북상해서 일제와 외교적 담판을 통해 그들을 물리치려는 전략을 택하였다.[42] 요컨대 지리산을 무대로 한

---

40) 林炳瓚, 「答勉庵先生書」(1906.2.9), 『義兵抗爭日記』(한국인문과학원, 1986), 60쪽.
41) 홍영기, 『대한제국기 호남의병 연구』, 184쪽.

장기항전 전략은 1906년 음력 2월 태인의병을 준비하는 과정에서 임병찬이 제안한 것이었다.

그 후에도 의병의 지리산 웅거책은 지속적으로 제기되었다. 1907년 2월 남원에서 봉기한 양한규 역시 그러한 계획을 제시하였다.[43) 양한규와 고광순은 연합하여 활동할 계획이었으므로 지리산 웅거책에 대하여 서로 의논한 것으로 볼 수 있을 것이다. 이후 고광순은 장성의 기삼연, 화순의 양회일과 더불어 기각지세掎角之勢를 형성하여 동시다발적인 봉기를 계획했으나 양회일의 쌍산의소만이 1907년 4월에 거병하였다.[44) 쌍산의소의 결성과정에서 중군장 임창모林昌模는 지리산연병설智異山練兵說을 주장하였다.[45) 이처럼 고광순은 지리산을 활용하려는 여러 의진의 시도를 보거나 들어왔다. 이 과정에서 고광순 의진은 1907년 음력 5월에는 능주분파소를 공격했으나 이기지 못했고, 음력 8월 초순에는 동복에 들어가려다 일본군에게 차단을 당해 퇴각하였다.[46) 그리하여 그는 연곡근거지계燕谷根據之計를 수립하였다. 연곡근거지계는 지리산 피아골에 있는 연곡사를 근거지로 삼아 의병의 장기항전 체제를 갖춘다는 의미일 것이다. 이는 그가 10년 동안의 경험이 축적된 결과로써 거칠게나마 전략적인 두서를 갖추게 되었음[47)을 의미한다.

---

42) 위의 책, 177쪽.

43) 황현, 『매천야록』 권5, 406쪽 및 『대한매일신보』 1907년 8월 21일자 「디방정형」.

44) 홍영기, 『대한제국기 호남의병 연구』, 210~212쪽. 한편 1907년 4월 고광순 의진이 능주와 화순 점령 등의 의병활동을 전개한 것으로 서술한 경우도 있으나(박민영, 앞의 책, 144~145쪽), 그러한 활동은 양회일의 쌍산의소에 의해 이루어졌음이 확실하다(박민영, 앞의 책, 139~140쪽; 홍영기 앞의 책, 2004, 212~213쪽).

45) 梁會一, 『㐽史實紀』(1950) 권4, 9쪽; 홍영기, 위의 책, 211쪽.

46) 황현, 「약전」, 『녹천유고』 권 하.

47) 위와 같음.

이에 따라 고광순 의진은 새로운 전략을 추진하였다. 즉, 화력과 훈련 면에서 압도적인 일제 군경과 맞서 싸우는 방식을 탈피하고서 '근거지계根據之計', 다시 말해 장기항전에 대비하여 일정기간 예기銳氣를 기른 후에 항일투쟁을 불사한다는 전략을 수립한 것이다. 이를 위해 고광순은 지리산을 의병을 위한 장기항전의 근거지로 삼은 것이다. 고광순의 이러한 전략을 지리산근거지론이라 부르겠다.

한편, 그의 지리산근거지론은, 유인석柳麟錫을 비롯한 중부 이북의 의병들이 이른바 북계책北計策을 추진한 것과 비교된다고 하겠다. 유인석은 1908년 초반 만전지책萬全之策으로서의 이른바 북계책北計策을 구상하였다.[48] 그의 국권회복 전략으로서의 북계책은 국외의 일정 지역에 근거지를 마련하여 장기항전을 모색하자는 내용이었다. 그는 장기적인 항일투쟁의 근거지로서 백두산을 중심으로 한 함경도 내륙 깊숙한 험한 산중을 최적지로 꼽았다. 다시 말해 유인석의 북계책은 백두산근거지론이라 할 수 있다. 그의 「의병규칙義兵規則」 제32항에 그러한 내용이 들어 있다.

> 무릇 우리나라의 지세는 백두산 부근의 북도 여러 고을이 뿌리가 되어 가장 높고 험하니 이곳에 근거지를 세울 수 있다. 또한 청 및 러시아와 접해 있어 양식을 비축하고 무기를 구비할 길이 있으니 이곳에 근거지를 세워 족히 단단하게 하고 점차 세력을 뻗어 먼저 全道에 미치고 다음에 서, 동, 남쪽으로 확대하여 여러 도에 미치게 되면 세력이 왕성해지게 될 것이니, 이와 같이 되면 기세가 크고도 치밀해져 賊은 우리의 약속을 두려워하고 사기를 잃게 될 것이다(柳麟錫, 『毅菴集』 하, 경인문화사, 1973, 140쪽).

그는 험준한 산지인 백두산이 여러 가지로 유리한 조건을 갖추고 있으니 의병의 근거지로 삼아야 한다는 것이다.

---

48) 유한철, 「柳麟錫의 義兵根據地論」, 『한국독립운동사연구』 8, 1994, 126~127쪽.

유인석은 백두산근거지론의 유리한 조건 세 가지를 다음과 같이 언급하였다.[49] 첫째 지리적 조건이 좋다는 점이다. 그는, "생각컨대 백두산은 일국의 근저로서 부근의 제읍, 즉 무산 삼수갑산 장진 자성 후창 강계 등이 절험絶險하여 요충지가 될 만하니 이를 근거지로 삼으면 대사를 도모할 만하다"[50]고 보았다. 둘째 무장투쟁을 위한 인적 물적 기반의 조성에 유리하다는 점이다. 그는, "서북인은 강경하고 포를 쏘는 데 능하며 서북지방은 북간도와 서간도에 인접해 조선 사람들이 상당히 많다. 들건대 이 지방에서 호응하는 기세가 없지 않다 하니 이것을 서로 연결하여 병력을 기를 만하며 재곡財穀을 모을 만하고 병기를 만들거나 구입하기가 좋다. … 들건대 삼수갑산 북청은 이미 의병이 일어나서 기세가 매우 장하고 장진 강계 또한 의병이 일어나기 시작했으니 이는 우연이 아니다. 이제 동남의 병사 수천 명이 여기에 합류하면 세력이 강대해질 것이다. 따라서 서북 제읍은 근거지로 삼을 만하다"고 하였다. 셋째 국제적인 환경이 유리하다고 보았다. 이 지역에서는 유사시 청과 러시아의 원조를 구할 수도 있고, 청과 러시아로 인해 일제의 군사활동이 여의치 않을 것이라는 점을 내다본 것이다. 유인석은 북계책, 즉 백두산근거지론에 입각하여 이범윤李範允 등과 같이 훗날 13도의군13道義軍을 결성했던 것이다.

유인석의 백두산근거지론은 오랜 의병활동과 망명생활을 통해 얻은 소산으로서,[51] 당시 신민회新民會의 독립군기지 개척 구상과 쌍벽을 이루는 매우 중요한 국권회복 전략이었다. 즉 의병운동세력인 유

---

49) 위의 논문, 105, 127~128쪽.

50) 유인석, 「與諸陣別紙」, 『毅菴集』 상, 경인문화사, 1973, 592쪽.

51) 강재언, 「朝鮮獨立運動の根據地問題」, 『朝鮮民族運動史硏究』 1, 1984; 『朝鮮의 儒敎와 近代』, 明石書店, 1996, 231~233쪽.

인석의 백두산근거지론과 계몽운동세력인 신민회의 이른바 도만지
계渡滿之計가 거의 비슷한 구상을 도출했다는 점에서 주목되는 것이
다. 신민회의 그러한 구상은 이상룡李相龍이 제기하여 1910년경 양기
택梁起鐸·이동녕李東寧·주진수朱鎭洙 등의 이른바 '도만지계渡滿之計'
로 완성되었다. 그리하여 1910년 말부터 이듬해 1월 사이에 이철영李
哲榮·이시영李始榮 등 6형제 가족과 주진수 가족이 선발대로 이주를
시작하였고, 이상룡 역시 1911년 1월에 경북 안동을 출발하여 4월에
유하현柳河縣 삼원보三原堡에 도착함으로써 만주근거지론이 추진된
것이다.52) 이러한 북간도와 서간도의 항일운동기지는 1920~1930년
대 무장투쟁에서 매우 중요한 역할을 했음은 주지의 사실이다.

그런데 고광순이 지리산을 장기항전의 근거지로 삼으려는 계획은
1907년 중반 이후에 추진되었다. 그는 전라북도에서 활동하던 김동
신金東臣을 내장산內藏山53)의 한 사찰에서 만나 지리산으로 들어가 서
로 긴밀한 연계를 맺고서 의병투쟁을 전개하기로 합의했던 것이다.54)
『황성신문皇城新聞』 1907년 9월 25일자에, "호남창의총리湖南倡義總理
고광순高光洵과 호서창의대장湖西倡義大將 김동신金東臣 등이 각군향교
各郡鄕校에 발통發通한 창의문倡義文을 전북관찰사全北觀察使 김규희씨
金奎熙氏가 등본謄本하야 내부에 보고하얏다더라"고 게재된 내용으로
보아 이들이 긴밀한 관계를 맺고 활동하였음을 확인할 수 있다. 따라
서 이러한 합의에 따라 이들은 지리산으로 들어가 장기항전을 위한

---

52) 위의 책, 247~249쪽.
53) 김동신은 1908년 6월 6일 대전경찰분서 순사에 의해 체포되어 신문을 받은 과정
   에서 고광순을 내장산의 한 사찰에서 만났다고 하였다(홍영기, 앞의 책, 271쪽).
   하지만 고광렬은 이들이 鷹嶺에서 회맹하여 서로 응원할 것을 약속한 것으로 서술
   하였다(「녹천공행장」, 『자료집』 3, 287쪽). 두 자료로 보건대 이들은 내장산에서
   회견한 것으로 짐작되지만, 응령이 구체적으로 어디인지는 잘 알 수 없다.
54) 고광렬, 「녹천공행장」, 『자료집』 3, 287쪽 및 홍영기, 앞의 책, 271~272쪽.

의병근거지를 구축하였다. 아래의 기록이 그러한 사실을 말해준다.

(1907. 음) 8월 11일 행군하여 구례 연곡사에 이르렀는데, 산이 험하고 골짜기가 깊었다. 동쪽으로는 화개동과 통했는데, 그곳에는 산포수가 많았다. 북쪽으로는 文殊菴과 통했는데, 암자는 천연의 요새였다. 燕谷寺를 중간기지로 삼아 장차 문수암과 화개동을 장악하여 의병을 유진시켜 銳氣를 기르는 계책으로 삼았다. (고광순은) 대장기를 세우고 깃발에는 '不遠復' 3자를 썼다(고광렬, 「行狀」, 『鹿川遺稿』 下).

1907년 음력 8월 고광순은 연곡사가 위치한 피아골을 의병의 근거지로 삼아 '머지않아 회복한다不遠復'의 기치 아래 예기銳氣를 기른 후 항전을 도모하겠다는 구상을 밝힌 것이다. 위의 인용문에 보이듯이, 고광순의 지리산근거지론 역시 유인석의 백두산근거지론과 비슷한 점을 찾을 수 있다. 즉 지리적으로 유리한 조건과 항일투쟁을 위한 산포수의 확보를 고려한 면에서 공통점을 발견할 수 있는 것이다. 물론 양자 모두 장기항전을 위한 근거지 확보전략이라는 점도 동일하다. 다만 유인석의 백두산근거지론은 국제적 환경을 중시했기 때문에 국외근거지를 추진했으나, 고광순의 지리산근거지론은 향토수호를 중시했기 때문에 국내근거지를 추진한 점에서 차이가 있다.

한편, 고광순 등은 전라도에서 경상남도 서부지역까지 활동영역을 넓혔다. 다음의 기록이 그와 같은 사실을 알려준다.

본도(경상남도 : 필자주)에 파급한 것은 작년(1907 : 필자주) 9월 경성의 인물로서 일찍이 승지의 관직에 있었다는 김동신이라는 자가 고광순·洪永大를 손발로 삼고 전라북도를 건너 지리산에 근거를 만들고, 안의·하동·함양의 각 부락에 격서를 날려 국가의 위급을 호소하고 각료의 秕政을 탄핵하며 겹쳐 일인을 몰아내지 않으면 더러움을 백세에 끼친다는 唱導에 선동, 매혹되어 맹종하고 그 旗 밑에 모이는 자 날로 많아지며 …(『暴徒史編輯資料』, 『자료집』 3, 565~566쪽).

위에서 볼 수 있듯이, 고광순과 김동신 등은 전라북도로부터 지리산을 근거지로 삼아 경상남도의 안의·하동·함양 등지로 활동지역을 넓혀가고 있다. 다시 말해 고광순과 김동신은 지리산을 장기항전의 근거지로 주목했음을 알 수 있다. 당시 지리산을 무대로 활동하던 의병들이, "지리산중 인적이 없는 곳에 가옥을 구축하고 장벽을 설치하고 방책을 만들고 주식을 저축하여 영구지책永久之策을 강구"55)했던 것으로 일본 경찰은 파악하였다.

이들의 활동이 점차 활발해지자, 일본 군경은 경남 진해만에 있던 중포병대重砲兵隊까지 동원하여 지리산을 근거지로 삼은 의병의 진압에 나섰다. 아래의 인용문이 그러한 사실을 알려준다.

작년(1907 : 필자주) 8월부터 12월에 이르는 기간에는 그 세력이 창궐을 극하였던 김동신이 인솔한 무리가 그 수에 있어서 가장 많아 각지를 횡행하여 흉폭이 이르지 않는 곳이 없었다. 그러므로 진해만 중포병소 소위는 하사 이하 20명을 거느리고 진주 경찰서 순사 3명, 순검 6명과 함께 하동군 화개상면 탑촌에 집합한 김동신을 공격할 목적으로 10월 17일 새벽 그곳에 도착하여 격전 분투 1시간에 걸쳐 副將 고광순 이하 25명을 죽이고 다수의 부상자를 냈다(「폭도사편집자료」, 『자료집』 3, 567쪽).

일제는 진해만의 중포병대와 진주경찰서의 순사들을 동원하여 이들의 진압에 심혈을 기울였음을 알 수 있다.

당시 고광순 의병부대는 일제에 맞서 부대를 3개로 나누어 대응하였다. 즉, 고광수와 윤영기에게 각각 1개 부대를 주어 경남 화개의 앞뒤 방향에서 공격하게 했으며, 자신은 고제량 등 약 50명의 의병과 함께 피아골 연곡사를 근거지삼아 일제의 중포병대와 수비대 그리고 순사대와 용감히 맞서 싸웠다.56) 긴박한 전투상황에서 고광순은, "한

---

55) 『조선폭도토벌지』, 『자료집』 3, 767쪽.

번 죽음으로 국가에 보답하는 것으로 내 마음은 이미 정해져 있다. 너희는 나를 염려하지 말고 각자 도모하라"고 말하였다. 이에 고제량은, "처음에 의로서 함께 일어났으며 마지막에도 의로서 함께 죽는 것인데 어찌 죽음에 임하여 홀로 면하겠는가"라고 말하며 끝까지 싸우다가 함께 순절하였다. 이 전투에서 고광순 이하 25명의 의병이 전사하고 다수가 부상하였다.[57] 당시 일본 군경은 이 전투에서 무려 1,200발의 탄환을 소모할 정도로 고광순 의진과 치열한 공방전을 벌였다.[58] 연곡사 전투가 종료된 후 일본 군경은 연곡사의 14개 건물과 문수암을 소각한 후 철수하였다.[59] 결국 연곡사 전투를 끝으로 고광순의 의병활동은 종식되었다.

하지만 1908년을 전후한 시기에 삼남지방의 의병들이 지리산을 근거지로 삼아 활동하는 경우가 크게 증가하였다.[60] 예컨대, 1907년 9월에 광양의 의병들이 지리산으로 이진했으며, 1908년 2월에는 강재천과 임병찬 등의 부하들도 지리산을 근거지로 삼아 활동하였다.[61] 심지어 청국인들도 지리산에 웅거하여 항일투쟁을 시도하였을 정도

---

56) 고광렬, 「행장」, 『녹천유고』 권 하; 『전남폭도사』, 26~27쪽; 『폭도사편집자료』, 『자료집』 3, 567쪽; 『진중일지』 1, 389~390, 401~403, 428~430, 434쪽 참조.

57) 연곡사 전투의 사상자는 자료마다 다르게 나타난다. 일본 보병 제12여단 제14연대의 『陣中日誌』의 보고서조차 연곡사전투의 전사자를 40명, 22명, 14명 등과 같이 각각 다르게 기록하고 있다(김상기, 「『보병제14연대 진중일지』 해제－후기의병의 항전과 일본 보병제14연대의 의병탄압」, 『진중일지』 1, 토지주택박물관, 2010, 19쪽의 각주 8 참조). 위의 자료에서는 25명, 그리고 『전남폭도사』에서는 13명이 전사한 것으로 되어 있으나 한국측 자료에서는 전사자 규모에 대한 기록이 없다. 따라서 정확한 전사자 규모를 알 수 없으나 위의 일본 측 자료로 미루어보면 대략 20명 내외로 추정된다.

58) 『진중일지』 1, 428~429쪽.

59) 고광렬, 「녹천공행장」; 『자료집』 3, 287・296쪽; 『진중일지』 1, 403쪽.

60) 홍영기, 앞의 책, 288~289쪽.

61) 『대한매일신보』 1907년 9월 22일자 잡보; 같은 신문 1908년 2월 27일자 「湖南消息」.

로,[62] 1907년 후반부터 지리산은 점차 장기항전을 위한 항일투쟁의 근거지로 변모하였다. 특히 전라도와 경상도에서 활동하던 의병 수천명이 지리산을 근거지로 삼아 활동하였다.[63] 이와 같이 지리산의 의병기지화는 고광순의 지리산근거지론에서 본격화되었다고 해도 지나치지 않을 것이다. 요컨대, 고광순은 지리산을 의병의 장기항전을 위한 근거지로 삼는 전략을 수립한 창안자라 할 수 있다. 이는 약 10년간의 의병활동에서 얼어진 것으로 그 의미가 크다고 하겠다.

IV. 맺음말

지금까지 한말 고광순의 의병활동과 그의 지리산근거지론에 대해 살펴보았다. 앞에서 논의한 내용을 요약함으로써 결론에 대신하고자 한다.

고광순은 임진왜란 당시 의병을 일으킨 고경명高敬命과 그의 둘째 아들인 학봉鶴峰 고인후高因厚의 사손祀孫이었다. 그는 참다운 선비로서의 자질을 닦고, 부자의병장父子義兵將 종가宗家의 본분에 어긋나지 않은 삶에 충실하였다. 한때 그는 과거에 응시했다가 낙방한 후 부패하기 짝이 없는 과거에 대한 미련을 버리고 향리에서 지조와 신망을 두루 겸비한 인물로 활동하였다.

그러던 중 일제의 내정간섭과 정치적 침탈을 저지하기 위한 의병이 전국에 걸쳐 크게 일어나자 그 역시 1896년 음력 2월 기우만이 주도한 장성의병에 가담하였다. 이후 그는 약 10년 동안 끊임없이 의병

---

62)『統監府文書』10, 국사편찬위원회, 2000, 296쪽.
63)『대한매일신보』1908년 4월 30일자 잡보.

활동을 전개하였다. 특히, 고광순은 남원에서 의병을 일으킨 양한규와 연합하여 남원성을 점령하기 위해 1906년 음력 12월 산간벽지인 저산猪山의 전주이씨 제각에서 의병을 일으켰는데, 이때 창평 고씨들이 대거 가담함으로써 문중의진의 특성을 보였다. 하지만 이들이 남원에 도착하기 전에 이미 양한규가 남원성을 공격했다가 목숨을 잃고 말았다. 이로 인해 남원의병이 모두 흩어짐으로써 고광순 의진 역시 회군할 수밖에 없었다.

또한 1907년 4월에는 화순의 양회일, 장성의 기삼연 등과 기각지세를 이루어 동시다발적으로 의병을 일으키려는 계획도 무산되고 말았다. 그럼에도 불구하고 그는 임진왜란 때 의병장으로 활약한 고경명高敬命 가문의 의병정신을 계승하여 불굴의 투쟁으로 일관하며 결코 의병투쟁을 포기하지 않았다. 그리하여 고광순은 호남의병의 확산에 크게 기여함으로써 일제는 그를 1906~1907년 사이의 가장 대표적인 의병장 3인 중 한사람으로 평가하였다.

물론 그는 10년의 의병활동을 통해 그 한계를 절감하였다. 이 과정에서 그는 즉각적인 무력투쟁보다는 장기항전 전략이 필요하다는 점을 인식하게 되었다. 그리하여 그는 지리산을 장기항전을 위한 근거지로 삼아야 한다는 이른바 지리산근거지론이라는 전략을 추진하였다. 지리산근거지론智異山根據地論은 1906년 태인의병을 주도한 임병찬에 의해 진공퇴수지계進攻退守之計가 제시되면서 점차 구체화되었다. 이후 의병의 장기항전을 위한 지리산의 중요성이 날로 증대되다가 1907년 음력 8월에 고광순의 지리산근거지론이 피아골 연곡사를 무대로 추진된 것이다.

이를 간파한 일제는 험준하고 광대한 지리산이 의병의 근거지로 탈바꿈할 수 없도록 적극적인 공세를 펼쳤다. 이 과정에서 고광순을 비롯한 상당수의 의병들이 희생되었다. 하지만 그의 순국 후에도 지리산을 의병항쟁의 근거지로 삼기 위해 수많은 의병들이 찾아들었다. 이는, 중부 이북에서 활동하던 우국지사들이 유인석이 제시한 백두산근거지론에 입각하여 국외에 의병기지를 건설한 점과 대비된다.

그런데 백두산근거지론과 지리산근거지론은 지리적으로 유리한 조건과 무장투쟁의 인적기반 확보라는 측면에서는 공통점이 있으나, 전자는 국제적 환경을 중시하여 국외근거지를 확보하려 한 점과 후자는 향토수호를 중시하여 국내근거지를 확보하려 한 점에서 차이가 있다. 물론 양자 모두 장기항전을 위한 근거지 확보전략이라는 점에서 동일하다. 그런데 이제까지 유인석의 북계책, 즉 백두산근거지론을 주목한 연구는 많았으나, 고광순의 지리산근거지론은 최초의 본격적인 연구라는 점에서 의미가 있다고 생각한다. 아울러 지리산근거지론은 임진왜란 당시 호남의병의 향토수호의식과도 일맥상통한다는 점에서도 그 의미를 찾을 수 있을 것이다.

▶ 이 글은 『역사학연구』 제47집(호남사학회, 2012년 8월)에 실렸던 「한말 고광순(高光洵)의 의병활동과 지리산근거지론(智異山根據地論)」을 다시 수록한 글임을 밝힌다.

1930년대 강우유림의 소사동유와 유민의식

전병철*

Ⅰ. 문제의 제기

3·1운동에서 조선인들 내면에 있는 강인한 민족의식의 존재를 깨달은 일제는 이를 서서히 무너뜨림과 동시에 일본 국민적 성격을 도야하기 위한 정책을 1920년대부터 진행시켜 나아갔다. 1920년대의 이른바 '문화'통치는 바로 이러한 배경에서 나온 것이었다.

1931년 일제가 만주를 침략하고, 1933년 국제연맹을 탈퇴하는 등 내외적으로 긴장이 심화되면서 조선을 자신들의 대륙침략을 위한 교두보로 만들고 조선인들에 대한 통제를 강화해야 할 필요성이 더욱 커졌다. 따라서 1930년대에 들어와 대륙침략을 개시하면서 농촌 통제의 필요성이 더욱 커지자 농촌진흥운동을 개시했는 바, 그 황민화

---

* 경상대학교 경남문화연구원 HK교수.

작업으로서의 성격도 일제의 위기 심화에 따라 강화되어 갔다.[1]

　이와 같이 일제강점기의 말기에 해당하는 1930년대에 이르러선 조선인들의 민족적 정체성을 교란하기 위한 식민지 정책이 더욱 조직적이고 교묘해졌다. 일본이 조선에게 시해를 베푼다는 식의 '동화同化'라는 용어 대신에 일본과 조선이 대등한 입장에서 서로 조화한다는 의미의 '융화融和'라는 말로 표현을 바꾼 것이나, 조선인들에게 근대적 가치를 일깨우고 조선을 근대국가로 발전시킨다는 '근대화 논리'를 더욱 강조한 것 등은 그 자체의 형식적 논리로만 볼 때는 오히려 조선과 조선인들을 이롭게 하는 정책으로 여겨질 수 있다.

　하지만 그 이면에 담긴 실질적 추구의 내용을 간파해 본다면, '융화'는 조선인이 일본인과 대등해지는 것이 아니라 일본의 황민화를 거부감 없이 받아들이도록 표현만 완곡하게 바꾼 것에 불과하며, '근대화 논리'는 물질문명과 새로운 가치에 대한 무비판적 추종에 의해 자연스레 전통의 문화와 가치를 청산해야 할 퇴물로 인식하게 하는 반작용을 일으키게 한다는 점을 포착할 수 있다.

　1930년대 일제의 교묘한 식민지 정책과 조선인들이 겪은 가치관의 총체적 혼란을 돌이켜 볼 때, 당시의 역사 현장에서 그와 같은 현실에 저항하거나 극복하고자 노력한 일련의 행위들은 그 자체로 의미를 지닌다고 말할 수 있다. 그 저항과 극복이 개혁적이고 진취적인 것이어서 역사의 새 지평을 진일보 개척한 면모를 분명하게 파악할 수 있는 경우에는 췌언할 필요가 없을 것이다. 하지만 보수적이고 소극적인 양상이 두드러진 경우에는 그것이 지닌 미온성 내지는 역사적 한계로 인해 유의미한 부분까지도 간과되기 쉽다. 일제강점기로 시기

---

1) 권태억, 「1920·1930년대 일제의 동화정책론」, 『한국 근대사회와 문화 Ⅲ』, 서울대학교출판부, 2007, 36~37쪽.

를 좁혀 말해보자면, 근대적 가치를 지향한 사상이나 인물에 관해서
는 연구가 활발하게 진행되고 있으나, 전통적 문화와 가치를 지키고
자 노력한 유학자의 의식과 활동은 척사 사상과 의병 활동에 편중되
어 있다는 점을 지적할 수 있다.

　이 논문은 이러한 문제 의식을 전제한 가운데, 1930년대 강우유림
江右儒林이 행한 '소사동유蘇寺同遊'에 주목하였다. 1910년 한일병합을
당한 후 20년의 세월이 지나는 동안 당시의 수많은 지식인들은 일제
가 패망할 것이라는 희망을 단념하고 일제의 정책을 돕는 중간자로
서의 역할을 자임하였다. 그런데 '소사동유'에 참여한 지식인들, 더
구체적으로 말하면 유학적 지식인들은 무엇 때문에 시대의 흐름에
역행하는 삶을 살았던 것일까? 그것이 무엇이었기에 그들은 우활하
고 퇴락한 사람이라는 비판을 감내하면서도 그 길을 걸어간 것일까?
'그 무엇'을 이해하는 것은 당시의 역사 현장에서 전개된 그들의 사상
과 운동이 어떠한 의미를 가지는지 검토하는 일이다. 또한 그와 같은
의식과 활동을 전개한 일군의 지식인을 역사적 좌표에서 어떻게 자
리매김할 것인지 판단하는 데에 토대가 되는 작업이 되리라 기대한다.

　'소사동유'에 관해서는 『소사동유록蘇寺同遊錄』을 통해 그 전모를
자세히 파악할 수 있다. 『소사동유록』은 두 종류가 있는데, 모임에
참여했던 치당恥堂 심상복沈相福이 1946년 10월 필사한 『소사동유록』
3권과 1946년 이후에 필사된 것으로 추정되는 『소사동유록합편蘇寺
同遊錄合編』이 있다.2) 『소사동유록합편』은 『소사동유록』에서 내용이

---

2) 『소사동유록』은 심상복의 손자인 沈載蘊이 진주박물관에 기증한 책으로, 2004년 7
　월 진주박물관에서 주관한 '목활자로 보는 옛 인쇄문화 특별전'의 특강에서 경상대
　학교 한문학과 李相弼 교수가 처음으로 소개함으로써 학계에 알려지게 되었다. 그
　리고 『소사동유록합편』은 경상대학교 역사교육과 金俊亨 교수가 주도하여 진행한
　산청지역 고문서 조사에서 최초로 발견되었다.

조금 추가된 것으로,[3] 전자가 후자에 비해 보다 자세하다고 볼 수 있다.

『소사동유록합편』은 크게 세 부분으로 구성되어 있다. 첫 부분은 모임에 참여한 인물의 인적사항을 기록한 것으로, 성명姓名·자字·생년生年·호號·본관本貫·거주지居住地 등의 순서로 기재되어 있다. 다음은 원시原詩와 차운시次韻詩의 순서로 함께 창수한 시들을 기록해놓았으며, 마지막으로 강회에서 토론한 내용을 기록하여 강록講錄을 남겼다.[4]

이 논문은 『소사동유록합편』을 주요 자료로 삼았으며, 세 부분의 구성 내용 가운데 창수록唱酬錄에 착목하였다. 참여한 인물들의 시대인식과 내면 의식은 자신의 심회를 진솔하게 토로한 창수록에 보다 직접적이며 구체적으로 서술되어 있기 때문이다. 그러므로 『소사동유록합편』에 수록된 창수록을 통해, 그들이 견지한 '소사蕭寺'의 공간이 가지는 의미, '소사동유蕭寺同遊'의 형식과 내용, 시대인식과 유민의식遺民意識 등을 차례대로 살펴보고자 한다.

Ⅱ. 소사동유의 계기와 연차별 모임의 개관

소사동유는 1933년 가을에 매서梅西 김극영金克永이 송산松山 권재규權載奎를 찾아와 한 해에 한 차례씩 모임을 갖는 것이 어떻겠냐고 제안하고 송산松山도 흔쾌히 수락한 일을 계기로 시작되었다.[5] 매서

---

3) 정기민, 「松山 權載奎의 學問性向과 蕭寺同遊에 대한 硏究」, 경상대학교 한문학과 석사학위논문, 2006, 52쪽.

4) 소사동유에서 행해진 강론의 주제, 발제자, 토론자 등은 鄭基敏(2006)의 부록2에 상세히 밝혀져 있다.

5) 權載奎, 『而堂集』卷26, 「蕭寺同遊錄序」. "昨年秋 梅西金子過余而曰 吾儕苟存不死 各跧山阿 子子踽踽 無涯懷抱 莫因宣洩 盍謀所以一歲一會之道 余欣諾曰 卽吾意也."

가 송산에게 모임을 제안한 이유에 관해서는 그가 지은 「소사결하집
서蕭寺結夏集序」에 곡진히 서술되어 있다.

평천관(平天冠)을 쓰고 활수의(闊袖衣)를 입고서 대도시의 큰 시장을 다니며
거간꾼이나 광대의 무리와 뒤섞여 서로 만나 이야기를 나누어보면, 그들은 크게
놀라지는 않지만 조금 괴이히 여기면서 비웃고 혀를 차며 이어서 성을 내고 욕을
한다.

『장자(莊子)』에 "샘이 말라 물고기가 함께 땅에 처하게 되자, 서로 입김을 불
어 물기를 입혀주고 거품을 내어 몸을 적셔주었으니, 강호(江湖)에서 서로 잊고
지낸 것만 못하다."라고 말한 상황과 거의 같다. 강호는 어찌 물고기가 지극히 원
하는 바가 아니랴. 그렇지만 얻지 못한 것이다. 이미 샘이 말라 땅에 나왔다면, 서
로 입김을 불어주고 적셔주어 잠시만이라도 목숨을 유지하려고 바라는 그 정황
이 또한 슬프지 않으랴.

아, 우리들은 불행히 지금의 세상에 태어났다. 어려운 상황 속에서 의지할 이
가 없으니, 뜻을 같이하여 서로 찾는 자가 거의 남지 않았기 때문이다. 평천관과
활수의는 이미 대도시 큰 시장에 어울리는 장신구가 아니며, 마른 샘의 물고기는
서로 따라서 말라죽는 데에 이르고 있다.

이러한 지경에 이르러 서로 더불어 황량하고 적막한 물가로 부르고 이끌어 함
께 근심하고 위로하며 긴 시간을 소요하면서 차마 갑작스레 버리지 못하였다. 그
곤궁함은 매우 심하다고 하겠지만, 함께 처할 때에 서로 고모(古貌)를 보고 고도
(古道)를 말하며 고의(古義)를 규범으로 삼고 고서(古書)를 강론하였다. 한계를 무
너뜨리고 경계를 제거하여 가득히 진실된 마음이 흘러나왔다. 술에 취하고 시를
지으며 마음껏 읊조리고 길이 불면서 유유히 각자 천성을 소리냈다. 그러하자 깊
이 투합하고 넉넉히 즐거워 하였으니, 황량한 물가가 천하가 되고 우리들이 고인
(古人)이 되지 않으리라 어찌 알겠는가.6)

---

6) 金克永, 『信古堂遺輯』 卷11, 「蕭寺結夏集序」. "冠平天之冠 衣闊袖之衣 行乎通都大市之中 雜
然與駔儈侏儒之徒 相遇而屬談 其不大驚 小怪嗤笑而咄嗟之 繼之以怒且罵也 幾希蒙莊有言 泉
涸 魚相與處於陸 相煦以濕 相濡以沫 不如相忘於江湖 夫江湖者 豈非魚之至願哉 然且不得矣
旣乃涸於泉 而出於陸矣 則其相煦相濡 而冀幸須臾之見保者 其情不亦戚矣乎 噫 吾輩不幸 而生
當今世矣 其出而無所於之矣 其所同志而相求者 亦無幾存矣 平天闊袖 旣知非通都大市之具 而
涸泉之魚 方且相率以就於枯槁矣 於是焉 相與招呼提携於荒閒寂寞之濱 相憂相慰 逍遙永日 而
不忍頓捨 其窮蹙亦已甚矣 然而其相處也 相視以古貌 相說以古道 相規以古義 相講以古書 破崖
岸 削邊幅 藹乎其眞衷之流露也 酣觴賦詩 放吟長嘯 悠悠乎各鳴天機也 方其泀然相投 而洽然相
樂 又安知夫荒濱之不爲天下 而吾輩之不爲古人也."

매서는 인용문의 첫째 단락에서, 대도시 큰 시장에서 갓을 쓰고 도포를 입고 다니다가 거간꾼과 광대로부터 비웃음을 당하고 봉변을 당하게 되는 현실의 상황을 묘사했다. 조선의 유학자가 항시 착용하던 의관이 당시에 이르러선 사람들로부터 조롱의 대상이 된 것이다. 매서가 거론한 의관의 문제가 구한말 시기에 단순한 사건으로 간과될 수 없는 까닭은 그 속에 중요한 문제가 내포되어 있기 때문이다.

개화파 정부는 1895년 11월 15일 조칙과 내부고시를 통해 단발령을 공포하였다. 그들은 편리함, 위생적임, 구습을 버리고 새로운 시대임을 자각시킴, 다른 나라들과 동등하게 되기 위함, 개혁을 위한 마음가짐 등을 이유로 단발을 강제한 것이다. 그러나 단발령은 1894년 6월 21일 일본군의 경복궁 침입 이후 조선에 대한 내정간섭의 결정체였으며, 고종의 왕권이 위기에 처했음을 나타내는 상징적 사건이었다. 을미사변으로 민심이 극히 흉흉해진 가운데 집권세력이 점차 불리해지자, 그런 상황을 역전시키기 위해 취해진 무모한 시도였다. 을미사변도 무마하고 근대개혁도 추진할 수 있다면 친일 개화파는 정권 안정을 가져올 수 있을 것이었고, 일본은 '민비살해'라는 국제적 범죄를 감출 수 있었다. 그리고 고종의 왕권은 갈수록 무력화될 것이었다.[7]

이에 단발령에 반대하는 의병이 봉기하였는데, 그들은 고종과 태자의 강제단발이 을미사변 못지않은 변괴라고 생각했으며, 상투 자르기를 일본화하는 것, 국가의 명맥을 끊는 것으로 보았다. 또 문명이 변해 야만이 되고, 사람이 변해 오랑캐나 짐승이 되는 것으로 보았다. 그리고 성인의 전통왕도정치, 도학의 명맥, 역대 선왕의 예절과 문물이

---

7) 이상찬, 「단발과 근대성」, 『논쟁으로 읽는 한국사2 - 근현대』, 역사비평사, 2009, 29쪽.

하루아침에 무너지는 것, 천지가 번복되고 천하가 깜깜해지는 것으로 보았다.

그러므로 그들은 국모의 원수를 갚고 국왕의 치욕을 씻는 일도 물론 중요하지만 중화와 오랑캐의 구분이 임금과 신하의 의보다 더 중하다고 여겼기 때문에, 부모의 유체를 보전하고 선왕의 법복을 지키는 것이 제일 급선무라고 생각했다. 그들은 목을 끊을망정 머리카락을 끊을 수는 없었고, 몸은 삭아도 이름을 삭일 수는 없었다. 나라치고 망하지 않는 나라가 없기에 머리를 깎고 나라를 보존하는 것보다 차라리 머리를 보존하고 나라가 망하는 것이 더 낫고, 사람치고 죽지 않는 사람은 없으니 머리를 깎고 사는 것보다 차라리 머리를 보존하고 죽는 것이 더 낫다고 생각했던 것이다. 실제로 많은 사람들이 상투를 잘리고 자결했다. 결국 이들에게는 머리카락을 지키는 것이 중화예의의 문명을 지키는 것이었다.[8]

단발에 관련된 이와 같은 맥락을 이해해본다면, 평천관과 활수의를 착용하였다는 이유로 시장의 거간꾼과 광대로부터 조롱을 당하고 봉변을 입는 당시의 현실은 매서의 관점에서 볼 때 야만의 문화에 의해 중화예의의 문명이 파괴된 상태이며 유학의 도가 무너진 상황으로 이해될 수밖에 없었다.

따라서 그는 이와 같은 현실을 『장자』에서 말한 '샘이 말라 물고기가 땅에 놓이게 된 상태'로 인식했다. 그리고 이러한 위기의 상황을 견뎌내기 위해서는 같은 처지에 봉착한 이들이 함께 모여 서로 근심하고 위로하며, 고모古貌·고도古道·고의古義·고서古書 등으로써 교유하는 길밖에 없다고 생각했다. 이런 모임을 이룰 수 있다면, 온 세

---

8) 이상찬, 「단발과 근대성」, 『논쟁으로 읽는 한국사2－근현대』, 역사비평사, 2009, 26~27쪽.

상이 모두 야만의 문화에 의해 침탈되었다고 하더라도 모인 그 곳은 그들의 천하가 되며, 참여한 사람들은 고인古人이 될 수 있다고 여긴 것이었다. 그렇기에 매서는 천하가 언제 회복될지 하늘의 뜻을 알 수 없지만, 이러한 모임을 만들어 유지해나가는 것이 자신이 해야 할 일을 하는 것이라고 믿었다.

소사동유의 첫모임은 1934년 5월 단성현丹城縣 대성산大聖山에 자리한 정취암淨趣菴에서 가졌는데, 참여한 사람은 매서와 송산을 비롯한 모두 18명이었다. 연령층은 매서가 72세로 최고 연장자였고, 그의 아들인 중재重齋 김황金榥이 43세로 최연소자였다. 창수한 시들과 강회의 토론 내용은 중재가 담당하여 기록한 것이라 추론되므로,9) 『소사동유록』의 초고는 중재에 의해 작성된 것이라고 판단된다.

당색은 남인과 노론이 거의 비슷한 분포로 구성되어 있었다. 매서와 송산이 각기 남인과 노론을 대표하는 학자로서 모임을 이끌었기 때문인데,10) 하당荷塘 조익제趙翊濟가 매서와 송산을 '태산북두泰山北斗'에 견주어 표현한 싯구11)를 통해서도 그 두 사람에 대한 존경과 위상을 충분히 짐작할 수 있다. 사승관계는 송산·지재止齋 이교문李敎文·과재果齋 이교우李敎宇 등은 노백헌老柏軒 정재규鄭載圭, 금호錦湖 박희방朴熙邦은 학산鶴山 문영빈文永彬, 기헌幾軒 김기용金基鎔·수재修齋 김재식金在植·평곡平谷 김영시金永蓍 등은 물천勿川 김진호金鎭祜, 중재는 면우俛宇 곽종석郭鍾錫의 문인이며, 홍암弘菴 김진문金鎭文은 물

---

9) 『蕭寺同遊錄合編』, 淨趣菴同遊錄 甲戌五月. "獲從長老後 向晚入雲山 柢樹千年靜 榥泉六月寒 興因詩社足 話自講筵團 累牘都輸寫 墨毫暫不乾(榥)."
10) 참여 인물에 대한 자세한 내용은 이상필, 「산청 화계리 심씨 기증 고서적의 성격」(『목활자로 보는 옛 인쇄문화』, 국립진주박물관, 2004, 75~77쪽) 및 정기민, 「松山 權載奎의 學問性向과 蕭寺同遊에 대한 研究」(경상대학교 한문학과 석사학위논문, 2006, 부록1)에 상세히 정리되어 있다.
11) 『蕭寺同遊錄合編』, 深寂寺同遊錄 丙子五月. "峨洋來恥止 山斗是梅松."

천 김진호의 종제이다. 그리고 매서·영재嶺齋 권상행權相行·상계上
溪 박내동朴來東·성재誠齋 정규석鄭珪錫, 중헌重軒 김재수金在洙·후송
后松 김진관金鎭瓘·눌헌訥軒 박희정朴熙廷·내산內山 이교면李敎冕·
두호杜湖 권대희權大熙 등은 특별한 사승관계가 확인되지 않는다.

제2차 모임은 1935년 6월 율곡사栗谷寺, 현 산청군 신등면 율현리 지리산
동쪽 자락에 있는 소재하는 절에서 가졌으며, 참여 인원은 29명이었다. 제1
차와 제2차 모임에 참여 인물은 모두 단성에 거주하는 사람들이었다.
제3차 모임은 1936년 5월 심적사深寂寺, 산청군 산청읍 내리 웅석봉 계곡에
소재하는 절에서 있었으며, 16명이 참여했다. 참여 인물의 거주지가 산
청·진주에까지 확대되었다.

제4차 모임은 1937년 5월 심적사에서 가졌는데, 54명의 가장 많은
인원수가 참여한 때였다. 참석한 이들의 거주지도 산청·진주·합
천·거창·삼가·의령 등의 경상도뿐만 아니라, 전라도의 구례에까
지 널리 분포하였다. 제5차 모임은 1938년 5월 정취암에서 33명의 인
원이 모였으며, 주로 단성·산청·진주 등에 거주하는 사람들이었
다. 제6차 모임은 1939년 5월 심적사에서 열렸는데, 14명이라는 가장
적은 인원이 참석했다. 거주지는 단성·산청·사천 등이었다.

1940년 모임은 정취암에서 열리기로 되어 있었지만, 가뭄으로 샘
물이 말라 밥을 지어 먹을 수 없어 취소되었다. 1941년과 1942년에도
모임이 이루어지 못했는데, 매서가 1939년 가을에 병이 나서 1941년
10월 13일에 별세했기 때문인 것으로 보인다.[12]

1943년 5월 율곡사에서 이루어진 제7차 모임이 소사동유의 마지
막 회합이 되었으니, 참여 인원은 모두 38명이었다. 거주지는 단성·

---

12) 정기민, 「松山 權載奎의 學問性向과 蕭寺同遊에 대한 研究」, 경상대학교 한문학과 석
　　사학위논문, 2006, 47~48쪽.

산청·의령·사천 등이었다. 무엇 까닭으로 제7차 모임으로 끝이 났는지에 대한 상세한 자료를 확인할 수 없다. 다만 창수록에 기록된 '『근사록近思錄』을 이제 마쳤으니『심경心經』의 약속 또한 깊다'라는 싯구와 '『근사록』을 지금 마쳤으니 공허한 데로 돌아가지 않게 하라'는 구절 등에 근거해본다면, 제7차 모임에 이르러『근사록』강독을 모두 마칠 수 있었다는 사실을 확인할 수 있다. 그리고 다음의 교재로『심경』을 약속하였지만, 상황이 여의치 않아 모임이 이어질 수 없었던 것이 아닌가 생각된다.

Ⅲ. 창수록에 묘사된 소사동유의 모습과 심회

1. '소사(蕭寺)'의 공간이 가진 의미

'소사蕭寺'라는 말은 불교를 독실하게 믿던 남조南朝의 양무제梁武帝가 사찰을 지은 다음 자신의 성姓인 '소蕭'자를 쓰게 한 일에서 유래되어 나중에는 사찰의 뜻으로 전의된 것이다. 따라서 소사동유는 '사찰에서 함께 노닐다'는 정도로 해석할 수 있다.

그렇다면 그들은 왜 '소사'를 강회의 장소로 선택한 것일까? 여름의 무더위를 피해 산속 사찰을 찾는 것은 일반적인 상식으로도 이해된다. 하지만 그 당시의 시대상황과 그들의 처지에 따른 무언가 특별한 의미가 내재하고 있는 것이 아닐까라는 의문이 일어난다.

송산이 지은「소사동유록서蕭寺同遊錄序」에서 의문에 관한 일단의 해답을 얻을 수 있다.

『소사동유록』에 기록된 여러 사람들은 모두 구방(舊邦)의 유민(遺民)으로 세

상으로부터 버려진 이들이다. 궁벽한 숲과 황량한 골짜기는 세상으로부터 버려
진 땅이니, 소요하기에 딱 맞는 곳이다. 성경현전(聖經賢傳)은 세상으로부터 버려
진 서적이므로, 강론하기에 딱 맞는 책이다. 이곳에 이 사람들을 모아 이 책을 강
론하는 일은 우리들에게 제일 적합한 일이라고 말할 만하니, 축하할 만한 것이
아니겠는가.13)

송산은 소사동유의 참여 인물들을 '구방舊邦의 유민遺民'으로 이해
했으며, 이들은 세상으로부터 버려진 사람들이라고 말했다. 또한 '소
사'가 자리한 곳은 궁벽한 숲과 황량한 골짜기로 세상 사람들이 꺼리
는 땅이며, 성현이 지은 경전은 이미 세상으로부터 배척을 당하는 서
적이라고 표현했다. 그러므로 세상 사람들이 꺼리는 곳에서 세상으
로부터 배척당한 서적을 구방의 유민이 강론하는 일은 매우 적합한
일이라고 그 의미를 해석했다.

송산의 이 언급을 자조적인 표현으로 이해할 소지도 있겠지만, 앞
에서 인용한 매서의 '황량한 물가가 천하가 되고 우리들이 고인이 되
지 않으리라 어찌 알겠는가'는 말과 연결지어 생각해 볼 때, 오히려
소사를 근거지로 삼아 구방의 유민으로서 성현의 경전을 계승한다는
의지를 드러내 보인 말이라고 하겠다. 비록 대도시 큰 시장에서는 성
현의 경전이 배척당하고 갓과 도포를 입은 자신들이 조롱받지만, 소
사가 자리한 이곳에서만은 성현의 경전이 존숭되고 의관이 빛을 발
하기 때문이다. 그렇기에 공헌公軒 이교명李敎明은 '지금 세상에 이런
유람은 이곳이 마땅하니, 이제부터 남은 현絃이 이어지는 것을 보리
라'14)는 싯구를 지어 소사에서의 모임이 계속 이어지기를 염원했다.

---

13) 權載奎, 『而堂集』 卷26, 「蕭寺同遊錄序」. "錄中諸氏 皆舊邦遺民 爲世所棄 而惟窮林荒谷 爲
世所棄之地 則正合逍遙 賢傳聖經 爲世所棄之書 則正合講討 于此地 會此人 而講此書 可謂吾
人第一適意事 此非可賀者乎."
14) 『蕭寺同遊錄合編』, 深寂寺同遊錄 丁丑五月. "此世此遊宜此地 從今將見續餘絃 (德夫)."

홍암弘菴 김진문金鎭文의 다음 시를 통해 소사에 담긴 공간적 의미를 좀더 살펴보기로 한다.

行行盡日訪名山	하루 종일 걸어서 명산을 찾아가니,
爲是靈區在此間	영구(靈區)가 이곳에 자리하기 때문이네.
境僻堪欣無俗雜	궁벽해서 속되고 잡되지 않아 기쁘니,
心淸已覺少波瀾	마음이 깨끗해져 심란하지 않네.
修林當夏庭陰密	울창한 숲 여름 되니 뜰의 그늘 짙고,
劫雨經年澗路刪	오랜 비 해를 거치면서 시냇길 사라졌네.
吾輩尋盟長有約	우리들 맹약 다지며 길이 약속 있으니,
逢場對檢舊時顔15)	만난 곳에서 이전 얼굴 찬찬히 바라보네.

이 시는 홍암이 1936년 5월 심적사에서 지은 것이다. 홍암은 둘째 구절에서 심적사가 자리한 지리산 웅석봉 계곡을 '신령스러운 지역[靈區]'이라고 표현했다. 그러므로 하루 종일 걸어서 이 곳을 찾아왔으며, 도착해보니 속되고 잡된 것이 없어 마음이 맑아지고 심란하지 않게 되었다고 술회했다. 그리고 마지막 부분에서는 그 해도 어김없이 소사동유의 맹약을 다지러 찾아온 동지들의 얼굴을 정감어린 마음으로 바라본다고 서술했다.

이 시에서 주목되는 점은 모임의 장소를 '영구靈區'로 인식한 점이다. 물론 지리산 웅석봉 계곡의 풍경이 기이하고 아름답기 때문에 연상한 표현이기도 하겠지만, 그것과 함께 소사동유가 이루어지는 곳이라는 장소적 의미가 가중되어 더욱 신령스러운 지역으로 받아들여졌다고 볼 수 있다. 따라서 맑고 깨끗한 자연 풍경을 배경으로 삼아 고결하고 의미 있는 소사동유의 모임을 가지는 이 곳이야말로 진정 '신령스러운 지역'이 될 수 있는 것이다.

---

15)『蕭寺同遊錄合編』, 深寂寺同遊錄 丁丑五月.

치당恥堂 심상복沈相福의 다음 시도 이와 같은 의미에서 이해해볼 수 있다.

佛堂變作讀書亭	불당이 독서하는 곳으로 바뀌어
秉燭輝煌破黝冥	환하게 촛불 밝혀 어둠을 깨뜨리네.
宇宙孤懷餘髮白	우주의 외로운 심회 백발로 남았는데,
唐虞舊色但山靑	당우(唐虞)의 오래전 모습 산만 영원히 푸르네.
初非遯世來蕭寺	애초에 세상에서 숨으려 소사에 온 것 아니니,
願得長年慕屈醒	늙었어도 굴원의 깨어있음 얻길 원하네.
漱玉餌蔘蘇病骨	맑은 물로 양치하고 삼을 먹어 병골 소생시키니,
養精何必誦黃庭16)	정력을 기르는 데 반드시 황정경(黃庭經)을 욀 필요야.

이 시에서 치당은 불당이 바뀌어 독서하는 곳이 되었는데, 그 곳에서 소사동유의 강회가 이루어져 밤늦도록까지 촛불을 밝히고 어둠을 깨뜨린다고 묘사했다. 시간에 따른 어두움을 말한 것이겠지만, 유학의 도가 상실된 시대상의 어두움을 중첩시켜 보더라도 무방하리라 생각된다.

다음으로 인생의 유한함과 자연의 무한함을 대비시켜 삶의 무상을 더욱 짙은 농도로 느껴지도록 표현했다. 이 표현만 본다면 광막한 우주 안에 무력한 인간의 모습을 연민하는 애상으로 감정이 꺾이어질 듯한데, 그 아래의 내용에서는 오히려 뚜렷한 의지의 지향으로 상승하였다. 그것은 다름 아닌 노년의 나이에도 불구하고 소사동유를 통해 온 세상 사람들이 혼몽한 상태에 빠져 있을 때 홀로 깨어있었던 굴원屈原을 사모해 배우기를 바라는 의지의 지향이다. 마지막으로는 맑은 물과 좋은 산약을 통해 병든 몸이 치유될 수 있으니, 도가의 신선

---

16) 『蕭寺同遊錄合編』, 深寂寺同遊錄 丙子五月.

술을 굳이 배울 필요가 있겠냐고 말하였다.

　이처럼 치당의 시를 살펴보면, 그가 소사에 부여한 의미는 크게 세 가지로 정리할 수 있다. 첫째는 조용히 독서할 수 있는 공간이다. 둘째는 강회와 교유를 통해 시대적 어두움 속에서 정신을 각성시킬 수 있는 장소이다. 셋째는 병든 몸을 치유할 수 있는 환경과 음식물이 있는 곳이다. 그리고 이 세 가지 의미를 다시 종합해보자면, 치당이 인식한 소사의 공간은 세상으로부터 단절된 격세적 공간이기 보다는 세상의 혼돈에 의해 휩쓸리지 않도록 정신을 깨어있게 하고 몸을 치유해주는 정화적 공간에 더 가깝다고 할 수 있다.

　그러므로 매서가 표현한 '명산名山의 진정토眞淨土 나의 진종塵踪을 매우 부끄럽게 하네'17)라는 말이나, '노인과 젊은이 함께 나이 들어가는데 천백千百의 진심塵心 차츰차츰 사라지네.'라는 싯구에서도 소사의 공간이 가지는 정화적 의미를 읽어낼 수 있다고 하겠다.

　정화적 공간이라는 장소적 의미 외에 소사가 가지는 또 다른 하나의 특별한 의미는 주희朱熹의 '아호사鵝湖寺' 고사와 연관되어 있다. 주희는 46세 되던 해인 1175년 5월 28일 동래東萊 여조겸呂祖謙의 주선으로 연산鉛山의 아호사로 가서 복재復齋 육구령陸九齡과 상산象山 육구연陸九淵을 만나 학문에 관한 논쟁을 벌였다. 여기서 주희는 학문방법에 있어 널리 살핀 후에 집약할 것을 주장했고, 육구연은 먼저 본심을 밝힌 후에 널리 살필 것을 주장했다. 결국 서로 의견의 일치는 보지 못했지만, 이 '아호사의 만남'은 중국학술사에 있어 중요한 사건으로 남았다. 또한 '아호사의 만남'이 있기 한 달 전인 1175년 4월 24일 주희는 여조겸과 함께 『근사록』을 편집하고 교정하였으며, 같은

---

17) 『蕭寺同遊錄合編』, 深寂寺同遊錄 丙子五月. "名山眞淨土 多愧我塵踪."

해 8월『근사록』을 수정하여 완성하자 무주婺州에서 판각했다.[18]

'아호사의 만남'과『근사록』의 편찬이 같은 해에 이루어진 사실을 상기해 볼 때, 소사동유의 소사 모임과『근사록』강독은 긴밀한 연관성을 염두에 두고 진행한 것이라고 이해할 수 있다. 더욱이 성리학性理學에 근거한 주희와 심학心學에 바탕한 육구연이 첨예한 논쟁을 벌인 곳이 아호사의 사찰이라는 점을 주목해본다면, 당시 각기 다른 당색과 사승을 가진 학자들이 소사에 모여 학문을 토론한 사실은 매우 유사한 모습을 지녔다고 말할 수 있다.

그러므로 심재心齋 권창현權昌鉉은 '장덕長德의 감화 입은 열흘간 모임의 즐거움 흥국興國과 비교해 어떠한가'[19]라는 말을 했다. 흥국은 송나라 태종의 연호로, 송나라를 뜻하는 말이다. 치당이「서소사동유록후書蕭寺同遊錄後」에서 소사동유를 "'흥국아호興國鵝湖의 아류亞流'라고 말해도 불가하지 않을 것이다"[20]라고 표현한 것에서, 흥국아호는 송대 아호사의 만남을 가리킨다는 사실을 알 수 있다.

또한 소재素齋 정찬규鄭贊圭는 '듣건대 흥국을 좇아 해마다 강회를 벌이며 형산의 눈 가득한 꽃을 추억한다지'[21]라는 싯구를 통해, 소사동유가 주희의 '아호사 만남'과 '형산衡山 유람'을 계승한 것이라는 점을 서술했다.

이처럼 소사의 공간적 의미가 송대 '아호사의 모임'에 이루어진 학문 토론과 연관되어 있는 점을 이해한다면, 소사의 장소적 의미는 '정화적 공간'이라는 측면 외에도 '학문 정신의 계승'이라는 의지가 내포

---

18) 최석기 외,『주자』, 도서출판 술이, 2005, 173쪽.
19)『蕭寺同遊錄合編』, 深寂寺同遊錄 丙子五月. "長德浹旬圓會樂 較諸興國果如何."
20) 沈相福,『恥堂集』卷5,「書蕭寺同遊錄後」. "雖謂之興國鵝湖之亞流 未爲不可也."
21)『蕭寺同遊錄合編』, 深寂寺同遊錄 丁丑五月. "聞從興國年尋講 追憶衡山雪滿花."

되어 있다는 사실을 발견하게 된다.

2. 소사동유의 형식과 내용

소사동유는 정취암·심적사·율곡사 등의 인근 사찰을 모임 장소로 삼아 열흘 정도 진행하였는데, 오전에는『근사록』을 강독하고 오후에는 시를 창수하였다.[22] 창수는 모임의 연장자이자 대표격인 매서와 송산 등이 먼저 시를 지으면 다른 사람들이 차운하는 방식으로 진행되어 비교적 자유로운 분위기에서 이루어졌다고 보인다. 그러나 강회는 한 사람이 먼저 발제하면 여러 사람들이 견해를 개진하여 어느 설이 타당한지 결론을 짓는 방식이었으므로, 진지하고 엄숙한 분위기 속에서 진행될 수밖에 없었을 것이다. 그래서 홍암은 '강론은 견해차가 있으니 표준에 나아가길 기약하고, 시는 교졸巧拙이 없으니 진정을 표현하면 된다네'[23]라는 말로 강론과 창수의 지향하는 바가 각기 다르다는 뜻을 나타내었다.

제1차 모임의 강회에서는『논어』1주제,『대학』1주제, 삼강오륜 1주제를 강론하였다. 제2차는『근사록』「도체편道體篇」8주제, 제3차는『근사록』「위학편爲學篇」15주제를 토론하였다. 제4차는『근사록』「위학편」12주제 및「치지편致知篇」2주제를 강론하였다. 제5차는『근사록』「치지편」12주제를 토론하였다. 제6차는『근사록』「존양편存養篇」11주제,「극기편克己篇」6주제,「가도편家道篇」3주제,「출처편出處篇」6주제를 강론하였다. 마지막 강회인 제7차에서는『근사록』「치

---

22) 沈相福,『恥堂集』卷5,「書蕭寺同遊錄後」. "粤癸酉歲 郡之先進金梅西權松山二公 爲消炎洩鬱之計 會遠近諸君子於蕭寺 過十許日而罷課 歲不廢會 時定以午前講近思 午後押韻篇."
23)『蕭寺同遊錄合編』, 栗谷寺同遊錄 癸未五月. "論有參差期造極 詩無巧拙合輸情."

체편治體篇」 2주제, 「치법편治法篇」 1주제, 「정사편政事篇」 2주제, 「교학편教學篇」 1주제, 「경계편警戒篇」 1주제, 「변이단辨異端」 1주제, 「관성현觀聖賢」 2주제를 토론함으로써, 『근사록』 총 12편에 대한 강론을 모두 마쳤다.

송산은 제7차 모임에서 다음과 같은 시를 지어 거의 10년에 걸쳐 『근사록』을 강독한 심회를 서술하였다.

禪室泉編講	선실에서의 『근사록』 강독,
居然十載今	어느덧 이제 10년이 되었네.
一心恒有畏	일심으로 항상 경외하였으니,
四子儼如臨	네 선생이 근엄히 앞에 계신 듯.
山勢爭高下	산세는 높낮이를 다투고,
溪流自淺深	시내는 저마다 깊이가 다르네.
最憐遙夜月	가장 사랑하는 건, 긴 밤의 달이
皎皎照靈襟24)	환하게 가슴 속 생각을 비춰주는 일.

송산은 1934년 5월 정취암에서의 모임을 시작으로 『근사록』을 강독한 지가 어느덧 10년의 세월이 흐른 것에 대해 감회를 느꼈다. 그리고 강독하는 내내 주돈이周敦頤・장재張載・정호程顥・정이程頤의 송대사현宋代四賢이 마치 눈 앞에 있는 듯 항상 경외하는 마음을 가졌다고 술회했다. 송산의 이러한 술회는 그가 10년 동안 『근사록』을 강독하면서 얼마나 진지하고 엄숙한 마음으로 임했는지를 여실히 보여준다.

소사동유의 일정은 오전에 강론을 하고 오후에 창수하는 형식으로 정해져 있었지만, 때론 밤을 새워가면서 진행한 일도 다반사였던 듯하다. 우은愚隱 권재홍權載弘의 시에 '지금 같은 이 모임 얻기가 어려우니 심지를 잘라가며 마음을 논하느라 새벽달이 기우네'25)라는 구절

---

24) 『蕭寺同遊錄合編』, 栗谷寺同遊錄 癸未五月.

이나, 임계臨溪 김종호金鍾浩가 묘사한 '백발의 여러 현자 건력健力이 대단하여 밤새도록 자지 않고 진정을 다해 읊네'26)라는 싯구를 통해 확인할 수 있기 때문이다.

그들이 밤을 새워가며 학문을 토론하고 심회를 읊을 수 있었던 까닭은 소사동유의 모임을 통해 얻는 즐거움과 보람이 매우 컸기에 가능한 것이었다. 그러므로 노암魯菴 송준하宋準夏는 '산에서 수일 동안 『근사록』을 읽으니 물욕이 말끔히 사라지고 의리심이 차오르네'27)라는 말로 내면 수양의 효과를 표현했으며, 의헌宜軒 이홍진李鴻鎭은 '성경誠敬의 무궁한 가르침 자세히 듣고서 초심이 거의 회복됨을 기뻐하네'28)라는 싯구로 초심의 회복을 즐거워했다.

기산機山 민규호閔圭鎬가 지은 다음의 시에서는 소유동유의 전반적인 모습을 그려볼 수 있다.

客年栗寺夏	작년 여름 율곡사,
勝會續淨趣	정취사 빼어난 모임 이었었지.
深寂亦一奇	심적사 모임도 기이하니,
老少來某某	노인 젊은이 함께 찾아왔네.
如見興國風	흥국의 풍류를 보는 듯하고,
不讓香山九	향산구로(香山九老)에 뒤지지 않네.
論講靑山夕	청산의 저녁에 학문을 논하고,
止宿白雲牖	백운의 창가에 잠자리 드네.
寤寐思程朱	자나 깨나 정자 주자 생각,
賦詩擬陶柳	시짓기 도잠(陶潛) 유종원(柳宗元)에 비기네.
佛堂變鱣堂	불당이 강학처로 바뀌니,
虹月照南斗	무지개달 남두(南斗)를 비추네.
敢言躡仙蹤	감히 신선자취 따르는 것이랴,

---

25) 『蕭寺同遊錄合編』, 栗谷寺同遊錄 乙亥六月. "如今此會誠難得 剪燭論心曉月斜."
26) 『蕭寺同遊錄合編』, 淨趣菴同遊錄 戊寅五月. "白首群賢多健力 通宵無寐盡情吟."
27) 『蕭寺同遊錄合編』, 栗谷寺同遊錄 癸未五月. "居山數日看泉錄 物欲全消義理來."
28) 『蕭寺同遊錄合編』, 栗谷寺同遊錄 癸未五月. "細聽誠敬無窮誨 堪喜初心庶復來."

祗可脫塵臼　　　다만 속세 구렁텅이 벗어났네.
兼得藥石砭　　　아울러 약석(藥石)의 깨우침을 얻으니,
我來誠非偶　　　내가 온 것 참으로 우연 아니네.
曾未來幾日　　　몇 일 되지 않았는데,
如何告分手　　　어째서 이별을 고하는가.
百遍看山好　　　백번 봐도 보기 좋은 산,
早晚更到否　　　조만간에 다시 올 수 있으랴.
清風餘翠壁　　　맑은 바람 푸른 벼랑에 깃들고,
紫霞釀白酒29)　　　붉은 노을 막걸리에 빚어지네.

　　기산은 한 편의 서사시처럼 소사동유의 전체적인 풍경을 그려냈다. 먼저 그해의 심적사 모임은 1934년 정취암과 1935년 율곡사를 잇는 것이라는 소사동유의 연혁을 밝혔다. 그리고 소사동유의 역사성은 송대 주희의 '아호사의 만남'을 계승하는 것이며, 풍류는 백거이白居易가 여덟 원로들과 구로회九老會를 결성하여 향산香山에서 풍류를 즐겼던 것에 뒤지지 않는다고 자부하였다.

　　모임의 형식이 오전에 『근사록』을 읽고 오후에 시를 창수하는 식으로 진행되었으므로, 강론을 통해 언제나 정자와 주자를 생각하고 시를 지을 때는 도잠陶潛과 유종원柳宗元에 비기려 한다고 술회했다.

　　소사동유는 이와 같은 역사성과 풍류를 가졌고 추구하는 지향과 실제 내용이 분명하고 알찬 것이었으므로, 기산은 무지개달이 남두南斗를 비춘다고 은유하여 남쪽 지역에 밝은 미래가 있을 것이라는 희망을 담았다. 또한 자신이 이 모임에 참여한 것은 신선의 자취를 따르려는 것이 아니라 잠시나마 속세의 구렁텅이를 벗어날 수 있는 기회였다고 말할 수 있는데, 강론과 교유를 통해 자신을 깨우치는 약석藥石도 얻게 되니 찾아온 것이 참으로 우연이 아니었다고 여겼다.

---

29) 『蕭寺同遊錄合編』, 深寂寺同遊錄 丙子五月.

마지막 부분에서는 모임의 일정을 마치고 헤어질 때의 아쉬움을 표현했다. 백번을 보아도 언제나 보기 좋은 이 청산에 언제나 다시 올 수 있을까 생각하니 더욱 발걸음이 떨어지지 않는다고 말했다. 하지만 맑은 바람이 푸른 벼랑에 깃들어 남아 있듯 소사동유의 모임은 푸른 산과 깊은 계곡에서 계속 이어질 것이라고 염원하면서 노을이 잠겨 붉은 빛깔로 물든 막걸리를 함께 나누며 서로 위로하는 당시의 풍경을 그려냈다.

3. 시대인식과 유민의식

소사동유에 참여한 이들은 일제강점기의 시대적 상황을 진세秦世로 인식했다. 진시황秦始皇이 분서갱유焚書坑儒를 자행하여 유교와 유학자들을 핍박했듯이, 일제의 강압에 의한 단발령과 복제개혁 등은 유교의 정신과 문화를 말살하는 것으로 인식했기 때문이다. 그래서 과재果齋 이교우李敎宇는 소사동유에 참여하는 이들이 의관을 지켜나가는 것에 대해, '깊은 골짜기 본래 진秦의 세상 아니니, 강당 가득 모두 한漢의 의관이네'30)라는 말로 표현했다. 심규섭沈圭燮도 '뽕밭이 바다로 바뀌어 놀라니 진秦의 세상이요, 유풍儒風이 아직은 남았으니 한漢의 의관이라'31)라는 싯구로 차운했다.

이러한 말에서 알 수 있듯이, 그들은 당시의 시대적 상황을 무도無道의 세상이라고 인식했으며, 그런 속에서 유학의 정신과 문화를 지켜나가는 자신들을 마지막 남은 일양一陽이라고 생각했다. 그래서 소사동유의 모임을 지켜나가는 것은 '일맥一脈이 오림吾林을 진정시키

---

30)『蕭寺同遊錄合編』, 深寂寺同遊錄 丁丑五月. "深峽自非秦世界 滿堂摠是漢衣冠."
31)『蕭寺同遊錄合編』, 深寂寺同遊錄 丁丑五月. "桑海翻驚秦世界 儒風尙在漢衣冠."

는 일'32)이며, '실낱같은 유학을 부지하는 길'33)이라고 믿었다. 또한 소사동유를 통한 강론과 교유를 잘 계승해나간다면 머지않아 긴 밤의 어두움이 몰려가리라는 희망을 가졌다.34)

그러므로 자신들을 무도한 세상을 떠나 수양산으로 숨어버린 백이伯夷와 숙재叔齋에 비유하기도 하고,35) 초나라의 어지러운 정치상황을 개탄하며 홀로 깨어있던 굴원으로 묘사하기도 했다.36) 따라서 매우 급박하고 지난한 시대적 상황을 겪고 있지만, 백이와 숙재 및 굴원처럼 끝까지 만절晩節을 지키고 모임을 유지하기를 맹세하는 각오를 가졌다.37)

매서의 다음 시는 이와 같은 시대인식과 유민의식을 총체적로 잘 드러내고 있다.

矧又今何日	하물며 지금은 어떠한 때인가,
滿地溢紛訌	온땅에 시끄러운 싸움 넘쳐나네.
平天行大市	평천관을 쓰고 큰 시장으로 가면,
拍手喧兒童	박수치며 놀려대는 아이들.
明知非所合	세상과 합하지 못함 분명히 알겠나니,
久矣欲無聰	오래되었네 듣지 않고 살려는 마음.
願從諸君後	원컨대 그대들의 뒤를 좇아,
道義勤磨礱	도의를 부지런히 갈고 닦으리.
存此陽一線	한 가닥 남은 양(陽)을 보존하여,
準擬牖群蒙38)	어리석은 이들 깨쳐주길 바라네.

<hr>

32)『蕭寺同遊錄合編』, 淨趣菴同遊錄 戊寅五月. "看他一脈鎭吾林 (宜軒)."
33)『蕭寺同遊錄合編』, 淨趣菴同遊錄 戊寅五月. "願扶吾學如絲力 (子憲)."
34)『蕭寺同遊錄合編』, 淨趣菴同遊錄 戊寅五月. "識微陽今尙在 休言長夜竟昏沈 (泰英)."
35)『蕭寺同遊錄合編』, 栗谷寺同遊錄 乙亥六月. "柴桑古里當吾隱 薇蕨何山療子饑 (修齋)."
36)『蕭寺同遊錄合編』, 深寂寺同遊錄 丙子五月. "憂世行吟夢屈醒 (南湖)."
37)『蕭寺同遊錄合編』, 深寂寺同遊錄 丙子五月. "燹火日以急 萬物將俱焚 苟能勵晩節 何足畏妖氣 各折植心田 矢不負慇懃 年年夏之五 留約且申勤 (果齋)."
38)『蕭寺同遊錄合編』, 深寂寺同遊錄 丙子五月.

앞에서 이미 보았듯이, 매서는 「소사결하집서」에서 유학자의 의관을 착용하고 대도시 큰 시장을 다니면 조롱을 받고 봉변을 당하는 세태에 대해 깊이 탄식하였다. 이것은 단지 의관에 관한 문제이기보다 유학의 전통과 문화가 일시에 붕괴된 상황이라고 인식했기 때문이다. 그러므로 매서는 이런 세상과 합할 수 없다는 사실을 알고서 세상의 소리를 듣지 않으려 한 지 오래되었다고 말했다. 그리고 남은 생애의 바램이 있다면, 소사동유에 참여하는 동지들과 함께 부지런히 도의를 닦아 실낱같이 남은 일양一陽을 보존하고 이를 통해 혼몽한 상태에 있는 이들을 깨쳐주는 것이라고 술회했다.

이 시에 함축적으로 드러나 있듯이, 소사동유의 참여 인물들은 당시의 시대적 상황에 대해 개탄하면서 자신들이 가야할 길은 마지막 남은 유학의 명맥을 유지하여 보존하는 것이라고 인식했다. 그렇기에 소사동유의 소중함과 참여하는 이들에 대한 동지적 정감이 더욱 절실한 것일 수 밖에 없었다고 이해할 수 있다.

IV. 맺음말

소사동유가 지닌 의의와 한계는 두 가지 측면에서 살펴볼 필요가 있다. 하나는 강우지역의 유학사에서 어떤 위치를 가지는지 평가해야 할 것이며, 다른 하나는 일제강점기라는 시대적 측면에서는 어떻게 이해해야 할 것인가이다.

먼저 강우지역 유학사의 측면에서 살펴본다면, 조선후기 강우유림의 지리산 등반과의 연계성 문제를 검토해 볼 필요가 있다. 1877년 8월에 강우 지역 학자들은 두 차례에 걸쳐 지리산을 등반했다. 첫 번째 등반은 8월 5일부터 15일까지 9박 10일간의 기한이 소요되었고, 참여한 이들은 허유許愈·곽종석郭鍾錫·문진영文鎭英·김진호金鎭祜·이도묵李道默·이도추李道樞·박규호朴圭浩·하용제河龍濟·조원순曺垣淳·권규집權奎集·권상찬權相纘 등이었다.[39] 두 번째 등반은 이들이 등반을 마친 10일 뒤인 8월 25일부터 시작되어 남해 금산의 유람을 마치고 돌아오는 9월 20까지 거의 한 달에 가까운 기간 동안 진행되었으며, 이진상李震相·박치복朴致馥·윤영엽尹永燁·권인탁權仁擇·김인섭金麟燮·곽종석·하용제·박광원朴光遠·김기순金基淳·조호래趙鎬來·곽승근郭承根·조응원趙應遠·하우서河禹瑞·성한원成翰元 등이 함께 하였다.[40]

이들은 지리산을 여행하면서 남명의 경의敬義 사상을 생각하고, 벽립천인壁立千仞의 기상을 흠모하면서 남명이 걷던 길을 실제 걷고 있었다. 그리고 지리산 유람과 더불어 남사리南泗里에서 향음주례를 행하고, 산천재에서 학술 모임을 가지는 등의 일들을 통해 결속을 강화하여 그 뒤 구체적으로 남명 사상을 깊이 연구하고 선양해 나가기 시작하였다.[41]

그리고 남명의 학문과 사상을 중심축으로 삼아 분열된 각 학파들을 통합하고자 하였으며, 유학의 근본 정신을 회복하고 실천 의지를 고양하여 국내외적 위기를 극복하고 새로운 전망을 바라보려 노력하였다.[42]

이와 비교해 본다면, 1930년대 소사동유는 각기 다른 당색과 사승

---

39) 許愈,『后山集』卷5,「頭流錄」.
40) 朴致馥,『晚醒集』卷7,「南遊記行」.
41) 권오영,『조선후기 유림의 사상과 활동』, 돌베개, 2003, 459쪽.
42) 전병철,「老柏軒 鄭載圭의 南冥學 繼承과 19세기 儒學史에서의 의미」,『남명학연구』 제29집, 경상대학교 남명학연구소, 2010, 265쪽.

을 가진 유학자들이 모여 함께 강론과 창수를 하였다는 측면에서는 19세기 강우유림의 지리산 등반을 계승하였다고 평가할 수 있다. 이것은 조선후기 강우유림을 이끌던 면우 곽종석·물천 김진호·노백헌 정재규 등이 학파와 사승을 초월하여 유림의 통합을 추구하고 이를 통해 시대적 난국을 극복하고 노력했던 정신이 그들의 제자에까지 계승된 것이라고 이해되기 때문이다.

하지만 소유동유는 19세기 지리산 등반에 비해, 남명을 존숭하거나 추념하는 모습이 매우 약하다고 할 수 있다. 19세기 지리산 등반은 남명이 걸었던 길을 걸으면서 그의 사상과 인격을 배우고 남명을 중심으로 강우지역 유림이 결속하는 계기를 만들고자 시도한 것이라는 점을 상기한다면, 소사동유의 모임이 지향한 목적과 다른 것이었다고 이해할 수도 있다. 하지만 『소사동유록합편』에 수록된 481편의 시 가운데 남명에 대한 추념을 보인 시가 겨우 한 편밖에 없다는 점을 생각해본다면,[43] 다소 의아하다고 할 수 있다. 물론 창수시가 가지는 현장성, 즉흥성, 즉사卽事 등을 감안하더라도 말이다. 이 점에 관해서는 앞으로 좀더 면밀한 분석이 수행되어야 할 것이다.

일제강점기의 시대적 측면에서 소사동유를 이해보자면, 그 시대를 어떻게 이해하고 대응하려 했는가의 측면에서 이해해 볼 수 있다. 일제강점기 때 일본이 진행한 친일화 정책에 대해, 조선 유림들의 대응 방식은 크게 세 가지 유형으로 나누어 볼 수 있다.

첫째는 '식민적 근대문명'을 거부하면서 '국권수호' 투쟁이 곧 '유교수호'의 길이라 인식하는 '무장투쟁적 저항유림'이 있었다. 이들은 조선과 유교정치질서야말로 진정한 문명세계이고 일본과 서양은 조

---

43) 『蕭寺同遊錄合編』, 淨趣菴同遊錄 戊寅五月. "從古有稱徵士晉 至今誰識魯連齊(梅西)."

선을 '개화-독립-보호-주권박탈'로 귀결시킨 야만으로 인식했다.

둘째는 '국가수호'보다는 '유교수호'에 더 가치를 부여하여 무장투쟁에는 가담하지 않지만 산림에서 '식민적 근대문명'을 거부하고 조선의 성리학적 전통을 보수, 전승하는 길을 택하였던 '탈정치적 은둔유림'이 있었다. 이들은 자정론自靖論을 전개하면서 사실상 '조선의 식민지적 근대 전개'라는 정치현실에 대해 소극적으로 대응한 것이었다.

셋째는 '국권수호'와 '유교수호'는 일치하지만 조선말기의 말폐적 그것이 아니라 유교혁신운동을 통한 '초기정신을 회복한 유교'와 국가주권수호를 등치시킨 '계몽적 저항유림'이 있었다. 이들은 민주화된 유교, 종교화된 유교운동을 통하여 국권수호는 물론 궁극적으로는 도덕적 유교문명관이 '제국주의적 근대문명관'은 물론 '물질주의적 근대문명관'에 대해서도 그 대안이 될 것이라고 확신했다.[44]

이처럼 일제강점기 조선 유림이 취한 대응 방식을 세 가지의 유형으로 나누어 볼 때, 소사동유의 성격 및 참여인물의 성향은 '탈정치적 은둔유림'에 보다 가깝다고 평가할 수 있다. 그리고 이러한 대응방식은 그들의 스승이 견지한 입장과 궤를 같이 하는 것이라고 말할 수 있다.

이들의 대응방식은 당시의 시대적 상황과 정치현실에 대해 소극적이었다는 비판을 피할 수 없을 것이다. 그렇다고 해서 무장투쟁을 감행하거나 계몽적 사회운동을 전개한 것만이 당시의 상황에 옳은 대응이었다고 단정할 수는 없다. 각자 자신의 신념과 가치를 지키면서 감당할 수 있는 만큼의 사명을 짊어지고 간 것이기 때문이다. 온 세상의 어두움을 완전히 물리칠 수 있는 해와 달은 아니더라도, 어두운 밤

---

44) 안외순, 「식민지적 근대문명에 대한 한국 유교의 분기와 이념적 지형-일제초기 (1900~1910)를 중심으로-」, 『동방학』 제17집, 한서대학교 동양고전연구소, 2009, 280쪽.

의 등불처럼 자기만큼의 빛으로 그만큼의 어두움을 몰아내는 역할을
저마다 실천하고자 노력한 것이었다.

▶ 이 글은 『남명학연구』 제34집(경상대학교 남명학연구소,
2012년 6월)에 실렸던 「1930년대 강우유림의 소사동유와 유민의식」을
다시 수록한 글임을 밝힌다.

매천 황현의 서사적 재현과 전유

박찬모*

Ⅰ. 들어가며

지난 병인년丙寅年은 경술국치庚戌國恥 100년이 되는 해이자 매천梅
泉 황현黃玹, 1855~1910의 순국 100년이 되는 해였다. 그에 맞춰 '경술
국치 100년 회고와 성찰'[1] 등을 비롯하여 한국의 근대사를 되짚어보
는 다양한 학술 행사가 열렸으며,[2] 호남지역에서는 망국을 통탄하며
'절명시絶命詩' 4수와 '유자제서遺子弟書'를 남기고 절명한 매천梅泉을
추모하고 그의 역사의식과 문학관 등을 구명하는 학술대회가 개최되

---

* 순천대학교 지리산권문화연구원 HK교수.

1) 독립기념관 한국독립운동사연구소, 광복65돌 및 개관 25돌 기념 학술심포지엄,
   2010.8.5.
2) 이 이외에도 '애국지사 현창 어떻게 할 것인가'(국사편찬위원회 한국사 학술회의, 8
   월 19일), '일제의 전쟁과 조선인의 삶'(민족문제연구소 경술국치 100년 학술회의,
   12월 4일) 등을 주제로 여러 학술행사가 개최되었다.

었다.3) 또한 이 같은 학술행사와는 별개로 '국치'와 '순국' 100년을 즈음해 매천 황현과 관련한 역사소설인 『소설 매천야록』(한승연, 전 2권, 한누리미디어, 2009·2010)과 『매천 황현』(박혜강, 전 2권, 문학들, 2010)이 출간되었다. 100년이라는 역사적 시간의 터울은 축적된 실증자료를 근거로 과거를 좀더 냉정하고 객관적으로 조망할 수 있는 '간극'이기도 하지만 다른 한편으로 시차에서 기인하는 사회적·문화적 이질성 때문에 과거를 '해석'하는 여러 인식틀이 시간의 더께만큼 중첩될 수 있는 '간극'이기도 하다. 각종 학술행사를 전자의 맥락에서 이해할 수 있다면, 역사소설 그 자체가 문화적 상상력을 구심력으로 하여 창작되는 만큼 역사소설의 출간은 후자의 맥락에서 이해할 수 있을 것이다.

　본고가 주목하고자 하는 것은 매천과 관련한 두 편의 역사소설이다. 주지하다시피 매천 황현은 한말韓末의 대표적인 애국지사로서 문장가이자 시인, 역사가이다. 그는 2,500여 수에 이르는 뛰어난 시문을 남겨4) 강위姜瑋·김택영·이건창과 함께 구한말 사대가四大家로 일컬어지며, 또한 1863년고종 즉위년부터 1910년까지 약 47년의 당대사를 기록한 『매천야록梅泉野錄』 등으로 인해 대표적인 역사가로 꼽히고 있다. 특히 『매천야록』은 한국근대사 연구의 중요한 기본 사료의 하나로 평가받으면서 국사편찬위원회의 한국사료총서 1집으로 선정·간행되었으며, 아울러 1970년대부터 본격화된 그의 관한 연구가 130편에 이르고 있을 정도로5) 매천은 학계의 각별한 관심의 대

---

3) 매천의 출생지인 광양에서는 '매천 황현과 역사서술'이란 주제로 <매천 황현선생 추모 한국근현대사학회 2010년 학술대회>(한국근대사학회, 9월 10일)가, 그가 절명한 구례에서는 매천 황현의 문학을 중심으로 <매천 황현 순국 100주년 기념학술대회>(매천황현선생기념사업회·우리한문학회, 9월 9일)가 각각 개최되었다.
4) 김정환, 「매천시파연구」, 전남대대학원 박사학위논문, 2006, 12쪽.

상이었다. 그렇지만 그와 관련한 창작물의 경우는 이와 상황이 다르다. 그에 관한 소설은 근간 두 작품에 불과할 정도로 그간 매천은 주목을 받지 못했다. 물론 이러한 이유로 소설적인 흥미를 촉발하기에는 무리일 수밖에 없는 재야 지식인으로서의 매천의 삶과 정신 세계, 그리고 그가 살았던 시대가 '변역變易과 위망危亡의 시대'6)였다는 점 등을 들 수 있을 것이다. 곧 인물과 시대의 중압감이 소설적 형상화의 장애로 작용했을 것으로 추측되는데, 창작계의 무관심과 형상화의 난관 등을 염두에 두자면 황현과 관련한 두 편의 역사소설의 출간은 소설적 공과와는 별개로 그 자체만으로도 의미 있는 시도가 아닐 수 없다.

본고에서는 『소설 매천야록』과 『매천 황현』7)을 대상으로 두 작품의 내용상의 특징과, 양식 혹은 형식상의 특징을 규명하는 것을 목적으로 한다. 전자에 대해서는 작품에 투영된 세계관이나 인물의 성격 분석에 주안점을 두고 그 특징을 논구하는 방식으로, 후자에 대해서는 작품의 독특한 양식 혹은 구성을 검토하고 그것이 작품의 주된 내용과 어떻게 조응하고 있는가 하는 점을 살피며 논의를 전개하고자 한다. 아울러 본론의 논의와 관련하여 두 편의 역사소설에 등장하는 여러 사건과 인물들에 대해서 실증적인 자료를 바탕으로 사실성과 허구성을 판별하는 논의는 가급적 유보하고자 한다. 이는 역사소설에 대한 문학적 평가는 사실성의 여부보다는 형상성과 서사성 등에

---

5) 홍영기, 「매천 황현의 저작물 간행과 연구현황」, 『매천 황현과 역사서술』(매천 황현선생 추모 한국근현대사학회 2010 학술대회 발표집), 81~83쪽. 이 연구결과에 의하면 황현에 관한 석·박사학위 논문 현황(1970~2009)은 역사와 문학분야에서 25편이며, 전문적인 학술지 논문(1960~2000)은 103편에 이른다.
6) 임영택, 「매천론－벽역과 위망의 시대에서 한 지식인의 형상」, 『매천 황현 순국 100주년 기념학술대회 논문집』, 2010, 8쪽.
7) 앞으로 두 작품을 본문에서 인용할 경우에는 권수와 쪽수만 밝히도록 하겠다.

바탕을 두어야 한다는 판단과,8) 앞서 모두에서 언급한 '간극'과 관련된 것으로 100년이라는 시간이 경과된 시점에서 매천 황현에 대한 서사적 재현과 전유의 양상을 살피는데 본 논문의 의의가 있기 때문이다.

Ⅱ. 종교적 담론과 서사 양식의 차용 : 『소설 매천야록』

1. 종교적 담론의 전면화

『소설 매천야록』 상권은 1장에서 매천이 절명하는 모습을 형상화한다. 이어지는 2장에서 12장까지는 매천 매천의 출생에서부터 「이충무공귀선가李忠武公龜船歌」를 지은 1884년까지를 시간적 배경으로 매천의 유년시절과 왕석보王錫輔로부터의 사사師事, 강위・이건창・김택영・왕사각과의 교유 활동 등을 시간적인 순서로 서술하고 있다. 그리고 하권은 1884년부터 1910년까지를 배경으로 갑신정변과

---

8) 루카치는 『역사소설론』에서, 역사소설에서는 역사적 실재성을 '문학적 수단'으로 증명해 내는 것이 중요하고 아울러 본래적인 의미의 역사소설은 '현재의 前史'로서의 역사소설이어야 한다고 강조한다. 전자가 역사적 실재성을 총체성과 전형성을 담보하여 리얼리즘적으로 형상화해야 된다는 의미라면, 후자는 역사인식과 현실인식이 밀접한 관련을 맺고 있어야 함을 지적하고 있는 것이다(게오르그 루카치, 이영욱 옮김, 『역사소설론』, 거름, 1987, 44~68쪽 참고). 그렇지만 이러한 루카치의 역사소설론은 언어와 현실 간의 투명한 관계를 토대로 한 19세기 리얼리즘적 가정에 입각해서만 성립될 수 있다. 경험적・역사적 현실이 언어 기호에 앞서 존재하는 것이 아니라 문화적인 약속과 관습의 체계인 언어 기호에 의해 매개될 때 비로소 존재할 수 있음을 고려해 보자면, 역사서술 또한 사실(fact)에 대한 객관적인 재현이나 모방이기보다는 '서술된' 사실에 불과한 것이다. 곧 사실과 허구의 경계가 무화되는 것이다(공임순, 『우리 역사소설은 이론과 논쟁이 필요하다』, 책세상, 2000, 15~20쪽 참고; 김기봉, 「팩션(faction)으로서의 역사서술」, 『역사와 경계』 63집, 2007, 부산경남사학회). 이런 맥락에서 보자면 역사소설에 대한 평가 잣대는 사실성 여부보다는 소설적(문학적)인 것에 찾아야 될 것이다.

대한제국의 건립, 동학농민운동 등과 같은 역사적 사건과, 매천의 이 거와 장원급제, 호양학교 건립 등 매천의 행적을 직조하여 매천의 삶 을 형상화하고 있다.

『소설 매천야록』은 그 내용상 연대기적 시간 속에서 왕석보와 강 위 등의 가르침을 통해 매천이 뚜렷한 '민족 정신'을 형성하게 된다 는, 일종의 정신적 '성장' 과정을 담고 있다. 그런데 '민족 정신'이란 공적인 역사에서 언급하는, 제국열강의 위협과 그에 따른 국권 상실 의 위기에서 비롯된 민족의식 등과는 변별되는, 이채로운 함의를 지 니고 있다. 그 '민족 정신'이란 것은 '절명시'와 함께 쓴 '후학에게 고 함'이라는 허구적인 서간에 먼저 등장한다.

> 국조(國祖) 단군왕검(檀君王儉)께서 세운 배달(倍達) 나라 조선(朝鮮)은 황웅천 제(桓雄天帝)께서 환인(桓因) 조화주(造化主) 하느님의 명(命)을 받아 하늘을 열고 (開天, 上元甲子十月 初三日) 신(神)의 무리 삼천단부(三千團部)를 거느리고 하늘 의 조화(원, 방, 각) 천부경(天符經)으로 지상(地上) 광명세계(光明世界를 이루려 신인합발(神人合發)하여 인간세상인 얼, 맘, 몸으로 영성(靈性)을 갖춘 만물의 영 장(靈長) 천손민족(天孫民族)으로 세움을 입은 해동(海東) 환국(桓國)이다.
> 환역(桓易)인 천부경(天符經), 지장경(地府經), 인부경(人府經), 단군고기(桓檀 古記), 단기고사(檀紀古史) 등 국서고(國書庫)에 소장되어 있는 먼지 쌓인 고서를 접하여 깨달아 올바른 선비의 글에 들어섰으니 어찌 감격스런 영광이 아니던가. …(중략)…
> 오백년 국운을 공자도(孔子道)인 유교 사서삼경(四書三經)에 의탁하여 문무동 서양반(文武東西兩班) 군학제도(君學制度)하였으나 권위(權威)에 찌든 모화사상 (慕華思想)에 얼빠진 유생(儒生)들의 지조 없는 위선(僞善) 속에 국망(國亡을) 맞 았으니 절망 속에 정신이 혼미하여 가누기 힘든 몸을 안간힘 다하여 필서(筆書) 로 남기노니 남아 있는 후학들은 선비정신을 깨달아 우리 얼 바로 세워 국권을 회복하고 보국안민(輔國安民)하여 주면 지하에 백골도 태평춤을 출 것이니 삼통 성을 잊지 말고 물산장려 힘을 써서 부국강병하여 주시게 … (상, 34 - 35)

우리 민족이 천손민족임을 국서고에 소장되어 있던 고서를 통해 깨달았으며, 모화사상에 침윤된 유생들의 위선으로 국망에 이르렀지만 후학들이 얼을 바로 세워 국권을 회복하고 부국강병에 진력해달라는 것이다. 이 허구적 서간에서 드러나는 것은 민족의 시원과 정체성에 관한 것으로서 우리 민족이 '황웅천제'와 '환인 조화주 하느님', 그리고 '단군왕검'에서 비롯된 "만물의 영장 천손민족"이라는 것이다. 그리고 이러한 '민족 정신'은 왕석보를 통해서 '민족 뿌리 역사' 혹은 '민족 뿌리 정신' 등으로 표현되는데, 그에 따르면 '국조 단군왕검'의 건국이념은 홍익인간과 이화세계로서 이는 "한알님 사상"이며 아울러 "한알님 정신사상이 우리 조상들 종교로 고대사에서 이웃나라 십이제국을 다스려 왔"(상, 148)다는 것이다. 곧 우리 민족은 '단군왕검의' 후예일 뿐 아니라 '조화주 한알님'의 후예로서 조화주의 이념을 통치이념으로 삼아 고대 제국을 형성했던 민족이라는 것이다.

한편 '민족 정신'에는 이러한 '배달민족 뿌리 역사'와 더불어 인류 역사의 시원, 그리고 동서양의 분화 계기에 대한 인식도 녹아 있는데, 그러한 인식은 규장각을 방문해서 본 「역대신성통감」에 잘 나타나 있다. 규장각 방문은, 매천이 보거과保擧科를 치른 후 "우리조상의 얼, 그 정신사상"(상, 187)을 알기 위해 그곳을 방문하자는 강위의 제안에 따라 이뤄진 것으로 김택영, 이건창 등과 함께 한다.

> 한밝산을 중심 터로 삼은 동이의 9겨레가 벌써 7~8천년 전부터 한원(中原, 中國)으로 갈라져 나가 그곳을 개척하고 살았다.
> 웅족(雄族)과 호족(豪族)은 나란히 이웃해 살던 원주민이었으나, 웅족은 환웅천제의 말씀에 순응하여 배달나라의 백성이 되는 성은을 입었으나 호족을 그렇지 못하여 훗날 한밝산 부근에서부터 떨어져 나가 오늘날 서양인으로 일컬어지는 무리가 되었다(상, 193).

웅족은 환웅천제의 말씀에 순응하였기 때문에 배달민족이 되었지만 호족은 그렇지 못해 서양인의 "무리"가 되었다는 것이다. 동서양의 분화가 환웅천제에 의해 이뤄졌다는 것으로서, 실상 매천이 깨닫게 된 '뿌리 역사'나 이러한 동서양 인식은 학계나 일반인들로부터 쉽사리 추인받을 수 없는 것이다. 실상 매천과 주변 인물의 사상을 이렇게 전유하며 진행되는 민족, 종교, 문명 따위에 대한 납득하기 어려운 설명은 역사적인 것이라기보다 믿음에 기초한 종교적인 것이며, 작품에서는 매천의 정신적 '성장'을 위해 왕석보, 강위, 이건창, 왕사각 등의 '설교'가 끊임없이 이뤄진다.

종교적 담론이 작품의 주조를 이루고 있는 까닭에 작품이 으레 '설교적' 성격을 지니게 되고, 이 때문에 『소설 매천야록』에 등장하는 인물군은 무척 단순하다. 종교적 담론을 그 원리에서부터 꿰뚫고 있는 자와 그것을 깨달아 가는 자로 인물군으로 이원화되어 있는 것이다. 전자에 왕석보, 강위, 이건창, 왕사각 등이 위치한다면 후자에 매천이 위치하고 있는 것이다. 서사를 추동해 나가는 이렇다 할 갈등 없이 온통 '설교적' 논설만이 가득한 까닭도 이와 무관치 않은 것이다. 인물군이 설교자와 피설교자로 구성되어 있으며, 더욱이 피설교자의 정신적 성장 과정을 다루고 있는 만큼 설교적 논설이 물러설 여지가 없는 것이다. 실상 대원군과 민비의 실정과 관료 사회의 부패, 제국 열강의 위협 등은 주인공의 고뇌와 결단을 이끌어내는 서사적 계기로 활용되는 것이 아니라 단지 '설교'의 긴박함과 '설교적' 논설을 지루하게 반복가능하도록 하는 의장儀裝으로서만 존재하고 있는 것이다. 결국 『소설 매천야록』은 매천이라는 중심인물을 매개로 공인받지 못한 종교적 담론을 전면에 내세움으로써 그 설교적 논설의 과잉으로 인해 인물의 형상화에도 실패하고 있는 것이다.

2. 근대 초기 서사 양식의 차용

장지연의 『애국부인전』1907과 신채호의 『을지문덕』1908, 그리고 박은식의 『서사건국지』1907 등의 역사·전기 문학은 1905년 이후 다수 발표된다. 이 시기에는 국권 상실의 위기감에 비례하여 그 작품들이 증가하였는데, 이러한 문단적 상황은 과거의 민족적 영웅들을 호출하여 민족적 기억들을 선택적으로 복원함으로써 민족통합과 민족국가 수립으로 나아가려는 의도의 산물이었다.9)

그리고 이러한 역사·전기 문학은 회장체 구성방식을 따르면서 서문과 발문을 갖추고 있는 것이 특징이다. 서문에서는 대체로 작품이 창작되는 동기와, 사건이 유발되는 상황이나 배경이 기술되고, 발문에서는 작품에서 사건이 종결된 후의 사정과 그 사건이 지니는 교훈적 의미에 대한 기술이 중심을 이룬다.

> 오늘 우리가 민족 뿌리 역사를 바로 알고 찾아야 하는 것이 정부나 국민이 우선적으로 먼저 찾아야 할 숙제며 당면한 과제일 것이다. … 구한말의 선비 매천 황현 선생은 민족 주체성을 잃고 우왕좌왕하는 시대의 아픔 속에서 그 소중함을 절실하게 느끼고 민족 주체의식이 표류하는데 대한 통탄의 글을 우리에게 교훈으로 남겨주고 있다(프롤로그, 25).

> 국운이 저물어가던 구한말, 매천 황현 선생과 함께 했던 조선의 선비들과 많은 우국지사들이 국권을 침탈당한 울분을 통탄하면서 조국의 소중함을 일깨워주고 있는 『매천야록』을 바탕으로 역사의 뿌리를 삽질하면서 언젠가는 이 터전에 배달민족의 정체성을 세계 속에 드높이 나타낼 민족성전이 지리산 매천 향기로 세워질 것을 믿어 의심치 않는다(에필로그, 301).

두 개의 인용문을 통해 『소설 매천야록』 또한 역사·전기 문학의

---

9) 이승윤, 『근대 역사담론의 생산과 역사소설』, 소명출판, 2009, 42쪽.

형식을 그대로 반복하고 있음을 확인할 수 있다. 프롤로그에서는 '민족의 뿌리 역사 찾기'를 과제로 제시하면서 작품의 창작 동기를 서술하고 있으며, 에필로그에서는 매천의 의의뿐만 아니라 "배달민족의 정체성을 세계 속에 드높이 나타"낼 수 있기를 바란다는 미래지향적 목표를 뚜렷이 하고 있다.

이러한 서발序跋의 형식과 함께 주목할 수 있는 것은, '민족 정신'에 관한 매천의 각성을 돕는 왕석보, 강위, 왕사각 등의 설교가 주로 대화를 통해 설파되고 있다는 점이다. 사건에 통한 시련과 각성보다는 대화를 통해 '선각자'들은 설명하고, 상대는 새로운 지식과 정보에 몰입하는 것이다. 이러한 전개 방식은 근대 초기 서사물인 '논설적 서사'10)의 '문답식' 구성과 흡사하다. 근대 초기 서사물인 '논설적 서사'는 개화기 신문독립신문, 매일신문, 제국신문, 황성신문에 등장하는 형식으로서, 논설 집필자가 독자들에게 전달하고자 하는 지식과 정보를 직접적으로 논술하거나 설명하기보다 전달의 효과성을 기하기 위해 '문답식', '토론식', '일화식' 구성을 취하는 데에서 비롯되었다. 이 중 문답식 구성은 대체로 지적으로 우월한 자가 열등한 자를 만나 질문

---

10) 김영민에 따르면, '논설적 서사'는 외형상 최초의 독립된 근대적 서사 양식이지만 내용상 서사가 전개되는 과정 속에 상당한 논설적 요소가 남아 있는 양식이다. 이와 유사한 '서사적 논설'은 근대 전환기적 서사 문학 양식으로서 개화기 신문들의 논설란과 잡보란에 실려 그것이 표방하는 형식은 논설이지만 내면은 서사로 이루어진 글이다. 둘 모두는 모두 글쓴이의 주장이나 현실 비판적 견해가 담겨 있으며 논설을 통한 계몽을 목적으로 한다는 점에서 공통점을 지니고 있다. 그는 신소설로 이어지는 근대소설 성립의 계통수 중의 하나로 '서사적 논설 → 논설적 서사 → 신소설'을, 또 다른 하나로 '전류 문학과 군담계 소설 → 인물 기사와 인물고 → 역사·전기소설'을 설정한다. 한기형은 서사적 논설과 논설적 서사를 '단편서사물'로 포괄하여 다루지만, 김영민과 달리 창작 담당층과 양식의 선택 원리의 차이를 근거로 단편서사물과 신소설의 수직적인 계승관계를 인정하지 않는다. 김영민, 『한국근대소설사』, 솔, 2003 참고; 한기형, 『한국근대소설사의 시각』, 소명출판, 1999, 17~55쪽 참고

을 받고, 이후 열등한 자가 새로운 사실을 깨우치는 구성으로 되어 있다.11)

> "충무공 애국충정 무사도 정신을 이 시대 젊은이들이 본받고 살려야 할 것인데……"
> 그러자 왕사각이 대뜸 그 중얼거림을 받아 말했다.
> "이보시게. 그 무사도 정신이 바로 신라시대 우리 조상들의 얼을 되살렸던 화랑도 정신이라네. 신라인이나 백제인의 무사도 정신이 바로 우리 단군조선시대에서부터 비롯된 그 천지화랑 정신으로 바로 그 무사도 정신이 백제에서 일본으로 건너가 사무라이 정신으로 칭하게 된 것이지만……."
> "?…… 그 화랑도 정신이 백제에서 일본으로 건너갔다는 게 무슨 말씀이죠?"
> "그 일본 사무라이 정신이란 게 바로 백제의 장수 계백장군의 무사도 정신이 건너간 것이라고 아버님이 말씀하시데. 핫, 하하. 그러니까 일본의 뿌리를 거슬러 올라가 보면 일본의 천황가(天皇家) 그 여왕벌의 심벌처럼 신격화되어 있는 '아마테라스 오미가미'[天照大神]이 바로 백제의 마지막 의자왕의 누이동생이었다는 게야"
> "저는 처음 들어보는 이야긴뎁쇼."(상, 275 - 276)

위 대화는 왕사각과 매천의 대화 중 일부로서, 대화문을 통해 알 수 있듯이, 대화 내용의 진실성을 여부를 떠나서 대화가 지적으로 우월한 자와 열등한 자의 대화이며, 그것이 열등한 자의 깨우침으로 귀결되는 과정을 엿볼 수 있다.

곧 『소설 매천야록』이 역사·전기 문학의 서발과 '논설적 서사'의 문답식 구성을 취하고 있음을 확인할 수 있는데, 근대 초기 서사물이 계몽과 교육에 그 창작 목적이 있는 것처럼 이 작품 또한 종교적 담론의 교화와 설교를 위해 근대 초기 서사물의 양식을 의식적으로 혹은 무의식적으로 차용하고 있는 것이다.

---

11) 정선태, 『개화기 신문 논설의 서사 수용 양상』, 소명출판, 1999 참고.

Ⅲ. 공적 역사의 강화와 형식의 불협화음 : 『매천 황현』

1. 애국지사의 형상 공고화

『매천 황현』은 매천의 삶의 터전을 기준으로 양분되어 '백운산하'(1권)와 '지리산하'(2권)로 이뤄져 있다. 그리고 각 권은 2장으로 구성되어 있는데, 각 권의 1장은 '나'가 백운산과 지리산 일대를 답사하는 "르포타지보고문학"(작가의 말, 4)의 형식으로, 2장은 유년 시절부터 순국까지 매천의 생애를 재현하고 있는 "보통의 역사소설 형식"(작가의 말, 4)으로 짜여있다. 보다 구체적으로 각 권의 1장은 현재의 시점에서 매천의 생가와 묘소, 만수동萬壽洞, 연곡사鷰谷寺, 석주관石柱關, 운조루雲鳥樓, 매천도서관, 매천사梅泉祠, 호양학교壺陽學校 등지를 답사하며 '나'가 느낀 점이 서술되어 있으며, 2장에서는 매천의 유년 시절인 1862년부터 그가 순국하는 1910년까지를 시간적 배경으로 매천의 유년시절과 수학, 강위·이건창·김택영과의 교유, 보거과 응시, 그의 시문 창작과 사서 집필 활동, 절명 등이 연대기적으로 형상화되어 있다.

먼저 각 권의 2장에 대해서 살펴보자. 『매천 황현』은 『소설 매천야록』과 유사하게 매천 황현의 일대기를 순차적으로 형상화하고 있다. 그러나 『소설 매천야록』이 그의 삶을 충실히 따라가면서도 주요 행적을 빌어 종교적 담론을 설파하는 계기로 삼고 있음에 반해, 『매천 황현』은 매천과 관련된 일화나 매천의 서간과 시문, 『매천야록』 등을 활용하여 매천의 행적과 내면 의식 등을 비교적 사실적으로 복원하고자 하였다. 그런 까닭에 매천의 성격character이 단순화되어 있는 『소설 매천야록』과 달리 『매천 황현』에서는 그의 재능과 성품, 기질

등이 비교적 생동감 있게 묘사되어 있다. 이 중 작가의 상상력이 가미된 허구적 삽화들을 중심으로 특징적인 장면을 검토해 보고자 한다.

> 매천은 '망명길에 올라 옛것 지키는 일(去之遼舊 - 인용자)'을 실행하지 못했고, '거병하여 깨끗이 하는 것(擧義掃淸 - 인용자)' 또한 실행하지 못했음을 뼈저리게 느끼고 살아왔다. 그래서 나라가 망한 지금 선비의 길을 지키기 위해 그가 택할 수 있는 방법은 처변삼사 중의 첫 번째인 자정수지(自靖遼志)만 남았다는 것을 떠올렸다.
> "어허, 가야할 길이 멀구나."
> 매천이 혼자말로 중얼거렸다. 붓을 들어 '절명시 4수'와 '유자제서'를 썼다. 예전부터 은밀히 준비해두었던 아편을 꺼내 소주에 탔다. 그의 입에서 가느다란 미소가 피어올랐다. 아편을 탄 소주를 마셨다. 그리고 반드시 누워서 눈을 감고 먼 길 떠날 마음의 채비를 갖추었다(2, 254 - 255).

인용문은 매천 생애의 마지막 장을 보여주는 대목으로서, 매천이 의암毅菴 유인석柳麟錫의 '처변삼사處變三事'를 되새기며 '스스로 자결하여 뜻을 지키는自靖遼志' 장면이다. 국권회복운동을 위해 함께 망명하자던 김택영의 요청에도 응하지 못하고 의병을 일으키지도 못한 점을 "뼈저리게 느끼고" 난 후 자결을 택한다는 것이다. 특히 이 대목은 매천이 절명하게 된 내적 계기가 무엇이었는가에 대한 작가의 판단이 개입된 대목으로서 "뼈저리게 느끼고 살아왔"다는 표현을 통해 그의 순국이 이 '거지수구去之遼舊' 혹은 '거의소청擧義掃淸'의 대안으로 수행되고 있음을 암시하고 있다.

> 고광순이 연곡사에서 장렬히 순국했다는 소식을 듣고 왕사찬 등과 함께 달려갔다. 고광순은 싸늘한 시신으로 변해 임시로 만든 봉분 속에 누워있었다. 그날 매천은 자신의 문약(文弱)함을 새삼 깨닫고 "나같이 글만 아는 선비, 끝내 어느 짝에 쓸 것인가."라며 고통스러워했다. 그리고 격문을 써주지 못했던 죄책감에서 여태까지 벗어나지 못하고 있는 중이었다.
> 호양학교는 날로 번창하고 있었다. 매천은 계획대로 잘 성사되어가고 있어서

기뻤지만, 그런 반면에 날이 갈수록 고뇌 속으로 빠져들었다.

고뇌의 가장 큰 원인은 회복될 기미가 보이지 않는 국권이었다. 그리고 늘 부책의식으로 남아있는 고광순의 격문이 가슴을 짓눌렀고, 전국 각지에서 들불처럼 일어나는 의병투쟁이 자신을 부끄럽게 만들었기 때문이다(2, 250－251).

이 대목은 매천의 뼈저린 반성이 실상 어디에서 연원하는가를 잘 보여주는 부분이다. 격문檄文을 써달라는 의병장 고광순의 요청을 거절한 일 때문에 매천이 죄책감과 부채의식으로 고뇌하며 또한 의병투쟁에 함께 하지 못하는 자신 스스로에 대해 수치심을 느낀다는 것으로서, 작가는 매천의 '자정수지'가 '거의소청'을 하지 못한 뼈저린 반성의 결과로 형상화하고 있는 것이다.

그렇다면 이렇듯 그의 절명을 '거의소청'과 관련짓는 까닭은 무엇일까. 그 이유는 절명에 함축된 순국의 의의를 보다 선명하게 돋을새김하기 위함이다. 『매천 황현』의 1권 1장에서 '나'는, "자결이 순국이라기보다 자신의 도덕과 자존심을 지키기 위함이라"(『매천 황현 1』, 98)는 박노자의 견해에 대해 "조선왕조 500년 동안에 수많은 선비가 나라를 위해 목숨을 버렸는데, 그들은 '충'을 위해 죽으면서도 차마 그런 말은 하지 않았다"라며 완고頑固한 어조로써 반박하며 그의 자결이 순국임을 역설하는 장면을 찾아볼 수 있다. 곧 작가는 매천의 절명을 '거의소청'의 맥락에 위치시켜 이론異論의 여지를 차단함으로써 그의 절명의 의의를 국가와 민족을 위한 순국으로 자리매김하며 매천의 애국지사로서의 면모를 더욱 공고하게 강화하고 있는 것이다.

아울러 앞의 인용문에서 "나라가 망한 지금 선비의 길을 지키기 위해"라는 표현에서 확인할 수 있듯이 애국지사로서의 면모는 올바른 선비의 그것과 크게 다르지 않다는 것이 작가의 관점이다. 1권 1장의 화자인 '나'는, 선비는 "학식과 인품을 갖춘 사람"(1, 19)으로서 "국난을 당하면 목숨을 바치기도 하며, 득得을 보면 취하기 전에 먼저 의義를 생각 … 비록 가난하게 살더라도 도덕을 숭상하고 실천했으며 반드시 예의와 염치를 지켜 자신의 책무를 다했다"(1, 20)라고 평가하고 있다. 그렇다면『매천 황현』속 매천은 어떠한 인물일까.

"오호라! 지난번에 남파가 인편으로 보낸 편지에서 그대의 이야기를 들었고. 그대를 광양의 황신동이라고 칭송하는 소리가 호남 일대에 자자하다더니 그게 허명이 아님은 분명한 것 같소. … (중략) … 내가 바로 그대가 찾고 있었던 추금이고, 청추각이오" … (중략) …
"이야기 들었던 것처럼 대단한 인물이오. 우리가 장차 좋은 인연을 쌓았으면 하오."
"우둔한 저에게 과분한 칭찬이십니다. 이 순간부터 선생님으로 뫼실 터이니 흔쾌히 허락해주시고 말씀도 낮추십시오."
"어허, 그 무슨 소릴, 그대의 총명은 누구도 따라가기 힘들 것이오. 오히려 내가 배워야겠는 걸."(1, 213)

"이렇게 찾아주셔서 감사하외다. 이번 일은 우리 가문의 경사이올시다. 어영대장 벼슬이 나를 떠난 지 10년 만에 다시 돌아왔으니 그 어찌 경사라고 하지 않을 수 있겠소이까." … (중략) …
"대감, 오늘 같은 날은 몹시 두려워하며 국사에 보답할 것을 깊이 생각해야 하는 것이 마땅하거늘, 어찌 벼슬이 가문에 돌아온 것을 자랑이나 하고 계십니까"
일찍이 신헌은 형조, 공조, 병조판서를 역임했으며 현재 중추부판사를 맡고 있는 당상관이었다. 그런데 이제 갓 약관을 넘긴 선비가 일갈했으니 하룻강아지 범 무서운 줄 모르는 꼴이 되고 말았던 것이다(224).
… (중략) … 신헌이 매천 옆으로 다가왔다.
"어떠신가? 나랑 바둑 한 판 두겠나?" … (중략) …
"바둑판의 승패가 무어 그리 대단하단 말인가? 아무래도 그렇게 악착같이 이겼던 이유가 틀림없이 있겠지?"
"그렇습니다. 외교나 전쟁에서 패하게 되며 그 후유증이 얼마나 크며 고통이 뼈에 어떻게 사무치는지 바둑을 통해서 간접적으로나마 깨닫게 해드리고 싶었습니다."
매천은 강화도조약의 체결이 강제적으로 행해진 것이었지만, 신헌이 좀 더 현명하게 대처하지 못했던 것을 바둑의 승패로 깨우쳐 주고 싶었던 것이다(1,224 – 227).

두 인용문 중 위쪽 인용문은 매천이 24세이던 1878년에 한성에 상경하여 추금 강위를 만나는 대목이다. 남파 성혜영을 통해 매천의 재능을 익히 알고 있던 강위가 매천을 "광양의 황신동"으로 일컫고 환대하는 장면이다. 이 장면은, 매천이 11세에 시회詩會에서 '안성초락유인석雁聲初落遊人席'이라는 시를 창작하여 주위를 놀라게 했다거나, 14세 때 노사 기정진을 만나 그에게 시를 보여주자 그를 신동이라 칭하며 '증황현삼수贈黃玹三首'를 써주었다는 실제의 일화 등에 상상력을 가미하여 창조한 장면으로 보인다. "광양의 황신동", "대단한 인물", "그대의 총명"이라는 표현을 통해 알 수 있듯이 작가는 이 삽화를 통해 매천의 교유활동과 학문적 깊이, 문장력이 신동으로서의 탁월한 재능에서 비롯되고 있음을 간접적으로 제시함으로써 매천을 '학식을 갖춘 인물'로 형상화하고 있는 것이다. 아울러 작가는 매천의 재능과 학식이 강직한 성품과 기개의 밑바탕이 되는 것으로 설정한다.

아래쪽 인용문은 한성에 머물던 매천이 강위와 함께 위당 신헌의 잔치에 방문했을 때 빚어진 사건을 서술하고 있는 대목이다. 신헌의 아들 신정희가 어영대장御營大將으로 임명된 일을 "가문의 경사"라고 하자 매천이 국사를 염려하지 않고 집안 자랑만 하고 있냐며 책망한다. 이후 신헌과의 바둑 대국에서 그를 "악착같이" 이긴 이유가 강화도조약을 체결할 때 조선 측 대표였던 신헌이 국제정세에 어두워 현명하게 대응하지 못한 사실과 그 후과後果를 일깨워주기 위한 심산이었음이 드러나 있다.12) 국사와 국운을 살펴 인물과 사건의 시시비비를 분별하여 그 그릇됨을 꾸짖는 매천의 강직한 기개를 잘 형상화하고 있는데, 작가는 매천이 한성에 체류하던 무렵에 두 개의 삽화를 배

---

12) 물론 이 또한 17세 때 순천 백일장에서 윤명신의 무례함을 책하여 의관을 추스르게 한 일화를 바탕으로 한 것으로 추측된다.

치함으로써 매천의 날카로운 비판의식과 그것을 추동하는 현실 인식과 역사 감각 등을 매천의 재능과 함께 뚜렷이 부각시키고 있는 것이다. 매천의 이러한 인품은 '득'보다는 '의'를 생각하고, "예의와 염치를 지켜 자신의 책무"를 다하는 선비의 인품 그것과 다름없다. 애국지사 이전에 이미 선비의 풍모를 갖춘 인물로 매천을 성격화하고 있는 것이다.

요컨대 작가는 '거의소청'의 맥락에서 매천의 절명을 서사화함으로써 순국의 의의를 강조하고, 선비가 갖추어야 할 학식과 인품을 매천의 성격에 부여함으로써 선비이자 애국지사로서의 매천의 형상을 공고히 하고 있는 것이다.

2. 비판과 계도를 위한 이중주, 그 불협화음

앞서 언급한 바와 같이 각 권의 2장이 매천의 삶을 형상화하고 있다면 각 권의 1장은 '보고문학'의 형식으로 되어 있다. 작가는 이런 형식을 취하게 된 이유로서 "이 소설이 과거의 이야기 속에 함몰되지 않도록 하기 위함이었고, 매천 황현 선생의 사후인 현재의 상황까지 이야기를 드넓게 풀어가고 싶은 의도가 있었기 때문이다"(작가의 말, 4)라고 밝히고 있다. 그렇다면 그가 풀어놓는 '현재의 이야기'이란 어떠한 것일까.

> … 그 시대의 진정한 보수주의 선비들은 망천하망국가(亡天下亡國家)라는 시대와의 불화 앞에서 나라를 지키기 위해 최선을 다했다. 그런데 오늘날 지식인들이 현주소는 어떠한가. … 현대의 선비들 대부분은 온갖 술수로 동료를 짓밟아 경재에서 승리하고, 그렇게 얻은 학식으로 한껏 무장하여 명예와 권력과 부를 쌓기 위해 혈안이 되어 있다. 이쯤 되면 지식인이 아니라 '지식상인'이요 '지식괴물'이라고 해도 과언은 아닐 것이다.

… 그들은(보수주의자들 - 인용자) 매천 황현과 영재 이건창 그리고 백범 김
구와 같은 진정한 옛 보수주의자들을 다시 돌아봐야 할 것이다. 그리고 진정한
보수주의의 덕목이라고 할 수 있는 도덕성이나 책임성 같은 것을 가슴 깊이 새겨
'수구꼴통'이라는 말을 듣지 않아야 할 것이다.
　　이땅의 진보주의자들 대부분은 어느덧 '진보'가 아니라 '진부'해졌다고 표현
해도 과언은 아닐 것이다. …
　　새가 좌우 날개로 날아가듯이 역사의 수레바퀴도 보수와 진보라는 양바퀴의
균형에 의해 굴러 간다. 보수와 진보는 화해와 소통 그리고 공존의 자세를 견지
하여 민족의 무궁한 발전에 이바지해야 할 것이다(1, 21 - 23).

인용문은 '나'가 광양으로 가는 호남고속도로에서 느끼는 상념이
서술된 부분으로서, 매천을 "기존의 가치관과 질서를 유지하려는"(1,
18), 위정척사계열의 "철두철미한 보수주의자"(1, 17)로서 평가한 후
이어지는 대목이다. '나'에 따르자면, 현대의 선비들은 국권 수호를
위해 진력했던 과거 보수주의 선비들과 달리 지식으로써 자신의 이
익만을 도모하는 '상인'이나 '괴물'에 불과하다. 또한 보수와 진보 양
측 모두 스스로의 덕목과 가치를 지키고 못하고 있으며 "민족의 무궁
한 발전"을 위해 보수와 진보간의 "화해와 소통, 그리고 공존의 자세"
가 필요하다는 것이다. 요컨대 과거의 선비들처럼 현대의 지식인들
또한 민족의 발전을 위해 노력해야 한다는 것이다.

지식인에 대한 이러한 비판은 그 대상이 특정되기도 하는데, 매천
의 생가에서는 "오늘의 미국과 당대의 일제를 은인으로 생각하는 '식
민지개발론'이야말로 매천을 위시한 수많은 애국지사들을 죽음의 구
렁텅이로 다시 밀어 넣는 주장임에 틀림없다"(1, 37)라며 식민지 근대
화론자들을 겨냥한다. 그리고 매천의 묘소에서는 "매천은 순국을 통
해 영생을 얻었"(1, 52)다며 매천의 죽음이 갖는 의의를 강조하면서,
한편으로는 '한일병탄 조약'과 그 조약의 합법론을 주장하는 소설가
이문열을 직설적으로 비판하며 "현실 앞에서 참담함"(1, 54)을 느낀

다고 적고 있다. 특히 구례에서는 고광순 의병장이 순국한 연곡사와, 정유재란 때 왜적에 항거한 칠의사七義士를 추념하기 위해 건립된 석주관, 호양학교 등을 등지를 방문하면서 "구례 땅은 항일운동의 보고寶庫"(2, 98)임을 새삼 일깨워주고 있다. 이 모두는 '나'의 답사가 결국 매천을 위시한 애국지사들의 행적에 대한 정보와 역사적 평가를 제공하면서 동시에 그를 통해 오늘날의 지식인들에게 민족의식과 역사의식의 각성을 촉구하는, 교육정보제공과 비판, 계도에 그 목적이 있음을 확연하게 드러내주는 것이라고 할 수 있다. 실상 르포타지보고문학 혹은 기록문학13)의 특성이 사실의 '보고성', 서술의 '현장성' 등14)에 있음을 고려해보자면, 경술국치 100년을 즈음한 시점에서 역사소설과 보고문학을 결합하는 구성을 취한 작가의 의도를 쉽사리 간취할 수 있다. 작가는 곧 매천 황현을 귀감으로 삼아 오늘날의 지식인들을 비판·계도하기 위해 그러한 구성을 취한 것이다.

그렇지만 이러한 구성이 각각의 형식적 특징을 효과적으로 부각시키고 있는가 하는 점에 대해서는 의문이 아닐 수 없다. 그 이유로서 두 가지를 꼽을 수 있는데, 첫 번째는 지식인에 대한 비판과 계도라는 측면에서 그 논리와 논증이 허술하기 짝이 없다는 점이다. 앞의 인용문에서 엿볼 수 있는 바와 같이 '나'는 진보와 보수 양측을 공히 비판

---

13) 르포타지(reportage)는 '보고하는 사람'이라는 뜻을 지닌 프랑스어 'repourteur'으로 파생된 말로써, 일반적으로 르포문학, 기록문학, 보고문학으로 칭한다. 리포타지는 '르포문학/기록문학/보고문학'의 대표적인 장르로서 작가, 곧 리포터가 직접 보고 듣고 체험한 내용을 목격자나 증인의 관점에서 있는 그대로 기록하는 저널리즘 특성을 지닌 형식을 의미한다. 강태호, 「기록문학과 기록영화의 장르 특성 비교 연구—독일 르포 문학과 르포 다큐멘터리를 중심으로」, 『독어교육』 제43집, 한국독어독문학교육학회, 2008, 184쪽.
14) 박정선은 르포타지의 특성을 대상의 '동시대성', 사실의 '보고성', 서술의 '현장성', '형식의 다양성', 창작의 '용이성'을 꼽고 있다. 박정선, 「해방기 문화운동과 르포르타주 문학」, 『어문학』 제106집, 한국어문학회, 2009, 369~370쪽.

하지만 양측의 태도와 입장에 대한 진단이 너무나 심정적·추상적이며, 또한 식민지개발론자와 이문열을 비판하는 논중에서는 비형식적 오류까지 범하고 있다.[15] 더욱이 "민중의 변혁운동이었던 동학과 농민들의 투쟁에 대하여 위정척사파의 입장에 서서 비판적으로 바라보았던 철두철미한 보수주의자"(1, 17)인 매천의 순국을 "민족의 장래를 위한 힘찬 원동력으로 치환하여야 할 것"(2, 103)이라는 작가의 말은, 초월적 가상transzendental Schein으로서의 민족nation-state[16]을 현전시키기 위해 100년이라는 "시간의 불연속지층"(1, 14)을 일거에 무화시키고, 동시에 "전체 민족의 생존권을 위해서라면 개인의 생존권은 희생되어도 좋다는 논리가 민족의 이름으로 정당화"[17]되고 있다는 비판에 적절히 반론을 제기할 수 없다는 측면에서 계도의 논리로서도 매우 취약하다고 볼 수 있다. 곧 보고문학의 형식을 차용하면서도 그 전언의 명료함과 설득력이 문제시되고 있는 것이다.

---

15) 식민지근대론자들에 대한 비판은 인식공격의 오류를 범하고 있으며, 이문열에 대한 비판은, 원래의 주장을 반박하는 대신 그와 피상적으로 유사한 일종의 허수아비를 만들어 반박하는 허수아비공격의 오류를 범하고 있다.

16) 가라타니 고진, 송태욱 옮김, 『일본정신의 기원』, 이매진, 2003, 37~38쪽.
칸트(Kant, I.)의 논의에 있어 가상(Schein)은 "좀더 자세히 들여다 본 이후에야 거짓된 것이라고 증명되는 잘못 생각된 인식(eine vermeinte Erkenntnis)"으로서 이러한 가상에는 경험적·논리적·초월적 가상으로 나뉜다. 칸트에 따르면 경험적 가상은 시각적인 착각과 유사한 것으로서 "정당한 오성 규칙을 경험적으로 사용할 때 나타나는 것이며", 논리적 가상은 "논리적 규칙에 대한 주의의 결여"에서 유래되는 것인 만큼 경험적 가상과 논리적 가상은 쉽게 제거될 수 있는 것이다. 그렇지만 초월적 가상은 "그것이 폭로되고 또 초월적 비판을 통하여 허무하다는 것이 명백히 드러났다 하더라도 의연히 종식되지 않는다(예를 들면, '이 세계는 시간상의 개시를 가지고 있다'는 명제에 있어서의 가상이 그것이다)"(칸트, I., 전원배 역, 『순수이성비판』, 삼성출판사, 1990, 269~270쪽 참고).

17) 임지현, 『이념의 속살』, 삼인, 2001, 123쪽. 이러한 '나'의 논리는 그 대상이 누구이든─동학도, 농민, 매천─민족을 위해서는 희생되어도 좋다는 논리로 확장될 여지가 다분하다.

그리고 두 번째는 매천의 생애를 형상화하고 있는 각 권의 2장에서 보고문학 형식의 잔상이 엿보인다는 점인데, 서술자의 과도한 개입을 그 잔상으로 간주할 수 있을 것이다. 예컨대 중요한 역사적 사건마다 "현대의 역사기록을 보면, 이 '진주민란'은 '진주농민항쟁'이라고 지칭하며 다음과 같이 적혀 있다"(1, 122)라거나 "훗날 매천은 야록을 집필하면서 병인양요를 이렇게 기록해 놓았다"(1, 145)라는 형태의, 후대의 역사적 평가와 『매천야록』의 내용 등을 다수 인용함으로써 소설로서의 묘미를 이완시키고 있다. 더불어 "조선시대 철종 13년, 그러니까 임술년1862년이었다."(1, 110) 또는 "무자년1888년, 그러니까 매천의 나이 34때였다."(2, 139)처럼 연대기적인 시간에 의탁하여 서사를 진행하거나, 각종 한자성어 풀이나 인물들의 일화를 통해 서사성의 빈곤을 벌충하고 있는 점 역시 극적인 요소를 저해하는 부분이라고 할 수 있다. 곧 서술자의 과도한 개입에 따른 전언의 과잉과 서사성의 약화로 말미암아 소설의 면모가 크게 훼손되어 2장 또한 '보고문학'의 범주를 넘어서지 못하고 있는 것으로 보인다. 이처럼 『매천 황현』은 비판과 계도를 목적으로 역사소설과 보고문학을 결합시키는 독특한 구성을 취했지만, 전언의 불명료함과 서술자의 과도한 개입으로 인해 불협화음을 유발하는 셈이 되고 말았다.

Ⅳ. 나오며

지난 2010년 병인년은 경술국치 100년이 되는 해이자 매천 황현 '순국' 100년이 되는 해였다. 그리고 매천 순국 100년을 즈음해 매천을 주인공으로 한 역사소설 두 편이 발표되었다. 『소설 매천야록』과

『매천 황현』이 그것이다.

『소설 매천야록』은 매천이 뚜렷한 '민족 정신'을 확립하게 되는, 정신적 성장 과정을 형상화한 작품이다. 그렇지만 여러 등장인물을 통해 표명된 '민족 정신'은 공적 역사에서 언급되는 국권의식이나 민족 자주의식 등과는 변별되는 것이다. 민족의 시원과 정체성, 그리고 종교와 문명의 기원과 분화 등에 관한 작품상의 내용은 역사담론이라기보다는 학계에서 추인받을 수 없는, 믿음에 기초한 주관적 종교 담론에 다름 아니었다. 그리고 종교적 담론이 작품의 주조를 이룸으로써 인물군이 설교자와 피설교자로 이원화되어 인물의 성격화에도 실패하고 있었다. 또한 『소설 매천야록』이 근대 초기 서사물의 특징인 서발 형식과 문답식 구성을 취하고 있는 양상을 확인할 수 있었는데, 이러한 형식과 구성은 효과적인 설교와 교화를 위해 의식적으로 혹은 무의식적으로 차용된 것으로 볼 수 있다.

『매천 황현』은 『소설 매천야록』과는 달리 매천과 관련된 일화나 그의 서간과 시문, 『매천야록』 등을 활용하여 매천의 행적과 내면 의식 등을 비교적 사실적으로 형상화하고자 한 작품이다. 그런 까닭에 이 작품을 분석하는 데 있어서는 매천의 성격화에 특별히 주목하였다. 그 결과 작가가 '거병하여 깨끗이 하는 것擧義掃淸'과 관련지어 매천의 절명을 서사화함으로써 절명에 함축된 순국의 의의를 선명하게 돋을새김하고, 사실적 일화에 허구성을 가미하여 매천이 지녔던 선비로서의 학식과 인품을 강조함으로써 선비이자 애국지사로서의 매천의 형상을 보다 공고히 하고 있음을 논구하였다.

아울러 역사소설과 보고문학이 결합되어 있는 작품의 독특한 구성에도 주목하여, 이러한 구성이 매천을 귀감으로 삼아 민족의식과 역사의식이 결여되어 있는 오늘날의 지식인들을 비판·계도하기 위한 작가의 의도에서 비롯되고 있음을 규명하였다. 그렇지만 작가의 의도와 별개로, 보고문학의 형식을 취하고 있는 대목에서는 지식인에 대한 비판과 계도를 위한 작가의 전언이 추상적이거나 비논리적인 탓에 '보고성'이 미흡하며, 아울러 역사소설의 형식을 취하고 있는 대목에서는 서술자의 과도한 개입과 전언의 과잉으로 인해 '서사성'이 약화되어 있었다. 곧 전언의 불명료함과 과잉으로 각각의 형식적 특징이 훼손되어 있었다.

결국 이렇게 보자면, 『소설 매천야록』은 민족을 절대선으로 설정하는 종교적 담론의 과승으로 인해, 『매천 황현』은 심정적이고 추상적인 민족주의적 전언의 과잉으로 인해 각각 문학성을 성취하지 못했을 뿐만 아니라, 서사적 재현에 노정된 이러한 과승과 과잉으로 말미암아 매천의 삶과 죽음에 대한 문학적 전유에도 실패하고 있는 것이다.

▶ 이 글은「매천 황현 관련 역사소설 소고」
(『호남문화연구』제48집, 전남대학교 호남학연구원, 2010년 12월)의
제목과 내용을 일부 수정하여 재수록한 것이다.

이병주의 『관부연락선』에 드러난 탈식민성

최현주*

Ⅰ. 탈식민주의와 관부연락선

1894년 청일전쟁과 동학혁명 이후 청나라의 조선에 대한 지배력이 무력화되면서 일본에 의한 조선의 식민지화가 시작되었다고 본다[1]면 우리의 식민지 체험을 36년간의 기록만으로 추론해내서는 안 될 것 같다. 1895년의 을미사변과 1차·2차 의병항쟁에서의 일제의 처참한 탄압과 살육, 1905년의 강제적인 을사조약 체결 등 경술국치 이

---

* 순천대학교 국어교육과 교수.

[1] 청일전쟁의 결과로 조선은 중국의 종주권으로부터 자유로워졌지만 동시에 일본제국주의의 침략대상으로 전락하고 말았다. 전쟁기간중에 조선을 군사적으로 강점한 일본은 내정개혁의 명분하에 친일정권을 수립하고 일본인 고문관을 조선정부에 배치하여, 또 거액의 차관을 제공하면서 조선의 기간제도를 일본식으로 개조시키고 일본과 일련의 보호조약을 체결케 함으로써 조선을 일본의 보호국으로 만들고자 하였다(조정규, 「갑오개혁의 개혁내용과 주체세력의 분석」, 『한국동북아논총』 제12집, 한국동북아학회, 1999, 319쪽).

전 일제가 저지른 조선의 식민지화 과정 또한 간과해서는 안 될 일제의 폭력적인 침탈의 역사인 것이다. 또한 1910년부터 시작된 일본 제국주의의 식민지배는 세계사적으로 그 유례를 찾아 볼 수 없을 정도로 가혹한 것이었다. 가라타니 고진이 『일본근대문학의 기원』 서문에서 밝히고 있듯이 일본의 식민정책은 상대의 타자성을 무화시키고 나서 타자를 지배하는 방식으로서의 조선의 무화無化정책2) 그 자체였다. 그들이 조선어를 말살하고 창씨개명을 강행하면서 조선인으로서의 정체성을 무화시키려 했다는 점에서 식민지의 경제적 착취로 일관했던 서구의 식민지배 방식과는 비교할 수 없을 정도로 일제의 식민지배는 철저하고도 엄혹했다.

그럼에도 불구하고 해방을 맞이한 우리는 일제의 식민잔재를 철저히 청산해내지 못했다. 단독 민족국가 건설과 탈식민이라는 민중의 혁명적 의지의 분출은 가혹한 탄압과 수탈로 일관한 일제 식민통치의 직접적 산물3)이자 당연한 귀결이었음에도 미국과 소련의 냉전이데올로기의 재편과정에서 민중의 의지와는 상반된 남북분단의 비극을 맞게 되고 말았다. 그러한 탈식민적 의제의 상실과 비극적인 민족분단으로 촉발된 현대 정치사의 불행은 해방 60여 년이 지난 지금도 우리가 일제 식민잔재4)를 제대로 청산해낼 수 없게 하는 결정적 동

---

2) 가라타니 고진, 박유하 역, 『일본 근대문학의 기원』, 민음사, 2002, 12쪽.
3) 식민지배는 간단하게 말해 억압에 의해 유지되는 비동의의 체제였다. 따라서 식민국가의 붕괴는 식민지 민중의 혁명적 분출을 가져올 것이 분명하였다. 2차 세계대전의 종전 및 식민국가기구의 붕괴와 함께 나타난 혁명적 근대국가 수립 움직임의 분출은 일본의 식민통치의 직접적인 산물이었으며 당연한 것이었다(박명림, 『한국전쟁의 발발과 기원Ⅱ』, 나남출판, 2003, 43쪽 참조).
4) 이현희는 일제가 한국인의 의식구조에 남김 영향으로 한민족사의 축소 날조, 환멸 패배의식의 견지 조장, 민족자본육성의 방해와 기회주의 조성, 의타심리와 견지책동, 은둔 도피의식의 조성을 지적하였다. 이러한 일제에 의한 심리적 조장과 왜곡은 여전히 지금까지도 우리가 청산해야 식민성의 잔재들이다(이현희, 「일제강점이

인으로 작동하고 있다. 이러한 식민잔재 청산의 실패가 호미 바바가 지적한 것처럼 '지금도 계속되는 식민적 현재'를 조장해낸 것이다. 이제야 친일명부가 작성되고 있는 현실에서 우리 내면의 식민성 청산을 논하는 것은 참으로 늦었지만 언제까지라도 계속 해내야 할 과업이다. 그런 점에서 해방이후 지금까지 여전히 우리 한국 사회의 주요한 화두는 바로 탈식민인 셈이다.

이병주의 『관부연락선』은 해방전후기 우리의 탈식민적 과제에 대한 다층적인 의지와 실천의 양상들을 제대로 보여주는 텍스트이다. 이 작품은 해방전 식민지 시기 동안에 초점인물인 유태림이 받은 식민치체제에서의 교육과 학병체험, 해방 후 민족국가 건립을 위해 기투했던 지식인과 학생들의 방황과 노력들을 사실적으로 제시하고 있다. 특히 그 제목이 제국 일본과 식민지 조선의 연결통로 역할을 한 '관부연락선'[5]이라는 점에서 이 작품은 당대의 식민성과 그 배치의

한국인 의식구조상에 남긴 영향」, 『현대사연구』 제2호, 한국현대사연구회, 1993, 8~22쪽 참조).

5) 1905년 9월 11일, 일본 시모노세키(下關)항을 출발한 1,600톤급 여객선 이키마루(壹岐丸)가 11시간 30분간의 항해 끝에 부산항에 도착했다. 제국 일본 최초의 국제 페리인 부관연락선의 영욕의 역사가 시작된 것이다. 1910년 한반도가 식민지로 전락한 후에는 3천톤급 신라마루(新羅丸)와 고려마루(高麗丸)가 취항한다. 1922년과 그 이듬해에 각각 경복마루(景福丸), 덕수마루(德壽丸), 창경마루(昌慶丸)가 취항하는데 이는 조선의 지배권력이 완전히 일본으로 넘어갔다는 사실을 의도적으로 드러내기 위해 명명했던 것으로 보인다. 1937년 연간수송객이 백만명을 넘어서자 7천톤급 금강마루(金剛丸)와 흥안마루(興安丸)이 취항하는데 이 역시 조선의 명산 금강산과 중국 동북지방의 홍안령이 만주국 건설로 제국 일본의 지배하에 놓였음을 반영한 것이다. 태평양전쟁이 격화되던 1942년과 1943년에는 8천톤급의 천산마루(天山丸)와 곤륜마루(崑崙丸)가 취항하는데 미군의 공격에 대비한 함포와 대잠수함 폭뢰를 탑재한 여객선이었다. 중국의 대산맥인 천산산맥과 곤륜산맥을 넘어 제국 일본의 침략의 확대, 전쟁의 확대 야욕을 그대로 반영한 이 연락선은 한마디로 「지옥선」이었고 「전시노예선」에 다름 아니었다. 제국 일본의 팽창과정에서 부관연락선을 통하여 다양한 층위의 사람들은 갖은 애환을 품고서 제국과 식민지의 경계를 넘나들었다. 부관연락선은 우리 민족에게 콤플렉스가 형성되는 공간이었고 명백

양상을 제대로 보여주고 있는 것이다.

> 자연 나는 관부연락선과 비교해보지 않을 수 없었던 것이다. 관부연락선 3등 손님들은 자유로이 갑판 위를 걸어다니지 못한다. 배가 출항하기 직전 선창의 문을 굳게 닫아버린다. 손님들은 그 창고같은 선저에 짐짝처럼 실려선 목적지에 이르러서야 해방이 된다. 탈 때도 내릴 때도 형사들 앞을 조심스럽게 지나야 하고 배 안에서는 대수롭지 않은 얘기도 주위를 살펴가며 해야 한다.
> 그러한 관부연락선을 도버 칼레 간의 배, 르아브르와 사우샘프턴 간의 배에 비할 때 영락없는 수인선이라고 해도 과언이 아니다. 연락선이 한국 사람을 수인 취급을 한다는 건 지배자인 일본인이 피지배자인 한국인을 수인 취급을 하고 있다는 집약적 표현일 따름이다.6)(『관부연락선』 1권, 139~140쪽)

위의 문면에서도 지적하고 있는 바와 같이 '관부연락선' 자체가 일제의 식민적 배치의 핵심 수단이자 전형적 상징이었다. 지배자인 일본인이 피지배자인 한국인을 수인囚人 취급하는 관부연락선의 풍경이야말로 일본의 강압적인 식민통치의 전형적 재현에 다름 아니다.

이처럼 소설 『관부연락선』은 일제 강점기의 식민성과 해방 후의 탈식민화 과정을 전형적으로 보여주면서 다층적이고 모순적인 형태의 식민적 배치의 양상과 탈식민적 저항의 양상을 충실하게 보여주고 있다. 이에 이 글은 이병주의 『관부연락선』을 텍스트로 삼아 이 작품에서 제시하고 있는 탈식민성의 의제를 추론해보고, 동시에 작품의 탈식민적 의의와 그 한계를 탐색해보고자 한다.

한 제국 일본의 인후(咽喉)였다(유교열, 「제국과 식민지의 경계와 월경—부관연락선과 '도항증명서'를 중심으로」, 『한일민족문제연구』 제11집, 한일민족문제학회, 2006, 211~213쪽 참조).
6) 이 논문의 텍스트는 <이병주, 『관부연락선』 1·2, 한길사, 2006년판>으로 삼고자 한다. 이하 텍스트의 인용표시는 권수와 쪽번호만 달기로 한다.

Ⅱ. 식민지 교육의 모순과 식민성의 내면화

근대교육의 책무는 개인의 정체성 정립과 인격의 완성, 그리고 개인적 능력의 확장과 사회적 실현에 있다. 하지만 조선말기 시도되었던 조선의 근대 교육은 일제의 식민지화에 의해 철저히 파괴되었다. 일제의 식민지 교육은 보편적 의미에서의 근대교육이 아니라 조선인 개인의 식민적 배치에 무게 중심을 둔 우민화 교육[7]이었다. 특히 1930년대 중일 전쟁 이후 전시체제 속에서 일제는 조선인의 정체성을 무화시키려는 황국식민화 교육을 실시하였다.

이와 같은 일제의 혹독한 식민화 교육의 실상을 『관부연락선』에서는 사실적으로 그려내고 있다. 특히 태평양전쟁이 한창이던 1940년대 일제의 식민화 교육은 준군사교육을 방불케 한 것이었다.

> "중학생이 군복 차림인가. 육군 유년학교도 아닐 텐데."
> 군복을 모방한 중학생의 정복이란 E에겐 신기할는지 몰랐다. 도쿄에서는 볼 수 없었던 광경일 테니까.
> "조선엔 징병제도가 없지 않아?"
> "없지."
> "그런데?"
> "황민화교육을 하자면 군대교육을 통하는 것이 가장 빠르다는 당국의 방침에 의한 거겠지."
> "이렇게 되면 황민 교육을 조선에서 역수입해야겠는데."

---

7) 일제는 식민지 기간을 통하여 조선의 교육을 장악하여 본국의 경제적 이윤 획득에 이용하고, 조선의 전통과 자주성을 말살하여 궁극적으로 조선을 일본의 노예로 만들려는 것이었다. 공식적 학교 교육과정은 이러한 일제의 의도를 분명하게 보여주고 있다. 일제는 실업교육을 강조하였고 조선인의 교육 기회를 극도로 제한했다. 또한 조선인의 민족의식을 말살하고자 일본교육을 강제하고 식민지 본국의 문화 및 의식을 주입하고자 하였다. 또 천황 숭배, 봉건적 윤리, 제국주의 등의 내용을 담은 수신 교과의 학습과 군대식 학교 규율을 강요하고 군사교육에 준하는 교육을 실시하였다(김두정, 「일제 식민지기 학교 교육과정의 전개」, 『교육과정연구』 제18권 제1호, 한국교육과정학회, 2000, 111~112쪽 참조).

위의 문면은 작중인물 유태림의 식민지 교육에 대한 거부감을 극명하게 드러내고 있다. 독립비밀결사였던 원주신을 찾기 위해 조선에 일본인 친구 E와 입국했던 유태림은 조회시간에 열병과 분열식을 하고 황국신민의 서사를 제창하는 식민지 교육현실에 절망한다. 일본에서는 찾아볼 수 없는 혹독한 식민화 교육이 조선에서 이루어지는 상황 앞에서 식민지 지식인으로서 유태림의 내면은 참담함 그 자체였을 것이며, 식민지 교육과 체제에 대한 거부감은 더욱 강화될 수밖에 없었을 것이다.

그럼에도 그의 신분은 일본유학생이었기에 그는 일본에서의 공부를 포기하지 못한 채 제국주의 교육 내용을 거부하면서도 수용할 수밖에 없는 이중구속의 상태에 포획되고 만다. 이러한 이중구속의 내면이 결국은 식민지 지식인의 이중적 정체성을 형성하게 된다. 부정하면서도 긍정하게 되는 이중적 심리상태, 부정할 것과 긍정할 것을 철저히 분리해내지 못한 채 양가적 모순에 함몰되는 상황에 유태림은 빠져들게 된다. 일제의 의해 강압적으로 이루어졌던 식민화의 과정을 일제의 탓으로만 돌리지 않거나 이완용의 친일행각을 민족의 처지라는 상황논리로 인정하려는 태도야말로 제국주의 이데올로기 교육의 내면화의 방증이라 할 것이다. 그가 회색의 사상, '에트랑제'의 취향을 갖는 것도 바로 이런 이중적 정체성 혹은 식민적 배치로부터 말미암은 혼종적 정체성 때문이라 할 수 있다.

이러한 유태림의 내면을 배치해 낸 또 다른 원인은 바로 1940년대 초반 일본의 사상적 철학적 근간으로서의 교양주의였다. 1920년대와

1930년대 일본을 휩쓸었던 마르크스주의가 전향과 해방이란 이름으로 몰락하고 1930년대 중후반부터 일종의 포스트모더니즘과 '일본회귀'가 출현한다.[8] 이 시기 일본의 교양주의의 흐름을 주도한 사람 중의 하나가 고바야시 히데오였으며, 이병주가 1940년대 일본에 유학하면서 가장 큰 영향을 받았던 존재가 바로 그였다.

> 조잡하게 말하면 미키는 아직까지는 명치 이래의 계몽적 교양적 선상에서 일하고 있고 고바야시는 일약 문화적인 국면 속에서 화려하게 활약하고 있다고 할 수 있다. 그러나 고바야시의 활약은 미키와 같은 계몽적 교양적 노력을 꾸준히 하고 있는 존재를 전제로 해야만 결실이 있다고 생각한다. 그러니 그들의 우열을 말할 단계도 아니고 황차 이자 택일을 할 성질도 아니며 꼭 같이 선생으로 모셔야 할 사람이다(1권, 240쪽).

위의 문면에서와 같이 이병주의 또다른 분신이라 할 수 있는 유태림은 미키 기요시 보다 고바야시 히데오의 사상에 경도되어 있다. 현대 일본의 비평을 주도했던 고바야시는 자기비평과 사회적 비평을 구별하려 했던 미키 기요시를 비판했던 인물로 사회적이지 않은 '자기'는 없으며 역으로 '자기'를 통과하지 않는 사회란 공소한 것[9]이라고 주장하면서 당대 일본 의 비평적 지형을 주도해 나갔다. 그러면서 그가 강조한 개념이 바로 숙명[10]이다.『관부연락선』의 마지막 문장,

---

8) 마르크스주의에 대한 탄압과 전향은 한편에서는 해방을 의미했던 것이다. 이 해방은 타자성이 근대를 의미하는 한에서는 근대로부터의 해방을, 서구를 의미하는 한에서는 서양으로부터의 해방을 의미했다. 혹은 역사로부터의 해방을 의미했다. 여기에서 일종의 포스트모더니즘과 일본회귀가 출현한다. 1935년 전후에 이른바 문예부흥이 있었고 <일본낭만파>가 전면에 등장했던 것이다(가라타니 고진 외, 송태욱 옮김,『현대 일본의 비평』2, 소명출판, 2002, 29쪽).

9) 위의 책, 43쪽.

10) 고바야시가「다양한 의장」에서 자의식 혹은 세계 해석에 대한 외부성으로 대치한 것은 '숙명'이라는 말이다. "발자크와 마르크스―두 사람은 단지 각자 다른 숙명을 갖고 있을 뿐이다.", "마르크스가 말한 것처럼 '의식이란 의식된 존재 이외의

"운명······ 그 이름 아래서만이 사람은 죽을 수 있는 것이다"라는 구절에서 볼 수 있듯이 이병주는 개인의 의식과 그것을 규정하는 외부의 관계성 가운데에서의 숙명이란 개념을 고바야시의 개념에서 빌어올 만큼 그에게서 많은 영향을 받았던 것이다. 하지만 고바야시에게서의 숙명이란 개념은 일본 제국주의가 자행한 식민지 침략전쟁이라는 외부성과는 별개의 추상적인 개념에 불과한 것이었다. 당시 고바야시가 주도했던 일본의 현대비평은 앞에서도 언급한 바와 같이 마르크스주의의 전향과 일본회귀가 출현하면서 부조리한 일본의 정치사회적 현실로부터 거리를 둔 채 과거로 침잠하거나 미래로 도피하는 것이었다. 당대의 일본 지식인과 비평가들은 폭력적인 제국주의 침략 전쟁이라는 현실상황과 유리된 채 상대적으로 안온하고 격리된 교양의 세계에 안주11)하고 있었던 것이다.

이처럼 식민지 청년 유태림은 식민지 본국 지식인들의 사상과 교육을 내면화하게 된 것이다. 이병주가 '작가 부기'에서도 밝히고 있듯이 유태림의 비극은 해방공간과 6·25전쟁의 비극으로부터 발원하는 것이기도 하지만 오히려 일본에서 일본인의 교육을 받은 식민지 청년12)이었기 때문이라고도 할 수 있다. 강심호가 지적한 바와 같이

어떤 것도 아니다'인 것이다. 어떤 사람의 관념학은 항상 그 사람의 전(全)존재에 달려 있다. 그 사람의 숙명에 달려 있다." 이러한 표현은 언뜻 불가해하고 신비적인 것으로 보인다. 하지만 고바야시가 말하는 '숙명'은 각자 개인의 의식에 있는 것과 동시에 그것을 규정하는 외부적 관계성을 의미한다(위의 책, 43쪽).

11) 그 상대적으로 안온하고 격리된 세계는 사건들로 이루어진 세계나 사회들과는 아무런 관계도 없는 것처럼 보인다. 근대의 역사와 지식인, 비평가들이 만들어 놓은 세계란 사실상 이런 것이다(빌 에쉬크로프트·팔 알루와리아, 『다시 에드워드 사이드를 위하여』, 앨피, 2005, 71쪽).

12) 유태림의 비극은 육이오동란에 휩쓸려 희생된 수많은 사람들의 비극과 통분되는 부분도 있지만 일본에서 일본인의 교육을 받은 식민지 청년의 하나의 유형을 그에게서 발견할 수 있는 그만큼 관부연락선 말기세대에 속하는 사람들은 그의 비

'관부연락선 말기 세대'는 3·1운동을 전후해서 태어났고 그후의 반동기 속에서 확연한 태도를 정하지 못하고 어중간한 태도를 가지고 성장한 세대13)였다. 이러한 관부연락선 말기 세대의 정치적 민족적 입장이야말로 1940년대 일본의 부조리한 정치적 사회적 상황을 넘어서려 했던 교양주의를 그대로 내면화시킨 식민지 교육의 부조리한 산물이었던 것이다.

Ⅲ. 학병체험과 식민성에 대한 회의

일제에 의한 조선의 식민지화는 경제적 이유보다도 군사적 차원에 초점을 두고 진행되었다. 그들의 궁극적 목적이 대륙의 침략에 있었기에 조선은 대륙 침략의 전초기지로서 관리되고 지배되었다. 일본은 애초부터 조선을 대륙진출의 교두보이자 가상적인 러시아의 남진을 막기 위한 방어벽으로 간주하였으므로 일제의 조선에 대한 식민지 정책이란 결국 군사정책과 같은 것이었다.14) 이러한 군사지배체

극에 대한 책임을 나눠 가져야 할 것이다(「작가부기」, 『관부연락선』, 신구문화사, 1972, 399쪽).

13) 강심호, 「이병주소설연구」, 『관악어문연구』 27집, 서울대 국어국문학과, 2002, 195쪽.

14) 이같은 군사지배체는 일제가 대륙침략을 본격화하면서 한층 강화되고 조직적으로 전개된다. 만주사변을 도발한 직후인 1932년부터 일제는 조선의 산업을 군수산업형으로 재편성하기 시작하여, 1936년에는 조선산업경제조사회를 설치하고, 1938년 8월 31일의 도 산업부장회의에서 행한 미나미 총독의 훈시에서 대륙병참기지라는 용어가 처음으로 사용되기에 이른다. 그리고 1938년에는 육군특별지원병제가 실시되어 조선인의 군사적 동원이 시작되고, 1942년에는 징평제가 실시되며, 1943년에는 학도병이 동원되고, 1944년이 되면 「여자정신근로령」을 공포하여 노동력과 종군위안부로서 여자들을 동원하기에 이른다(홍성태, 「식민지체제와 일상의 군사화 - 일상의 군사화와 순종하는 육체의 생산」, 『근대주체와 식민지 규율권력』, 문화과학사, 2000, 371쪽 참조).

제의 결과물이 바로 중일전쟁과 태평양 전쟁을 즈음하여 시행된 조선인의 징병제와 학병 동원이었다.

일제는 이같은 군사지배체제의 하나로서의 징병제와 학병동원을 합리화해내기 위하여 내선일체라는 식민지 지배전략을 내세운다. 역사적인 차원에서 혈연의 연관관계를 강조하는 '일선동조론日鮮同祖論'에 기반을 둔 내선일체 담론은 일제의 식민지화의 명분으로 제시되었다. 즉 일제는 '일선동조론'이라는 식민담론을 생산하여 피지배자인 조선인이 지배자의 모습과 가까워지는 개량과 향상의 가능성을 제시하는 것처럼 포장하였지만 그 심층에는 피지배자의 존재론적 차이를 전제로 하고 있었다. 이는 일제가 조선인을 타자, 차이를 지닌 주체로서 거의 똑같지만 아주 똑같지 않는 존재15)로 규정한 것에 다름 아니다. 결코 동일화될 수 없는 타자에게 억지의 동일성을 부여함으로써 결국은 타자가 결코 동일할 수 없는 차이를 내재하고 있음을 확인하게 한 내선일체 담론은 궁극적으로 식민지를 자신들의 대상이자 수단으로 전락시킬 권력자의 지배와 배치 욕구의 극단화된 노출에 불과한 것이었다.

> 조선 사람은 비굴한 반면 교활하다. 그러니 비굴함을 이용하면 그들의 교활이 저지를 피해를 미연에 방지할 수 있다. 거짓말을 잘하니 조선인이 하는 말은 일단 의심을 하고 반드시 확인토록 할 것이며 어디까지나 그 말을 믿는 척해야 한다.
> 일대일로 조종하되 누구에게 대해서도 '조선인 가운데서는 너를 제일 신임하고 있다.'는 식으로 추어주어라. 그러면 그들 사이의 비밀을 쉽게 알아낼 수 있을 것이다……(1권, 121~122쪽).

위의 문면은 유태림이 학도병으로 나갔다가 입수한 일본인 장교의

---

15) 바트 무어-길버트 지음, 『탈식민주의! 저항에서 유희로』, 한길사, 2001, 284쪽.

'반도 출신 학도병을 취급하는 요령'이란 제목의 글이다. 같은 조상을 둔 동족이라는 내선일체의 명목으로 조선인 학생들을 학도병으로 끌고 간 일제가 조선인 학도병을 자신들과는 다른 열등하고 교활한 존재로 다루어야 한다는 위선적인 실상을 보여주는 문면이다. 이같은 조선인에 대한 일제의 이중적 태도에서 알 수 있듯이 내선일체라는 식민 담론은 식민지인들에게 식민지 본국의 국민과 동일한 추상적이면서 심리적인 권리를 부여하는 방식으로 포장되었으며, 그 한편으로 신민으로서의 구체적이고 실제적인 힘든 의무를 부과하고, 그것을 수용하도록 강요하였던 것이다.

『관부연락선』에서는 조선의 식민지화 과정에서의 군사지배체제의 양상이 주인공 유태림의 운명을 굴절시켜가는 과정에서 극명하게 드러나고 있다. 주인공 유태림이 유학을 포기하고 자의반 타의반 학병에 끌려가게 된 것도 이와 같은 전시지배체제의 소산인 것이다.

순종할 순 없었지만 그렇게 몸부림치지 않고는 견뎌낼 수 없는 일종의 초조감이 발작처럼 태림을 괴롭힐 때도 있었다. 이런 현상은 유태림의 경우뿐만이 아니다. 한국 출신 학도병의 대부분은 누구나 아물지 않는, 아니 아물 수가 없는 상처를 가지고 있었다. 그것은 강제를 당했거나 어쨌거나 원하지도 않은 일본의 병정 노릇을 지원의 절차를 밟아서 하게 되었다는 바로 그 사실이다.

'우리를 희생하고 동족을 살린다'

또는,

'우리가 일본의 병정 노릇을 함으로써 일본의 조선인에 대한 차별대우를 없앤다.'

이렇게 말하기도 하고 생각하기도 했지만 스스로의 비굴함을 당치도 않은 궤변으로 합리화시키려는 두 꺼풀의 비굴한 행동이었음은 두말할 나위가 없었다. 이러한 비굴함이 일본의 패색이 짙어감에 따라 선명하게 부각되어가는 것이니 어떤 야무진 행동을 통해 비굴에서 스스로를 구하려는 발작이 나타남직도 했었다(1권 119쪽).

위의 문면에서도 볼 수 있는 바와 같이 내선일체의 담론으로 인해 유태림을 비롯한 학병들은 '우리가 일본의 병정 노릇을 함으로써 일본의 조선인에 대한 차별대우를 없앤다.'는 자기합리화를 시도하지만 그것이 궤변임을 인식하면서 스스로의 비굴함을 확인하고 만다. 이러한 학병되기야말로 노예로서의 체험에 다름 아님을 느끼게 된 유태림은 그것이 누구나 아물지 않고 아물 수 없는 상처임을 깨닫는다.

유태림은 학병으로 나아가게 됨으로써 일제의 식민지배전략으로서의 군사체제화와 내선일체 담론의 문제점을 철저히 깨닫게 된다. 그가 학병이 된 것은 그의 세계관과 내면 변화의 전환점이 되었다. 일제의 식민지 교육과 본국에서의 교양주의 교육으로 인해 부정할 수도 긍정할 수도 없는 이중적 정체성을 가졌던 그가 내면화된 식민성에 대해 회의할 수 있게 된 계기가 바로 참혹한 학병체험이었던 것이다. 씻어낼 수 없는 상처였던 학병체험이 유태림에게는 일본 제국주의의 폭력성의 실체를 확인하게 하고 식민성의 부조리함에 대해 제대로 인식하게 된 계기가 되었던 셈이다.

그런데 학병체험16)은 유태림에게 민족과 양심에 대한 죄의식의 근원으로 작용하면서 향후 해방공간에서 민족국가 건설에 적극적으로 기투해내지 못하게 하는 걸림돌이 된다. 어찌할 수 없이 끌려갔지만 제국의 군인으로 살아남아야 했던 그의 실존적 고민과 양심적 고뇌가 해방 후 민족 국가 건설에 지식인이자 민족구성의 주체로서 적극적으로 참여하지 못하게 된 결정적 원인이 되었던 것이다.

---

16) 학병체험이야말로 이병주 글쓰기의 원체험이자 원죄와도 흡사한 것이었다. 일제의 침략 전쟁에 노예로 끌려간 조선인 대학생 이병주에 있어 학병체험이야말로 그의 운명을 좌우한 것이었다. 이 노예 체험을 극복하지 않으면 아무것도 할 수 없었다. 적어도 '사람으로서의 행세'는 할 수 없었다(김윤식, 『이병주와 지리산』, 국학자료원, 2010, 108쪽).

Ⅳ. 이념의 부정과 탈식민의 한계

　1945년 8월부터 1948년 대한민국정부수립 이전까지 남한에서의
해방공간은 엄혹했던 제국주의 권력이 무력화되면서 권력의 진공상
태를 초래하였으며, 그로 인해 민족국가 건설을 위한 축제와 혁명의
열기로 넘쳐났다. 무엇이든 가능할 수 있는 공백의 상태였지만 민족
구성원 대다수가 원하는 그림을 결코 그려낼 수 없는 무력한 공간이
기도 하였다. 탈식민의 의제를 실현하고 단독의 민족정부를 세워내
려는 민족구성원들의 대망은 결코 현실화될 수 없었다. 1945년의 해
방이 민족의 주체적 힘으로 얻어낸 것이 아니었을 뿐만 아니라 너무
나 갑자기 다가선 것이었기에 누구도 조직적으로 민족적 과업을 수
행해내지 못했기 때문이다. 탈식민의제가 투사, 응축되어 광범한 사
회세력을 하나로 결집하여 새로운 역사단계로 이끌어나갈 혁명적 변
화의 계기를 선취할 수 있는 대안 국가적 조직[17]으로서 여운형 등 중
도적 민족주의자들에 의해 주도된 건국준비위원회와 인민위원회가
구성되기도 했지만, 이는 남한에서의 실제적 권력기관이었던 미군정
의 인정을 받지 못한 채 점차 무력화되고 말았다. 결국 당시 단독정부
수립을 주도하였던 중도적 민족주의자들은 제국주의가 비록 민족적
부르주아에게 권위를 양도하는 것처럼 보일 때에도 실제로는 그 헤
게모니를 확장해나가고 있다[18]는 제국주의자들의 생리를 제대로 파
악해내지 못했던 것이고, 그로 인해 민족국가 건설에 실패하고 비극
적인 분단을 맞을 수밖에 없었던 것이다.

　이러한 혁명의 열정과 절망이 교차하는 공간에서 지식인의 역할은

---

17) 박명림, 앞의 책, 2003, 41쪽.
18) 빌 에쉬크로프트·팔 알루와리아, 앞의 책, 217쪽.

매우 중요할 것이다. 그럼에도 『관부연락선』의 주인공 유태림은 해방공간의 장에서 지식인으로서 최대한의 노력보다는 그가 할 수 있는 최소한의 역할로서 인간적으로 성실한 교사의 책무에 머물러 있으려고만 하였다.

> 유 "그럼 나도 솔직하게 말하지요. 부끄러운 얘기지만 나의 정치적 견식은 확실하지 못합니다. 이건 사상의 문제이기 전에 신념의 문제지요. 미군정에 항거하는 태도가 옳은 건지 추종하며 이용하는 태도가 옳은 건지 또는 미군정에 대한 전면적인 항거가 그만한 보람을 가지고 올 수 있을 것인지, 추종하며 이용한다는 태도가 과연 소기의 성과를 거둘 수 있을 것인지 판단이 서질 않는단 말입니다(1권, 200쪽).

이처럼 초점인물인 유태림은 사상이나 이념보다는 신념의 문제로 해방정국을 이해하고 해결해가려고 한다. 이러한 유태림의 태도는 그가 식민지 시기 제국주의 용병으로 나아간 것에 대한 민족적 죄의식의 소산이라고 할 수 있다. 민족의 죄인이 민족을 위해 일을 하려고 한다는 것 자체가 있을 수 없다는 그의 자의식은 공감할 수도 있고 높이 평가될 수 있다. 또한 그의 교육에 대한 열정이나 학생들에 대한 뜨거운 애정은 누구도 부인할 수 없다. 그럼에도 민족의 가능성의 최대치를 확보해낼 수 있는 해방공간에서 가장 이상적인 지식인 혹은 영웅으로 전경화되었던 그가 개인의 양심이나 자의식의 영역으로 후퇴한 점은 대단히 문제적이다.

이를 제국의 용병이었다는 학병세대의 부끄러운 자의식의 문제로 돌릴 수 있지만 앞에서도 거론한 바 있는 식민지 시기 교양교육의 내면화 탓이기도 하다. 그중에서도 유태림이 지향한 회색의 사상이 바로 그 교양주의로부터 발원한 것이다. 김윤식이 지적한 바와 같이 유태림을 주인공으로 한 『관부연락선』이야말로 이러한 일본 구제舊制

고등학교 중심의 3기 교양주의의 드러냄인 것이며, 그것에 가장 큰 영향을 미친 것이 바로 '인민전선' 사상이다.[19]

> M "그렇습니다. 내가 지드를 들먹인 것은 출생성분이야 어떻든 지식인의 양심, 또는 도의감이 있으면 광범한 인민전선적인 대오를 벗어날 수 없을 것이 아닌가, 이런 얘기를 하고 싶었던 거지요."
> 유 "인민전선이라고 하지만 그것을 연합하고 조종하는 마스터마인드가 공산주의일 경우, 그 마스터마인드의 궁극 목표가 공산혁명에 있다고 볼 때 공산주의에 대한 어느 정도의 신앙이 없고선 참가할 수 없는 것이 아니겠습니까. 단순한 양심, 단순한 도의심만 갖고는 불가능할 일 아니겠어요?"(1권, 204−204쪽)

위의 문면은 선배이자 좌익교사의 대표인 M과 유태림의 대화 내용이다. 두 사람의 대화는 지드의 인민전선을 전례로 삼으면서 남한에서의 지식인의 역할에 대해 논하고 있다. 유태림은 인민전선[20]이 최종심급에서는 공산주의자들에 의해 조종된 것이라는 전제로부터

---

19) 이 교양주의를 드러내는 방식이 바로 유태림이 학창시절 동안 연구한 수기 『관부연락선』입니다. 이 수기의 특징은 다음 두 가지. 하나는 제3기 교양주의가 이 수기 속에 녹아있다는 점. 다른 하나는 이 점이 소설적 처리로서의 성과이거니와, 그 교양주의가 유태림의 인격을 통해 생활 속에 용해되어 있다는 점입니다. 유태림의 일본유학이 이 수기 속에 살아 움직이고 있기 때문에 그 교양주의란, 관념적인 상태에서 일상적 삶으로 환원된 것입니다(김윤식, 앞의 책, 142쪽).

20) 1933년 히틀러의 집권에서 보듯이 사회파시즘론이 초래한 재앙이 명백해지자, 스탈린은 1935년 제7차 코민테른 대회에서 인민전선전략으로 급격히 '우선회'했다. 인민전선의 핵심은 스탈린주의 코민테른의 지령을 받는 각국 공산당이 그 나라의 사회민주당 뿐만 아니라 부르주아당과도 동맹하여 파시즘과 투쟁해야 한다는 것이다. <중략> 노동자계급의 정치적 독립성을 무시한 스탈린주의 인민전선론은 노동자계급의 통일성을 부정한 사회파시즘론과 마찬가지로 국제노동운동에 궤멸적 타격을 안겨주었다. 1934−1938년 프랑스와 스페인 인민전선정부의 경험은 이를 분명히 보여준다. 스페인 내전에서 스탈린주의 인민전선정부는 총부리를 프랑코에 겨누기보다 노동자권력을 주장했던 POUM(마르크스주의적 통일노동자당)과 트로츠키주의자들에게 돌렸으며, 그리하여 프랑코에게 집권의 문을 열어 주었다(정성진, 『마르크스와 트로츠키』, 한울아카데미, 2006, 469~470쪽 참조).

화두를 풀어간다. 분명 스페인 내전에 참여했던 인민전선이 패배한 것이 스탈린주의와 여타 진보세력간의 분열에 의한 것이었으며, 그 핵심에 스탈린주의의 혁명의 배신이 있었음을 유태림은 간파하고 있었던 것이다. 그럼에도 파시즘이라는 부조리한 권력과 이념에 대해 저항하고 기투했던 앙드레 말로, 죠지 오웰, 헤밍웨이, 지드 등 실천적 지식인들을 사회주의 편향으로만 볼 수 없다는 것을 전제로 할 경우 인민전선에 대한 유태림의 인식의 오류가 발견되며, 그 오류의 근원이 그가 가진 공산주의에 대한 이데올로기적 거부감에 있음을 확인할 수 있다. 그는 미군정을 신뢰하지 못한 것과 같이 공산주의 세력도 믿지 못하고 있었던 셈이다. 해방전후기 민족국가 형성에 결정적 심급을 확보하고 있는 냉전의 이데올로기에 그가 효과적으로 대응하지 못한 채 회색의 영역에 머물러 있을 수밖에 없는 이유가 바로 여기에 있었던 것이다.

이는 일본의 교양주의 교육에 몰입되었던 이병주의 해방전후사에 대한 인식과 일치하는 점이기도 하다. 그는 역사의 수레바퀴에 치여 상처 입고 압살 당한 생명들에 대한 관심뿐만 아니라 '역사의 진보'라는 관념에 갇혀 그 역사를 살고 만들었으며 이끌었던 '인간'을 역사에 종속된 것으로 인식하는 우리 문학의 지배적인 한 경향에 대한 근본 반성과 실천[21]을 지향하였다. 그의 이러한 시각은 역사의 정의보다 한 개인의 실존에 무게를 더하고 있다는 점에서 휴머니즘에 대한 지향으로 해석할 수 있다. 하지만 계급과 성, 그리고 인종이라는 비판적 관점을 확보해내지 못한 휴머니즘은 자칫 기득권의 자기 합리화로 전락할 우려 또한 무시할 수 없다. 즉 인간답다는 미명하에 한 개인의

---

21) 정호웅, 「해방 전후 지식인의 행로와 그 의미 — 이병주의 『관부연락선』, 『현대소설연구』 24, 2004, 76쪽.

인간다움의 시각에 매몰된 채 다수의 역사와 사회적 피해와 억압에 대해 몰각하게 될 가능성이 높다는 의미이다.

어쩌면 유태림의 해방공간에서의 모습이 이러한 우려에 기반하고 있다면 이는 민족정부구성과 탈식민화를 지향하는 민족적 과업과는 거리가 먼 것이라 할 수 있다. 실제로 해방공간의 주요 정치세력의 역할과 책무에 거리를 두고 교사로서의 역할에만 최선을 다하려고 했던 유태림의 탈식민적 지식인으로서 역할은 실망스러운 것이 될 수밖에 없다. 그러한 온정주의적 태도로 인해 그는 미증유의 민족사적 비극으로 다가온 6·25전쟁[22] 앞에서 무력할 수 밖에 없었다. 그는 민족의 위기이자 기회였던 해방전후기에 미국과 소련의 냉혹한 이데올로기의 폭력성을 철저히 인식하지 못한 채 관념적인 인간주의를 지향하다 전쟁을 맞게 되고 무기력한 모습으로 해인사에서 인민군에게 납치되고 만다,

파행적 역사의 소용돌이 속에서도 역사의 격랑에 부대끼지 않고 인간다움을 지향하려 했던 그의 의도를 충분히 이해하지만 정작 탈식민과 민족국가 건설이라는 해방공간에서의 민족의 지향점을 충분히 인식하고 수렴해내지 못한 한계를 그는 숙명적으로 끌어안고 있을 수밖에 없는 것이다. 그런 한계로 인해 작품의 결말에서의 유태림의 납치마저도 작가는 숙명의 탓으로 돌리게 되는데, 이는 이 작품의 정치적·이념적 한계의 당연한 귀결인 셈이다.

---

22) 냉전이 한국에서 처음으로 폭발하였을 때 한국인들이 경험한 폭력은 미증유의 것이었다. 역사적 시간의 지평에서 볼 때 전쟁이 한 사회에 끼치는 상처와 영향은 우리의 생각보다 훨씬 길고 깊다. 그것은 몇 세대는 물론 때론 몇백 년을 넘는다. <중략> 한국 전쟁이 한국 사회에 끼친 영향은 오래 지속되며 긴 자장을 드리울 것이다. 1876년 근대로의 이행을 위한 출발 이후 이 전쟁은 한국사회에 가장 심대한 영향을 끼쳤다. 1953년 7월 전쟁이 끝났을 때 한국 사회는 시체와 절망이 가득 찬 파괴의 잿더미였다(박명림, 『한국 1950 전쟁과 평화』, 나남출판, 2004, 31쪽).

V. 결론

『관부연락선』은 한국 현대소설사 가운데 탈식민적 지평을 제대로 보여주고 있는 이병주의 대표작이다. 특히 일제 식민지 기간 작가 이병주의 학생/학병 체험, 그리고 해방공간에서의 교사로서의 원체험을 근간으로 식민성과 탈식민성의 함의를 깊이 있게 형상화하였다는 점에 그 소설사적 의의는 높이 평가할만한 작품이다.

그런데 이 작품은 우리 내면에 잠재되어 있는 식민성의 원인과 그로 인한 문제점을 제대로 추적해내고 있지만 궁극적인 탈식민의 실천적 지평을 보여주지는 못하고 있다. 작가 이병주는 해방공간에 대한 철저한 현실인식을 이루어내지 못했고, 실제적으로 해방공간에서 단독 민족정부 건설과 탈식민적 과업을 이루어내지 못한 원인과 결과를 철저히 분석해내지 못했다. 결국 그는 민족의 역량이나 자율성에 대한 과도한 집착으로 인해 타율성에 대한 성찰이 미흡했던 것이다. 즉 세계재편을 기도하는 자본주의와 사회주의 이데올로기의 모순과 갈등이 한반도에서는 주요모순으로 극명하게 작용하였음을 그는 몰각하였거나 과소평가했던 것이다. 이는 작가 이병주로 표상되는 해방공간에서의 자유주의 혹은 이상주의적 인식틀을 가졌던 지식인의 문제이자 식민지 기간 동안 학병으로 끌려가야만 했던 세대들의 공통된 감각과 세계인식 때문이었을 것이다.

▶ 이 글은 『배달말』 제47집(배달말학회, 2010.12)에 실렸던 「이병주의 『관부연락선』에 드러난 탈식민성」을 재수록한 글임을 밝힌다.

지리산권문화연구단 연구총서 07

지리산권 문화와 인물

초판 1쇄 인쇄일		2013년 5월 28일
초판 1쇄 발행일		2013년 5월 29일

지은이		김아네스 문동규 김기주 김봉곤 전병철 홍영기 박찬모 최현주
펴낸이		정구형
편집이사		박지연
편집/디자인		정유진 이하나 신수빈 윤지영 이가람
마케팅		정찬용 권준기
영업관리		한미애 심소영 김소연 차용원
인쇄처		월드문화사
펴낸곳		국학자료원

등록일 2006 11 02 제2007－12호
서울시 강동구 성내동 447－11 현영빌딩 2층
Tel 442－4623 Fax 442－4625
www.kookhak.co.kr
kookhak2001@hanmail.net

ISBN		978－89－279－0260－7 *93800
가격		21,000원

* 저자와의 협의하에 인지는 생략합니다.
  잘못된 책은 구입하신 곳에서 교환하여 드립니다.